Varianti

collana diretta da Sara Rattaro e Mauro Morellini

Arianna Destito Maffeo

Un gelido inverno in viale Bligny

MORELLINI
MORELLINI EDITORE
narrativa

Copyright 2021 © Morellini Editore
by Enzimi Srl
viale Zara 9 – 20159 Milano
tel. 02/87383764
www.morellinieditore.it
facebook.com/morellinieditore
instagram: @morellinieditore

Progetto grafico: CreaLibro
Immagine di copertina: Jessica Sottile
Foto dell'autrice in copertina: Gianni Ansaldi

ISBN: 978-88-6298-879-7
Data di pubblicazione: ottobre 2021
Stampa: Print On Web – Isola del Liri (FR)

A Bruno

Venti giorni a Natale

1

Il gelo della lama mi accarezza la gola.

In un giorno qualsiasi di un freddo e nevoso dicembre la mia vita è sospesa.

In un parco qualunque. In ginocchio.

Ero uscito per correre. Come sempre. E mi ritrovo condannato. Non ho il tempo di pensare ma lo faccio lo stesso.

Dammi ancora cinque minuti, devo tornare a casa. Ho ancora molte cose da fare. Parlami. Non basta pisciarmi addosso per avere un po' di compassione? Ultime istantanee di vita. Clic. Che faccia ha la morte? Non lo so. Non vedo neppure gli occhi di chi è dietro di me e mi punta un coltello alla gola. La lama preme sulla pelle. Aspetta. Clic. Freddo. Silenzio. Fiocchi di neve. Terra bagnata. Rossa. Clic.

2

Il russo stava caricando il pick-up. Saliva e scendeva le scale della bianca palazzina immersa nella nebbia. Di tanto in tanto si guardava intorno, o rispondeva al cellulare che suonava di continuo.

Sudava nonostante il freddo. Era alto e massiccio, con la pancia pronunciata tipica di chi è troppo affezionato alla bottiglia di vodka.

Raccolse le icone bizantine antiche, le avvolse con stoffe e coperte e uscì sul ballatoio, dove il gelo mordeva ancora di più che all'aperto. Quel freddo tagliava le ossa e ottundeva le idee.

L'uomo era salito a mani vuote e scendeva con le preziose opere sottobraccio. Quello era il suo lavoro, se lo ripeteva ogni volta che svaligiava un appartamento o una villa con il consenso del proprietario. Gli riusciva sempre. A colpo sicuro andava là dove le famiglie, per le più disparate ragioni, si trovavano in difficoltà finanziarie e avevano urgente bisogno di denaro contante. Gente che svendeva ogni bene prezioso che gli era rimasto per necessità. Lui li ripuliva così, con il sorriso a fior di labbra. I suoi occhi, gelidi come l'inverno, non si commuovevano mai.

Neppure quel giorno mentre la donna gli consegnava in conto vendita rare tavole antiche per curare il marito.

Prima di scendere le scale con le ultime icone, le diede un piccolo acconto. Giusto per non destare sospetti. Quella non poteva che fidarsi, non aveva scelta. A volte per salvarsi la vita bisogna trovare il coraggio di rinunciare a qualcosa.

È il mio lavoro ripeteva tra sé il russo, separando le icone antiche le une dalle altre e avvolgendo ciascuna in un morbido panno, quasi come per tenerle al caldo.

Le ripose sul sedile del passeggero e chiuse la portiera del pick-up nero. Si sedette al posto di guida e compose il numero.

«Sono Ivan. Ho le ragazze con me.»

Inserì la marcia e partì.

Sapeva benissimo che la donna avrebbe aspettato invano il resto dei soldi. Ivan non l'avrebbe mai più rivista.

3

Marco, puntuale come al solito, l'aspettava sotto casa per andare al vernissage della mostra più attesa dell'anno. Una performance in una galleria d'arte tra le più prestigiose della città: la galleria Solari.

Sophie era tra gli ospiti che non potevano mancare e, come al solito, era in ritardo.

«Amore ti sto aspettando da venti minuti. A che punto sei?»

«Sto arrivando» rispose Sophie trafelata, con l'enfasi tipica di chi sa di essere sempre in ritardo. Era capace di impiegare dieci minuti solo per decidere quale orologio indossare.

Marco sapeva bene che, quando rispondeva così, lui poteva mettersi comodo perché probabilmente lei aveva ancora i capelli bagnati, il fondotinta da stendere, un occhio truccato e l'altro no.

Sorrise.

Gli piaceva tutto di lei, perfino le lunghe attese a cui lo sottoponeva. Trovava ogni suo difetto la simpatica e divertente idiosincrasia d'un carattere decisamente esuberante. Il contrario del proprio, schivo e discreto, riservato all'eccesso, quasi un perenne chiedere scusa della propria presenza. Un osservatore della vita degli altri, come al cinema o alla tv.

Si accoccolò nel calore del suo Suv superaccessoriato, in attesa che lei arrivasse.

Alla radio trasmettevano *Viva la vida* dei Coldplay e lui pensò che, a conti fatti, non avrebbe potuto amarla di più.

Quando finalmente Sophie si affacciò al finestrino erano trascorsi quasi trenta minuti. La donna, vulcanica, cercò di abbozzare, entrando in fretta nell'abitacolo e sbattendo la portiera dietro di sé.

«Eccomi, eccomi.»

Una folata di patchouli invase l'aria, vanificando qualsiasi eventuale reazione di Marco. Il vestito anni Cinquanta, stretto in vita, esplodeva in una miriade di colori e lasciava intravedere le gambe nude che svettavano su tacchi vertiginosi.

«Cominciavo a disperare. Non trovavi le scarpe giuste?» chiese Marco ridendo. «In effetti tutti indossano décolleté col tacco quando nevica.»

Una smorfia tra lo scherno e il broncio spuntò sul viso della donna, che aveva abbassato il parasole della macchina e, guardandosi nello specchietto, iniziò a stendere il rossetto sulle labbra.

«In realtà non trovavo me stessa» rispose mentre rovistava nella pochette. «Mi sono persa tra il cellulare e le scarpe. Ho attivato il localizzatore e mi sto ancora cercando.»

«C'è tutto lì dentro? Anche il broncodilatatore?»

«Lo sai che in inverno l'asma non è un problema» ribatté secca Sophie. Detestava parlare di quell'argomento.

Nonostante i suoi quarantacinque anni e un figlio nato nel precedente matrimonio, aveva ancora il piglio d'una ragazzina. Alessandro – così si chiamava l'erede

– frequentava l'università e viveva a Parigi, con il padre, un medico dispotico e pieno di sé del quale si era liberata con la determinazione di una leonessa. Veniva a trovarla due volte all'anno, e lei ricambiava con la stessa frequenza, ma il loro rapporto sembrava ingessato in un protocollo formale composto di gesti e frasi confezionate, prive di qualunque trasporto affettivo. Marco non aveva figli, ma quello stanco, ripetitivo rituale lo aveva sempre lasciato perplesso. Possibile che tra una madre e un figlio che da dieci anni vivevano a mille chilometri di distanza non affiorasse mai un moto di tenerezza, di disappunto o di rabbia?

Con Marco si erano conosciuti per caso e si erano presi al volo. Una scommessa azzardata senza troppe riflessioni a una fermata del tram affollata di volti anonimi e identità sbiadite. Erano saliti e stavano ancora viaggiando insieme. Destinazione ignota ma tragitto rassicurante.

Quella sera invece la destinazione era nel cuore artistico della città. In quel dicembre freddo la neve era arrivata inaspettata e rendeva il mondo più morbido, forse anche più confortevole: il bianco manto nevoso in contrasto con il grigio delle strade, il silenzio ovattato con il rumore dei tram. Le luci colorate che annunciavano le festività sembravano ancora più brillanti. Una donna elegante passeggiava con il suo cagnolino che indossava un cappottino color fucsia. Le vetrine urlavano all'affare per mascherare le cicatrici della crisi economica. Nel periodo prenatalizio, si sa, tutto resta sospeso. Una sorta di armistizio con la vita, una tregua dove vittime e carnefici si fermano per prendere respiro.

Marco e Sophie entrarono nella galleria d'arte disinvolti e allegri, e come sempre non passarono inosservati.

«Ecco la coppia perfetta» sussurrò qualcuno con ironia e un pizzico di malignità. Erano al centro dell'attenzione e molti restavano a bocca aperta perché, piacesse o meno, intorno a loro si sviluppava una specie di aura, un'energia che attraversava chiunque si avvicinasse. Per gli invidiosi, i soliti sputasentenze, erano male assortiti, e li guardavano scuotendo il capo e abbozzando malcelati sorrisi di disapprovazione. Lei era interessata solo al patrimonio di Marco e della famiglia Rovatti e lui aveva completamente perso il cervello per la sua bellezza mediterranea. Il fatto è che presenti o assenti che fossero, si finiva sempre per parlare di loro.

«Sophie, cara, stiamo aspettando la tua mostra. Vuoi farci morire di curiosità?»

Francesca Sforza non perdeva un colpo. La redattrice della storica rivista «Mimesis» la sapeva lunga e cercava di strapparle un'anteprima da schiaffare sul suo giornale online. L'obiettivo era quello di anticipare gli altri: ottimizzare, velocizzare e non perdere l'occasione, a costo di leggere nel pensiero altrui.

«Ci sto lavorando, tesoro» rispose lei con un sorriso, afferrando al volo un flûte di champagne dal vassoio del cameriere e facendosi largo tra la folla, in un elegante slalom tra quelli che detestava e quelli che le erano indifferenti, nel tentativo di andare incontro alle poche persone che davvero le piacevano. Non era facile: a quelle feste trovavi di tutto e dovunque ti girassi era un bollettino di guerra.

«Cara, si dice che cambierai stile, cosa c'è di vero?» la inseguì la giornalista.

«Chissà.»

«Quindi confermi?»

«Forse sì, forse no.»

In effetti era passato qualche anno dall'ultima mostra di Sophie Martini. Un artista l'ispirazione mica la trova in offerta al supermercato. Qualcuno parlava di un progetto originale e innovativo al quale stava lavorando da tempo, altri sentenziavano che, come pittrice, era ormai finita, altri ancora malignavano insinuando che avesse troppi amanti per dedicarsi seriamente al lavoro. Tutti erano lontani dalla verità.

«Finalmente, ti ho trovata, dove ti eri cacciata?»

Sophie si avvicinò a Greta, l'amica della vita, quella delle scorribande dei vent'anni, la compagna che c'era sempre stata, anche nei periodi più difficili e non aveva mancato di rispondere alle sue chiamate disperate, anche quando le arrivavano alle due della notte.

«Gironzolavo intorno al buffet» fece l'amica. «Lo so che non è chic, ma vorrei dimenticare questa giornata mangiando e bevendo senza ritegno: domani è un altro giorno» rispose accennando a un brindisi.

«Benvenuta nel club» disse Sophie sollevando un calice di prosecco.

Greta scolò il suo d'un fiato.

«Dovrebbero eliminare il buffet dai vernissage» riprese Sophie guardandosi attorno e osservando la bolgia che si aggirava intorno al tavolo come uno sciame di cavallette fameliche.

«Ma sei matta? Sopportare certi artisti da sobri?»

«Non hai tutti i torti» convenne Sophie con un sorriso obliquo.

«Come va con il nuovo progetto, sei sempre convinta?»

Sophie bevve un sorso e annuì.

«Nel mercato di oggi dipingere tavole di icone non è il massimo del business.»

Svuotò il bicchiere e imbastì una faccia che solo lei sapeva fare quando ascoltava qualcosa che non le andava a genio: una smorfia infantile che esprimeva disappunto e contrarietà.

«Lo so che non tira, ma è accaduto qualcosa che mi ha stregato» disse con aria sognante. «Mentre mi trovavo davanti a un'icona che mi ha mostrato Edo, ho avvertito un richiamo misterioso, qualcosa di simile a un segno.» L'amica si accorse che aveva cambiato tono, come se quel richiamo si fosse di nuovo impossessato di lei.

«Non so che dirti, Greta, è stata come una folgorazione» proseguì con il candore d'una bambina. Si era innamorata, guardando un'antica icona, si era innamorata dell'armonia d'un mondo altro, lontano da quello di tutti i giorni, un universo che attingeva a una dimensione trascendente.

«Quegli occhi, quei colori mi hanno catturata, quei volti trasfigurati chiamati *liki,* fuori dal tempo e dalle passioni terrene» sussurrò in un soffio, dando l'impressione di voler tenere per sé quella rivelazione. Ogni volta che parlava delle icone mostrava una sorta di riserbo, cercava di dissimulare il proprio entusiasmo, quasi temesse, lasciandolo trapelare, di contaminarlo e spogliarlo del suo mistero. Era lo stesso pudore d'una persona presa da un amore che non poteva essere dichiarato.

«E poi l'ho promesso a Edo. Lo faccio anche per lui» concluse, come fosse appena uscita dallo stato di trance.

«E figuriamoci se non lo facevi per lui» sospirò Greta, alzando gli occhi al cielo e rivolgendole uno sguardo quasi irritato. Non era un segreto il rapporto che legava Sophie a Edo, un'amicizia antica di quelle nate da ragazzi, rimaste intatte nonostante il tempo trascorso.

«Questa volta è diverso, vedrai tu stessa.»

Sophie sorrideva ai rimbrotti dell'amica. Quando Greta perdeva la pazienza le procurava un sottile divertimento e in quelle piccole scaramucce coglieva un segno del profondo affetto che la legava a lei. Non si assomigliavano in niente: mentre Sophie tendeva a vivere in un mondo artefatto con scarsissimo senso pratico, Greta invece era pragmatica e andava al sodo. Forse perché faceva la giornalista e doveva stare sempre all'erta, pronta a cogliere ogni segnale che vibrava nell'aria.

«L'effetto sorpresa sarà certamente garantito. Tutti si aspettano cose sensazionali da te. Li hai abituati troppo bene.»

«Può darsi, ma non mi piace sentirmi il fiato sul collo.»

«Ti capisco» concluse l'amica, col tono di chi sta per cambiare discorso. «Hai notato che stasera ci sono proprio tutti? E ti prego, dimmi che sto sognando, guarda con chi si accompagna Filippo...»

Con lo sguardo indicò un uomo alto, che svettava in lontananza. Filippo Rustici era un professore universitario, nonché scrittore che difettava più di talento che d'ambizione, alle prese con l'ultima conquista, l'ennesima giovane studentessa che avrebbe transitato nel suo letto. Una patetica caricatura di Philip Roth, al quale sosteneva di somigliare come una goccia d'acqua.

«Non cambierà mai» borbottò Sophie Martini scuotendo la testa.

«Oh, fidati: prima o poi lo faranno cambiare loro, le studentesse. Al prossimo flop gli gireranno le spalle e per lui sarà un duro colpo.»

Quindi sparò a bruciapelo: «Hai poi lavorato all'articolo che ti avevo chiesto?».

«Ora non mi va, te l'ho detto» rispose Sophie risentita. «Scrivere non è nelle mie corde, e non voglio parlare delle icone, io le dipingo. Non posso esporre in parole qualcosa che non si può spiegare. E poi mi sembra di fare un torto a Edo...»

«Lo sai che al giornale ho carta bianca: il direttore mi dà fiducia, non perdere questa occasione.»

«Lo so e ti ringrazio, ma voglio prima parlarne con Edo. A proposito, dov'è finito?»

«Non l'ho ancora visto, sarà stato risucchiato dalla bolgia. Stasera c'è il pienone.»

Le performance erano tre e si ripetevano a ogni ora.

La folla aumentava: la traduttrice d'una importante casa editrice con il marito, noto principe del foro milanese; il primario d'una clinica assurta al rango di istituto scientifico con la schiera di giovani assistenti che avevano il compito di fermare sul nascere le imbarazzanti richieste di ipocondriaci cronici; il critico d'arte per eccellenza, con il suo nuovo e aitante compagno.

Da qualunque parte si voltasse, Sophie trovava personaggi che conosceva più o meno bene. Anche quel grottesco manager grasso e sudato con al fianco una spilungona rigida come un baccalà: indossava un girocollo di perle che, sulla collo avvizzito, ricordava il filo spinato.

Era un bagno di sorrisi e strette di mano spontanee e piacevoli come una seduta dal dentista.

L'iPhone vibrò all'improvviso, era un messaggio di Pietro Vanucci: "Quel vestito ti dona, *mon amour*".

Si guardò intorno, stupita, e lo sguardo incrociò quello di Pietro.

Si avvicinarono l'una all'altro.

«Che sorpresa! Quando sei arrivato?» disse Sophie sorridendo e dandogli un affettuoso bacio sulla guancia.

«Oggi, sono venuto apposta per l'inaugurazione.»

Non smetteva mai di avere quell'aria tormentata. Lo sguardo sperso e gli occhi neri e profondi che sembravano esplorare luoghi inaccessibili. Era capace di cambiare espressione di colpo e passare dalla tristezza più cupa alla risata più esplosiva. Era mezzo matto, come tanti lì dentro.

Pietro era un noto critico d'arte esperto in perizie e affari. Sempre in giro per il mondo. Ultimamente si divideva tra la Russia e l'Italia: Milano, Firenze e soprattutto Roma, la sua città.

«Sono qui per lavoro, devo incontrare Edo.»

«Che genere di lavoro?» chiese incuriosita Sophie.

«Qualcosa che ha a che fare con l'ultima passione del tuo amico del cuore» rispose lui facendo l'occhiolino.

Lei lo guardò con aria di sufficienza. «Intanto, prima o poi, lo verrò a sapere.»

«Voi due non avete segreti, vero?»

Sophie sorrise indifferente e continuò a frugare con lo sguardo nella sala gremita di gente. «A ogni modo, mettiti in coda: a quanto pare lo stiamo cercando tutti.»

Pietro la fissava con aria tra sornione e indagatrice. «Avevamo appuntamento per oggi» sussurrò, cercando di scoprire se tradisse qualche emozione.

Forse che Edo le aveva parlato del progetto che avevano in mente?

«Me l'hai già detto» rispose Sophie. «Ma non capisco di cosa stai parlando.»

«Diciamo che voleva mostrarmi una *new entry*» riferì scandendo le parole per osservarne l'effetto su di lei. I trafficanti poco trasparenti sono spesso parancici. «Mi ha messo fretta. Davvero non ne sai nulla?»

«Perché dovrei?» rispose Sophie, un po' seccata. «Non sono nella sua testa.»

Stirò un mezzo sorriso e rivolse l'attenzione a un gruppo di donne che parlottavano al suo fianco.

«Cara, conosci Gloria Icardi, del movimento "Donne e impegno civile"?» intervenne Marco intromettendosi fra lei e Pietro.

Mal tollerava gli uomini che ronzavano intorno a sua moglie. E, fra i tanti, Pietro proprio non lo sopportava.

Sophie si sentì afferrare dolcemente il braccio e scivolò, quasi senza accorgersene, in una nuova conversazione.

«Amore, non essere geloso» gli bisbigliò in un orecchio. «Sei stato scortese, Pietro è un amico e stavamo parlando di lavoro.»

Ogni volta che Marco si mostrava infastidito da qualche suo ammiratore le sfuggiva un sorriso compiaciuto, quasi complice.

Pietro restò a osservarla mentre, con grazia, si allontanava scortata dal marito. Notò che Sophie dispensava attenzione e sorrisi a tutti, ma senza alcun vero coinvolgimento. Il suo volto gli ricordò una maschera: una graziosa maschera priva di sentimenti.

«Marco caro, come stai? Vi presento Marco Rovatti, il figlio del grande Giovanni, un uomo che ha segnato la storia di questa città.»

Mentre la vecchia matrona della politica italiana lo presentava a un gruppo di anziane e ricche signore, lui non sembrava affatto a proprio agio. Ma la rigida educazione impartitagli dal padre gli aveva insegnato a far buon viso anche nelle situazioni più spiacevoli. E piuttosto che lasciare sua moglie sola in compagnia di un altro uomo, aveva scelto di affrontare ciò che detestava di più al mondo: essere figlio di suo padre e, per di più, essere additato in pubblico solo per quello, come se discendere dal grande Giovanni fosse la sua unica qualità. Rovatti il Vecchio, come lo chiamavano tutti, per distinguerlo dal giovane, rimarcando la differenza fra lui e quel genitore così monumentale che, anche da morto, continuava a fargli ombra.

Dirigere lo studio di consulenza fiscale più prestigioso di Milano, ereditato da uno dei personaggi più illustri dell'*establishment* meneghino, aveva rappresentato una fortuna. Marco aveva intrapreso quella carriera perché non gli era stata lasciata nessun'altra possibilità. Erano pensieri che non condivideva con nessuno, nemmeno con sua moglie.

Nel proprio lavoro era esperto e abile, aveva fiuto e i suoi pareri erano tenuti in grande considerazione dai magnati dell'industria e della finanza cittadina, senza distinzione di appartenenza politica né di fede, cattolica o massonica che fosse. Tutti lo consultavano e lo stimavano, ma quel lavoro non gli piaceva, anzi lo odiava, anche se nessuno se ne era mai accorto. Esibiva un'aria misurata, pacata e gentile. Non si arrabbiava e non perdeva mai la calma. Era signorile, tanto che molti scambiavano i suoi modi aristocratici per tratti gay, quasi che la buona educazione non fosse una prerogativa maschile.

Per anni aveva vissuto impegnandosi a fondo in un'attività che altri avevano deciso per lui. E questo gli era sembrato naturale. Forse non aveva le stesse caratteristiche di suo padre, quella naturale vocazione all'intrallazzo che aveva reso il vecchio Giovanni celebre e ricco. Ma ne aveva ereditato la competenza e il fiuto e, soprattutto, il patrimonio. E si occupava di gestirlo con il massimo scrupolo. Insieme al ménage coniugale con Sophie che non era meno impegnativo del lavoro.

La vulcanica Sophie, sempre in movimento come una pallina da squash. Marco la lasciava fare, senza mai perderla d'occhio. E lei era compiaciuta dalla sua possessività, anche quando percepiva il nervosismo e il sottile malessere che lo turbavano. Ma quella sera qualcosa di insolito trapelava tra le pieghe del bel volto di quell'uomo introverso e ipercontrollato. Qualcosa di impercettibile che, se lo avesse guardato con attenzione, solo sua moglie avrebbe potuto notare. Si mostrava affabile, come sempre, ma la sua era una cortesia di maniera. Lo sguardo correva dietro a lei con un'apprensione inusuale. Sophie che prende il calice di vino, Sophie che ride di gusto a una battuta, Sophie con gli occhi vivi mentre si infervora a parlare di arte con un critico, Sophie che si confonde tra la folla, Sophie che vive, si muove, respira. La donna senza la quale non riusciva a immaginare di vivere. La donna dai capelli neri ricci e spettinati sulle spalle nude. Sophie seducente suo malgrado.

Lui guardava lei. Lei guardava il mondo.

Chi l'amava, la adorava. Chi la odiava, la disprezzava.

Marco volentieri ne avrebbe fatto a meno, ma spesso il suo volto era imprigionato nel tormento della gelosia. L'espressione tipica, un po' ebete e smarrita e un po' arcigna, che inconsapevolmente le persone gelose si cuciono addosso con gli aghi acuminati della sofferenza.

«Manca solo Edoardo. Ma quando arriva?» chiedeva qualcuno.

«Sarà nascosto da qualche parte a spiarci e farsi due risate» rispondeva un altro.

«Magari, alla prossima performance, ci ritroveremo tutti in settanta millimetri, proiettati in una sorta di reality.»

«Magari è con qualche figa» tagliò corto il professor Filippo Rustici.

Un evento senza Edoardo Solari era come un gin tonic senza gin.

4

La prima volta che la vide, sentì immediatamente che la sua vita sarebbe cambiata.

Quella luminosa mattina d'autunno, quando la incrociò mentre attraversava la strada, per poi ritrovarla a un appuntamento con amici comuni. Ne era felice. Non sapeva spiegare questo tipo di sensazione, sapeva però che, mentre si stringevano la mano per le presentazioni, si sentiva bene. Era come avesse preso una dose di qualche sostanza, una droga senza effetti collaterali, o almeno questa era l'impressione. Un sorriso, il suo sorriso, era il posto che avrebbe voluto abitare. La casa dove avrebbe voluto vivere il resto dei suoi giorni.

Quelle folgorazioni che capitano poche volte nella vita.

E a Sophie invece quante volte era capitato?

Per questo ha dovuto uccidere.

Non avrebbe mai potuto permettere che si allontanasse.

Era troppo tempo che quel bastardo si era messo in mezzo. "Non mi piace" si diceva sempre. Lo faceva capire. All'inizio in silenzio, con quei silenzi così eloquenti. Poi con le parole. Ma niente.

Lei sembrava stregata da lui e lo difendeva in ogni occasione.

Quante volte le aveva detto che *quell'uomo* non meritava le sue attenzioni e la sua simpatia? Ci sono persone nate sotto una buona stella e qualunque cosa facciano, riescono sempre a riscuotere il favore di tutti.

Loro due, lei e *quell'uomo*, godevano di quella facilità nel vivere che raramente si riscontra nelle persone. Solo che lui era in malafede, un povero, inutile fortunatissimo idiota. Gli era andata sempre bene, senza fare nulla per essere degno di tanta grazia. E parte del merito era di Sophie, che standogli al fianco gli dava lustro e si schierava sempre dalla sua parte. E lo avrebbe fatto anche stavolta, inseguendo il progetto artistico di quell'essere vacuo e privo di talenti. Perciò aveva deciso di intervenire: per fermare tutto in tempo.

Sì, non ne poteva più di vedere minacciato il loro rapporto da un personaggio tanto mediocre.

L'aveva seguito. Conosceva tutti i suoi spostamenti e le sue abitudini. Lui era troppo preso da se stesso per accorgersi degli altri.

Quando la tua vita è incentrata sul tuo ego, le persone si fanno trasparenti e finiscono per non esistere più.

Non poteva sopportare che lei occupasse i propri pensieri con altro che non fossero loro due: Sophie e Edo. Edo e Sophie.

E il piacere di vederlo supplicare in ginocchio era stato indescrivibile.

Un brivido ancora più intenso ed eccitante di quanto avrebbe mai immaginato.

Era la prima volta che lo vedeva a capo chino. L'attimo prima di afferrarlo per i capelli ricci, sollevare la testa e accarezzargli la gola con la lama affilata.

Un atto di libertà. Per Sophie. Per sé. Per la loro unione. E questo era solo l'inizio.

5

Framura 1980

«Smettila di frignare!»

Aveva preso per mano il fratellino piccolo e lo strattonava nervosamente da una parte all'altra. Lo stringeva così tanto che la mano era tutta sudata e le faceva male.

Si erano avventurati sopra gli scogli che costeggiavano l'insenatura di una spiaggia isolata.

«Mi fa male il piede» si lamentava il bambino che d'un tratto si era fermato.

«Avanti muoviti!»

«Non posso, per davvero.»

Faceva sempre così, era un piagnone, e lei era la sorella più grande che doveva sempre occuparsi di lui e non perderlo mai di vista.

Ormai non ci faceva più caso ai suoi capricci di bambino viziato.

«Dobbiamo tornare a casa, forza! Altrimenti...»

Non fece in tempo a finire la frase che il suo sguardo si posò sulla scia di sangue che suo fratello si lasciava dietro a ogni passo.

«Fammi vedere cosa hai combinato.»

La bambina provò a minimizzare ma si accorse subito che il taglio al piede del fratello era profondo e un grumo di sangue nella carne viva gli impediva ogni movimento.

«Vado a chiamare aiuto. Stai fermo qui su questo scoglio e non ti agitare.»

Il bambino continuava a piangere.

«Non mi abbandonare!»

«Devi stare tranquillo e non muoverti»

La sorella iniziò a correre, come poteva, scalza, ferendosi sugli scogli appuntiti. Le mancava il fiato.

"Devo fare presto" era il suo unico pensiero.

6

Si addormentava con l'idea di lasciare la polizia e si svegliava al mattino, in preda all'ossessione di salvare nuove vite o di rendere giustizia alle vittime della malavita. Era così ogni volta per il vicequestore Andrea De Curtis. Faticava a proseguire il cammino che aveva intrapreso anni prima, quando ancora credeva in quel mestiere, e aveva indossato la divisa con lo spirito delle persone che vogliono cambiare il mondo.

Ci credeva. Modo indicativo, tempo imperfetto.

Come la sua vita.

In quella quotidiana, ordinaria imperfezione ora si stava perdendo. Gli anni trascorsi a compiere il proprio dovere non convincevano più il vicequestore Andrea De Curtis. Era ancora quella la causa giusta a cui votare la propria esistenza? Di certo sapeva che ci aveva provato. Aveva perseguito le proprie convinzioni e per farlo non aveva mai varcato il limite che macchia la coscienza e dal quale non si può tornare indietro. Era un guerriero, e forse neanche lo sapeva. Però al mattino si sentiva così. Complice talvolta il dileguarsi dell'effetto sbornia dopo il sesso consumato con l'amante di una notte.

Finito il piacere, finiva tutto.

Andrea, ogni volta che era a un passo dal lasciare la polizia, si ritrovava suo malgrado, in una situazione di emergenza che ribaltava le sue decisioni, un coinvolgimento o una casualità che inevitabilmente avevano segnato la sua carriera professionale. Era il suo karma: essere al servizio degli altri, come un soldato.

Quella mattina sul presto si rigirava nel letto a una piazza e mezza, acquistato di recente all'Ikea.

Aveva dormito poco, come accadeva ormai da qualche tempo. Nel palazzo accanto la musica aveva suonato fino a tardi. Il Bligny 42 era rumoroso anche d'inverno e il sonno diventava un obiettivo quasi irraggiungibile. Era così da cinque mesi: dalla promozione, con trasferimento d'ufficio a Milano. Da quando aveva conosciuto Marlene.

Aveva dormito poco, ma si stava abituando. Poteva riconoscere la cantante lirica che si esercitava nei vocalizzi o il gruppo tecno e le musiche popolari di paesi lontani. Anche le canzoni partenopee che riportavano il vicequestore alle proprie origini, così remote da suonare appannaggio della vita di un altro.

Dalla finestra della camera poteva osservare e rivivere echi e colori di luoghi già vissuti e altri ancora tutti da esplorare. Quel posto su cui affacciava il suo appartamento aveva un che di affascinante ed esplosivo, non c'era che dire.

Ciò che l'angosciava però era un rumore diverso, un oscuro affanno che tormentava le sue notti alimentando la convinzione che qualcosa di terribile stava per accadere. Era il mostro dell'anima che si faceva sentire. Conosceva bene quella orribile sensazione, l'accompagnava da tempi lontani, neppure si ricordava da quando. Forse era sempre stato così. Un presagio di catastrofe imminente che puntualmente, di lì a qualche ora, trovava conferma nel mondo reale, distruggendo la vita di persone innocenti. Era una condanna o un dono? O si trattava di banali coincidenze, scherzi beffardi del destino nei quali non aveva nessuna parte e nessuna responsabilità?

Non aveva mai trovato risposte a queste domande, ma non aveva nemmeno trovato il modo di liberarsene.

Il mal di testa era appena passato.

Si alzò per aprire la finestra. Pioveva e la neve caduta il giorno prima si stava sciogliendo, lasciando un pantano grigio sulla strada e i marciapiedi. Il grande palazzo su cui posava lo sguardo era un'accozzaglia di scenari privi di logica: cavedi ingombri di detriti e usati come latrine e cortili curati con le piante e le panchine, intonachi scrostati e murales dai vividi colori. Non c'erano vie di mezzo in quel luogo, biciclette accatastate una sull'altra, piante innevate alle finestre, camere d'aria stese come panni dal davanzale. Eppure, tutto combinava a creare un'armonia.

Forse quello sarebbe stato l'anno giusto per cambiare lavoro, pensava osservando quella bislacca costruzione e forse, abitando in un posto simile, avrebbe trovato lo stimolo giusto per farlo.

Il telefono riportò alla realtà Andrea. Era il questore. «De Curtis, abbiamo un'emergenza. C'è stato un feroce omicidio. L'ispettore Antonio Torrisi e la sua squadra l'aspettano ai giardini di Porta Venezia.»

Era il suo destino. Fiutare il sangue.

7

Indossò jeans, anfibi, piumino, sciarpa e berretto nero che calò sulla fronte lasciando i capelli biondi spuntare dalla lana nera.

Mise in moto la vecchia Ka gialla, mise il riscaldamento a palla, diede un'occhiata al sedile e al cruscotto impolverato e pieno di briciole, carte di merendine e vecchi biglietti del parcheggio, li raccolse e li spostò di lato. Li avrebbe buttati, prima o poi. Inserì l'indirizzo su Google Maps e si diresse verso il parco. Sbagliò strada due volte. Sensi unici e sensi vietati non sembravano contemplati dal navigatore.

Non c'è niente di peggio che guidare in una città che non conosci.

Il senso di smarrimento all'ennesimo divieto di svolta diede la stura alle più colorite imprecazioni. Inchiodò di colpo. Prese respiro, reimpostò Google Maps, fece partire *It's my party* cantata da una strepitosa Amy Whinehouse e finalmente imboccò la strada giusta.

È incredibile come, a volte, la musica riesca a mettersi in sintonia perfino con un ottuso navigatore satellitare.

Lasciò l'auto davanti al cancello dei giardini di Porta Venezia. Affondò gli anfibi nella neve fresca. Il freddo era diverso da quello della riviera ligure, da dove proveniva: non c'era il vento a schiaffeggiare il volto, ma un uniforme e penetrante gelo che si infiltrava nelle ossa come un fluido paralizzante.

Abbassò il berretto sulla fronte, come se bastasse a proteggersi, sollevò verso l'alto il colletto del piumino nero e si avvicinò agli agenti che delimitavano il traffico.

«Stiamo aspettando la Scientifica. Il cadavere è stato ritrovato da un ragazzo che faceva jogging. È ancora sotto choc. Mi sente?»

Come facesse il ragazzo a correre con quella temperatura polare era un mistero che sfuggiva alla sua comprensione.

Quando si trovava davanti a un cadavere Andrea De Curtis sembrava isolarsi in una bolla e non ascoltava nessuno. Si bloccava, concentrandosi sulla scena del crimine con le sopracciglia aggrottate e l'espressione assorta, facendo attenzione al minimo indizio, segnale, alla possibile traccia lasciata dall'assassino.

Gli assassini sono esseri umani e gli esseri umani posseggono un corpo che al suo passaggio semina tracce.

Quella volta il quadro sembrava meno promettente del solito.

Il sangue, la neve e la pioggia avevano creato una poltiglia di un colore indefinito, dal rosso mattone al rosa tenue.

Un uomo con una profonda ferita alla gola, la pelle cerea e livida, fermato nella fissità lugubre del *rigor mortis*, aveva terminato il conto alla rovescia della vita.

Frammenti di saliva ghiacciata colavano dalla bocca aperta.

De Curtis si abbassò per osservare meglio quello che restava di una vita spezzata, un cadavere con la faccia rivolta a terra, le braccia e le mani aperte, in una posizione innaturale, come un manichino senz'anima, in cerca di una preghiera, ma una preghiera rivolta verso il basso, verso l'inferno. Addosso all'uomo, agganciato alla cerniera del piumino, in bella vista c'era un foglio di carta, sembrava la pagina strappata di un libro.

De Curtis si avvicinò per leggere cosa c'era scritto.

Or, poi che Circe ebbe offerto, quegli altri ingoiato l'intriso,
li colpì con una verga, li rinchiuse dentro il porcile; e già di
porci avevano setole, muso, grugnito,
tutto l'aspetto: soltanto la mente era quella di prima.

Mobilitò ricordi e conoscenze dei tempi del liceo e riconobbe in quei versi l'*Odissea* di Omero. Ma perché quella scritta? Non fece in tempo a formulare mentalmente la domanda che la sua attenzione fu richiamata dalle parole di un uomo della sua squadra.

«Dov'è il vicequestore De Curtis?»

La voce, fin troppo stentorea, ruppe il silenzio con un misto di stizza e impazienza.

«Chissà se ha le palle» aggiunse farfugliando tra sé, mentre si accostava al capannello di poliziotti disposti intorno alla scena. Una gomitata gli arrivò al fianco dal collega che non aveva fatto in tempo a zittirlo.

«Temo avrà qualche difficoltà a vederle» rispose con un ampio sorriso il vicequestore. «Forse in un'altra vita, se rinasco uomo, ma non è detto che sia quello che voglio.»

Il collega la guardava come si guarda uno spettro, senza proferire parola.

«Ispettore Torrisi, vero? Ben tornato dalle vacanze.»

L'uomo esibiva lo sguardo ebete di chi sa di aver fatto una gaffe. Pareva incredulo, al cospetto della sua figura sportiva, di altezza media, jeans e piumino, con i capelli biondi raccolti che ricadevano dal berretto di lana.

«Sono Andrea De Curtis, il nuovo vicequestore. E, come vede, sono una donna» aggiunse porgendogli la mano.

Torrisi si scosse e cercò di sfoderare il più spudorato sorriso di circostanza di cui era capace. I modi tronfi da sceriffo si erano sgonfiati all'istante.

Andrea si guardò ancora intorno in cerca di altri dettagli che la colpissero. Notò che il gruppo di curiosi, fotografi e reporter, stava crescendo. La notizia del crimine era ormai di dominio pubblico.

«Allontanate i giornalisti... Appena possibile terremo una conferenza stampa ma per ora state alla larga dal circo equestre mediatico: non deve trapelare nulla. Neanche un particolare. È chiaro?» disse secca. Quindi si allontanò, superando l'ispettore e lasciandolo a parlottare da solo.

«Ma da dove arriva questa?»

«Non li legge i giornali, ispettore? È quella che ha risolto il caso dei ragazzi scomparsi» gli sussurrò un giovane agente in divisa, imbarazzato per la figura di merda del suo superiore.

«Ah! *Quella* De Curtis.»

«Eh, già.»

«Dottoressa, la vogliono dalla questura.»

L'agente porse il telefono di servizio alla De Curtis.

Era di nuovo il questore. «Hanno denunciato la scomparsa di un gallerista d'arte, Edoardo Solari» spiegò. «Lo aspettavano all'inaugurazione di una mostra, e non si è mai presentato.»

8

Quella mattina Sophie si era svegliata più tardi del solito, con l'urgente bisogno di un caffè che le togliesse di dosso i postumi d'una serata di festa e champagne in eccesso. Come sempre, nella sua vita superlativa, aveva esagerato. Ma adesso era preoccupata. Si era appena seduta al tavolo della grande cucina, mentre Marco parlottava al telefono dandole le spalle, rivolto al terrazzo dove i mosaici di marmo e ardesia e le sdraio erano battute da una pioggia scrosciante. Cercò di carpire il senso delle parole che pronunciava a bassa voce.

Marco ascoltava e rispondeva a monosillabi, come spaventato dal contenuto della conversazione.

Si girò di scatto al rumore della sedia dietro di lui.

Sophie gli rivolse un'espressione smarrita, gli occhi sgranati e la cialda del caffè in mano.

«Devo salutarti, fammi sapere se ci sono novità» tagliò corto. E riattaccò.

«Che succede? Con chi stavi parlando?»

Lo sguardo di sua moglie implorava di smentire quello che aveva già intuito.

La verità non ha bisogno di spiegazioni. Ci arriva addosso come un treno in corsa. E ci travolge.

Marco si avvicinò in silenzio, il volto di eterno ragazzo contratto in una smorfia. Le prese la mano.

«Edoardo. L'hanno appena trovato. Morto.»

Sophie lasciò cadere la tazzina e la cialda. Rimase lì, immobile come una statua. Assente e muta.

Poi un conato le salì irresistibile dallo stomaco alla gola e le ricordò che era viva. Corse a vomitare, quasi volesse espellere la terribile verità nel lussuoso bagno di casa Rovatti.

Pensò che in quella confusione, fatta di dolore, panico e rabbia, le rimaneva una sola certezza: la sua vita non sarebbe stata più la stessa.

La notizia si era diffuse rapida come un fulmine. I crudi particolari della vita di Solari, esposti e vivisezionati in tutti i programmi televisivi e nel web, avevano reso quell'inverno precoce ancora più gelido.

Molti fra quelli che lo frequentavano erano increduli, annichiliti, e si erano chiusi in un silenzioso sgomento. Ma c'era anche chi, scuotendo la testa e con un mezzo sorriso, non perdeva l'occasione di dire la sua.

«Eh, quel Solari, aveva giri strani.»

«Si sa com'è fatto il mondo dell'arte.»

«Secondo me si drogava.»

«Di certo era un gran puttaniere.»

«Secondo me era già un morto che cammina.»

Sembrava che ora tutti lo conoscessero bene, anche chi lo aveva incrociato una volta, per caso a un vernissage. Tutti parlavano di lui come se lo frequentassero dai tempi dell'infanzia. Quell'uomo così vitale, onnipresente era di colpo ridotto a un'assenza. Niente più che un corpo inerte disteso sul tavolo di acciaio dell'Istituto di medicina legale: un cadavere di robusta e ingombrante costituzione. Dissanguato in pochi minuti e abbandonato sulla neve rossa, sciolta dal calore del suo stesso sangue.

Sophie si chiuse nello studio, alla ricerca delle cose che le erano familiari, sperando di trovarvi qualche forma di rassicurazione a cui aggrapparsi. Le sue tele, i disegni, i colori. Marco non osava avvicinarsi, eppure, era presente. Spiava ogni mossa della moglie, la osservava costantemente in silenzio come si osserva un bene prezioso. Con allarme e preoccupazione, con amorevole dedizione e una punta di morbosità.

Il cellulare della donna vibrava di continuo. E mentre scorreva le chiamate perse, le venne l'impulso di frugare in quell'oggetto noto e allo stesso tempo misterioso, l'iPhone, alla ricerca di chissà quale arcana rivelazione. Cercò tra i messaggi quelli di Edo e li rilesse in un macabro rituale di autoflagellazione. Quanto le mancava il suo amico! Non veder comparire sul display il suo nome a ogni chiamata la straziava, lasciandola priva di forze. Ogni volta il cuore rimbalzava nello stomaco e il dolore la faceva precipitare in un pozzo nero, privo di appigli. Provò a ribellarsi, anche se sapeva di mentire con se stessa. Digitò il nome di Edo e sul display comparve il numero che fino a pochi giorni prima aveva composto mille volte, certa di sentire la sua voce.

Non l'avrebbe più visto. Mai più.

Portò il cellulare all'orecchio. Suonava a vuoto e lei lo lasciò squillare per un tempo indefinito, dicendosi che per loro due ormai il tempo non aveva alcun significato.

Invece, a sorpresa, qualcuno rispose.

Sophie trasalì. Al punto da non riuscire a parlare. Silenzio. Chi c'era dall'altra parte?

D'impulso chiuse la telefonata. Subito pensò alla polizia, che doveva aver posto sotto sequestro tutti gli oggetti che erano appartenuti a Edo. Ma se così non fosse stato, chi aveva risposto? Un tossico, o un barbone che aveva sottratto il telefono al cadavere? O l'assassino?

Guardò ancora una volta il telefono.

Adesso era muto. Il suo cuore restò sospeso come al momento d'un match point. In attesa di capire da che parte della rete sarebbe caduta la palla.

Chi si nascondeva dietro quel silenzio? I buoni, gli uomini che servivano la legge o chi aveva commesso quel crimine atroce?

Devo avvisare la polizia, pensò. Forse non è niente, forse ne sono a conoscenza, forse…

Il telefono tornò a vibrare. "Chiamata in arrivo da numero sconosciuto."

Sfiorò lo schermo, appoggiò lentamente il telefono all'orecchio, con paura, quasi temesse d'essere stata colta in fallo, e aspettò.

«Pronto? Sophie?»

«Chi parla?» rispose con un filo di voce.

«Sono Pietro.»

«Perché chiami con il cellulare di Edo?»

«Il cellulare di Edo? Ma che stai dicendo?»

«Scusami» balbettò confusa, guardando lo schermo dell'iPhone, sul quale era illuminato un numero non identificato. «Ero certa che… sì, insomma, che tu…»

«Ho capito» la tranquillizzò Pietro. «Ti sto chiamando da un fisso e non hai riconosciuto il numero.»

«Sì» ripeté con tono assente. «Dev'essere così.»

«Ascolta» attaccò l'uomo con voce quasi trafelata. «Devo parlarti, solo tu puoi aiutarmi.»

«Di che si tratta?»

«Di Edo» rispose dopo una breve esitazione. Quindi riprese: «Lui si fidava di te».

«Che vuoi sapere?» balbettò

«Conosci Ivan?»

«Ne ho sentito parlare, forse l'ho visto in galleria una volta, è un uomo alto e robusto?»

«È lui. Il nome Anastasia ti dice qualcosa?»

«No, ma che sta succedendo?»

«Dobbiamo vederci. È importante. Devi solo stare attenta.»

«Attenta?» ripeté con voce atona

«Mi farò vivo io. E non parlarne con nessuno.»

«Attenta a cosa?»

«Mi farò vivo io. E non parlarne con nessuno.»

«Ma che stai dicendo?»

Non fece in tempo a finire la frase che l'altro aveva riattaccato.

Restò immobile con il telefono in mano, mentre al dolore – un dolore insopportabile che la annichiliva – si aggiungevano sconcerto e confusione. Chi poteva volere Edo morto? E poi, cosa agitava tanto Pietro? Forse le era sfuggito qualcosa, forse la vicenda era torbida più di quanto avesse creduto.

Sapeva bene che Edoardo Solari ne aveva combinate tante, ma a chi poteva aver pestato i piedi al punto da essere ammazzato? In quale giro si era cacciato?

Una donna, pensò. Di certo si era messo nei guai per una donna.

Chi era questa Anastasia?

Il rumore della porta che si apriva la riportò alla realtà.

Marco entrò reggendo una tazza di tè.

Sophie ripose in fretta il telefono sulla scrivania, come se fosse colpevole di qualcosa. Le capitava abbastanza spesso negli ultimi tempi. Stava forse diventando paranoica?

«Parlavo con Greta. È tutto così assurdo…» disse di getto, evitando il suo sguardo.

Marco le si avvicinò, si assicurò che stesse bene, la fece accomodare sul divano e la strinse a sé. Lei si lasciò andare, il suo corpo si rilassò tra le braccia del marito, ma la testa vagava inseguendo le strane parole di Pietro.

Restarono lì, ciascuno aggrappato al corpo dell'altro, cercando di sorreggersi per non precipitare.

9

Andrea camminava per le vie di Milano come se le avesse percorse da sempre. Camminare e scoprire posti nuovi la entusiasmava, anche quando era il lavoro che la costringeva a farlo. La spingeva un impulso più forte di lei: perlustrare e curiosare, fosse solo per scoprire un nuovo ristorante. Girovagava e si stupiva di fronte alla bellezza di certi antichi palazzi e all'imponenza di grattacieli nuovi costruiti per l'Expo 2015. Ma erano le strade a colpirla di più. Strade ampie e luminose, così diverse dai luoghi angusti della sua infanzia. E di quelli del recente passato, nel minuscolo paesino di Montemarcello dove abitava nella piccola casa fuori dal mondo. Era scivolata in un esilio dorato, senza neppure accorgersene. Undici anni al servizio della comunità di Sarzana, lontano dalla sua faticosa giovinezza, dalla famiglia sgangherata in cui era cresciuta, con una madre ossessiva che ora viveva a Berlino e un padre troppo ingombrante che aveva deciso di tornare a Napoli, la sua città natale. Il nonno materno era un alto ufficiale della polizia di Stato e senza volerlo si era ritrovata ripercorrere le sue orme. Quell'omone, integerrimo, burbero, che non la faceva passare liscia a nessuno, neppure ai familiari. Tutti lo temevano ma con lei era diverso: per la piccola Andrea nutriva un debole che lo rendeva vulnerabile e perfino capace di manifestare affetto e tenerezza. Lei lo sapeva e lo ricambiava con amore. Forse per questo le sembrò naturale entrare in polizia.

Scrollò la testa per liberarsi dai pensieri, macinando passi in quegli spazi aperti che la facevano sentire così bene. Si disse che, a essere sincera, era stata bene anche nel paesino sul piccolo promontorio dove aveva vissuto negli ultimi anni. Ma aveva quel gusto, forse un po' ingenuo di prediligere la metropoli a scapito della provincia. Quanto le piaceva perdersi nelle grandi città, e ogni volta che si imbatteva in un monumento o in un edificio importante si domandava come avesse potuto vivere fino a quel momento senza conoscerlo. Era onnivora della bellezza, in tutte le sue forme come quando da piccola si perdeva a contemplare il mare per ore. Eppure, in fondo a se stessa, sentiva di non appartenere a nessun luogo.

Per andare a casa passava tutti i giorni davanti al 42 di viale Bligny.

Vide il portiere del "palazzaccio" – così lo chiamavano – parlare con due nordafricani. Sapeva che se avesse chiesto di Marlene non le avrebbero risposto, almeno non ancora. Le riecheggiavano in testa le parole di lei: «Al 42 tutti sanno tutto, anche se ufficialmente nessuno sa niente».

Nel cortile a cui si accedeva dal grande portone di legno, due uomini erano appoggiati al muro e parlottavano tra loro. Andrea si accese una Marlboro light, pensando per l'ennesima volta che prima o poi doveva smettere, e ripetendosi per l'ennesima volta che quello non era il momento.

Mentre osservava i due tizi vicino alla portineria, la vide avvicinarsi con un incedere maestoso e pieno di grazia. Indossava una ecopelliccia animalier, un cappello a falda larga nero, grandi orecchini a cerchio, un rossetto rosso fuoco e in mano teneva una sigaretta e un libro tascabile: *Le affinità elettive* di Goethe. Le sorrise spavalda mentre si avvicinava con quello sguardo fiero che Andrea aveva imparato a riconoscere: lo sguardo di chi sa abitare il mondo. Si accorse quanto incontrarla contribuisse a restituirle il buonumore e a far pace con se stessa. Anzi, le metteva proprio allegria.

Quello sguardo fiero era il frutto di una battaglia personale contro le convenzioni, il risultato d'una forza esplosiva che prediligeva legami autentici a scapito di altri, fasulli. Ne era sicura, Andrea, e il libro suonava come una conferma: le affinità elettive.

Aveva stretto amicizia con Marlene, la prima persona che aveva conosciuto nella via dove abitava. A Milano, Marlene era stata la sola conoscenza con cui si era sentita di condividere una qualche intimità. A volte succede: si incontra qualcuno per caso, ci si annusa, ti specchi e ci si ritrova nei pensieri dell'altro nelle storie semplici che racconta e si decide che va bene così, che è proprio quello che ti serve in quel momento.

La vedeva sempre alla finestra di fronte a casa sua. Avevano trascorso parte dell'estate a guardarsi. A immaginare una vita dietro le pareti di quelle abitazioni così diverse. Ogni tanto si incontravano sul marciapiede senza salutarsi. Si ritrovavano a fumare l'ultima sigaretta della notte e la prima del mattino. Ogni volta sorridendosi incrociando gli sguardi in un mix di imbarazzo e curiosità. La vedeva, Marlene, con acconciature diverse: capelli biondi, rossi, blu notte. Orecchini a cerchi grandi, pendenti colorati. Nulla appariva sobrio su di lei, e nulla voleva esserlo. Come se un freno l'avesse trattenuta per troppo tempo nella vita. Era una donna esplosiva, eccessiva in tutto. Anche la mattina che prese il coraggio di fermare Andrea nel bar sotto casa lo fece dicendo: «Devo confessarle l'omicidio di un uomo, qui al 42».

Lasciando Andrea De Curtis di stucco. Senza parole di fronte a un cappuccino e una brioche.

«Qui è morto Guido. L'ho ucciso io» rincarò la dose.

Guido frequentava spesso il Bligny 42, come tanti in cerca di distrazione, di fuga.

Era un uomo che amava stare solo, timido, uno che parlava poco. Magro, sebbene amasse il buon vino. Era sposato con una donna di Bolzano che insegnava matematica al liceo. Aveva una figlia di sedici anni, Chiara, ma era un padre assente, un genitore d'arredamento. «Non si sta dentro l'amore per un figlio se non si sta dentro se stessi» ripeteva sempre Marlene.

Al Bligny Guido aveva scoperto la libertà e lì iniziò a indossare una nuova vita. Il 42 lo aveva scelto ed era diventato la sua casa. Gli hotel a cinque stelle lo aspettavano ma lui finiva sempre per passare le ore migliori in quel vecchio e fatiscente edificio. «La casa non è solo il posto in cui abiti, la casa è qualcosa di più. Puoi anche credere di sceglierla, ma alla fine è lei a scegliere te.»

Lavorava come dirigente in una multinazionale e la sua esistenza si svolgeva tra il lavoro e la famiglia. Copriva il corpo con abiti maschili, i migliori, capi dell'alta sartoria, ma la sua pelle profumava di donna. Viaggiava con il suo trolley e il suo carico di umanità pesante, sempre più pesante. Fino al giorno in cui si spogliò, in quel monolocale con l'affitto agevolato e i muri scrostati, e nudo davanti allo specchio, trovò il coraggio di liberarsi della vecchia identità e indossare una sottoveste di seta nera, i tacchi a spillo, una sciarpa fucsia al collo e stendere Rouge Allure di Chanel sulle labbra. Guido non c'era più. Era venuta alla luce Marlene.

«Prima che Guido morisse non mi ero mai sentita così viva» confessò ad Andrea. Finalmente muoveva i primi passi, esibendo la propria irresistibile femminilità. Mostrando il proprio corpo come lo sentiva, senza reprimerlo e soffocarlo dentro abiti che viveva estranei e non le appartenevano più.

Quando si presentò al lavoro con i tacchi, perse il posto. Pretesti, mobbing, tristi note di biasimo della dirigenza. Ma era viva e non avrebbe permesso a nessuno di sottrarle la sua verità.

«Conosce il lato oscuro?» chiese un giorno ad Andrea. «Se lo evita, se cercherà di ignorarlo, sarà lui a venire a cercarla. Guido lo aveva fatto per tutto quel tempo. Doveva arrivare a quarant'anni per scoprirlo.»

Diceva molte altre cose, Marlene. Da quando si era liberata era diventata una persona consapevole e sembrava che nulla la intimorisse. A guardarla dava l'impressione che tutto le venisse facile, e che vivere per lei fosse diventato semplice. Chissà, forse, lo era diventato davvero e adesso sembrava assaporare ogni attimo dell'esistenza. Voleva tutto, e non intendeva perdersi nulla. Divorava libri e viveva con eccentricità perché mai più si sarebbe nascosta. C'era però un tarlo, un tormento che non le permetteva di dormire la notte: la figlia Chiara. Si scrivevano ogni giorno. Ma le mancava ancora il coraggio di vederla. Del resto, la madre glielo impediva. Lei che aveva già cambiato tre fidanzati, ma si sa, un padre trans come lo inserisci nei discorsi tra amiche al tennis club?

«Sai qual è stata la mia fortuna?» disse un giorno in tono scherzoso al vicequestore De Curtis sfilando il foulard colorato che indossava con eleganza, mostrando il cranio liscio e lucente, gli occhi verdi perfettamente truccati e gli orecchini pendenti di topazio. «Essere stata un uomo calvo, così posso indossare tutte le acconciature che voglio e illudermi ogni volta di essere una persona diversa.»

Andrea sorrise con commozione, ripensando a tutte le versioni di Marlene che aveva visto, con i capelli ricci, lisci, lunghi, corti. E a tutte le versioni di Marlene che ancora le sarebbe toccato di vedere.

«Ciao, poliziotta» le disse agitando la mano.

Andrea era in procinto di rispondere, ma il cellulare attaccò la sua cantilena e lei fece segno di attendere un minuto.

«Sì, vabbè tesoro, poi ci sentiamo» rispose Marlene con un sorriso. Sapeva che, se si fosse fermata, sarebbe rimasta a osservare Andrea parlare al telefono per chissà quanto tempo. Non aveva tempo da perdere, non più. Si muoveva come se avesse fame della vita e non potesse sprecarne nemmeno una briciola. Andrea annuì col capo e Marlene le mandò un bacio con la mano abbandonandola alla sua schiavitù.

Era Torrisi.

«Dottoressa, abbiamo trovato l'agenda di Solari.»

«Dove sei?»

«In questura.»

La tentazione di andare a casa era forte, complice la temperatura così prossima allo zero, a cui non era abituata, ma il senso del dovere prevalse come sempre. E poi, non aveva niente di speciale da fare, niente da perdere e a casa non l'aspettava nessuno. Ogni occasione era buona per sfuggire dalla propria solitudine.

Il lavoro era la sua apnea, prendeva aria e vi si immergeva, senza sosta. Come accadeva in piscina, bracciata dopo bracciata fino allo sfinimento.

«Aspettami. Sto arrivando.»

Infilò il cellulare nella borsa, cercò le chiavi della macchina, che non trovava mai, e si diresse di nuovo verso la questura.

Lanciò un ultimo sguardo al 42. Marlene non c'era più.

Quindici giorni a Natale

10

Era così ostinata, la dolce Sophie.

Tanto da non guardare in faccia nessuno.

Come aveva potuto cancellare le persone che le erano state accanto? Dimenticare chi l'aveva sempre amata, come se non esistesse più?

Fin dai tempi dell'università si era fatta risucchiare nell'orbita di Solari, un delinquente da due soldi, come si scivola nelle sabbie mobili, e lo aveva fatto senza alcun ripensamento, con superficiale incoscienza. Aveva messo i piedi dentro il vischioso mondo di fango che era diventata la vita di quell'uomo e tutti si domandavano cosa l'avesse spinta a farlo.

Lei aveva fiducia in lui e ora si era invaghita del suo ridicolo senso di redenzione.

Si può essere così ingenui? Dar credito a un cialtrone che millantava di avere riguadagnato la verginità, dopo un'intera esistenza trascorsa a sfruttare chiunque gli si avvicinasse: amici, parenti, fidanzate? Solari si illudeva di rinascere, proprio grazie a queste ultime. In realtà a scapito loro, specie di certe donne di cui nessuno conosceva la vera identità.

Affermava di aver trovato pace e rifugio nel loro mondo, un luogo misterioso dal quale traeva nuova linfa, nutrendo lo spirito e ricomponendo un arcano senso di armonia. Un giardino dell'Eden del quale era il solo beneficiario.

Per loro spendeva soldi che non possedeva e qualcuno doveva accollarsi l'onere di pagare il conto.

I collezionisti sono persone insopportabili, gente gretta, che si crede grande attraverso il possesso delle cose, inclusa la vita degli altri. I peggiori sono i collezionisti di donne. Perciò vanno eliminati.

Sophie Martini era chiusa nell'atelier – come amava chiamarlo – ormai da giorni. Usciva solo per andare a dormire, quando non si addormentava sul divano-letto, posizionato secondo le regole del feng shui. E riprendeva sempre Marco quando si sbagliava e chiamava il suo rifugio "studio" o "ufficio".

«A-te-lier» scandiva con precisione, «quante volte te lo devo ripetere, amore?».

Osservava il marito con un'espressione tra compassionevole e rassegnata. Solo chi vive d'arte poteva cogliere certe sfumature nel significato delle parole. Chi non era dotato di sensibilità creativa non poteva capire. E lei scrollava le spalle con quell'aria un po' spocchiosa mentre Marco, ogni volta, si sentiva inadeguato come uno scolaretto.

«Quante cose mi insegni, amore mio» era solito ripetere, come se lei fosse una dea che dispensa saggezza e beatitudine.

Ora Sophie era sconvolta. Non riusciva a muoversi e non voleva neppure provare a stare meglio. Le mancava il coraggio di leggere i giornali e ascoltare la televisione. In città non si parlava d'altro che dell'omicidio di Solari e proteggersi dal chiacchiericcio era diventata un'impresa impossibile. Lei non aveva più la forza di affrontare il mondo. Neppure per fare una passeggiata fuori casa con il suo cane. Aveva scelto di non scegliere. Aveva preso fra le mani la tavola di legno, l'aveva rigirata alla ricerca di un'idea, un suggerimento che la spingesse a creare qualcosa ma non aveva intravisto altro che una tavola di legno inerte, fredda e insignificante. Un oggetto inanimato e morto, proprio come Edo. E come lei stessa.

In passato le fasi di avvio di un'opera d'arte erano sempre state entusiasmanti. Per quanto si presentassero incerte, insidiate da dubbi e incognite, costituivano una sfida che la riempiva di adrenalina. Ma questa volta era diverso: niente riusciva a smuoverla dall'apatia e dal nonsenso.

Ripensava al viaggio in Russia che aveva compiuto con Edoardo alla scoperta dell'arte sacra. Le sembrava di rivederlo, lo sentiva ancora presente al suo fianco. Gli occhi nocciola, l'aria tormentata e quel sorriso luminoso che si accendeva ogni volta che si lasciava prendere dall'entusiasmo. Perché Edo, quando riusciva a liberarsi dalla sua tetra malinconia, sapeva entusiasmarsi della vita e la sua passione era contagiosa e si trasmetteva a chi gli stava vicino. Sophie ricordava bene come si infervorava e gesticolava mentre illustrava un'idea del quale si era innamorato. Per lei era sempre lì, come se non volesse lasciarla. Non riusciva a pensare ad altro. E al ricordo il cuore era straziato da una salva di frecce acuminate.

Sophie ricordava di avere letto che l'elaborazione del lutto attraversa cinque fasi: la negazione, la rabbia, la confusione, la depressione e l'accettazione. Lei era ancora nella prima fase, quella della negazione. Alla morte di Edo proprio non voleva crederci.

Quando si perde qualcuno bisogna fare i conti con una parte di sé: quella che ha amato chi non c'è più. Frana dentro fino a ridursi a un cumulo di macerie. Con l'altro, si perde la propria interezza. E Sophie si sentiva così: una donna monca, sospesa nel vuoto. Avrebbe abitato quel vuoto per lungo tempo, ne era certa. Ne avrebbe fatto la sua nuova casa.

Restò lì, seduta a contemplare la tavola di legno senza vederla.

Marco Rovatti con naturalezza si era messo comodo nel suo studio, aveva acceso il pc e si era collegato con la sua ossessione.

Aveva installato di nascosto un sofisticato sistema di videocamere. Per non perdersi – come cantava Battisti – *Neanche un minuto di "non amore"*. Era una malattia, una coazione più forte di lui.

Del resto, si giustificava, Sophie aveva scelto di sposarlo e non c'era nulla di male nell'osservare ogni gesto, espressione, movimento della moglie. Il suo amore per lei era totalizzante, doveva proteggerla e, per farlo, sapere in ogni istante cosa stesse facendo. Era per il suo bene, si diceva, ma la verità era un'altra: Marco a guardarla si eccitava. Quel piacere solitario era il suo segreto, qualcosa che non condivideva con nessuno, neppure con lei.

11

Andrea trovò l'ispettore Torrisi nel suo ufficio, seduto sulla poltroncina davanti alla scrivania, mentre l'agente scelto Roncallo si aggirava per la stanza come un'anima in pena.

Torrisi le passò l'agenda che aveva scovato nella galleria di Solari. Lo fece con una sorta di compiacimento, come se avesse scoperto un tesoro nascosto.

«Ho dato un'occhiata e non mi sembra ci sia niente di sensazionale: appuntamenti di lavoro, pagamenti effettuati e da effettuare, coordinate bancarie. L'unica eccezione sono alcuni nomi di donna che compaiono periodicamente, segnati e sottolineati con due linee.»

«Dunque, qualcosa c'è» ribattè lei.

Prese a girare le pagine, dall'inizio dell'anno comparivano quattro nomi di donna: Sofia, Caterina, Elena e Anastasia.

«L'ultimo nome è sottolineato più volte. Dopo il viaggio a Mosca dell'estate scorsa è quello più ricorrente. Compare spesso nell'ultimo mese, anche nel giorno della morte. Forse dovevano vedersi o si erano visti. Un giro di escort dall'est?»

Torrisi aveva parlato tutto d'un fiato, con l'aria sorniona di chi ha già capito tutto. Se ne stava seduto sulla sedia con i braccioli e aveva allungato le gambe. Di certo non era in soggezione davanti al suo capo. Per accentuare la propria sicurezza, aveva preso a scartare una barretta prelevata dal distributore automatico.

«Escort russe» ripeté De Curtis sovrappensiero, mentre lo osservava divorare con voracità il dolce e leggere concentrato le proprietà nutritive stampate sulla confezione.

«Scusa, Torrisi, che stai leggendo?»

«Niente, niente» si affrettò a dire l'ispettore. Appallottolò l'involucro e lo gettò nel cestino.

«Mi hai preso per scema? Eri concentrato nella lettura.»

«Novantaquattro» rispose lui senza guardarla in faccia.

«Novantaquattro?»

«Le calorie della barretta. Sono solo novantaquattro. Ne vuoi una?»

De Curtis alzò gli occhi al cielo.

«Ma, secondo te, se devo gustarmi una merendina sto a fare la conta delle calorie?»

«Dunque, dicevamo?»

Torrisi non sapeva mai fino a dove poteva spingersi con una tipa come il suo capo. Per sua natura era allergico all'autorità e non gli piaceva ricevere ordini. Si sentiva un agente operativo, doveva battere le strade e annusare il pericolo senza rendere conto a nessuno. Queste caratteristiche gli avevano causato qualche problema con i superiori e non lo avevano certo favorito nella carriera.

«Quel Solari era un soggetto difficile da inquadrare. Frequentava gli ambienti più disparati. Potevi trovarlo in una bettola di Quarto Oggiaro e alla fondazione Fendi per l'inaugurazione di una mostra. Circola voce che avesse ogni sorta di vizio: gioco, scommesse, sesso a pagamento e una predilezione per pratiche tipo bondage e orge sadomaso. Una vita tranquilla, insomma. Aveva perso molti soldi, si dice anche un appartamento nel centro di Milano. Di certo tutti lo hanno sempre visto in compagnia di donne bellissime. Molte di loro venivano dalla Russia, un paese dove negli ultimi anni si è recato di frequente. Lo attestano i timbri sul passaporto. Ricorrente è anche il contatto con un certo Ivan, che compare spesso nelle ultime chiamate del cellulare. Probabilmente quello che gli procurava le escort.»

Si sistemò sulla sedia, tutto fiero di quello che in poco tempo era riuscito a scoprire.

«Bene» replicò Andrea. «Cosa sappiamo di questo Ivan? Forse non è solo un pappone. E poi cosa ha a che fare con il mondo dell'arte?»

«Potrebbe essere un trafficante d'arte, un ricettatore. In un appunto dell'agenda è identificato come "Il Santo". Sul suo conto però abbiamo anche trovato una segnalazione per sfruttamento alla prostituzione e diverse altre denunce.»

«Denunce da parte di chi?»

«Per lo più privati cittadini, collezionisti e appassionati d'arte. Le segnalazioni sono aumentate negli ultimi anni. Conti in rosso, assegni scoperti, truffa aggravata, sembra che abbia lasciato parecchi debiti in giro. Negli ultimi tempi deve essersi dato un gran da fare.»

«Sappiamo dove trovarlo?» chiese Andrea, mentre Torrisi parlava con lo sguardo fisso sul cellulare.

«Serve una ricerca sulle celle telefoniche. Il sovrintendente Roncallo è un mago, stiamo inoltrando la richiesta al magistrato e domattina ne sapremo di più.»

«Che significa stiamo inoltrando?»

De Curtis sentiva la rabbia montarle dentro, una rabbia che volentieri avrebbe nascosto agli occhi del mondo. Detestava la fama – che ovunque la precedeva – di donna facilmente irascibile, pronta a inalberarsi per qualunque sciocchezza. Alle donne non era permesso comportarsi così, pena venire tacciate di isterismo o, nel migliore dei casi, di soffrire di sindrome premestruale. Ma l'atteggiamento di Torrisi le risultò insopportabile.

«Credevo che la richiesta fosse già partita.»

«Stavo per farlo, ho istruito la pratica e...»

«Doveva essere già sul tavolo del magistrato.»

«Ma l'agenda l'abbiamo trovata ieri.»

«Appunto. Perché aspettare?» Andrea si fece paonazza in volto e alzò la voce. «Ti ricordo che abbiamo a che fare con un caso di omicidio, non con un furto di polli. E poi, quando parli con me, staccati da quel cazzo di cellulare. Ti voglio attento e non distratto da messaggini e merendine!»

Si alzò di scatto e uscì dalla stanza sbattendo la porta.

Torrisi rimase annichilito in silenzio ma sul volto si leggeva con chiarezza quello che gli passava per la mente.

Questa è pazza, pensò.

Andrea detestava sciatteria e approssimazione e non si faceva scrupolo di affrontare a muso duro i colleghi che incorrevano in tali mancanze. Questa idiosincrasia le aveva procurato la fama di dirigente rigido e intollerante e l'aveva resa oggetto, da parte dei sottoposti, di mugugni e malumori. Lei che nella vita personale era la regina della dilazione, quando si trattava del lavoro diventava un caterpillar. Ma aveva ancora un senso per lei, distinguere il privato dal lavoro? Non si ricordava più di averla, una vita privata.

Rientrò mentre Torrisi era ancora seduto alla scrivania, con l'aria cupa e risentita.

Da quella capa così chiusa e compassata non si aspettava uno scatto d'ira così repentino. Imbarazzato e un po' stizzito, aggirava lo sguardo per l'ufficio senza sapere dove posarlo.

«Sollecita il collega» ordinò a Roncallo, che stazionava in piedi nella stanza. «Voglio quei tabulati al più presto.»

De Curtis raccolse in blocco i fascicoli, sistemati sullo schedario, e li trasferì sulla scrivania. Quindi uscì e sbatté di nuovo la porta.

L'ispettore trattenne a stento la rabbia. Quella donna stava mettendo a dura prova la sua pazienza. Lui, trentenne di belle speranze, abituato a piacere a tutti, ai colleghi e soprattutto alle colleghe, e a mostrarsi alla mano e scanzonato, sempre con la battuta pronta, forse per la prima volta si era sentito un cretino.

Roncallo gli passò accanto e, dopo averlo guardato in faccia provò a rassicurarlo. «Tranquillo, ispettore, dicono che sia sempre così.»

«È una pazza! Fanculo le quote rosa e il politicamente corretto! Ma chi si crede di essere?»

«Ci sei rimasto male?»

«Figurati quanto me ne frega» borbottò facendo spallucce. «Comunque è una maleducata.»

Andò nel proprio ufficio, infilò il piumino, afferrò il casco integrale nero e si avviò verso le scale.

Cinque minuti dopo De Curtis ricomparve nel corridoio e incrociò l'agente Roncallo.

«Dov'è Torrisi?» domandò.

«Dottoressa» rispose Roncallo imbarazzato, «l'ispettore è uscito». Lo disse a voce così bassa che Andrea non riuscì a sentirlo.

«Cos'ha detto?»

«È appena andato via.» Fece una pausa e azzardò una chiosa: «Sa, è un po' permaloso».

Il vicequestore De Curtis dapprima lo fissò incredula, quindi alzò gli occhi al cielo e si appoggiò al muro.

«Se non le sono più utile, dottoressa, andrei anch'io.» Roncallo non vedeva l'ora di togliersi da quella situazione.

«Vada, vada pure» rispose Andrea distrattamente, mentre i suoi pensieri già galoppavano verso il gallerista, il russo e la misteriosa Anastasia.

Mentre l'uomo si allontanava, guardò l'orologio: era quasi mezzanotte.

Tornò nella sua stanza e sedette alla scrivania. Davanti aveva il fascicolo aperto di Edoardo Solari.

Appuntò sul pannello a muro una foto di Solari sorridente, scaricata da internet, e accanto quella del suo cadavere martoriato.

Mancava la storia, la vita che era intercorsa fra quelle due immagini. Ed era compito suo ricostruirla.

Appoggiò i gomiti sulla scrivania e incrociò le braccia. Gli occhi fissi sulle foto.

Restò così, fissando il volto che rideva e il cadavere. Per un attimo in quegli occhi e in quel viso vide i tratti di suo fratello. Le succedeva ogni volta che si trovava fra le mani la foto di qualcuno morto tragicamente. Un crampo allo stomaco le ricordò che lei era ancora viva. Lei era una sopravvissuta.

Una sensazione di freddo le attraversò il corpo. Il rumore della sofferenza si fece sentire fortissimo. Ogni volta che il pensiero andava al fratello il respiro le veniva meno.

Si sfregò gli occhi, come per svegliarsi, e agitò la testa quasi a resettare i pensieri. Puntuale il rimorso tornava a tormentarla. Erano attimi, brevi sussulti, il senso di precipitare da un dirupo. Poi ritornava in sé, pronunciando ad alta voce il suo nome: Giulio. E chiedendo di perdonarla. Ovunque si trovasse ora.

Accese una Marlboro light e tornò a concentrarsi sul caso.

Gli occhi si appuntarono sulla foto del cadavere. L'intuito che la guidava come un radar si mise in azione. Sentì crescere un'energia che la spingeva a scavare, alla ricerca della verità. Le martellava la testa e le viscere si contraevano in uno spasmo doloroso al quale non poteva sottrarsi. Restò lì, seduta, per un tempo infinito, si accese un'altra sigaretta, anche se avvertiva solo un sapore amaro. Osservò ancora tutto quello che le stava davanti. Si alzò in piedi, mosse nervosamente qualche passo nella stanza poi tornò al suo posto, si accostò più vicino alla foto del cadavere mutilato. Cercò l'angolatura giusta per ottenere una visione particolare, di sbieco. Si accorse che qualcosa le era sfuggito. Afferrò il cellulare e cercò il numero. Chiamò. «Ho bisogno del tuo aiuto.»

Indossò il piumino e uscì.

12

Prendersi cura di sua moglie era il pensiero dominante di Marco Rovatti.

In quelle gelide giornate di dolore, dopo il ritrovamento del cadavere di Solari, sembrava diventata la sua sola ragione di vita. Gli piaceva godersi lo spettacolo di Sophie ogni volta che riusciva a sorprenderla. Quando le serviva la colazione al mattino, o dopo avere cucinato il suo piatto preferito, o quando le faceva recapitare un vestito nuovo che lei, entusiasta, aveva visto qualche giorno prima in una vetrina. Quella speciale forma di voyeurismo nasceva da un moto insopprimibile e il bisogno di soddisfarlo non gli lasciava scampo. Strappare alla moglie un sorriso non era per Marco un atto di generosità, ma un puro impulso istintivo. Conosceva a memoria ogni profumo e ogni vestito che indossava. Studiava i suoi spostamenti e prevedeva i suoi gesti. Non era eccessivo affermare che sapeva tutto di lei, e conosceva anche bene la ragione della propria ossessione: masticare la gustosa vita della moglie gli faceva dimenticare l'insapore trascinarsi delle proprie giornate.

E a Sophie piaceva così. Nonostante fingesse di lamentarsi della sua gelosia, essere al centro delle attenzioni del marito la faceva sentire unica. E dopo la morte di Edo questo piacere era diventato una necessità. Sophie aveva deciso che, per qualche tempo, non ci sarebbe stata per nessun altro. Aveva spento il cellulare: nessuna chiamata, nessun messaggio. Le dolevano gli occhi e il bruciore che sentiva in ogni fibra del corpo si placava solo con la presenza di Marco.

Le cure di suo marito non avevano mai prodotto un effetto così intenso e rasserenante. Una volta di più si rese conto di quanto avesse bisogno di lui. Solo le sue continue attenzioni le consentivano di non affogare: era il filtro che smorzava la sofferenza del vivere, una cortina protettiva che la teneva al riparo dal resto del mondo.

Con totale e assoluta dedizione si premurava di non farle mancare niente. E tutto procedeva, nei limiti consentiti dal dolore, nel migliore dei modi. Lui c'era, sempre, e non visto continuava a osservarla. Sorseggiava un gin tonic e pensava a lei. Al mattino lo svegliavano il ticchettio delle sue dita sulla tastiera del pc, o i suoi passi in cucina mentre preparava il caffè, o lo scroscio dell'acqua della doccia. Erano suoni dolci, sensuali, che gli procuravano sulla pelle un brivido di piacere. Perciò mal tollerava chi poteva distrarlo dalla sua passione. Sophie Martini era come una droga, adorava viziarla ed esaudire ogni desiderio, anche piccolo, che potesse farla stare meglio. E più la coccolava, più lei richiedeva attenzioni, in una spirale dove non era facile capire chi conducesse il gioco. Marco avrebbe voluto averla tutta per sé, anche solo per ammirarla. Era un guardone, uno sporco guardone soggiogato e sottomesso. Ma chi è sottomesso solo in apparenza subisce: chi è totalmente devoto detiene talvolta un potere di controllo totale sulla vita dell'altro.

Quella gelida mattinata, mentre era occupato a spiare sua moglie, Marco fu richiamato alla realtà dal suono del videocitofono. In quei giorni aveva quasi sempre evitato di rispondere senza neppure accertarsi di chi ci fosse alla porta. Per entrare nella loro bolla ovattata occorreva un preavviso speciale. Ma non poteva continuare così.

Controvoglia andò a rispondere al citofono esibendo la consueta aria serena e il sorriso cordiale preconfezionato. Era Greta.

«Volevo notizie di Sophie. Non riesco a parlarle da giorni» proruppe mentre entrava in casa, gesticolando, sfilando i guanti di lana e parlando a raffica. Trafelata e decisamente ingombrante. Era alta e la sua presenza occupava lo spazio con prepotenza: riempiva la stanza e non la smetteva più di fare domande.

«Ciao Greta, immaginavo che saresti arrivata» disse Marco cercando di contenerla, con il tono serafico d'un prete sull'uscio della chiesa.

«Come sta?» incalzò preoccupata. «L'ho chiamata a ripetizione ma il cellulare è sempre spento. Non è da lei troncare i contatti con il mondo»

Senza rispondere subito, Marco la fece accomodare in salotto.

«Sono un po' allarmato, ma troverà le risorse per uscirne alla grande. Ora è provata, come tutti noi» rispose Marco, abbozzando un debole sorriso e portando le mani sul viso. Un gesto involontario che lasciava trapelare più di quanto avrebbe voluto.

Greta di colpo rallentò e chiese: «Sta male?».

«È solo stanca.»

«Posso vederla? Vorrei tanto parlare con lei.»

«Non so, Greta. In questi giorni non vuole vedere nessuno.»

Era la verità, ma di fronte allo sguardo attonito dell'amica non riuscì a resistere e aggiunse: «Provo a informarla che sei qui».

Si avvicinò all'atelier e, quasi con timore, bussò alla porta. Sophie non rispondeva. Provò ad aprire e si affacciò sulla grande stanza. Nella penombra la vide seduta sulla poltrona, mentre gli attrezzi da lavoro erano sparsi sul tavolo. La raggiunse e le accarezzò i lunghi capelli sciolti.

«Amore, è venuta a trovarti Greta» sussurrò con dolcezza. «Ti senti di vederla?»

Lei sembrò uscire dal torpore. L'amica le aveva sempre dato forza, forse incontrarla le avrebbe fatto bene.

Il volto di Greta fece capolino dalla porta.

«Tesoro, come stai?» domandò andandole incontro in modo plateale come era solita fare.

«Oh sei qui...» rispose lei ravvivandosi.

«Vi lascio sole» bisbigliò Marco prima di dileguarsi.

L'amica prese posto sul divano. Le afferrò le mani e le strinse tra le sue. «Come ti senti?» ripeté accennando un fugace sorriso. Rimase colpita dal pallore cereo del volto e dalle profonde occhiaie che si dilatavano sotto le orbite.

Sophie non rispose, si limitò a trarre un profondo respiro. Rimasero così, in silenzio, a fissare intensamente l'una gli occhi dell'altra. Finché Greta riprese: «Ti ho portato una cosa».

Dalla borsa estrasse un pacco di biscotti e glielo porse. Sophie dapprima rifiutò, come una bambina che fa i capricci, ma presto riconobbe la sua specialità preferita:

i canestrelli genovesi, quelli che le preparava la nonna, originaria d'un paesino dell'entroterra ligure. Greta la conosceva davvero bene. Prese a mangiare un dolce dietro all'altro e il viso acquistò una sfumatura di colore. Tirò su col naso. Mentre sbocconcellava i canestrelli sembrava davvero una bambina e Greta si intenerì.

«Sono preoccupata» attaccò. «Mi ha cercato Pietro, credo che sappia qualcosa.»

L'amica ascoltava con attenzione.

«È venuto a Milano e vuole incontrarmi, ma c'è qualcosa che non va. Lo sento confuso, nervoso, continua a ripetere le stesse cose, dice di prestare attenzione e di non parlare con nessuno, ma non capisco a cosa si riferisca. C'è qualcosa in questa storia che non capisco.»

«Lo hai detto a Marco?»

«Scherzi?» rispose Sophie, abbassando la voce e facendo cenno di tacere. «Marco non lo sopporta.»

Si scambiarono un sorriso di complicità.

«Pietro continua a parlarmi di una certa Anastasia. Il nome ti dice niente?»

Greta rimase in silenzio a pensare. Quindi rispose: «Una volta si è presentato al Nobu accompagnato da Iryna. Un'altra volta l'ho incontrato mentre usciva dalla galleria con Katerina e Laryssa, due stupende ragazze che dicevano di venire da San Pietroburgo. Ma di questa Anastasia non ne ho mai sentito parlare. Non saprei dove collocarla, è un personaggio nuovo».

«Chi potrebbe essere?»

«Forse una gallerista russa con cui Edoardo faceva affari.»

«Dobbiamo trovarla» implorò Sophie. «Forse ci aiuterà a scoprire i retroscena di questa assurda storia.»

«Tesoro, trovare le donne di Edo non è un'impresa facile, sai bene che razza di puttaniere...»

«Era cambiato» la interruppe con veemenza. Il giudizio senza appello su Edo sembrava averla ferita. «Negli ultimi tempi non era più così.»

«Ah, no? E da quando?»

«Non saprei, almeno un anno. Forse da quando ha conosciuto questa Anastasia.»

Greta non sembrava convinta. «Si sarebbe fatto redimere da una donna?»

«So che suona strano, ma io lo conoscevo bene... Devi credermi.»

«Va bene, proverò a chiedere a qualche gallerista. Tu parla con Pietro. Forse arriveremo a capirci qualcosa, in questa storia assurda» sospirò Greta scuotendo il capo. «È tutto senza senso. Edoardo, la sua morte improvvisa. Lasciato marcire per terra come un animale con addosso una targa firmata dalla maga Circe. È l'opera di un pazzo. Senza dubbio.»

Sospirò ancora e prese a sbocconcellare un canestrello, mentre l'amica era immersa nei suoi pensieri e sembrava non ascoltarla.

Marco non si era perso una parola, attraverso le videocamere nascoste le ascoltava parlare fitto fitto e la loro complicità, quel sapere tutto una dell'altra, da un lato lo estasiava e dall'altro gli procurava fastidio. Sarebbe mai accaduto che Sophie si mostrasse un giorno altrettanto intima anche con lui?

Dal loro legame non si sentiva minacciato, ma escluso sì. E questo gli faceva male.

13

Quando varcò il portone era quasi l'una della notte. I vigilantes le chiesero dove stesse andando.

«A trovare un'amica» rispose secca. Le scocciava dichiarare d'essere una poliziotta, proprio lì, nel palazzo dove si diceva che trent'anni prima si fosse nascosto Renato Vallanzasca, il capo della banda della Comasina, e dove ancora oggi si rifugiavano spacciatori, piccoli delinquenti e un'umanità che non vedeva di buon occhio le divise.

Appena la riconobbero, quasi si scusarono per averla fermata.

Entrò nel cortile e si recò verso le scale esterne che portavano all'appartamento di Marlene. Voci di bambini urlanti, a ogni ora del giorno e della notte, costituivano il sottofondo musicale ininterrotto di quel fatiscente edificio. Ninne nanne africane, orientali, gitane e le immancabili canzoni napoletane si inseguivano per le trombe delle scale. Ormai Andrea le conosceva a memoria. Un cagnolino mugolava disperato ai piani alti, forse il padrone era uscito per un'emergenza e lo aveva lasciato solo. Più si addentrava nel palazzo più nell'aria fermentavano effluvi d'ogni tipo, odori speziati di cibo e aromi di incensi, profumo di caffè e fragranza di caramello. Passò davanti alla madonnina, incastonata in un'antica edicola. Cominciò a capire perché lo chiamavano il "palazzo mondo": in quello spazio c'era posto per ciascuno, tutti convivevano e si sopportavano, si accettavano, nel bene e nel male. La maggior parte degli inquilini erano lavoratori che si sudavano la pagnotta quotidiana, una piccola percentuale era costituita da spacciatori, un'altra da studenti, che approfittavano di una sistemazione conveniente vicino alla Bocconi, altri ancora sbandati che non avevano ancora trovato un posto nel mondo.

Andrea salì altre rampe, l'illuminazione era scarsa e i muri scrostati. L'appartamento di Marlene si trovava all'ultimo piano della scala tre.

"Locali sottoposti a sequestro" stava scritto sulla porta attigua. Finalmente, dopo avere bussato con discrezione, entrò nel monolocale ad affitto agevolato dove viveva l'amica. Naturalmente la trovò sveglia e in forma, come se fosse mezzogiorno. Del resto, nel palazzaccio la vita si svolgeva nel ciclo delle ventiquattr'ore. Bastava trascorrerci qualche giorno per capirlo.

«*Bonsoir, mon amie*» la apostrofò Marlene.

«Mi hai detto d'essere un'esperta informatica, vero?» chiese Andrea entrando, senza rispondere al saluto. Marlene la lasciò passare e restò sulla soglia appoggiata allo stipite della porta.

«Grazie cara, io sto bene e tu?»

«Perdonami, Marlene» si scusò Andrea. «Va tutto bene. È che stasera sono un po' di corsa.»

«Tu sempre sei di corsa, *chérie*. Non sarà il caso di prenderti una pausa?»

«Hai ragione» confermò. «È proprio il caso, ma non ora. Ora non posso.»

«Così dicono quelli che non si fermano mai» replicò Marlene stringendosi nelle spalle, «e finiscono per perdersi il meglio della vita. Ma immagino che tu non sia venuta per ascoltare i miei consigli. Dimmi che ti serve».

«Ho una chiavetta che potrebbe contenere informazioni importanti.»

«In questura giocate alla playstation?»

«È una storia lunga. Potrei aspettare domani, ma preferisco verificare subito e solo tu puoi aiutarmi.»

«Questo lo so, anche perché, fuori dal lavoro, a Milano conosci solo me. Dammi qua» disse porgendole la mano.

Quell'affermazione la colpì. Senza volerlo la sua amica le aveva sbattuto in faccia una verità che conosceva fin troppo bene: lei non frequentava nessuno e non aveva più una vita privata.

«Nel mio lavoro mi consideravano un mago: quando ero un uomo, intendo. Perciò mi avevano promosso dirigente, con tanto d'ufficio con vista sui Navigli e segretaria personale. Dopo che sono comparse le scarpe con il tacco mi hanno tolto l'ufficio e la segretaria, ma le competenze e le scarpe col tacco non potevano portarmele via.»

Non aveva perso tempo e, mentre parlava, aveva acceso il computer e inserito la chiavetta nella presa usb.

Restò di stucco quando vide la foto del cadavere martoriato di Solari. Lanciò ad Andrea un'occhiata sbilenca e commentò: «Ma è necessario portarsi a casa certa roba? Non temi di svegliarti in piena notte in preda a un incubo terrificante?».

Andrea fece finta di non aver sentito e rispose secca: «Ingrandisci più che puoi il tatuaggio sulla spalla».

Marlene iniziò a digitare velocemente sulla tastiera alla ricerca del programma adatto per scansionare la foto.

Non aveva millantato nulla: era davvero una maga del computer.

In breve, la foto prese forma e i dettagli si ingrandirono a dismisura con una nitidezza che solo un'esperta poteva ottenere.

«*Et voilà*» dichiarò soddisfatta. «Tanto per sapere, cosa cerchiamo?»

«È come immaginavo» replicò Andrea, osservando con attenzione il display. «Ora riesco a vederlo: quel tatuaggio rappresenta un simbolo, qualcosa che ha a che fare con l'arte. Speravo che vederlo chiaro e ingrandito mi aiutasse a ricordare...»

«E invece?»

Andrea scosse il capo.

«Hai l'aria stanca» sussurrò Marlene, e guardando con tenerezza i suoi occhi. «Hai cenato?»

«In questo periodo non ho fame.»

«Si vede.»

«In che senso?»

«Hai il viso sciupato.»

«Detesto sentirmelo dire. È un modo come un altro per ricordarmi che faccio schifo.»

«Ma che dici, *chérie*? Sei uno splendore! Se un'amica dice che sembri stanca intende che sei stanca, punto. E poi la stanchezza delle donne mi è sempre piaciuta. La trovo una specie di vessillo di moralità.»

«Ma che stai dicendo, Marlene? Parli sul serio?»

«Sicuro. In una donna la stanchezza esprime la forza, l'orgoglio e la volontà di tenere tutto insieme, a qualunque costo. Però ogni tanto fatti una bella maschera idratante, ne ho una che devi assolutamente provare, ora vado a prenderla...»

«No, lascia stare, e poi hai ragione: sono io che mi sento uno schifo.»

«Appunto. Ma credo di avere in serbo un eccellente rimedio» ribatté Marlene strizzando l'occhio. «Vino e focaccia: l'ho comprata in un panificio di Porta Lodovica, quello dove dici che la fanno come a Genova.»

«Non esageriamo, come a Genova è impossibile.»

Ad Andrea sfuggì un sorriso che le illuminò il viso. «E comunque alla focaccia non so dire di no, fosse pure un'imitazione.»

«Ma quale imitazione! Non sai che a Milano si trova tutto, come a New York?»

Andrea rimase in silenzio, poi distogliendo lo sguardo domandò: «Ma tu, come fai?».

«Come faccio cosa?»

«A essere così.»

«Così come?»

«Attenta, sensibile.»

«Duri anni di pratica, mia cara. Quando sei costretta a vivere in disparte perché ti senti fuori posto impari a captare ogni cosa, ogni dettaglio della vita degli altri. Osservi il mondo, non vista. E a volte l'invisibilità permette di vedere meglio e cogliere particolari che sfuggono ai più.»

Andrea pensò che, in fondo, la vera amicizia era anche questo: comprendere quello di cui gli altri hanno bisogno, prima ancora che se ne rendano conto.

Le sfuggì una risata improvvisa.

«Che hai da ridere?» domandò sorpresa Marlene.

«Niente, ci siamo incontrate pochi mesi fa e sembra che tu mi conosca da una vita. Conosci le mie abitudini, i miei gusti, potresti essere la mia badante!»

«Oh, smettila. Non sei poi così vecchia...»

«Allora la mia tata.»

«Tesoro» rispose Marlene traendo un lungo respiro di sollievo. «Hai proprio deciso di farmi commuovere.»

Abbandonò il computer e in un attimo servì la focaccia e due calici di vino rosso. In sottofondo si sentiva una musica anni Ottanta che proveniva dal cortile. Nella scala di fuori echeggiava l'urlo di un uomo: "pezzo di merda".

«La musica e gli insulti li offre il 42» disse afferrando lo sgabello e avvicinandosi all'amica che stava addentando di gusto la focaccia. Quindi prese a sorseggiare il vino e aggiunse: «Hai una foto di questo tizio?».

«L'hai appena vista» bofonchiò Andrea.

«Voglio dire una foto di quando era vivo: che so, un volto che sorride, due occhi che ti guardano.»

«Non hai letto i giornali? Non parlano d'altro.»

«Ho smesso da un pezzo di leggere i giornali.»

«Come mai?»

«Da quando danno tutti le stesse notizie con le stesse parole» disse scrollando le spalle. «Ma rimedio subito.»

Si risedette alla postazione e cominciò a digitare. Trascorsero pochi secondi e la sua espressione mutò: aggrottò le sopracciglia e si fece seria.

«Cavolo!» sbottò. «Quest'uomo io lo conosco: era di casa al Bligny.»

Andrea ebbe un sussulto e si alzò di scatto. «Sei sicura?»

«Vuoi che un figo come questo sfugga alla mia attenzione? L'ho incrociato un sacco di volte e, se non sbaglio, proprio qui, vicino al mio appartamento. Vestiva un po' eccentrico, ma da vero uomo di classe. Mi sono anche domandata chi frequentasse in questo bordello, qui c'è di tutto: trans, puttane, spaccio…»

«Ti riferisci all'appartamento sotto sequestro?» proseguì Andrea.

«No, quello è proprietà di uno spacciatore che entra ed esce dal carcere a giorni alterni. Fammi pensare, dove diavolo poteva andare? Forse con un'amichetta trans? Come sai io non vendo il mio corpo, qualcuna lo fa di mestiere, ma non qui, questa è casa, e comunque di un tipo così me ne avrebbero parlato.» Fece l'occhiolino in segno di complicità. «A meno che...»

«A meno che?» incalzò Andrea.

«Non andasse nell'appartamento di sotto. Quello dove viveva Oksana. Ora dicono che ci viva un artista.»

«Chi è Oksana?»

«Una cartomante.»

Andrea alzò gli occhi al cielo.

«Vuoi dire che la vittima andava a farsi leggere le carte?»

«Le carte, le carte» si spazientì Marlene. «Quanti pregiudizi circolano, e quanti luoghi comuni!»

«Hai detto tu che era una cartomante» ribatté Andrea con l'aria di scusarsi.

«Oksana era una donna eccezionale, una di quelle persone che si incontrano di rado nella vita e, quando accade, non si dimenticano più. Mi sarebbe piaciuto che l'avessi conosciuta. Veniva dall'Ucraina, possedeva uno sguardo glaciale, e un carisma ineguagliabile. Sì, lei leggeva davvero i tarocchi. Una volta li ha letti anche a me. Dovevi vederla all'opera, seduta al tavolino di legno, con le sedie colorate blu, viola, e fucsia. Aveva arredato l'appartamento con semplicità ma aveva gran gusto. Mentre mescolava le carte con una grazia innata, ti studiava senza parlare; i tarocchi parevano sospesi nel vuoto, come mossi dalla forza magnetica del suo sguardo. Le dita sottili danzavano intorno alla Regina di Cuori, alla Torre, alla Ruota della Fortuna, dalle sue mani fluiva una potente energia positiva.»

«Perché ne parli al passato?»

Andrea era un po' sorpresa dallo scoprire nell'amica un'apertura al magico, all'esoterico, che, in una persona pragmatica come lei, non si sarebbe mai aspettata.

«Purtroppo è andata via da tempo, credo sia tornata al suo paese.»

«Parlare con te è sempre utile» disse Andrea, alzando il bicchiere di rosso e svuotandolo in un sorso.

«Tesoro, sei la mia consolazione» rispose Marlene rispondendo al brindisi. «Vieni pure quando vuoi, lo sai che per me la notte non passa mai.»

Arrotolò una sigaretta e gliela offrì. Quindi ne confezionò una per sé. Accesero e aspirarono con gusto.

«L'ultima prima di dormire?» disse Andrea.

«Dormire è una parola grossa.»

«Questo vino è eccellente, magari aiuta...» Lanciò un'occhiata all'etichetta sulla bottiglia, era un Barbera d'Asti del 2015.

«Senti?» bisbigliò Marlene indicando il muro, da cui proveniva un rumore d'acqua scrosciante e il gracchiare d'una radio accesa.

«A quest'ora rientrano i cinesi, fanno la doccia, spostano mobili, sentono musica, insomma cominciano a vivere. Ad averne voglia, ascoltando i rumori del Bligny si potrebbe scriverci un trattato.»

Andrea stava per raccogliere le sue cose e andarsene. Lo sguardo si posò distrattamente su uno scaffale dove, sistemate su teste bianche di polistirolo, erano in bella mostra una fila di parrucche di varie fogge e colori. Le sembrarono bellissime. Si avvicinò per sentire la consistenza dei capelli. Forse piazzate in fila nella vetrina d'un negozio le avrebbero messo tristezza. Ma niente del mondo di Marlene la rattristava. Ogni oggetto, ogni gesto e ogni parola rivelavano qualcosa di lei e irradiavano una luce particolare: quella della dignità della verità.

«Ti piacciono?» chiese compiaciuta Marlene. «Sono state le ragazze nigeriane a iniziarmi al culto delle acconciature. Le ho adorate da subito.»

«Sono magnifiche» balbettò Andrea, quasi trasognata.

«Chi immaginerebbe che la vera identità possa rivelarsi indossando una capigliatura posticcia?» lo disse aprendosi a una risata divertita. «Quando ho perso il lavoro» proseguì, «per un periodo ho insegnato italiano agli stranieri. Da principio dicevano che non andavo bene neppure lì. Ero eccessiva anche per loro, che pure erano ragazze giovani, venivano dalla tratta e avevano subito le peggior cose. All'inizio le sentivo ridacchiare, parlottare nella loro lingua, ma poi è scattato qualcosa. Hanno cambiato atteggiamento e, man mano che io cominciavo ad accettarmi, anche loro entravano in confidenza con me. Tra una lezione e l'altra, una coniugazione di verbi e una declinazione di aggettivi, le osservavo arrivare a lezione sempre diverse. Cambiavano acconciatura ogni settimana, insieme allo smalto per unghie. Un giorno vollero farmi provare una parrucca delle loro. Dissero che mi stava bene e che avrei dovuto indossarla abitualmente. Appena la provai avvertii una sensazione di calore. E sai perché? Mi piaceva. Davvero.

Da quel giorno non ho smesso di indossarle. Non le ho più dimenticate quelle ragazze. Mai più».

Andrea restò in silenzio. Ascoltare Marlene era una continua sorpresa, come leggere un libro che, a ogni pagina, ti spiazza e smonta ogni precedente aspettativa.

Le affinità elettive non era solo il titolo d'un classico della letteratura, e l'insonnia di cui entrambe soffrivano era un segno del destino, il viatico che le avrebbe inevitabilmente portate a conoscersi.

14

La libertà comporta sempre un prezzo da pagare. Lo sapeva bene, Andrea. Quel giorno si trovava in un piccolo ristorante vicino a Brera. Cercava indizi su Solari e batteva i posti che lui era solito frequentare. Era l'ora di pranzo e il locale si stava riempiendo di clienti. Ripensando all'incontro con Marlene si disse che era il tempo di smetterla di maltrattarsi. Così, a dispetto della mancanza di appetito, decise di ordinare una classica cotoletta alla milanese. Dove mangiarla se non a Milano?

L'iPhone vibrò. Comparve un nome. Quel nome: Hanna. Non mollava mai. Non bastava tutto quello che era accaduto, tutto quel dolore, né bastavano gli oltre duecento chilometri che ora le separavano. Eppure, sapeva che Andrea si era allontanata per lasciarsi tutto alle spalle.

La chiamava sempre nei momenti sbagliati. Quando aveva una cotoletta fumante nel piatto o, peggio, nel bel mezzo d'un funerale. Non era colpa sua, ma non sapeva scegliere il momento giusto per rifarsi viva. Andrea decise di non rispondere: Hanna era meno importante delle affettuose raccomandazioni di un'amica e poteva anche aspettare.

Stava per piantare il coltello nella milanese quando vide entrare nel locale, trafelato e intirizzito, l'ispettore

Antonio Torrisi. Nonostante la calca e il freddo, procedeva altezzoso, tutto fiero del proprio status di sbirro e dello charme di maschio latino. Un pranzo con Torrisi: il modo migliore per guastarsi l'appetito.

Se lo avessi previsto, avrei risposto ad Hanna, pensò Andrea.

«Buongiorno, capa» la apostrofò portando due dita alla fronte in segno di saluto. «Sapevo che ti avrei trovata qui.»

Sorrideva compiaciuto mentre sfilava il giubbotto di pelle e poi sistemava i folti ricci castani. Per la prima volta Andrea notò che aveva due occhi verdi che brillavano come smeraldi.

«Uhm, deduzione acuta. Stai migliorando di giorno in giorno. Non vuoi favorire, vero? Sei di premura e hai un appuntamento che non può aspettare.»

«Lo sapevo che mi avresti chiesto di tenerti compagnia. Ok, capa, mi siedo qui con te.»

L'ispettore sfoderò una delle espressioni assassine per cui era famoso in tutta la questura.

Si accomodò con la solita aria scanzonata, che lo faceva odiare o amare, talvolta entrambe le cose. Andrea non aveva optato per nessuna delle possibili scelte. Si era detta che l'ispettore non lo faceva apposta, era fatto così. Doveva essere cresciuto in una casa senza regole, forse viziato da mamma, nonne e zie, o forse tirato su nell'indifferenza di tutti. Di certo non lo avevano addestrato a riconoscere limiti e confini, né che i rapporti tra le persone sono governati da regole che vanno rispettate. Scatenava istinti primordiali, nel bene e nel male. Ma era un buon detective, il collaboratore più stretto che le avevano assegnato, e ad Andrea toccava tenerselo così com'era. Rimproverarlo, fargli altre ramanzine non sarebbe servito a rimetterlo in riga, ma avrebbe sortito l'effetto opposto di inacidirlo e stimolare le sue provocazioni.

«Vuoi saperla una cosa, De Curtis?» attaccò. «Non ho mai avuto un superiore come te.»

«Intendi una donna?»

«Una donna col tuo fascino.»

«Grazie Torrisi, ma vieni al dunque. Che ci fai qui?»

«Uhm, sei proprio tosta.»

«Sì, fattene una ragione. Allora?»

«C'è una testimone, pare abbia visto litigare Solari con un uomo, uno straniero. Erano all'uscita della metro, all'altezza di Porta Venezia. Nel via vai discutevano animatamente, poi si sono spintonati. Una signora di passaggio li ha notati e afferma di aver sentito lo straniero minacciare Solari.»

«Che gli ha detto?»

«Te la farò pagare.»

«Nient'altro?»

«Non ha sentito altro. Ma le è rimasto impresso lo sguardo spaventato del Solari. Ha visto la sua foto in tv e ha collegato l'episodio con l'omicidio.»

«Abbiamo i video di sorveglianza?»

«Sì, ma non riprendono la scena. Si vede uscire Solari dalla metro, ma nessuna immagine dell'altro tizio. Abbiamo visionato tutto.»

«Rivediamolo, oggi» disse Andrea in tono conclusivo. «C'è altro?»

«Vorrei dirti una cosa. Ce l'ho sullo stomaco e credo sia giusto, fra colleghi, essere sinceri.»

«Ti ascolto.»

«Ti avranno informata che hai preso il posto di un eccellente vicequestore.»

«Che vuoi dire?» replicò Andrea, infilando in bocca un pezzo di cotoletta.

«Quello che ho detto. C'era una brava persona che gestiva la nostra squadra. Io lo stimavo molto» insistette l'altro. «Per dirla tutta: non mi spiego il suo trasferimento. E...»

«E?»

«E la tua comparsa qui, come per incanto. Come mai, con tanti posti vacanti di dirigente, da quel paesino ligure ti hanno spedito proprio qui, a Milano?»

«Dunque è questo che ti assilla?»

«Senza polemica, vorrei capire come funzionano certe cose. E credo anche che il vicequestore non meritasse un trattamento simile. Abbiamo lavorato insieme in questi anni e abbiamo risolto molti casi. Non offenderti, ma la tua promozione puzza di quota rosa e *political correctness.*»

«Quanti anni hai, Torrisi?»

«So cosa vuoi dire, ma il fatto che sia giovane non significa che non ho le qualità per fare bene il mio lavoro.»

«Sì, il fiuto non ti manca.»

«Ci puoi scommettere.»

«Però credo anche che tu debba farti ancora un po' le ossa. A volte sei impulsivo e nel nostro lavoro bisogna mantenersi lucidi e non farsi trascinare dalla prima impressione.»

Prese il bicchiere di rosso e lo scolò a piccoli sorsi, come a lasciar decantare le parole. L'ispettore cercò di mantenersi calmo, ma non riuscì a non rispondere.

«Sai che ti dico, De Curtis? Non ti sopporto. Sei così... piena di te!»

«Non è quello che volevi dire.»

«Volevo dirti che sei una stronza!»

«Ora va meglio» rispose Andrea con un sorriso, mentre continuava a piluccare la sua cotoletta. «Fra colleghi bisogna essere sinceri, no?»

«A volte sei… perfida.»

«E meno male che hai esordito dicendo che ti piacevo!» ribatté Andrea lasciandosi andare a una risata.

«Tu?»

«Ma forse non come superiore.» Sollevò lo sguardo e lo fissò dritto negli occhi.

Il *tombeur de femme* di via Fatebenefratelli sospirò e abbassò i suoi. Restò qualche secondo in silenzio, quindi, sottolineando il sostantivo femminile, borbottò: «Che vuoi che ti dica? Sono stato surclassato, capa». Sfoderò uno dei suoi smaglianti sorrisi, versò del vino nel calice vuoto e, cambiando tono e alzando il bicchiere, propose: «Facciamo un brindisi?».

«Volentieri, Torrisi, brindiamo. Ma ascoltami bene, perché non intendo tornare sull'argomento: sono qui a Milano perché mi ci hanno mandato. Non sono stata io a scegliere. Me lo hanno ordinato. Nel paesino ligure da cui provengo erano scomparsi alcuni adolescenti. Da Roma hanno inviato una squadra speciale investigativa che non ha cavato un ragno dal buco. Sono stata io a risolvere il caso, e ho anche rischiato di beccarmi una pallottola da una pazza che, davanti ai miei occhi, stava per uccidere un ragazzo. E non un ragazzo qualsiasi: il figlio della mia migliore amica. Sinceramente, mi dispiace di aver soffiato il posto al tuo idolo. Se mi avessero spedito in un'altra città, specie sul mare, mi andava bene lo stesso. Ma se ora sono qui è perché so fare il mio lavoro.

Quindi pensaci bene: se ci sono ostacoli insormontabili che ci impediscono di collaborare, puoi sempre chiedere di lavorare con qualcun altro.»

«Non mi lasci molte scelte...»

«Nemmeno tu.»

«Va bene» abbozzò l'ispettore. «Ci penserò.»

«E ora, se non ti dispiace, vorrei finire il mio pranzo.»

«Mi stai mandando via, capa?» replicò stirando un sorriso forzato. «Nessuna donna mi ha mai cacciato in questo modo.»

«Non ti sto cacciando. Vorrei solo che avessi le idee chiare, e che fra noi non ci fosse nessuna ambiguità.»

L'ispettore Torrisi era rimasto senza parole. O meglio, si era imposto il silenzio per non peggiorare la situazione. Non sarebbe stato saggio mettersi contro il suo superiore e lui era tutt'altro che stupido.

I leccapiedi non erano mai piaciuti ad Andrea De Curtis, ma neanche quelli strafottenti come lui. Si preannunciava una convivenza difficile che però aveva il pregio di non essere noiosa. Come nella scelta multipla che descrive le relazioni sentimentale in un social network, per loro valeva la voce: "relazione complicata".

Il cellulare vibrò ancora. Era Hanna. Questa volta Andrea rispose.

15

Quella sera, come al solito, aveva fatto tardi. Avvicinandosi al portone di casa aveva udito le urla d'una ragazza. Era seguito un lamento prolungato che proveniva da un'automobile disposta di traverso sulla strada. La ragazza piangeva.

Un uomo sulla trentina, visibilmente alterato, era sbucato dal nulla, imprecando e inveendo.

«Che cazzo hai da guardare?» le urlò in faccia, scaraventando a terra con rabbia una bottiglia di birra. De Curtis non si fermò e si diresse decisa verso la macchina. Era una polo blu che si era schiantata contro un'altra auto. Spalancò la portiera del passeggero e si protese verso la giovane che stringeva la testa fra le mani. Il suo sguardo era spento. Sanguinava dal sopracciglio, ma non doveva essere stata la botta a produrre quella espressione annichilita Andrea era certa che quello sguardo fosse spento da tempo e che il suo lamento fosse una richiesta di aiuto. Estrasse il cellulare e chiamò i soccorsi. Mentre l'uomo, che con ogni probabilità era alla guida, continuava a dare in escandescenze, bestemmiando e tirando calci e pugni a tutto ciò che incontrava: bidoni della spazzatura, lampioni e auto in sosta. Lo sentì avvicinarsi alle sue spalle. La afferrò per un braccio per allontanarla dalla donna. Andrea sentì la presa e si irrigidì. Detestava essere toccata.

«Toglimi le mani di dosso.»

Quello fece per schiaffeggiarla, ma lei non gliene lasciò il tempo. Si divincolò e voltandosi fu investita da una disgustosa zaffata alcolica, quindi scattò e lo colpì con un diretto in pieno viso. L'uomo portò le mani al volto, barcollò ma riuscì a rimanere in piedi.

«Puttana. Mi hai spaccato il naso» mugolò. Le dita si riempirono di sangue.

«Prova ad avvicinarti e ti rompo anche il resto» replicò Andrea, mentre le sirene di un'ambulanza e d'una volante si avvicinavano rapidamente.

Andrea mostrò il tesserino ai colleghi e fornì una stringata spiegazione dell'accaduto. La ragazza fu caricata sull'ambulanza e l'uomo, positivo all'alcol test, sull'auto della polizia. Le ci volle mezz'ora buona prima di liberarsi, dovette rispondere a un fuoco di fila di domande e si congedò dai colleghi dichiarando che era a disposizione per qualunque necessità. Sapevano dove trovarla.

Una volta a casa ripensò alla ragazza. Chissà qual era la sua storia. E chissà quando quello sguardo aveva smesso di brillare.

La sofferenza ci rende deboli. Il dolore annienta le difese e stravolge i comportamenti, fino a privarci della nostra libertà.

Il dolore schiaccia e distrugge.

Poi, col tempo, ti accorgi che puoi comunque sopravvivere e prosegui il cammino come se indossassi un'armatura. Quell'armatura sarà la prigione della tua anima o, se sarai fortunato, diventerà l'impalcatura sulla quale ricostruire una vita. Uno scudo per proteggere quello che si è salvato.

Andrea si sentiva così: una sopravvissuta.

La casa, minuscola e arredata minimal, era per lei il luogo dove rintanarsi per dormire. C'erano ancora una serie di scatoloni accatastati all'ingresso, contro la grande parete vuota e bianca. Nella stanza di fronte, una massa di libri ancora da sistemare, impilati alla rinfusa su scaffali, sedie, poltrone e divani.

Marlene la prendeva in giro. «Potresti costruire degli scaffali con quei libri. Un armadio fatto di libri, che combini l'utile al dilettevole.»

«Così quando ne prendo uno faccio crollare tutto.»

Marlene. La strepitosa Marlene. Quando pensava a lei, le veniva da sorridere. A volte al solo vederla si sentiva sollevata.

Lanciò un'occhiata dalla finestra per controllare se fosse affacciata. C'era, nonostante il freddo, e stava fumando. Era avvolta in una sciarpa verde smeraldo che di tanto in tanto le ricadeva sul seno e lei rigettava indietro, intorno al collo. Si allontanò dalla finestra e ricomparve poco dopo. I lunghi capelli castani avevano lasciato il posto alla pelle liscia d'un cranio lucente.

Gli orecchini a cerchio, il rossetto scuro e la sigaretta accesa non facevano che esaltare il suo bellissimo volto. Anche da lontano. Anche così, calva, nella semioscurità della notte.

Si accorse di Andrea, le sorrise e agitò il braccio in aria per salutarla. Poi si voltò di scatto, qualcuno l'aveva chiamata, fece un cenno con la testa e scomparve inghiottita dal palazzo, dalla musica e dalla vita che a caro prezzo aveva scelto per sé.

Andrea accese l'ultima sigaretta e restò lì, ad assaporare l'amaro del fumo e della sua solitudine.

16

Quel pomeriggio Sophie era inquieta. Passeggiava nervosamente lungo la stanza con le tele e le tavole di legno accatastate lungo le pareti.

Aveva deciso di rompere il proprio isolamento, aveva riacceso l'iPhone e aveva finito per ripiombare nell'ossessione opposta: si accaniva a scrutare il display come ipnotizzata, in preda a una curiosità spasmodica. Scorreva notizie e post e si imbatteva nelle solite nefandezze, tipiche dei social, sull'omicidio più chiacchierato degli ultimi giorni. Ma non poteva fare a meno di scorrere riga dopo riga i commenti più assurdi e livorosi rivolti a un uomo barbaramente ucciso, una vittima che neppure conoscevano sulla quale proiettavano il marciume che allignava dentro di loro. Gli insulti così vomitati andavano a incistarsi in un luogo sospeso, un limbo virtuale dove le parole restavano scolpite in eterno. Sophie non si capacitava di come fosse possibile tanta crudeltà.

Era una sottile forma di tortura, quella che si autoinfliggeva, forse spinta dal desiderio di punirsi per non averlo protetto, non aver voluto sapere nè vedere il disastro che stava divorando la vita dell'amico.

Si muoveva come una belva in gabbia, invasa dallo stesso livore che leggeva in quei post.

Si disse che l'odio è contagioso e sa prendersi la sua rivincita. Esporsi a quello degli altri rende vulnerabili e comporta il rischio di sentirlo infiltrarsi sotto la propria pelle. Nessuno è immune all'infezione dell'odio. Cercò di scacciare il pensiero, sperando in un segnale che, puntualmente, arrivò. Di certo avrebbe preferito che arrivasse da qualcun altro, invece a chiamarla fu Pietro Vannucci.

Pietro le era sempre sembrato una persona ambigua e ora – ne era certa – doveva nascondere qualcosa di grosso. La sua natura sfuggente la respingeva e insieme la incuriosiva.

Sapeva che avrebbe portato solo guai, ma Edo era stato un suo amico e Sophie volendo proteggerne la memoria a ogni costo, doveva capire che cosa fosse successo.

«Mi trovo vicino a casa di Edo. Vediamoci dalla Chiesa di San Celso. Devo parlarti subito, è importante.»

«Nella chiesa di San Celso?» si domandò Sophie al colmo della sorpresa e intanto afferrò cappotto e sciarpa e uscì sulla strada.

Di tutti i luoghi possibili la chiesa era davvero l'ultimo posto dove si sarebbe aspettata di incontrare un senza Dio come Vannucci.

Sul marciapiedi avvertì, dopo molti giorni, il morso del gelo, respirò l'aria tersa del pomeriggio e si avviò verso la fermata del tram.

Era impaziente di sapere cosa avesse da dirle.

A un tratto si guardò intorno smarrita, colta da un assurdo senso di colpa. Dopotutto non stava facendo niente di male. Il pensiero corse a suo marito: Marco non doveva sapere di quell'appuntamento. Il cellulare vibrò e Sophie, incerta, rispose.

«Dove sei?» Il tono di Pietro esprimeva urgenza e preoccupazione. La voce di un uomo braccato.

«Sono sul tram, sto arrivando.»

«Mi trovi nel chiostro.»

Scese alla fermata vicina alla chiesa e lo scricchiolio della neve sotto gli stivali le ricordò la gioia che provava da bambina dopo una delle rare nevicate nella sua città.

Si diresse verso il chiostro con passo spedito, facendo attenzione a non scivolare, e lo vide.

Pietro era appoggiato all'ingresso, con un giaccone blu a doppio petto, di quelli marinari, il berretto di lana calato sulla fronte e una sciarpa. Non era l'uomo di sempre, era nervoso, trasandato, con la barba sfatta di due giorni e gli occhi stralunati, come un condannato a morte.

Quando gli fu di fronte incrociò i grandi occhi neri che la fissavano senza guardarla, dilatati come sotto l'effetto d'una droga. Sophie si sentiva a disagio. Per un attimo, gli parve assorto in pensieri lontani, quasi distaccato.

Poi abbassò la sciarpa e una nuvola di vapore si espanse nell'aria mentre sussurrava: «Ho sempre amato questa chiesa, te l'ho mai detto?».

Lei fece segno di no e continuò a osservarlo. Sophie conosceva bene la chiesa di San Celso, ci passava davanti ogni giorno per andare in centro.

«Ho sempre amato la facciata romanica, l'equilibrio delle sue parti e la serenità che trasmettono. È così perfetta da farmi sentire il più imperfetto degli uomini.»

Poi agganciando il suo sguardo, aggiunse: «Come te».

Le afferrò la mano. Entrambi avevano le dita gelide.

«Non ho saputo far altro che ammirarti, da sempre. Avrei voluto combinare qualcosa per cui ti sentissi fiera di me. E invece mi trovo perdente. Un morto che cammina o un candidato alla prigione.»

Sophie si accorse che Pietro versava in uno stato di esaltazione quasi febbrile e si chiese se davvero non avesse assunto qualche droga.

«Ma di che stai parlando?»

«Di tutto. Abbiamo perso. Io e Edo. Lui voleva di più. E l'ultima avventura gli è costata cara.»

«Ma quale avventura?»

«Non puoi immaginare. Un pezzo di storia che gli è passata tra le mani. Arte sacra. Un pezzo raro. Io ero salito da Roma per questo, per una perizia. Ma non ho fatto in tempo. Non so dove sia il tesoro di Edo. Ma come abbiamo fatto a finire in questo casino? Come?» Gli occhi si erano riempiti di lacrime.

«Non so di cosa parli, Pietro. Se ti riferisci alla collezione di Edo, nessuno lo sa. La passione per l'arte russa aveva fatto di lui un altro uomo.»

Fece una pausa, come se quella confessione fosse troppo personale e intima, e Pietro potesse sporcarla con la sua anima mercantile. Ma al vederlo così disperato, le mancò il cuore di tacere la verità.

«Non so come sia nata» proseguì, «come i grandi amori, non c'è una spiegazione, è un fuoco che ti possiede e non puoi più farci niente. Sono state le icone a trovarci. La tavola che Edo mi ha mostrato, in una galleria d'arte privata in Russia, si è insinuata nella mia mente finché la mano non ha iniziato a lavorare per riprodurla. Era la Natività. Quella pace, i colori accesi, mi hanno rapita. Edo mi ha fornito i contatti con la scuola iconografica e poi il resto lo sai: il nuovo progetto, la mostra».

La commozione l'aveva vinta, ancora una volta, e al solo pensiero dell'amico ucciso i ricordi erano deflagrati.

«Devo trovarlo, Sophie» incalzò Pietro afferrandola per le braccia, «Devo trovare il tesoro di Edo o sono perduto».

«Ma quale tesoro?! Sono solo voci senza fondamento. Lui mi parlava solo delle tavole che avrei dovuto esporre in Russia. Ma se davvero ci fosse stato un tesoro, sarei stata la prima a venirne a conoscenza.»

«No, non c'era nessuna mostra, né qui né in Russia. Possibile che tu non l'abbia capito?»

«Ma cosa dici?»

«A Edo non sembrava vero che ti fossi appassionata all'arte delle icone. Aveva in mente un progetto diverso da quello che ti ha fatto credere. Lui voleva che le tue tavole andassero in Russia, ma per altri scopi.»

Sophie era frastornata.

«Quali?»

Pietro scosse il capo, sconfortato. «Speravo che almeno tu potessi aiutarmi. Ora non posso spiegarti. Nessuno sa dove sia finito Ivan e io so che prima o poi verrà a chiedermi il conto, ci sono in ballo milioni di euro, se non saltano fuori le opere sono fottuto. La verità è che Edo voleva usare le tue icone come merce di scambio. Devi aiutarmi, promettimi che mi aiuterai, a trovare il tesoro di Edo! Stasera sarò chiuso in camera al B&B, non mi abbandonare...»

«Ma di che stai parlando? Non saprei come aiutarti...» balbettò Sophie. Lo guardava senza capire. Gli occhi lucidi e l'espressione di chi è agghiacciato dalla paura. Gli prese la mano e gliela strinse in un gesto di compassione. Si abbracciarono.

Pietro le accarezzò i capelli sciolti, posò la mano sulla sua guancia.

«Ho sempre invidiato il tuo stato di armonia col mondo»disse quasi in preda a un delirio. «Sembri un astro che attira e distribuisce energie mentre noi, stupidi satelliti, ti ruotiamo intorno.» Tornò a sfiorarle i capelli scompigliati del freddo e bagnati di nevischio.

Le prese le mani, piccole e affusolate senza guanti, se le portò al volto e le baciò.

Il suo cellulare attaccò una musichetta allegra. Lo spense subito senza controllare da chi arrivasse la chiamata.

«Devo andare adesso.» Fece per allontanarsi, poi ritornò sui suoi passi e le sussurrò: «Cerca Anastasia».

E fuggì via, come un ladro, senza voltarsi.

Sophie restò immobile, nella semioscurità del crepuscolo invernale.

Entrò nella chiesa, aveva bisogno di silenzio per raccogliere i pensieri. Si fece piccola e si sedette su una panca vicino all'uscita. Si guardò intorno. La chiesa era deserta, ma si sentiva come se mille occhi di sconosciuti la osservassero.

Più tardi Pietro le inviò un messaggio su WhatsApp: "Stasera raggiungimi. Non deludermi. E fai attenzione".

A chi e a cosa doveva fare attenzione? A Ivan? Ad Anastasia? A suo marito?

Ripose lo smartphone nella borsa. E pensò che sì, forse l'amico era davvero fuori di testa.

17

Si recò al reparto di Medicina Legale, dove la accolse l'anatomopatologa, una donna dai modi bruschi e nervosi che doveva avere almeno sessant'anni. Circolava voce che fosse stata abbandonata dal marito, professore universitario, a causa del suo pessimo carattere. Portava il badge appeso al collo con un nastrino. Sotto il numero di matricola Andrea riuscì a leggere: Dirigente Medico. Dott.ssa Efisia S.

La guidò fino al locale dove venivano effettuate le autopsie e accese la luce al neon. La stanza era gelida. Su un tavolo di acciaio, giaceva un corpo coperto da un lenzuolo. Il medico ne afferrò i lembi e scoprì un cadavere nudo solcato da numerose cuciture. Era Edoardo Solari. Osservò il corpo con attenzione, segmento per segmento. Il dettaglio che la colpì fu il tatuaggio sulla spalla sinistra: due lune che riproducevano due volti paffuti, uno blu e l'altra rossa. Le ricordava qualcosa. Era certa che qualcuno le avesse accennato a quel simbolo e le sembrava di averlo già visto. Ma quando e dove?

La dottoressa era impaziente di congedarla.

«Mi scusi ma il mio orario è finito. Devo correre a casa, ho un cagnolino psicotico e devo dargli la pastiglia di cloropromazina. Il referto e la documentazione sono alla firma del primario, li troverà domani in questura.»

Andrea non staccava gli occhi dal corpo inerte del morto.

«Mi sa dire qualcosa su questo tatuaggio?»

«Sono un medico e mi occupo di sintomi, non di simboli.»

Quel piglio aggressivo le ricordava la gente della sua terra d'origine, la Liguria, anche se dall'accento la dottoressa Efisia era inequivocabilmente sarda. Senza fare altri commenti, la donna infilò i guanti di lattice, accese la lampada scialitica che sovrastava il tavolo e si accostò al cadavere. Esaminò con cura la figura tatuata, la palpò e con l'indice destro ne seguì i contorni.

«Che vuole sapere? È piuttosto recente, su questo non ci sono dubbi. Vede i colori come sono vivaci?»

Andrea pensò che aveva ragione. Sul corpo esangue e senza vita quelle tinte sgargianti risaltavano ancora di più. E sembravano voler ricordare che anche Edoardo Solari, prima che qualcuno si prendesse la briga di ridurlo così, aveva occupato un posto nel bizzarro carrozzone della società degli esseri umani.

Una volta a casa, Andrea iniziò a scandagliare gli scatoloni che erano accatastati nell'ingresso.

Cominciò a rovistare tra i libri. Non sapeva bene cosa cercare, ma conservava il disegno delle due lune chiaro nella mente. Cominciò a estrarre volumi d'ogni genere: classici, gialli, noir, guide di viaggio e altro ancora. Si era portata dietro l'intera biblioteca accumulata in una vita.

Che senso ha conservare tanti libri senza riuscire a separarsene?

Forse per lei era più semplice separarsi dalle persone che dalle cose, ma preferì lasciar cadere il pensiero.

Erano cinque mesi che abitava a Milano e teneva ancora tutto sigillato. Si domandò se, in fondo, quegli scatoloni chiusi non le dessero sicurezza. Conservare il passato sottovuoto era un modo per non avvertire l'odore di stantio e il bagaglio sempre pronto consentiva di mantenere aperta una possibile via di fuga.

Si concesse una doccia bollente per lavare via il freddo e scrollarsi di dosso i brutti pensieri. Scalza, con l'accappatoio umido addosso, si sedette sul letto e lanciò un'occhiata al cellulare. Nella segreteria telefonica aveva un messaggio non ascoltato.

«Ciao, sono io. Tua madre. Potresti farti sentire…»

Premette il tasto stop. Sua madre proprio no. Non ora. La sua voce le procurava una reazione fisica, una stretta allo stomaco a cui seguiva un conato di vomito.

Quella era la serata dei ricordi. Ostinato, il passato tornava a bussare alla porta. E dunque, per quanto fosse insidioso, tanto valeva assecondarlo.

Dal cassetto della scrivania estrasse la fotografia a colori che la ritraeva decenne con suo fratello Giulio, bambino, più piccolo di quasi tre anni. Erano al mare, i capelli ricci e biondi, scompigliati, della madre e la figura solida del padre la riportarono a Framura, nella riviera ligure di levante, dove si recavano ogni anno in vacanza. Amavano cercare insenature selvagge che si potevano raggiungere solo in barca o dai monti, attraverso tortuosi e ripidi sentieri.

Nella foto lei mostrava un'aria imbronciata, ma si vedeva quanto fosse salda e forte.

La sorella che, comunque, ce l'avrebbe sempre fatta. Mentre Giulio doveva essere protetto, era quello un po' viziato, il piccolino a cui tutto era consentito e di cui lei doveva occuparsi e preoccuparsi.

Adesso, contemplando la foto dai colori sbiaditi, ogni cosa le appariva chiara e lampante. Il tempo, quando non la edulcora con la nostalgia, conferisce all'immagine della realtà la nitidezza necessaria. I ricordi, i gesti e le parole acquistano un senso, anche l'ossessione della madre per il figlio prediletto, protetto dal suo scudo invisibile, che aveva finito per rivelarsi una trappola senza vie d'uscita. Quanto sarebbe successo in quella vacanza segnò tutta la famiglia. Andrea non credeva a coloro che si sorprendono dopo una tragedia. I segnali ci sono sempre, insieme alle richieste d'aiuto mascherate. Lo aveva imparato a caro prezzo sulla sua pelle. Lo aveva imparato dallo sguardo duro e crudele di sua madre e da come l'avrebbe guardata da quel maledetto giorno per il resto della sua vita.

Andrea stringeva la foto, un'istantanea polaroid, e volentieri l'avrebbe strappata se fosse servito a stemperare il dolore.

E come un flash rivide sua madre, lo stesso giorno in cui l'avevano scattata, dopo una giornata al mare, mentre la pettinava con una spazzola dalle setole rigide e fitte, e si accaniva sulla sua chioma ribelle, sui capelli biondi di bambina impastati dalla salsedine, strattonando con brutalità fino a strapparli, fino a farla piangere e supplicare di smettere. Si domandò dove fosse suo padre in quel momento, ma come sempre non trovò risposta.

Le fotografie spesso mentono. Il tempo di uno scatto, un sorriso di circostanza, e tutto sembra ricomporsi in armonia. Le fotografie immortalano sempre un tempo felice. Ma non è così. Non per tutti. L'espressione dei bambini non mente. Il suo broncio e lo sguardo triste rimanevano lì, impressi sulla carta lucida.

Doveva fare i conti con il fatto di essere stata figlia d'una inconsapevole torturatrice.

Riascoltò il messaggio in segreteria, pigiò il tasto sei e lo cancellò.

Fece partire una musica soul e aprì una bottiglia di vino rosso. Si accoccolò sul divano con gli occhi chiusi ascoltando *The dock of the bay*.

Stava per appisolarsi quando sentì suonare il campanello.

Si avviò stancamente alla porta e scrutò nello spioncino. Restò di sasso. Lanciò un'occhiata allo specchio accanto alla porta per controllare se fosse presentabile e aprì.

«Credo d'aver trovato il russo.»

La faccia scanzonata di Torrisi sembrava uscita dal cilindro d'un prestigiatore. Fresco come una rosa.

Andrea esitò, incerta se farlo entrare o chiudergli la porta in faccia.

«O meglio, ho trovato la moglie» proseguì l'ispettore. «Vive a Brescia. Mi fai entrare o devo mostrarti il tesserino?»

«Eddai, entra» disse con un sospiro. Lo invitò a sedersi sul divano mentre lei prendeva posto sulla poltrona.

Torrisi si guardò intorno e sorrise. «Stai per traslocare?» domandò divertito.

«Sì, in un appartamento di via Montenapoleone.»

L'ispettore alzò le mani in segno di resa. «Ok, capa. Parliamo di lavoro.»

«Bravo. Spiegami cosa c'entra il russo.»

«Bella musica, chi è?»

Andrea alzò gli occhi al cielo. «Non conosci uno dei più grandi interpreti del soul nero?»

«Ma sì che lo conosco, scherzavo.»

«No, non scherzavi.» Lo squadrò di traverso, sperando che lui la smentisse, se non altro per non sentirsi troppo vecchia. «Comunque, è Otis Redding. Mai sentito nominare?»

«Forse...» bofonchiò l'altro poco convinto. Quindi si scosse e guardò la bottiglia di rosso. «Che stai bevendo?»

«Un bicchiere di Morellino... Ma non dovevamo discutere di lavoro?»

Si alzò, andò in cucina e recuperò un calice nella credenza. Mentre versava il vino rosso disse: «Questa della moglie è un gran colpo. Come hai fatto?».

«Mi prendi per un pivello? Ho i miei informatori. Ogni buon poliziotto ha le sue fonti.»

«E, naturalmente, deve tenerle segrete» replicò passandogli il calice.

«Naturalmente.» Agitò il bicchiere, annusò e assaggiò il primo sorso.

«Buono» disse facendo schioccare la lingua. «In quale enoteca ti servi?»

«Quella del supermercato sotto casa» rispose Andrea ridacchiando. Come suo solito, l'ispettore Torrisi non rinunciava a fare lo splendido.

«La donna si chiama Natasha» riprese, «e ha una figlia piccola. Viene dalla Russia. Prima di sposare Ivan Vasil'evič Smirnov faceva la ballerina».

Mentre parlava continuava a roteare il vino nel calice, e ad annusarlo, da autentico intenditore.

Andrea tornò in cucina e quando ricomparve sulla porta reggeva un vassoio di focaccia calda.

«La pizza bianca?» domandò Torrisi.

«Macché pizza, questa è focaccia genovese. Una delle cose per cui vale la pena vivere! Assaggiala, così tieni la bocca occupata e non dici stupidaggini.»

Ridevano insieme, forse per la prima volta la tensione fra loro si era allentata. Torrisi mangiò due fette di focaccia e sembrò apprezzarla. Quindi scolò un sorso di rosso.

«Lo sai capa che ti ho odiato? Ho preso sul serio l'idea di chiedere il trasferimento.»

«E come mai non l'hai fatto?

«Che ne so? Forse sto imparando a conoscerti e vedo come lavori, mi sta bene così» disse facendosi serio.

«Devo prenderlo come un complimento?»

«Prendilo come ti pare.»

«Bene, allora brindiamo al gioco di squadra.»

L'ispettore sollevò il calice e con la coda dell'occhio vide la foto che Andrea aveva lasciato sul divano. Svuotò il bicchiere e la prese tra le mani.

«Questa sei tu da piccola?»

«La bambina bionda? Sì.»

«La bambinona vorrai dire.»

«Ehi, vacci piano, ero una bambina solida. E con questo?»

«E questo chi è?

«Mio fratello.»

«Non sapevo avessi un fratello.»

«Già.»

Andrea, quasi imbarazzata, strappò la foto dalle mani di Torrisi.

Sentiva che proseguire sarebbe stato al di là delle sue forze. Cercò un modo elegante per cambiare rotta e lasciar cadere l'argomento.

«E tu? Hai fratelli? Qual è la tua storia?» domandò.

Nonostante l'aspetto scanzonato e i modi irriverenti l'ispettore aveva negli occhi una malinconia atavica. Bastava poco per accorgersene.

«Una storia sicuramente complicata. Vengo da un paesino del Sud, in Calabria. I miei si sono trasferiti a Milano quando ero ragazzino. Ho una sorella e un fratello. Mi sono adattato al nuovo ambiente, anche se non è stato facile. Del resto, non avevo altra scelta.»

Si vedeva che era combattuto tra aprirsi e lasciare cadere l'argomento.

«Al paese ho ancora gli zii, ci vediamo ogni anno, a Natale. I miei sono già partiti. La mia è una storia di immigrazione come tante e qui a Milano sono in buona compagnia.»

Andrea lo aiutò a togliersi d'impiccio. Per quella sera ne aveva abbastanza: non avrebbe retto il racconto delle sofferenze di qualcun altro.

«Ok, Torrisi, è meglio che tu vada, domani ci aspetta una giornata tosta.»

L'ispettore si morse il labbro e si domandò se non avesse detto qualcosa di sbagliato. Sotto l'apparente spavalderia con lei si sentiva sempre un po' impacciato, fuori posto, gli restava in bocca un retrogusto amaro. Quella sera avrebbe potuto raccontarsi che era tutta colpa del Morellino. Ma conosceva fin troppo bene la verità.

Si accorse che non si era nemmeno tolto il giaccone e il vicequestore non aveva fatto una piega. Si avviò verso l'uscita.

«A domani, dottoressa.»

Andrea gli aprì la porta. «A domani, ispettore.»

18

Ho sempre pensato che la vita fosse inesauribile. Che il futuro mi regalasse speranza. Ora respiro a fatica. Non so neppure bene cosa mi stia accadendo. E per mano di chi. È un sogno? No, non è un sogno. Ho dolori in tutto il corpo. Le braccia sono bloccate e indolenzite e se provo a muovermi mi sento soffocare e tagliare la gola. Il dolore aumenta, lo sento pulsare nelle tempie. Qualcuno mi aiuti! Immobile, per non morire devo rimanere immobile. Il cuore pompa adrenalina pura. Un burattino ingarbugliato: a questo sono ridotto. Ma non vedo chi tira i fili. Non posso muovermi e se lo faccio è solo per morire. Come è potuto accadere? Cosa è successo? Non ricordo. Tra poco sarà Natale. La sorpresa negli occhi dei miei figli. Il pranzo in famiglia. Il sorriso di mia madre. I regali da scartare. Stanchi rituali che ora appaiono miraggi di felicità. La vita che continua. Che non finisce in un niente. Ma ora non respiro più…

Il B&B era immerso nel verde e nella nebbia. Era buio e si avvertiva il profumo dei pini. A tratti la nebbia copriva e svelava l'incerta forma delle cose: un'auto parcheggiata, un grande vaso di terracotta, la silhouette allungata d'un albero. L'aria intorno era pervasa da un vapore biancastro, ovattato. E silenzio, un silenzio quasi incantato.

Pietro Vannucci se ne stava seduto all'esterno della lussuosa dependance, poco distante dall'edificio centrale, e fumava una Camel alla ricerca di distrazione e di un po' di leggerezza. Aveva paura e sperava che quell'imprevista occasione lo avrebbe allontanato per qualche ora dai pensieri di morte che lo assillavano.

Indossava solo la giacca, quella buona per tutte le stagioni. Il freddo era intenso ma lui non lo avvertiva, anzi, quella sferzata di gelo lo faceva sentire vivo. A ogni respiro, a ogni boccata di fumo e vapore si amalgamavano e si spandevano nell'aria.

Scrutava il cellulare in maniera ossessiva. Aspettava qualcuno: una telefonata o un messaggio che non avrebbero tardato.

Terminata la sigaretta, che schiacciò svogliatamente nel posacenere, si alzò e rientrò in camera. La stanza portava sulla porta il nome "La fata del bosco". Era calda e profumava di essenze resinose. L'arredamento comprendeva vecchi mobili contadini restaurati, pezzi di pregio, una madia, il letto in ferro battuto, l'armadio e due sedie impagliate. Sorrise pensando al bizzarro criterio con cui i proprietari del B&B avevano scelto il nome delle camere.

Divertito aprì il frigobar e si versò da bere. Vodka Moskovskaya pronta per lui in segno di benvenuto. Scolò mezzo bicchiere con il piacere di lasciarsi andare, perché la giornata stava per finire e si sentiva stanco. Oltre i vetri della finestra, nella densa cortina lattiginosa, fluttuava una fila di ombre sottili. Dovevano essere i primi alberi del parco.

Sospirò. Le grane le aveva sbrigate. Un lieve senso di colpa, prontamente soffocato, si impossessò di lui quando pensò che tra le grane c'era la consueta telefonata di rito alla famiglia. "Ciao Ludo, amore di papà, fai la brava, passami Gabriele. Come dici? Hai vinto una gara di corsa? Bravo il mio bambino. Un bacio amori miei. Passami la mamma."

Amava i suoi figli, si reputava un buon padre, ma non sopportava i rituali della quotidianità. Detestava le telefonate d'obbligo, ma era consapevole del fatto che, quando si ha una famiglia e si è costretti a restare lontano da casa per lavoro, evitarle diventa impossibile. E poi, a essere del tutto sincero con se stesso, quella forma di costrizione rappresentava un piccolo tributo che valeva la pena pagare: gli permetteva di evadere dalla famiglia per rientrarci indenne. O quasi.

Quando decideva di trasgredire ogni scusa gli suonava buona. La mente si districava nei meandri d'un labirintico sistema di giustificazioni e alla fine perdonarsi risultava un gioco da ragazzi. Si svestì dei panni di padre e marito esemplare e indossò quelli del seduttore seriale, trasgressivo e dimentico di legami e affetti.

Si distese sul letto con le gambe incrociate pregustando il momento in cui sarebbe iniziata la nuova avventura, l'attimo in cui il brivido del piacere gli avrebbe attraversato tutto il corpo, giù fino all'inguine. Entrare in una camera d'albergo con una donna, prima ancora di scoparsela, eccitava spasmodicamente il desiderio. Quello che veniva dopo finiva per essere uno scontato, quasi meccanico esercizio di voluttà low cost. Come accade con la prima boccata d'una sigaretta, quella che dà leggermente alla testa: il resto è solo vizio, dipendenza che alla lunga procura fastidio e nausea.

Certo, lei gli piaceva e parecchio. Chissà cosa cercava da lui e cosa avrebbe rappresentato nella sua vita. Lo avrebbe voluto e amato per il tempo di una Camel? Oppure lo avrebbe respinto, dopo avergli dato quell'appuntamento inatteso?

Non succederà, pensò. L'esperienza lo aveva convinto del proprio irresistibile fascino. Si accorse che le palpebre stavano diventando pesanti. Riusciva a stento a tenere gli occhi aperti. In pochi secondi, senza poter opporre resistenza, piombò in un sonno letargico.

Si risvegliò di colpo. Dove si trovava? Avvertì il gelo del pavimento e fu scosso da un lungo brivido di freddo. Quanto tempo era passato? Provò a muovere le braccia che sentiva indolenzite, ma una sensazione di soffocamento gli bloccò il respiro. Era immobilizzato, legato con fascette di plastica che gli segavano i polsi e le caviglie, qualcosa gli impediva di parlare. Sentiva un oggetto di duro conficcato in bocca, forse una grossa biglia che non poteva espellere perché il nastro adesivo avvolto intorno alla testa glielo impediva.

Era completamente nudo, disteso a pancia sotto, le braccia bloccate dietro la schiena. In un'altra circostanza quel gioco gli sarebbe anche piaciuto, ma a condizione che le regole e le parole di sicurezza fossero state concordate in precedenza. Invece quello non sembrava affatto un gioco. Si era fatto completamente buio. Era solo. D'un tratto tutto gli parve chiaro.

Come Edo. La stessa fine, pensò.

Il respiro si fece più accelerato, e così i battiti del cuore, mentre il corpo tremante si irrigidiva. D'un tratto ogni pensiero gli parve inutile. "Vivi come se dovessi morire domani e impara come se dovessi vivere per sempre" gli ripeteva suo nonno quando era ragazzo. Ma lui non era il mago Houdini, e non aveva imparato a sciogliersi i nodi da solo. C'è sempre qualcosa che non si sa e che sarebbe utile conoscere al momento giusto. In quel caso districare quei nodi mortali. C'era stato un periodo in cui si divertiva a uscire in mare, in barca a vela, ma non aveva mai imparato a sciogliere neppure quelli marinari. Ben gli stava.

«Perché?» continuava a ripetersi.

Finché una luce si accese. Rimase abbagliato e il cuore esplose nel petto come una bomba. Fu allora che un barlume di speranza si fece strada dentro di lui. Forse volevano solo spaventarlo. Forse volevano sapere di quali segreti fosse a conoscenza.

Forse.

Non appena sentì la sua voce rimase di sasso. Era lì, accanto al letto. Teneva tra le mani un coltello la cui lama riverberava barbagli avvisi.

«Non aspettavi me, vero?» gli sussurrò all'orecchio.

Poteva comunicare solo con gli occhi. Si sforzò di rispondere, ma dalla bocca uscì un grottesco mugolio.

«È inutile, Vannucci. Non mi fai pena, e quello che vorresti dire non mi interessa.»

Il gemito divenne più forte, ma quel guaito lo faceva sentire ridicolo.

«Sei patetico. Dovresti ringraziarmi, ti offro l'opportunità di redimerti, chiudere con le menzogne, il lavoro sporco, la doppia vita fra casa e bordelli; finalmente hai modo di espiare e riscattarti attraverso il dolore e la morte.»

Gli occhi neri di Pietro Vannucci sembravano uscire dalle orbite mentre supplicavano di liberarlo.

Pensò ai figli. Alla moglie. Al tempo sprecato e a quanto era stato felice senza saperlo. Che stupido! Credeva che quella notte avrebbe fottuto una puttana e invece sarebbe stata lei, la morte, a fotterlo per sempre.

19

Li aveva sentiti mentre salivano le scale: parlavano fitto fitto nella loro lingua incomprensibile. Ma in quanti erano? Dire cinque, dieci o forse di più? E come facevano a stare tutti nell'appartamento? Di prendere sonno non se ne parlava e certo non solo per colpa dei cinesi.

Certe notti qualcosa di remoto tornava, puntuale, a farle visita. Era sempre la stessa storia che pungeva dentro a svegliarla di soprassalto, un senso di apnea e l'immagine del fratello impressa nella mente.

Si alzò, andò in cucina a bere un bicchiere d'acqua e si affacciò alla finestra per respirare una boccata d'aria gelida. Nell'appartamento di Marlene le luci erano spente. Tutto appariva irreale come in un sogno.

La consueta impressione di rivivere qualcosa, la percezione del male strisciante.

Accese il tablet e iniziò a vagare nel torbido sottobosco di Facebook. Lasciò sfilare post e fotografie, insulti gridati dal bunker sicuro di un nickname virtuale. "Migranti negli hotel di lusso, e i poveri italiani sotto il ponte" undicimila like. Si chiese come potessero esserci così tanti fessi da cascarci e si rispose che il mondo dei social era fatto così, nessuno poteva illudersi di cambiarlo. Finì per intrufolarsi nel profilo di Hanna. Un po' le mancava. Iniziò a scorrere l'album delle foto. Una dietro l'altra: Hanna sorridente, Hanna insieme al figlio Lukas, Hanna con il gatto.

Fu a quel punto che un'immagine la colpì, violenta come uno schiaffo. Hanna era ritratta nel salotto di casa, con alle spalle una tavola lignea che riproduceva un'icona sacra identica a quelle che si vedono nelle chiese russe. Vi era raffigurata l'immagine della Madonna. Ricordò che, al tempo in cui si frequentavano, l'aveva notata appesa alla parete, ma non aveva mai fatto domande sulla sua provenienza. Una presenza che non aveva suscitato alcuna curiosità. In quel dipinto vide lo stesso simbolo ritratto sulla pelle di Solari. Due facce tondeggianti colorate. Simili a mezze lune, una blu e l'altra rossa.

L'idea di riaddormentarsi era ormai archiviata. Stavano per scoccare le quattro, si infilò sotto la doccia bollente, bevve al volo un caffè, indossò abiti pesanti e uscì di casa. Fece un rapido calcolo, sarebbe arrivata poco dopo l'alba. Si affrettò e scese le scale di corsa, due gradini alla volta. Nella strada un capannello di studenti faceva baldoria davanti alla chupiteria. Qualcuno alla finestra urlò che avrebbe chiamato la polizia. Sorrise al pensiero che la polizia era lei, era già sul posto, ma non sarebbe intervenuta. Non si può combattere contro il destino e il destino di viale Bligny era quello di non dormire mai. Mise in moto l'auto, accese il riscaldamento, misurò con lo sguardo il livello di disordine tra il sedile anteriore e il cruscotto: i soliti biglietti di posteggio scaduti, le carte di caramelle, le bottigliette d'acqua e i cd sparsi le tenevano compagnia. Inserì nello stereo il suo preferito, Amy Winehouse che cantava *Back to black*. Sospirò e si disse che prima o poi avrebbe cambiato automobile. E partì.

Il sole sorgeva timidamente da dietro le Alpi Apuane. La luce arancione preannunciava una di quelle scintillanti giornate d'inverno che danno l'illusione di scaldare l'aria, ma in realtà scaldano solo il cuore di chi le guarda.

Andrea era in viaggio da più di tre ore e si sentì in parte ripagata da quello spettacolo. Guardò l'ora, era ancora presto. Presto per parlare di lavoro, presto per cercare i vecchi amici. Posteggiò l'auto e si avviò a piedi verso la casa di Hanna, ben sapendo che quell'intrusione sarebbe risultato un colpo basso. Dopotutto, per avvertirla sarebbe bastata una telefonata.

Ma si può telefonare a qualcuno alle quattro del mattino?

Strada facendo si fermò in un bar dove le servirono un cappuccino bollente e un croissant. Quindi, con calma, raggiunse la casa.

Si appostò davanti al portone e aspettò fino alle otto e un quarto. Finalmente lo vide aprirsi e comparve lei, Hanna. E caspita quanto era splendida! Una bellezza stile Halle Berry: incantevole, anche in tuta e scarpe da jogging.

La sua era una bellezza esplosiva, splendido frutto d'una felice combinazione genetica: madre inglese e padre afroamericano.

Si era trasferita in Italia dall'America dopo aver sposato un soldato in missione presso la base NATO di Pisa, dal quale si era poi separata. Da lui aveva avuto un figlio, Lukas, ora adolescente.

Hanna a sua volta vide Andrea mentre si avvicinava a passo veloce e restò impietrita.

«Ciao.»

«Perché non hai risposto alle mie chiamate?» domandò l'amica.

Restò in silenzio e la guardò con insistenza. «Sto cercando qualcosa di intelligente da dire.»

«Allora lascia perdere e non dire niente.»

Si chiese come ci fosse riuscita, come avesse potuto diventare quello che più detestava: una donna capace di accampare banalità, alibi e pretesti pur di sottrarsi al confronto con la propria vulnerabilità.

«Mi dispiace» farfugliò, «ma non volevo aggiungere altro dolore a una situazione già abbastanza complicata».

«Complicata? Parli come il mio ex marito» disse Hanna sforzandosi di ridere. «Stronza tale e quale.»

«Hai ragione» si arrese.

«Perché sei venuta?»

«Ho bisogno di chiederti una cosa.»

«Immagino non riguardi noi due.»

«Infatti, niente di personale.»

«Lasciami indovinare: si tratta di lavoro.»

«Sì.»

Hanna stirò un sorriso amaro e si lasciò sfuggire un sospiro. «Almeno evitiamo equivoci. Spara.»

Andrea estrasse il cellulare e mostrò la fotografia del tatuaggio di Solari. «Lo vedi questo?»

Senza toccare il telefono, Hanna scrutò il display e annuì.

«Non ti ricorda nulla?»

«Dovrebbe?»

«È un dettaglio dell'icona che tieni in casa.»

«Tenevo.»

«Non l'hai più?»

«Non potevo certo conservare un dipinto della professoressa, la donna che ha cercato di uccidere mio figlio. Ricordi? I ragazzi, il sequestro e tutta la storia che è seguita?»

Come poteva dimenticare?

Il tono di Hanna era sarcastico, ma anche profondamente ingiusto. Dopotutto era stata lei, Andrea, a salvare Lukas mettendo a repentaglio la propria vita.

Per molto tempo nessuno avrebbe dimenticato i ragazzi rapiti e lasciati morire segregati nella casa d'una pazza, la professoressa di arte che i giornali avevano battezzato "il mostro di Sarzana". Una volta catturata, aveva cominciato a delirare su un elisir di lunga vita, presunti sieri di giovinezza ottenuti vampirizzando adolescenti adescati e imprigionati nel fondo d'una cantina. Come poteva dimenticare, Andrea?

Grazie a un'improvvisa, felice intuizione, aveva trovato il nascondiglio e salvato la vita del figlio di Hanna, catturando l'assassina. Tuttavia, una volta risolto il caso non si era sentita meglio. Aveva avvertito sulla coscienza il peso di quei ragazzi morti, la colpa di non essere intervenuta prima. La sua vita era una perenne condanna per omissione, il tormento di non fare mai abbastanza, c'era sempre un pezzo mancante che lasciava il puzzle incompiuto e aperta la ferita. E questo valeva anche con Hanna: dopo il trasferimento a Milano l'aveva lasciata a Sarzana, tra le tessere perdute della sua vita.

«Dunque quella tavola era sua» tagliò corto.

«L'ho regalata alla parrocchia. Per loro sicuramente significa più che per me.» Quindi, con un'espressione che cercava di mascherare la delusione, domandò: «È per questo che sei venuta? Quando ti interessa una cosa, sei come un cecchino, non perdi un colpo».

«Non credi che mi sarebbe bastata una telefonata?» si giustificò De Curtis. Ma sapeva che stava barando e se ne vergognò.

«Che vuoi dire?»

«Quello che ho detto. Lo sai che non conosco mezze misure.»

«Non mentire: tu volevi vedere l'icona.»

Con Hanna era impossibile truccare le carte. La conosceva troppo bene.

Provò a farfugliare qualcosa, le uscì dalle labbra un "sono venuta anche per vederti" ma lo disse di fretta, inciampando sulle parole. Sapevano entrambe che la sua priorità era il lavoro, il mostro che le aveva divorato l'esistenza.

Guardare negli occhi chi si è amato e deluso è un atto che richiede coraggio. A volte non si sa perché le storie finiscano, a volte lo si sa fin troppo bene, ma questo non impedisce al dolore di strapparci la pelle di dosso. Lei e Hanna erano state l'una la stampella dell'altra. Una volta separate, da principio avevano fatto fatica a riprendere il cammino da sole. Ma Andrea non si era mai sentita così forte come da quando camminava senza stampella. Era il suo destino.

Hanna la penetrava con lo sguardo. Non aggiunse altro e si limitò a sorridere.

«Vieni, andiamo, ti accompagno da padre Ottavio.»

Si incamminarono verso la parrocchia, nel centro storico di Sarzana.

Andrea salutava tutti, le sembrava di non essersi mai allontanata da quel borgo un po' bastardo, mezzo ligure e mezzo toscano.

Si intrattennero a parlare con il parroco.

Uscite dalla chiesa, si fermarono in un bar per un caffè, come due vecchie amiche.

«Come sta Lukas?»

«Non lo so. Mi sembra che stia meglio, a volte non riesco a capire. Sarà ancora lunga la strada, ma per ora sembra lucido, forse sposta il problema.»

«Come faccio io?»

«Non è così?» Hanna fissò i propri occhi nei suoi e domandò: «Cosa siamo state io e te?».

«Perché vuoi dare un nome a tutto? Ti farebbe sentire meglio?»

«Io pensavo che con te fosse diverso. Che scegliersi e vivere con una donna, con un amore dello stesso odore, della stessa pelle fosse più...»

«Più cosa?»

«Più sicuro. Diverso.»

«E non lo è stato?»

«Ogni amore è diverso. Solo pensavo non finisse.»

«Perché siamo due donne?»

Alzò le spalle, in segno di resa.

«Per me sei stata l'unica. Dopo la fine del mio matrimonio non avrei mai pensato di innamorarmi ancora, di una donna poi. Ricordi quando ci siamo incontrate la prima volta?»

«All'ospedale di Sarzana. Chi se lo scorda quel posto? Un ospedale che ricorda un aeroporto!»

Risero.

«Tu eri fuori con un paziente al quale facevi terapia in giardino e io ero arrivata per un'indagine. Quando ti ho visto ho pensato che fossi una specie di dea. La divisa bianca in contrasto con la pelle scura, i capelli ricci raccolti, le forme del tuo corpo, quegli occhi profondi come pozzi neri. Eri la donna più bella che avessi mai visto. Mai nessuna mi aveva colpito così.»

«Già, hai attaccato bottone mostrandomi il tesserino e facendomi mille domande!»

«Alle quali non hai risposto, però.»

Ridevano di gusto ricordando la complicità di un tempo, consapevoli che certe emozioni restano per sempre. A vederle da fuori sembravano incollate l'una all'altra. Parlavano fitto fitto con gli occhi dell'una piantati negli occhi dell'altra.

La suoneria dell'iPhone le riportò alla realtà. Era Torrisi.

«Devo ripartire. C'è un lavoro che mi aspetta, Hanna.»

«C'è sempre un lavoro che ti aspetta.»

Erano tornate intime ma solo per qualche minuto. Certe storie non finiscono mai e questo era il bello di ritrovarsi, anche se entrambe sapevano di essersi perdute.

Andrea ripartì con un macigno sul cuore.

Dieci giorni a Natale

20

Tornò in questura e cominciò a contattare le persone che avevano avuto a che fare con la vittima.

Scavare nella vita degli altri, questo era il suo lavoro. Sforzarsi di pensare come un assassino era il solo modo che conosceva per scoprirne l'identità. Ma in questo caso l'impresa risultava complicata. Solari era un personaggio odiato da molta gente: ex fidanzate, mariti traditi, loschi faccendieri e trafficanti di opere d'arte. Inoltre, le donne che comparivano sull'agenda non si riuscivano a trovare. Probabilmente Torrisi aveva ragione: si trattava di escort che usavano nomi fasulli. Non fece in tempo a formulare il pensiero che l'ispettore capo si materializzò nel suo ufficio.

«Disturbo?»

«E lo domandi?»

«Ho interrotto per caso una preghiera?» provò a dire indicando il computer sul quale compariva l'immagine di un'icona a schermo intero.

«Potresti, forse. Anche se le icone sono bizantine, appartengono alla tradizione greco-ortodossa, e qui di ortodosso...» rispose brusca.

«Vedo che sei di buon umore.»

«Sì, finché non apri bocca.»

«Quindi, se sto muto, la mia compagnia non ti dispiace.» Sfilò il casco e sistemò il ciuffo riccio sulla fronte.

«Tu provaci. A stare zitto intendo.»

In quel momento il cellulare vibrò. Era un messaggio di Marlene, un invito per la sera: "Ti aspetto alle ventuno al Bligny per la inaugurazione di una mostra fotografica sul palazzaccio. Vietato astenersi. Se vuoi porta un bel tipo per la tua amica". Seguiva una faccina con l'occhiolino.

«Torrisi, hai da fare stasera?»

«È una proposta, capa?»

«Frena: che ne dici dell'inaugurazione d'una mostra fotografica? Siamo invitati al Bligny 42 da un'amica che sono certa ti piacerà. E poi mi interessa capire perché Solari andava così spesso in quel posto.»

«Solari?»

«Sì, sembra che lì fosse di casa.»

Torrisi non riuscì a nascondere la propria delusione. «Ci bazzicano quelli che sono in cerca di sballo» disse stringendosi nelle spalle. «A Milano lo sanno tutti.»

«Già, per lo più studenti, fricchettoni o i cosiddetti radical chic: ma l'idea dello sballo non mi convince. Solari poteva avere tutta la droga che voleva, non aveva bisogno del circo del Bligny. Oppure aveva deciso di partecipare ai comitati del condominio per recuperare la zona, ma neanche questa ipotesi mi convince. C'è un particolare che mi sfugge e vorrei capire meglio, qualcosa che ha a che fare con il mondo dell'arte.»

Andrea sembrava riflettere ad alta voce, i suoi pensieri correvano veloci e Torrisi faticava a seguirla. La osservava muto, con l'espressione sorniona di chi ha compreso al volo, ma in realtà non ci stava capendo nulla.

«D'accordo, capa» disse infine per togliersi d'impiccio, «allora ci vediamo stasera al Bligny».

Al 42 coabitavano due mondi: quello ufficiale, fatto di comitati, torte in cortile, incontri, dibattiti, musica e allegria e l'altro, meno visibile, dove si intrecciavano attività illegali, storie di emarginazione, immigrazione clandestina e spaccio di droga praticati in appartamenti e sottoscala che emanavano tanfo di povertà e profumi speziati.

Entrambe le realtà cercavano di convivere tra loro. A volte ci riuscivano, altre volte facevano scintille e la storia finiva con l'irruzione della polizia.

Quello che era certo è che questi due mondi non potevano ignorarsi.

Sul confine tra l'uno e l'altro si muovevano alcuni personaggi eccezionali, come Marlene e le sue amiche: una sorta di eletti privi di pregiudizi che si innalzavano al di sopra del degrado senza giudicarlo e mantenevano rapporti cordiali con tutti. Perché in quel posto in troppi si sentivano in difetto per quello che erano, quasi dovessero scontare una pena auto-inflitta.

Una volta il portinaio raccolse la confidenza del proprietario d'un appartamento in affitto: "Quelli che nascondono qualcosa sono gli inquilini migliori, perché si guardano bene dal creare problemi. Pagano puntuali e non fanno storie, perché hanno paura di perdere l'occasione d'oro che gli offriamo. Sono i clienti che preferisco". Mentre lo raccontava al portinaio rideva compiaciuto, si sentiva padrone del mondo e la sua risata suonava volgare, da trafficante col conto in rosso.

Andrea varcò il grande portone del 42 e lanciò un'occhiata alla carta del mondo disegnata sulla parete che introduceva nel cortile. Si sentiva aria di festa, nonostante il freddo pungente. Appena vide Marlene le si avvicinò, e la salutò. Era circondata dalle amiche e faceva gli onori di casa, insieme agli altri componenti del comitato, indicando la strada che portava alla mostra.

La salutò con trasporto, come sempre, e non le sfuggì lo sguardo che posò sull'ispettore capo Torrisi.

«Tesoro, finalmente mi hai preso in parola: a quel ragazzone faccio strada io» sussurrò dirigendosi verso Torrisi con un sorriso smagliante. Quella sera esibiva sugli occhi un ombretto verde e sulle labbra un pastoso rosso geranio. Per l'occasione sfoggiava un caschetto nero stile Mia Wallace. Era uno schianto.

Lo scortò fino all'ingresso della mostra, dove si era accalcata una folla variopinta e numerosa in attesa di entrare, composta da studenti, professionisti, artisti e perdigiorno dal mestiere incerto e dalla dubbia fama.

«È l'unico modo per vivere nel centro di Milano senza spendere una fortuna in affitto» spiegava un giovane dai capelli rasta a un'attempata signora che gli aveva chiesto perché avesse scelto di vivere proprio lì, nel palazzaccio.

«E poi, se lo chiamano palazzo-mondo, ci sarà un perché» incalzò una ragazza dai capelli blu e il piercing al naso mentre saliva le scale. Torrisi si stupì nel constatare che i residenti di quel fatiscente casermone si dichiarassero fieri di esserlo.

Un gruppo di studenti sulle scale suonava l'ukulele. A malapena si spostarono per lasciar passare il pubblico.

Una donna africana scendeva le scale con il bambino di pochi mesi avvolto in una fascia che le pendeva dal collo. Portava il bomber aperto sopra una spessa giacca di pile bianco, mentre la testolina del figlio, imbacuccato in un piumino rosso fuoco, spuntava da quella sorta di marsupio. I suoi occhi scuri fissavano intensamente le persone e, di tanto in tanto, rispondeva al saluto di chi gli piaceva facendo "ciao" con la mano.

I tavoli del cortile erano addobbati con tovaglie di carta rossa e bicchieri in tinta. Al Bligny amavano le sfide, anche quelle contro il freddo polare.

Qualcuno versava da bere agli ospiti, man mano che arrivavano. Marlene e le sue amiche, quasi tutte trans, si davano da fare a preparare e servire tartine imburrate guarnite con filetti di acciuga. In sottofondo si sentiva un continuo brusio e un pianoforte che suonava.

Il comitato non ci stava a far passare il 42 per un ghetto degradato. La mostra fotografica ritraeva la vita del palazzo dal mattino presto fino al pomeriggio inoltrato. La giovane che l'aveva realizzata, una promettente fotografa olandese che abitava lì da due anni, aveva ritenuto opportuno lasciare alla fantasia dei visitatori la movida che cominciava al calar della sera.

L'ispettore Torrisi, da spavaldo macho latino, ogni volta che Marlene gli si avvicinava si faceva piccolo piccolo. Sembrava diventato un timido adolescente al suo debutto in società. Quest'ultima se n'era accorta, rideva e cercava lo sguardo di Andrea che, di sottecchi, si divertiva un mondo a vederlo così goffo e rigido.

«Tutto a posto ispettore?» domandò il vicequestore sorseggiando un bicchiere di sangria.

«Insomma.»

«Che succede?»

«Niente, niente.»

«Problemi con la mia amica?»

«Non proprio, ma… insomma, non vorrei che…»

«Cosa?»

«Lascia perdere.»

«Non dirmi che un uomo di mondo come te non sa tenere a bada una ammiratrice?»

«Ma è un uomo...»

«E allora?»

«Come non detto» replicò paonazzo in volto. Prese a tamburellare nervosamente con le dita sul telefonino, estraendolo e riponendolo nella tasca a ripetizione.

De Curtis si appartò con Marlene. «Dove si trova l'appartamento dell'artista?»

«L'appartamento si trova al secondo piano» sussurrò indicando la rampa sul lato ovest del cortile. «Te l'ho detto ormai non c'è più nessuno. Ogni tanto si sente qualche rumore. Nessuno ha mai visto questo artista. Ma Virginia può dirti qualcosa di più.» Fece segno all'amica di avvicinarsi. «Lei abita proprio vicino.»

«Ti presento il vicequestore De Curtis, deve chiederti qualcosa sui tuoi vicini...» fece ammiccando.

«Quali vicini?»

«Ma sì, quelli un po' sopra le righe.»

«Cara, al Bligny fai prima a individuare quelli che sono sotto le righe...»

Si avvicinò a De Curtis una signora di età indefinita. Bellissima, incarnato scuro e lunghi capelli dorati che le scivolavano sulle spalle. Al suo fianco, come un docile cagnolino, la seguiva un compagno visibilmente più giovane di lei.

«Vivo qui da una decina d'anni. Conosco più o meno tutti. Ci sono appartamenti che hanno una lunga storia che meriterebbe di essere raccontata. Alcuni sembrano maledetti, come quello dell'artista: tra quelle quattro mura negli anni è successo di tutto e ogni famiglia o persona che lo ha occupato è finita male o è andata fuori di testa. Prima c'è stato un pompiere che è impazzito, gli hanno fatto un TSO mentre si arrampicava sui cornicioni in cerca di fughe di gas. Poi è venuto il turno d'una coppia di svitati che si dava un sacco di arie per poi finire in carcere dopo una rapina in banca. Figuratevi! Li hanno beccati subito, non hanno avuto nemmeno l'accortezza di coprirsi il volto. Infine, è arrivato un uomo che viveva da solo. Taciturno, non una donna né un amico. Faceva alpinismo. È precipitato in un dirupo.»

«Mia cara» la interruppe sbuffando Marlene, «risparmiaci la conta delle disgrazie, dacci un taglio e arriva al dunque...».

«Virginia è precisa» disse rivolta ad Andrea, quasi a volerla scusare.

«Dopo la morte dell'alpinista la casa è rimasta a lungo disabitata» riprese Virginia. «Poi è arrivata Oksana e da quel momento le cose non sono state più le stesse. Intorno a quei muri si è formata come una sorta di protezione. Oksana aveva saputo cambiare il destino di quel posto. Come se esercitasse una specie di magia bianca. Ogni cosa che toccava si trasformava in energia positiva. Ah, che donna! Peccato che non sia durata molto, e dopo un paio d'anni se ne sia andata via. Dopo di lei si vociferava di questo artista, ma nessuno lo ha mai visto. Una sera ho sentito un gran trambusto e poi le voci di due uomini che parlavano una lingua sconosciuta. Borbottavano sottovoce: uno sembrava italiano e l'altro dell'Europa dell'est. Mi hanno svegliato nel cuore della notte. Forse trascinavano mobili, oggetti, valigie o scatoloni. Ho sbirciato dallo spioncino e li ho visti passare nel corridoio: uno era alto e grosso l'altro di statura normale. Siccome continuavano a fare casino, mi sono affacciata sul ballatoio e gli ho gridato di smetterla, che dovevo dormire. Quello alto mi è venuto incontro con aria minacciosa. Era seccato, neanche avesse ragione lui. Ma le pare che si possa fare un trasloco nel cuore della notte? Comunque, ho avuto l'impressione che non fossero contenti d'essere stati visti. Come se volessero nascondersi. Nei giorni successivi ho sentito altri rumori, ma non così forti e sempre e solo di notte. Però non ho più visto nessuno.»

Scrollò le spalle e, mentre il fidanzato le porgeva un bicchiere di vino rosso, concluse: «Del resto, qui nessuno sembra mai vedere niente, non si parla volentieri, al Bligny».

«Già, tutti tacciono, anche il tuo amico» borbottò contrariata Marlene, rivolgendosi ad Andrea. Ammiccava verso Torrisi che, con il suo metro e ottantacinque di bella presenza, si aggirava per la mostra osservando le foto esposte.

«Prova a farlo ridere, magari si scioglie.»

«Sì, ora mi metto a fare la pagliaccia. E no, cara. E poi li conosco quelli come lui: in pubblico fingono di ignorarti ma quando si ritrovano soli ti vengono a cercare e ti supplicano di essere carina con loro. Oh, quanti ne ho visti di buona famiglia varcare la mia porta. Del resto, anch'io ero un uomo di buona famiglia che si nascondeva...»

«Torrisi non è di buona famiglia.»

«Buona o cattiva, la famiglia è sempre ingombrante.»

«Ti chiedo un favore, Marlene» disse Andrea cambiando argomento e accendendo una Marlboro light.

«Per te qualunque cosa, cara.»

«Stiamo cercando delle donne e non sappiamo niente di loro. Brancoliamo nel buio, non sappiamo se siano prostitute o corriere di qualche traffico. Ce n'è una in particolare, si fa chiamare Anastasia, e sembra l'ultima che aveva un appuntamento con Solari. Tieni le orecchie aperte, informati se una donna con questo nome frequenta il Bligny, se qualcuno ne ha sentito parlare.»

«Sta' tranquilla, lo farò. E tu prometti di mettere una buona parola con quel manzo del tuo collega.»

«Ci proverò, ma temo che sarà un buco nell'acqua.»

«Non sono il suo tipo?»

«Credo di no» farfugliò De Curtis, scrollando la testa.

«Dicono tutti così» replicò convinta Marlene. Quindi alzò il calice come per fare un brindisi e si allontanò tra la gente.

21

Quella mattina Sophie si alzò prestissimo, alle cinque. Un orario insolito, soprattutto per lei, abituata a coricarsi a notte fonda. Si vestì in fretta e lasciò Marco da solo nel letto: aveva fatto tardi quella notte e ora dormiva profondamente nella penombra della camera.

La pioggia aveva sciolto gran parte della neve. Le strade di via Venini erano imbrattate da una poltiglia scura che trasmetteva un senso di freddo e sporcizia. Poca gente in giro, per lo più persone che cominciavano la loro giornata di lavoro molto prima dell'alba e qualche nottambulo in attesa di andare a dormire. Un'umanità composta da: camionisti, infermieri, turnisti, spacciatori, spazzini, poliziotti... che si muovevano in una sorta di terra di nessuno, un limbo popolato da fantasmi che sembravano uscire dall'oscurità e affacciarsi alla pallida luce che stava per rischiarare la città assonnata.

Il tragitto che Sophie stava percorrendo non era un percorso abituale. Anche il passo non era il solito, sembrava fiacco e quasi trascinato. Un peso invisibile le opprimeva il cuore e le spalle. Vide un signore assonnato con un cane, un cavalier king, che incedeva al guinzaglio con fierezza, scuotendo la coda ritta come una bandiera. Si domandò da quando lei avesse perso quella stessa fierezza, cessando di librarsi nel mondo leggera come una farfalla. Forse con il primo matrimonio, quando si era lasciata soggiogare dal marito e dalla sua boriosa fatuità? Dopo avere conosciuto Marco, e dopo averlo sposato, le era sembrato di rinascere a nuova vita, relegando il passato in un angolo fin quasi a dimenticarlo. Si disse che l'esistenza è una faccenda davvero ingarbugliata, come i fili degli auricolari, perennemente annodati. E si spreca un'infinità di tempo cercando di districare i nodi e venirne a capo. Ecco, quella mattina Sophie si sentiva così: confusa e ingarbugliata.

Il suono delle serrande che si sollevavano la riportò al presente, alla vita della strada, allontanandola da quei cupi pensieri. I rumori avevano un effetto rassicurante, anche se in qualche caso, erano forti e improvvisi e la facevano sobbalzare per lo spavento. Udiva i passi affrettati di chi rincorreva un tram o si precipitava verso la metro. Percepiva ogni suono con acutezza e le parve di avvertire dei passi dietro di sé. Si fermò e si guardò intorno: nessuno, la strada era deserta. Eppure, continuava ad avere l'impressione che qualcuno la seguisse, come se una presenza le si fosse incollata alle spalle. Un brivido di paura corse lungo la schiena. Tirò dritto col fiato corto, in preda a una sensazione di oppressione. Le parve di vedere un'ombra scivolare sul muro d'un palazzo. Finse di indugiare con interesse davanti alla vetrina d'un ferramenta chiuso da secoli, poi di una lavanderia, sperando di scorgere riflesso nel vetro il volto di chi la stava seguendo. Dopo qualche metro un colpo secco la fece trasalire. Un uomo aveva richiuso il cofano dell'auto. La strada cominciava a riempirsi di persone e la loro presenza le dava coraggio e la aiutava a proseguire.

Ancora qualche metro e si ritrovò all'incrocio con l'edicola. Il giornalaio, con il berretto di lana calato sulle sopracciglia e i guanti imbottiti, trasportava dentro il chiosco pacchi di quotidiani lasciati dal corriere. Nello sforzo nuvole di vapore gli fuoriuscivano dalla bocca. Fu un sollievo per Sophie. Ormai nessuno poteva più farle del male. Acquistò il "Corriere della sera" e riprese il cammino.

Eppure, i passi che aveva udito non erano frutto della sua immaginazione. Cercò di procedere su strade sempre più trafficate. Si ritrovò a fiancheggiare i cassonetti della spazzatura e quella presenza le parve vicinissima. Poteva quasi sentirne il respiro e il peso.

Si voltò di scatto e con terrore vide un braccio armato di bastone a uncino che, nella luce incerta dell'alba, si issava nell'aria. È la fine, pensò mentre il ragazzo con il cappuccio in testa la affiancò e la superò, portandosi vicino al bidone accostato al marciapiede. Senza curarsi di lei, sollevò il pesante coperchio e, sporgendosi verso l'interno, prese a rovistare tra i rifiuti in cerca di qualcosa. Sophie rimase lì, annichilita e immobile. Quindi iniziò a correre verso l'unico posto dove sapeva avrebbe trovato sollievo. Era ormai vicina alla stazione Centrale e fece per imboccare via Ponte Seveso quando, inaspettatamente, si imbatté nella persona che stava cercando. Le corse incontro e si aggrappò a lei con disperazione.

«O Greta, non sai cosa mi è successo. Sono certa che qualcuno mi abbia seguito» disse trafelata.

«Sophie, calmati.» Non l'aveva mai vista così, in preda al panico.

«Che ci fai qui?»

«Stavo venendo da te.»

«Allora andiamo» rispose Greta con la sua voce calda, cingendole le spalle con un braccio. «E cerca di calmarti.»

Insieme si diressero verso il portone di fronte alla fermata del tram due.

«Tu piuttosto, come mai sei in strada a quest'ora? Sei diventata mattiniera?» chiese Sophie.

Greta sorrise e scosse il capo. «No, è che a volte mi sveglio presto e non riesco a riprendere sonno. Allora vado a prendere le brioche calde. È una vera fortuna che stamattina sia andata così. Forse sentivo che qualcuno mi stava cercando.»

Sorrisero entrambe, mentre si infilavano nell'ascensore che le portò al quinto piano, dove era l'appartamento di Greta.

Le sfilò il cappotto e lo appese all'attaccapanni, quindi si tolse il pellicciotto animalier e puntò dritta verso la cucina. «Preparo la colazione e poi mi racconti.»

Erano nel piccolo cucinino con il balcone che dava sulla stazione di Milano. Uno scorcio d'architettura metropolitana che, a quell'ora del mattino, in quel clima brumoso, Sophie trovò familiare. "Aria di casa" pensò, recuperando un po' di tranquillità.

«E poi dicono che Milano è brutta. Guarda che meraviglia, sembra che il tempo si sia fermato agli anni della rivoluzione industriale» disse mentre l'amica riempiva la moka e la poneva sul fornello.

«Che ti è successo?» domandò Greta.

«Stamattina mi sono svegliata prestissimo, sono rimasta un po' nel letto, ma non riuscivo a riaddormentarmi. Marco è rientrato tardi e dormiva sodo. Mentre lo sentivo respirare, ho cominciato a pensare. Mi sono stupita dei miei pensieri. Anzi, a dire il vero me ne sono spaventata. Sentivo il bisogno di camminare per smaltire l'ansia. Così ho deciso di uscire e di venire qui da te.»

«Che c'è che non va?» domandò Greta, mentre versava il caffè nelle tazze.

«Non so se sia giusto parlarne, mi sembra tutto così assurdo, non voglio crederci…»

«Allora non farlo» tagliò corto l'amica, mostrandosi indifferente all'argomento.

«Credo che Marco» proseguì Sophie, quasi non avesse sentito, «sì, insomma, che lui mi faccia pedinare, mi spii o qualcosa del genere. Lo vedo così strano in questo periodo. Dopo l'omicidio di Edo, mi sembra perfino più sereno… Insomma, non so più se fidarmi di lui».

Scoppiò a piangere, evitando di incrociare lo sguardo dell'amica. Non avrebbe mai immaginato di parlare in quei termini dell'uomo che amava. Confessare di sospettare di suo marito, il compagno devoto che avrebbe fatto qualsiasi cosa per lei. Ma forse proprio questo era il punto: quell'amore smisurato si era spinto all'eccesso, oltre il limite che fissa il confine tra lecito e illecito, bene e male.

L'amica si sedette accanto a lei. «Stai parlando di Marco? Il tuo Marco? L'uomo premuroso che tutti conosciamo?»

Sophie annuì.

«C'è qualcosa che non so e che dovrei sapere, Sophie?» chiese l'amica.

«No, Greta» replicò pronta, portando la tazza fumante alle labbra. «Lui non mi ha mai maltrattato, è solo una mia sensazione. Un senso di… di oppressione. Da un po' di tempo a questa parte, mi sento soffocare, ma forse sono solo nervosa. Ho scoperto che mi controlla il pc, legge i miei messaggi, lo trovo in ogni posto in cui vado. Mi anticipa in tutto. Sono certa che mi abbia seguito anche stamattina. Non so più cosa pensare.»

«Ne hai parlato con qualcuno?»

«No, solo con te.»

«Sophie, non scherziamo, Marco si butterebbe nel fuoco per te.»

«Lo so...» borbottò Sophie. Il suo sguardo correva lontano. «Ma...»

«Non sarai un po' provata? È stato un periodo terribile.»

«Sì, forse hai ragione.»

«Davvero hai paura?»

"Sì ho paura, sono terrorizzata" avrebbe voluto rispondere. "Quando lo vedo cingermi il braccio e sfiorarmi il collo penso che sia tutta una finzione, che lui non mi ami, ma voglia solo possedermi. Temo che possa aver fatto del male a chi mi voleva bene. Temo che la sua gentilezza manierata nasconda turbe profonde e che la follia possa nascondersi nella sua perfezione. Temo la sua aggressività passiva." In realtà rispose: «No, nessuna paura. Avevo solo bisogno di parlare con qualcuno».

Poi bevve il caffè caldo e addentò la brioche integrale con il miele. Non aveva fame. Socchiuse gli occhi e sospirò.

22

Sentiva ancora il freddo appiccicato addosso come fosse una seconda pelle. Quella mattina ne aveva preso a sufficienza vagando disperata per la città. Era tornata a casa in silenzio e si era infilata subito sotto il getto bollente della doccia.

Si sfregava il corpo in maniera rabbiosa, quasi violenta. Il dolore fisico era preferibile a quello dell'anima. Un bruciore che sapeva di orchidea bianca, un aroma che leniva ogni sofferenza.

Marco adorava quel profumo che si sprigionava dal bagno attiguo al suo. Lo scroscio dell'acqua gli ricordava che Sophie si trovava lì vicino a lui, nuda, in tutta la sua bellezza. Questo pensiero gli procurava un'intensa frenesia, a dispetto degli anni di matrimonio. Non erano molti cinque anni, ma per lui che, dopo qualche mese, era solito perdere ogni desiderio verso le donne a cui si era accompagnato, Sophie era un regalo del destino che gli rinnovava l'eccitazione di quando era adolescente.

Si avvicinò ai vetri del grande box doccia, i vapori rendevano ancora più provocante la vista delle sue forme. Non visto, la osservava. Guardarla era da sempre la sua ossessione. I capelli neri insaponati scendevano lungo la schiena e la schiuma si insinuava nel solco tra la rotondità delle natiche. La venerava estasiato, come un idolo.

Un timore reverenziale si impossessava di lui ogni volta che si avvicinava al suo corpo. Era combattuto tra prenderlo con foga brutale o toccarlo con la deferenza che si riserva a un'opera d'arte. Restò lì, immobile, come un guardone onanista, mentre Sophie usciva sovrappensiero dalla doccia per avvolgersi nell'accappatoio bianco. Con il palmo della mano deterse lo specchio dal vapore e lanciò un urlo. Il volto di Marco era lì, dietro di lei, che la fissava e sorrideva.

«Amore ti sei spaventata?» disse mentre si avvicinava per abbracciarla.

Lei stese le braccia in avanti e lo bloccò. «Da quando sei lì?»

«Adoro guardarti, lo sai.»

Le braccia di Marco si muovevano nell'aria cercando di stringerla, ma Sophie lo teneva a distanza. In quel momento non aveva alcuna voglia di essere toccata, né di venire rassicurata da lui. Lo fissò con occhi severi, lucidi.

«Non farlo più. Così mi fai paura.»

Marco non si aspettava quella reazione e rimase pietrificato. «Dove sei andata stamattina?» riuscì a balbettare. «Mi sono svegliato alle sei e non eri in casa.»

«Sono uscita.»

«Questo lo so. Mi domando dove si possa andare a quell'ora. Qualche commissione urgente?»

«Non riuscivo a dormire!» sbottò alzando la voce. «Ti suona così strano?»

Continuava a pettinarsi i capelli bagnati e osservava di nascosto l'immagine di lui riflessa nello specchio. Solo quando Marco, costernato, le voltò le spalle per uscire dalla stanza da bagno, si voltò e lo guardò mentre si allontanava. Di colpo fu assalita da un moto violento, un misto di desiderio e compassione. Quella solidità fisica da ex sportivo la eccitava ancora. Lo amava. Fece tabula rasa di ogni riserva, scacciò dalla mente ogni ambiguità e si disse che era tutta colpa dello stress di quei giorni difficili. Si incamminò verso la camera da letto. Lo vide seduto sulla sponda, piegato su se stesso con la testa fra le mani. Si avvicinò e lo accarezzò da dietro, quindi accostò il corpo nudo alla sua schiena solida. Si avvinghiò a lui e annusò il profumo della sua pelle. Lo attirò a sé e i loro corpi si ritrovarono stretti e intrecciati come una cosa sola, come se quell'amplesso fosse l'ultimo prima di morire. Lo spinse all'indietro, appoggiando le braccia sulle sue spalle, e salì cavalcioni sopra di lui. Guidò il suo sesso turgido dentro di lei e iniziò a muoversi lentamente, abbandonandosi al piacere, gli occhi dell'uno fissi in quelli dell'altra. Marco la stringeva così forte da lasciarle i segni sulle braccia. Lei sentiva male, ma le piaceva e avrebbe desiderato che stringesse ancora di più.

Lui ripeteva che la loro era chimica. Ogni volta lei rideva e lo prendeva in giro. Il buon sesso non ha bisogno di spiegazioni.

Dopo, restarono ancora qualche minuto così.

Che stupida a fare certi pensieri, che sciocca a dubitare di Marco, suo marito.

Ora erano solo corpi abbandonati su lenzuola bianche. La sveglia segnava appena le nove del mattino.

23

Allungò il braccio fuori dal box doccia in cerca dell'accappatoio che, come al solito, aveva dimenticato di appendere al gancio giusto lasciandolo appeso dietro la porta, sul lato opposto del bagno. Tutte le volte era la stessa storia: finiva per allagare il pavimento rischiando di scivolare e rompersi l'osso del collo. "Mai abbassare la guardia, farsi sempre trovare pronti, altrimenti – come minimo – secchi dal freddo."

Andrea stava compiendo i rituali mattutini, mentre alla radio trasmettevano Marvin Gaye, che cantava *What's going on*. Non aveva abbastanza tempo da dedicare a se stessa: mai un massaggio rilassante, una seduta di yoga o almeno un quarto d'ora per stendere la crema su tutto il corpo. Si ricordò di sua madre che il marito chiamava Miss Giro-di-perle, sempre in ordine e perfetta, e si disse che quello non era il suo genere. Ricordava piuttosto una Miss Scapigliata, in perenne lotta contro il tempo, trafelata e di corsa. Si truccava nell'ascensore o in macchina, asciugava i capelli alla bell'e meglio e indossava jeans, maglia nera o camicia bianca, giacca e anfibi. Quella mattina però era riuscita a laccare le unghie dei piedi con lo smalto rosso. Un successo. Aveva appena concluso l'operazione quando il trillo del cellulare la richiamò all'ordine.

Alzò gli occhi al cielo: era Torrisi.

«Capa, sei pronta?»

«Tra cinque minuti.»

«Intendo dire se sei pronta a ricevere un regalo natalizio in anticipo.»

«Che succede?»

«In un B&B è stato rinvenuto un nuovo cadavere.»

«Natale porta male, l'ho sempre pensato. Dammi l'indirizzo che arrivo.»

Prese al volo un taxi di passaggio.

L'ingresso del B&B era suggestivo, e affacciava su un vasto giardino verde. Il corpo di un uomo nudo, sul letto sfatto. Esposto al ludibrio del mondo senza alcuna dignità.

«Mani e piedi legati. Sembra morto per soffocamento» disse Torrisi. E aggiunse: «Guarda cosa c'era adagiato sul corpo».

Indicò la pagina strappata da un libro.

Andrea si avvicinò e lesse.

Or, poi che Circe ebbe offerto, quegli altri ingoiato l'intriso, li colpì con una verga, li rinchiuse dentro il porcile…

«Di nuovo lei, Circe. L'*Odissea*. Gli stessi versi del delitto Solari» disse rivolta all'ispettore che, pallido come un morto, osservava la scena con l'aria smarrita.

«Si chiamava Pietro Vannucci» spiegò cercando di reagire. «Era un noto critico d'arte. Abitava a Roma e veniva spesso a Milano per perizie e valutazioni.»

Andrea domandò se aveva famiglia.

«Moglie e due figli» rispose. «Sono già stati avvisati. Arriveranno nel pomeriggio.»

La proprietaria del B&B li aspettava nel suo appartamento, nell'altra ala della casa, ed era sotto choc. Era stata lei a trovare il cadavere. La prenotazione era stata effettuata la mattina precedente dallo stesso Vannucci per telefono.

«Andiamo a parlarle» disse Andrea decisa.

Era una bella signora minuta, sui cinquant'anni, capelli castani tagliati corti e una graziosa frangetta che le copriva la fronte. Indossava un abito blu scuro e continuava a portare le mani al petto e al volto quasi volesse accertarsi d'essere ancora viva. Il trucco era sfatto doveva aver pianto a lungo e nella mano stringeva un piccolo fazzoletto. Con voce flebile, gli occhi arrossati e un tono monocorde si sforzò di raccontare quello che avrebbe volentieri taciuto. «Avevo preparato tutto. Ci tengo a curare i dettagli, la tovaglia bianca ricamata, il servizio di porcellana, le posate d'argento. Questa attività è tutta la mia vita. La villa è grande e da quando mio marito è morto ho faticato a conservarla, poi la crisi ha peggiorato le cose ed è stata ancora più dura. Così mi sono attrezzata per affittare le stanze. Per fortuna avevo un buon giro di conoscenze nel mondo dello spettacolo e dell'arte. Molti artisti del Teatro alla Scala vengono qui, cantanti e musicisti di tutto il mondo. Tutti si sono sempre trovati bene.» Non riuscì a trattenersi e scoppiò in un pianto dirotto. «Mai avrei immaginato che potesse succedere una cosa simile. Il signore mi aveva detto che avrebbe fatto colazione presto, intorno alle sette, e mentre parlava al telefono ho sentito che aveva un aereo per Londra. Quando alle otto non l'ho visto arrivare sono andata a chiamarlo. Ho temuto che si fosse addormentato, sa, raggiungere l'aeroporto a volte può diventare una sfida, per via del traffico... Ho bussato ma non rispondeva nessuno. La porta che dà sul giardino non era chiusa dall'interno. Ho aperto e ho subito avvertito un cattivo odore. Ho pensato alle tubature del bagno, di tanto in tanto si intasano. Ma era un odore diverso. Ho chiamato, ma non rispondeva nessuno. Allora sono entrata nell'anticamera e mi sono affacciata alla stanza da letto... Quell'odore... era odore di morte, dottoressa.»

«All'arrivo era solo?»

«Sì, ma aveva accennato che aspettava una persona.»

«Un uomo? Una donna?» incalzò Andrea.

«Non saprei, non l'ha detto.»

«Questa notte c'erano altri ospiti?»

Scosse la testa senza aggiungere altro. Aveva ancora negli occhi l'immagine del cadavere dell'uomo. Mentre raccontava, si scostava la frangetta da un lato all'altro. Un gesto automatico. Poi si fece forza e riprese: «Mio Dio, se ripenso a quel momento... a quel volto privo di vita. A volte non ci rendiamo conto di quanto sia irrimediabile la morte. Sembrava un'altra faccia. Eppure, era lui, la persona che mi aveva parlato il giorno prima».

«Lo aveva mai visto in passato?»

Scosse la testa. «No, era la prima volta che veniva qui.»

Andrea pensò che la villa avrebbe pesato sulle sue esili spalle come un macigno. Qualcosa che assomigliava a una maledizione. E aveva visto giusto, perché la donna aggiunse: «Qui non verrà più nessuno. Perderò tutto. Tutto».

Nascose il volto tra le mani e ricominciò a piangere.

24

Torrisi era provato. Ostentava indifferenza ma, nonostante facesse il mestiere del poliziotto e si considerasse un maschio alfa, ogni volta che si trovava davanti a un morto ammazzato provava un senso di nausea e una irresistibile pulsione a negare la realtà. Era più forte di lui, anche se gli risultava difficile ammetterlo a se stesso e, a maggior ragione, agli altri e in particolare alla sua capa.

Visionarono le immagini registrate dalle telecamere del B&B senza trovare nulla. Come aveva potuto l'assassino eludere la sorveglianza? Di certo si trattava di qualcuno che aveva studiato la disposizione degli occhi elettronici e sapeva come muoversi.

«Deve essere entrato dalla porta-finestra che dà sul giardino. Lì non ci sono videocamere» disse con un tono teso, leggermente concitato.

De Curtis aveva notato che le difficoltà lo invogliavano a buttarsi a capofitto nell'indagine. Ma aveva troppa fretta, una maledetta urgenza di concludere e arrivare alla soluzione. Probabilmente dipendeva dalla giovane età, ma anche dalla paura di fallire. Ogni suo atteggiamento lasciava trasparire una smania di far tornare i conti: le cose dovevano filare lisce e senza intoppi. Anche lei, in passato, si era comportata così. Poi l'esperienza le aveva insegnato che nell'attività di investigazione non ci sono scorciatoie. Ci vuole tempo per trovare la verità. Altrimenti si incorre nel rischio di cercare giustizia sommaria, finendo per accanirsi sul primo capro espiatorio che capita. Spesso la tecnica e la tempestività non bastano per trovare la soluzione. Occorrono anche pazienza e molta tenacia.

Avevano trascorso molte ore sui filmati e a scavare nella vita di Vannucci, ma non avevano trovato alcuna connessione tra lui e Solari.

Era stata una giornata faticosa e inutile.

Torrisi era chino sulla scrivania di Andrea e leggeva e rileggeva con puntiglio i fascicoli dell'inchiesta. Il volto era contratto e si capiva che la mente tornava alla stanza dove era stato rinvenuto il cadavere. Andrea lo osservava perplessa: qualcosa di quel giovane uomo la colpiva, anche se non riusciva a metterlo a fuoco: sapeva essere insolente all'estremo e nello stesso tempo sembrava talvolta precipitare nel più cupo tormento. Qualcosa di lui la attirava e insieme la respingeva.

«Hai un casco di riserva?» domandò rivolgendogli un sorriso di sfida.

«Ne ho qui uno, dottoressa» intervenne il sovrintendente Ghisberti, che aveva in serbo una soluzione a ogni problema.

«Vieni, Torrisi: ti porto in un posto che ti piacerà» propose.

Lui la guardò, stupito da quel tono confidenziale, quasi ammiccante. Da quando in qua la commissaria era gentile con lui?

Si sarebbe sottratto volentieri, se non fosse stato curioso di sapere cosa avesse in mente.

«Dammi le chiavi» disse Andrea infilando il giaccone nero.

«Le chiavi?»

«Le chiavi della tua moto» rispose lei col tono più naturale del mondo.

«Capa, la mia moto non la guida nessuno. E poi, ne saresti capace?»

Una nuova luce si era irradiata sul volto di Torrisi. Ora lo riconosceva. Lo preferiva sessista e sbruffone, piuttosto che amorfo e ripiegato su se stesso.

«Provare per credere.»

Si alzò, afferrò il casco e spalancò la porta.

«Torrisi, è un ordine. Sono il tuo superiore?»

L'ispettore afferrò il bomber e la seguì di malavoglia. Scesero le scale di fretta e si avviarono verso l'uscita della questura. Andrea infilò il casco integrale e protese il palmo della mano aperto, in attesa delle chiavi.

«Questo è abuso di potere» replicò Torrisi mentre gliele lanciava.

Raggiunsero la Ducati e Andrea, dopo essersi messa cavalcioni sulla sella, inserì la chiave e accese il motore, che rispose con un ruggito. De Curtis la liberò dal cavalletto, aspettò che l'ispettore salisse dietro di lei, ingranò la marcia e partì. Da come aggredì la prima curva Torrisi si rese conto che ci sapeva fare e, per una volta, decise di mettersi nelle mani di una donna e lasciarsi trasportare. Destinazione ignota.

Andrea fermò la Monster rossa davanti al Vynil, un locale dall'arredo vintage ispirato agli anni Sessanta.

«Per essere a Milano da così poco tempo, conosci i posti giusti.»

«Continui a sottovalutarmi, collega.»

Si accomodarono all'interno. Un tuffo nel passato: mangiadischi, vinili, colori fluo, radio d'epoca, tutto riportava a quel periodo, anni di sogni a occhi aperti e fermenti di ribellione di cui lei avvertiva il fascino senza averli vissuti. Le casse rimandavano le note di *Radio Gaga* dei Queen, mentre una folla di avventori consumava cocktail e aperitivi. Un numeroso gruppo di ragazzi stava riversandosi nel locale.

«Appena in tempo, si sta riempiendo» disse Andrea. Individuò un tavolo libero, si accomodò e con un elastico raccolse i capelli in un improvvisato chignon. Osservava l'ambiente con curiosità: anche quella era una forma di deformazione professionale. Torrisi chiamò il cameriere e ordinarono due Negroni.

«Sai una cosa, De Curtis? Ci riesci sempre» disse Torrisi. Lui, anziché guardarsi intorno, osservava lei.

«Non sei la prima persona che me lo dice. Cosa avrei di tanto stupefacente?»

La fissava affascinato, quasi ammaliato, e non si preoccupava di nasconderlo. Eppure, in parte la detestava, perché non perdeva occasione per farlo sentire un idiota. Con lei doveva fare attenzione a non toccare i tasti sbagliati o erano dolori. Quanto gli risultava difficile misurarsi con donne che non lo compiacevano!

Anziché risponderle, domandò: «Come mai hai fatto la poliziotta?».

«È una storia vecchia. Non voglio annoiarti.»

«Annoiami.»

«Ha a che fare con una madre svedese e un padre napoletano che alla fine si odiavano a morte. Forse cercavo un modo per sistemare le cose. O forse volevo seguire le orme di mio nonno, che era un alto ufficiale della polizia. O semplicemente l'ho fatto per mio fratello. In realtà, non sono riuscita a sistemare niente e non ho protetto nessuno. E di sicuro il nonno avrebbe preferito che fosse un maschio a seguire le sue orme» lo disse e ingurgitò il Negroni d'un fiato, quasi volesse ammorbidire quella confessione diluendola nell'alcol.

«Cosa è successo a tuo fratello?»

«Non parlo mai di mio fratello.»

«Per una volta fa' un'eccezione.»

«Era solo un bambino» disse richiamando l'attenzione del cameriere e ordinando un secondo cocktail.

Torrisi aggrottò le sopracciglia e scosse la testa. Non capiva.

Gli occhi di Andrea si erano fatti lucidi e fissavano la cannuccia conficcata nel ghiaccio del bicchiere.

«Ogni estate con la mia famiglia andavamo in vacanza a Framura, in Liguri. Aspettavamo con ansia il momento di partire, i ricordi più belli della mia infanzia appartengono a quel luogo. Fino a quella maledetta estate. Vivevamo liberi, come selvaggi, in una spiaggia di ciottoli bianchi e grigi, alloggiavamo nelle case dei pescatori. Ciò che ancora non sapevo era che quella sarebbe stata l'ultima estate felice per tutti noi.»

Fece una pausa, quindi riprese: «Con mio fratello eravamo sempre in acqua. Ci svegliavamo con il rumore delle onde del mare, uno sciabordio di sottofondo che a volte mi sembra di sentire ancora. Subito dopo colazione ci precipitavamo in spiaggia a giocare sulla riva e a saltellare qua e là in qualche insenatura tra gli scogli. Quel giorno ci eravamo allontanati un po' di più. Io volevo scappare, da sempre. Fin da piccola ero una ribelle. Non era voglia di esplorare, ma la necessità di sfuggire a un senso di oppressione che non mi dava tregua. Solo che non ero mai del tutto sola, dovevo sempre stare con Giulio, mio fratello. Sembrava più un alibi di mia madre per sentirsi libera e alleviare le sue pene per un marito che la ignorava e la tradiva senza preoccuparsi di nasconderlo».

Altra pausa. Continuare diventava sempre più difficile.

«Quel giorno segnò la fine di tutto. Giocavamo a rincorrerci, eravamo scalzi e mio fratello si ferì. Forse con un vetro o una lattina o una pietra appuntita. La ferita era profonda, gli faceva male e non poteva più muoversi. Mi spaventai ma non lo diedi a vedere perché lui piangeva terrorizzato. A detta di tutti ero io quella forte, la figlia grande che non aveva bisogno di nessuno. Mi implorò di fare qualcosa. Così decisi di andare a cercare aiuto. Ma non voleva che lo lasciassi lì da solo, sanguinante. Mi supplicava di portarlo con me. Ma come potevo farlo se non riusciva a muoversi? Gli dissi di stare tranquillo e di aspettarmi, che sarei tornata prima possibile. Trovai la forza di correre e di arrivare scorticata e sbucciata alle casette dei pescatori dove si trovavano i miei genitori. Urlavo che Giulio era ferito. Urlavo di fare presto. Scattò l'allarme e spiegai dove l'avevo lasciato, ma accadde qualcosa di inspiegabile. Quando arrivarono i soccorsi nel punto esatto dove ci eravamo separati, lui non c'era più. Era scomparso nel nulla. Lo cercarono i sommozzatori, la forestale e tutte le persone del posto, che si organizzarono in squadre e setacciarono ogni zona e ogni luogo. La ricerca continuò per mesi. Anni. Ma di mio fratello non si seppe più nulla. Mai più.»

Il cameriere servì un altro Negroni.

«La vita ricorda l'invito a una festa» proseguì con lo sguardo trasognato. «Ci sono persone come mia madre che non ne hanno mai perso una. E ragazzi come mio fratello, che a quella festa non ci sono mai arrivati.»

Scolò il secondo Negroni d'un fiato e ne ordinò un terzo.

Torrisi la squadrava allibito, senza parlare.

«Cosa c'è?» domandò.

«Al ritorno guido io» rispose l'ispettore.

Si pentì d'essersi lasciata andare, d'aver rivelato a un collega che appena conosceva il più doloroso segreto della sua vita. Decise di rimediare e, come se niente fosse cambiò registro e riportò il discorso sull'indagine.

«Mi sembra evidente: i due omicidi sono collegati.»

L'ispettore non rispose e spalancò gli occhi, sempre più esterrefatto.

«Non guardarmi in quel modo» disse, e le sue parole suonarono perentorie come un ordine. «Dopotutto siamo nel mezzo d'un caso senza soluzione.»

«Sì, ma...»

«Siamo qui per lavorare, no?»

L'ispettore si strinse nelle spalle, a significare: se lo dici tu...

«Abbiamo un gallerista e un critico esperto in arte russa» proseguì in tono neutro, quasi asettico. «Un russo di cui si sono perse le tracce e un tatuaggio raffigurante il particolare di un'icona antica e i versi dell'*Odissea* sulla Maga Circe? Perché?»

«Sembra una vendetta. E comunque, nella casa di Solari non sono state trovate collezioni o icone, anche se negli ultimi tempi lo hanno sentito parlare spesso di arte russa. Dove sono finite le tavole antiche, ammesso che esistano?»

«Dobbiamo tornare nel suo appartamento e nella galleria, qualcosa ci sta sfuggendo» replicò Andrea.

Il volume della musica era cresciuto e parlarsi diventava sempre più difficile.

«Capa, non sapevo che guidassi così bene la moto.»

«Già, e pensare che le odio.»

«Non si direbbe.»

«Il fatto è che odio molte cose, anche se so farle bene. Non so se sia una dote o una condanna, ma è così.»

«Anche il tuo lavoro?»

«Lo chiedi perché so farlo benissimo?» domandò Andrea ridendo.

«Non saprei, tu per me resti un mistero. Di solito capisco al volo le persone, ma tu riesci sempre a spiazzarmi ogni volta.»

«Meglio così» rispose Andrea mentre sorseggiava il terzo Negroni. Si accorse che i complimenti di quel ragazzone non le facevano né caldo né freddo. Sentiva di essergli quasi affezionata, ma le sue sviolinate la lasciavano indifferente. "Coltiva le differenze" avrebbe voluto rispondergli, ma non aveva voglia di polemizzare e l'alcol ormai era in circolo come una Ferrari al Gran premio.

In quel momento una giovane sui venticinque anni si avvicinò all'ispettore e lo salutò con calore. Le brillava lo sguardo e se lo mangiava con gli occhi. Doveva essere una di quelle donne che amano anche quando non sono ricambiate, anzi, il fatto di essere trascurate le porta ad amare ancora di più.

Era una bella donna e Torrisi, tra compiaciuto e imbarazzato, si alzò in piedi per salutarla. Si abbracciarono e lui fece le presentazioni di rito. «Il vicequestore De Curtis, il mio capo.» Tutto declinato rigorosamente al maschile.

La ragazza lanciò un'occhiata infastidita ad Andrea e le strinse svogliatamente la mano. Quindi tornò a parlare con l'ispettore: «Ieri è passato di qui».

Si capiva che non vedeva l'ora di dargli la notizia, come a testimoniare una sorta di dedizione. Andrea osservava la scena e si confermò l'idea che doveva essere una di quelle che nell'amore cercano la sofferenza.

«Chi?» chiese Torrisi.

«L'uomo di cui mi hai parlato. Quello della foto.»

«Il russo?»

«Sì, il russo.» I grandi occhi neri scintillavano quasi esaltati.

«Sei sicura, Laura?»

«Sicurissima. È arrivato verso mezzogiorno insieme a un tizio di mezza età, hanno bevuto una birra e sono stati quasi un'ora a parlare fitto fitto, seduti a quel tavolo» disse indicando un punto vicino al bancone.

«Com'era, l'uomo di mezza età?»

La giovane sollevò gli occhi al soffitto e con un certo sussiego descrisse un uomo che aveva le fattezze di Pietro Vannucci.

«Perché non mi hai chiamato?» la incalzò Torrisi.

«L'ho fatto, e più volte. Se solo ti degnassi di rispondere.»

L'ispettore cambiò espressione. Già, se avesse risposto alle sue telefonate, li avrebbe beccati entrambi e forse avrebbe evitato una tragedia.

«Comunque, caro Cicciobello, io non ti chiamo più» bisbigliò facendo no con la mano. «Se ti va di sentirmi, il mio numero ce l'hai.»

Andrea si disse che non era affatto credibile e Torrisi doveva saperlo bene.

La giovane si accomiatò da entrambi, indirizzando al vicequestore un saluto distratto e quasi disgustato. Torrisi non perse tempo, si risedette e rivolto ad Andrea disse: «Hai sentito? Il russo è in città».

«E quasi certamente ha incontrato Vannucci prima che lo ammazzassero.»

«Credi che sia stato lui?» domandò mentre rovistava nella tasca, in cerca dei soldi per pagare il conto.

«Chi può dirlo?»

«Già, chi può dirlo...» ripeté Torrisi.

«Bella ragazza. È la tua fidanzata?»

«Acqua passata, perché?»

«Per lei non si direbbe.»

«Che ci vuoi fare» replicò trattenendo un sorriso, «non è colpa mia se sono irresistibile».

«Eh, già.»

«Sarà meglio fare una segnalazione in questura» disse lui facendosi serio. «Forse questa volta riusciamo a rintracciarlo.»

Andrea annuì e fece per alzarsi. Si accorse che il corpo era diventato pesante e avvertì una stanchezza mortale. Tre Negroni, sommati alla fatica di affrontare quell'argomento, erano davvero troppi.

A nessuno dei due piaceva parlare della propria vita. D'ora in poi avrebbero evitato di farlo.

Restarono seduti al tavolo, in silenzio, ancora un po'.

«Ti accompagno a casa» disse infine l'ispettore.

E Andrea non se lo fece ripetere due volte.

25

L'appuntamento era alla libreria Feltrinelli in piazza Duomo.

Sophie salì al volo sulla metro affollata. Trovò un posto libero, si sedette e prese a osservare le persone intorno.

Guardare gli altri la divertiva, da piccola era stata una bambina curiosa che amava sbirciare nelle vite degli adulti. Qualcuno scorreva il giornale, un altro leggeva un libro e un altro ancora era concentrato nell'ascolto delle cuffie. Immaginò che stesse seguendo un audiolibro: parole come balsamo consolatore. Molti, troppi avevano lo sguardo incollato al telefono. Era così triste vederli. Lo faceva anche lei, anche se pensarsi assorbita da quel totem, diventato ormai il padrone della propria esistenza, le procurava un sottile fastidio. Da tempo si era imposta di non sprecare la vita nel vuoto pneumatico dei social network, ma finiva sempre per ricascarci.

Dalla borsa estrasse meccanicamente l'iPhone che custodiva circa novemila foto. Prima o poi si sarebbe decisa a scaricarle tutte, anche se non era nelle sue corde separarsi da qualcosa, o da qualcuno. Del resto, svuotare il cestino dei ricordi era doloroso e leggere "nessuna foto" sul display, le avrebbe procurato un senso di smarrimento.

Aprì Facebook e iniziò a scorrere distrattamente la home: foto, selfie, cibi su tavole imbandite, insulti alla giornalista di turno, fake news, immagini romantiche, gattini e cagnolini e ancora gattini. Finché fu bloccata da un post che non si aspettava.

Dalla bacheca di Pietro: "Mi dispiace".

Poi, di seguito. "Che incredibile storia!"

E ancora: "Non riesco a crederci, mi mancherai".

Cliccò immediatamente sul profilo di Vannucci. Arrivavano a raffica frasi che esprimevano sgomento, vicinanza, dolore.

Con le mani che tremavano cliccò ancora alla ricerca di notizie dal web. Di colpo fu come se intorno a lei non ci fosse più nessuno.

La foto di Vannucci campeggiava su diversi profili e su molti siti online. "Trovato morto in un B&B di lusso alle porte di Milano il famoso critico d'arte."

"Noto critico d'arte assassinato nella notte."

Cominciò a tremare e avvertì un peso sul petto, un violento bisogno di vomitare.

Anastasia.

Le icone.

"Sono rovinato."

Le frasi di Pietro rimbombavano nella testa. Parole alle quali non aveva dato peso e che ora assumevano un significato tragico

Arrivò alla fermata Duomo. Si alzò di scatto e si precipitò sulla banchina scontrando un passeggero in attesa di salire. Iniziò a correre verso la scala mobile e intanto chiamò Greta.

La voce metallica della segreteria telefonica la rigettò nel buco nero della disperazione.

Uscì dalla metro e si precipitò verso la libreria. Una pioggia gelida, pungente, le schiaffeggiava il volto ma lei non la sentiva. Scontrò una donna con un cartoccio di caldarroste tra le mani che caddero in terra. «Ehi, stronza, guarda cosa hai fatto!» sentì urlare dietro di sé, ma continuò a correre finché entrò come una furia dentro la Feltrinelli.

Greta era lì, tra gli scaffali della poesia e della letteratura erotica e le dava le spalle.

Sophie le appoggiò una mano sulla spalla. L'amica fece un piccolo balzo per la sorpresa.

«Sophie. Che succede?»

«Hanno ucciso Pietro. Guarda» disse mostrandole il telefono, come se le sue parole suonassero troppo assurde per essere credute.

«Ma che stai dicendo?» domandò Greta afferrando il cellulare.

"Morto assassinato Pietro Vannucci, il critico d'arte romano" titolava il "Corriere online".

Sophie portò le mani al petto.

Per qualche attimo rimasero in silenzio, gli occhi dell'una fissi in quelli dell'altra. Poi Sophie si scosse e disse: «L'ho visto ieri. Abbiamo parlato pochi minuti nella chiesa di San Celso. Mi ha anche mandato un messaggio chiedendomi di raggiungerlo al B&B. Voleva sapere delle icone di Edo, e continuava a ripetere il nome Anastasia». Le frasi uscivano concitate e sconnesse. «Non riesco a credere che sia successo davvero.»

«Cerca di calmarti. Non riesco a seguirti: lo hai raggiunto al B&B?»

«Certo che no. E poi, anche se avessi voluto, come potevo? A quell'ora sono a casa con Marco...»

Portò la mano alla bocca, come se di colpo tutto le apparisse chiaro.

«Marco lo odiava. Odiava anche Edo...» Eluse lo sguardo duro dell'amica, come se temesse di avere detto troppo.

«Cosa stai pensando, Sophie?»

«Non so, davvero. Mi sembra tutto un brutto sogno.»

«Devo preoccuparmi?» domandò Greta, cambiando tono e afferrandola sottobraccio. La voce si era fatta calda e avvolgente e, al solo sentirla, Sophie avvertì tutto il corpo, fino a quel momento teso e contratto, rilassarsi e lasciarsi andare.

«Non crederai che Marco...» attaccò l'amica. «Non puoi pensare che lui c'entri qualcosa.»

Sophie non rispose e si limitò ad abbracciarla. Nessuna delle due aveva il coraggio di spingersi oltre e di manifestare i propri pensieri e le proprie paure.

Sophie confusa e spaventata, fra le braccia dell'amica riuscì però a dire: «Ieri Marco è rincasato tardi. Più tardi del solito».

Iniziò a respirare affannosamente e si portò la mano al petto.

«Mi manca l'aria» sussurrò.

Estrasse dalla borsa il broncodilatatore, spruzzò in bocca e respirò a pieni polmoni. Greta la accompagnò fuori dalla libreria, all'aria aperta.

«Ora vieni da me» disse perentoria. «Non ti lascio sola in questo stato.»

La strinse a sé e si diressero insieme verso piazza della Scala, confondendosi tra la folla, in mezzo ai colori e alle luci d'un Natale che ogni anno sembrava arrivare sempre più in anticipo.

26

«La situazione è difficile, dottore.»

L'uomo gli stava illustrando con enfasi crescente tutti i propri guai finanziari. Lui ne percepiva la disperazione ma non lo ascoltava. Aveva raggiunto negli anni la capacità di astrarsi dai discorsi degli altri, pur mantenendo un livello di attenzione sufficiente a non perdere il filo. Coglieva l'essenziale. Sapeva anche quello che i clienti si aspettavano da lui: che risolvesse i loro contenziosi con il fisco senza accollargli parcelle troppo onerose.

Quando qualcuno si sedeva sulla poltroncina davanti alla scrivania, Marco era ben cosciente del tipo di persona con cui aveva a che fare. Quello che non riconosceva più, invece, era se stesso.

In ogni momento della giornata la mente era occupata dal pensiero dell'immagine di Sophie, la sua ossessione.

La sua moglie perfetta forse lo tradiva e si incontrava con un altro. E ripensava alla propria bassezza, alle telecamere nascoste con cui la spiava, ai messaggi che leggeva di nascosto come un ladro. Ripensò a quel messaggio: lui, l'altro, l'aspettava in un B&B fuori città, in una stanza anonima, in un letto che non era il loro, fra lenzuola che avevano un odore che lui non conosceva.

Sì, lo tradiva. Ne era certo. Strinse i pugni sotto la scrivania e si chiese fino a quando avrebbe sofferto, con quel tormento che gli dilaniava l'anima. Avrebbe continuato a spiarla, lacerato dal dubbio e da un insopprimibile desiderio di normalità. Eppure, se la osservava di nascosto, era per amore e non per controllarla. A lui Sophie piaceva così: libera, spregiudicata e insofferente di ogni formalità. Nessuno l'avrebbe capito, ma era la verità.

«Dottore, mi sente? Sta bene?»

Portò le mani al volto e si stropicciò gli occhi.

Il respiro era diventato affannoso e cominciò a sudare freddo.

«Mi scusi, ma devo lasciarla» disse all'improvviso. Si sollevò dalla sedia e fece per uscire, lasciando l'altro allibito, in balia della propria ansietà.

«Ma non abbiamo ancora finito, non può mollarmi così» protestò.

«Il suo problema mi è chiaro, lo risolveremo. Ci sentiamo nei prossimi giorni. Ora mi scusi...»

Afferrò il cappotto e uscì dalla porta. La segretaria lo vide correre verso l'uscita. Fece appena in tempo a gridargli dietro: «Dottore, ha un appuntamento tra mezz'ora» ma Marco era già per le scale, in fuga. Una corsa pazza che forse lo avrebbe aiutato a seminare i propri fantasmi. Si catapultò in strada. Non ricordava di avere mai agito così: piantare in asso un cliente e scappare dall'ufficio senza una giustificazione. Cosa avrebbe detto suo padre d'un simile comportamento? Un gesto inammissibile, indegno per un professionista, un'onta per il nome e la rispettabilità dello studio. Ma quanto gliene importava a lui del nome e della rispettabilità dello studio Rovatti? I suoi pensieri erano invasi dall'immagine di lei, sua moglie. La vedeva mentre Vannucci la spogliava, la baciava e la scopava. Vedeva i loro corpi intrecciati, le labbra e le lingue che si cercavano in preda a una frenesia: avevano solo poche ore a disposizione, la notte era breve.

Era il demone che non si lasciava più dominare, si impossessava della fantasia e deformava la realtà. Sophie, la sua Sophie, non era capace di chiudere i rapporti col passato. Il solo uomo del quale aveva saputo liberarsi era il primo marito, il padre di suo figlio. Con tutti gli altri teneva aperte le porte, vive le relazioni e non metteva mai la parola fine a nessun capitolo della sua vita. E questo per lui era intollerabile. Sophie l'amore di tutti. Sophie la puttana di tutti. Eppure, quando l'aveva conosciuta, aveva compreso da subito come fosse fatta. E gli era piaciuta così: disponibile e disinibita. Ma nel frattempo qualcosa era cambiato: aveva sentito che si stava allontanando e ora temeva di perderla. Se avesse potuto l'avrebbe legata a sé con una catena d'oro, ma sapeva che in quel modo la avrebbe persa per sempre.

Si avvicinò a un negozio vintage con l'idea di farle un regalo. Entrò e si aggirò spasmodicamente tra gli scaffali finché vide un cappellino anni Trenta, verde smeraldo.

Sophie era la donna giusta per portare un copricapo così eccentrico. Libera e indipendente. Per un attimo l'idea di arrivare a casa con quell'oggetto lo rasserenò. Si precipitò alla cassa e lo acquistò. Ma vivere così era un gioco al massacro. Era come morire ogni volta e ogni volta rinascere.

Ma il demone lo divorava dentro e lo costringeva a fare cose che detestava. Si sentiva fuori controllo e quella sensazione non gli piaceva. Lo costringeva a fluttuare in una dimensione incerta, dove il confine tra immaginazione e realtà appariva sottile e aleatorio.

27

La galleria d'arte Solari occupava un ampio spazio al piano terra di un elegante edificio in via Maroncelli, vicino alla Fondazione Feltrinelli. Esponeva le opere più esclusive di arte contemporanea: tele, sculture e installazioni. Lineari, essenziali, talvolta minimali. Ma chi era davvero Solari? La sua vita costituiva un mistero per tutti, anche per il vicequestore Andrea De Curtis, chiamata a indagare sul suo assassinio. Un delinquente o un benefattore?

Dopo il secondo omicidio si continuava a parlare di lui e dei suoi oscuri legami con il traffico di opere d'arte.

Quella mattina Andrea decise di recarsi alla galleria, che era stata posta sotto sequestro dalla Procura. La accompagnava Fameli, un agente scelto che lei conosceva appena, al quale chiese di rompere i sigilli del locale. Entrò come si entra nella casa d'un estraneo, in punta di piedi per non disturbare. L'arte le faceva quell'effetto: ne subiva il fascino e insieme le procurava una sorta di timore reverenziale.

Aveva l'impressione che l'indagine cominciasse a procedere e, ostinata com'era, cercava qualcosa che finalmente le imprimesse un'accelerazione.

Il pavimento in parquet e le pareti bianche davano risalto alle opere esposte, tele raffiguranti soggetti astratti a colori e in bianco e nero. Una fontana in alabastro a forma di lavabo. Cubi accatastati alla parete cosparsi di fogli bianchi alla rinfusa, come dimenticati o pronti all'uso. In un angolo, una piccola scrivania. De Curtis non si lasciava sfuggire nulla e sembrava interrogare avidamente ogni dettaglio. Fissava nella mente i particolari che la colpivano e di tanto in tanto faceva uno scatto con la fotocamera dell'iPhone.

Si avvicinò alla scrivania sulla quale regnava un disordine assoluto. Carte, soprammobili, documenti e faldoni impilati uno sull'altro e disposti a casaccio. Sorrise pensando alla propria scrivania in questura e si chiese se quel caos riflettesse la *forma mentis* di Solari fosse il risultato di un'opera d'arte o il risultato della perquisizione della polizia. Sparpagliati sul ripiano c'erano biglietti da visita di società e professionisti di alcune città europee: Berlino, Basilea, Zurigo, Varsavia. Era la seconda volta che entrava in quel luogo e aveva l'impressione che qualcosa le stesse sfuggendo. Nessun riferimento alle icone, anzi, le opere della galleria sembravano non aver niente a che fare con l'arte russa. Ma allora, cosa legava Solari, Vannucci e il russo? Quali interessi avevano in comune?

Quando non riusciva a trovare risposta ai suoi interrogativi procedeva in questo modo: ripercorreva la stessa strada a ritroso, alla ricerca di qualcosa un particolare, un dettaglio secondario che non aveva visto. E il più delle volte finiva per scovarlo. Come accade quando si rilegge un libro: emergono nuovi significati sfuggiti alla prima lettura.

Rimase colpita da un quadro contornato da una cornice bianca, lineare, che campeggiava sul muro dietro la scrivania. Lo aveva già notato, ma non si era posta alcuna domanda. Conteneva una scritta a spirale, una frase ripetuta che si riavvolgeva su se stessa e creava un cerchio perfetto: "nel cuore della relazione c'è la differenza".

L'effetto era ipnotico. Rimase incantata a fissarla. La prima volta le aveva riservato un'occhiata distratta, priva di interesse. Si avvicinò al quadro, lo staccò dal muro e lo esaminò con cura.

«Si può?» alle sue spalle una voce femminile la colse di sorpresa. Si voltò di scatto e vide una folta chioma di capelli neri che stava varcando la serranda semi abbassata. L'agente Fameli, che fino a quel momento l'aveva seguita, incuriosito, si mosse verso l'entrata per bloccare la sconosciuta.

«Non può entrare, il locale è sotto sequestro» disse secco.

«Lo so» rispose l'altra. Era una splendida donna sulla trentina, due grandi occhi neri che insistentemente cercavano i suoi.

«Lasci stare, Fameli, ci penso io» si affrettò a dire.

La donna abbozzò un sorriso. Era un sorriso triste. «Da quando è successa la tragedia, passo ogni giorno di qui. Ho visto che era aperto e sono entrata. Mi perdoni, non mi sono presentata: sono Sophie Martini, un'amica di Solari.»

Le porse la mano e Andrea gliela strinse. Era minuta e fredda.

«Buongiorno, sono il vicequestore De Curtis.»

Avevano entrambe mani piccole e delicate ma la stretta che si scambiarono fu decisa e forte.

«Affascinante, vero?» disse Sophie indicando il quadro che Andrea teneva tra le mani. «È di un artista concettuale, Cesare Viel, che vive a Genova. Edo lo adorava. Diceva che in quella semplice frase è racchiusa l'essenza della vita.»

«Conosceva bene il signor Solari?» domandò prontamente.

La giovane donna annuì e aggiunse: «Mi manca».

«E qual era per lui l'essenza della vita?»

«Non so» rispose Sophie. «Edo era un enigma per tutti, anche per me che lo frequentavo da vent'anni.»

La voce e l'espressione tirata del volto lasciavano trasparire un dolore sincero. Una ferita ancora aperta.

«Eravate amici?»

«Sì, ci volevamo bene.»

Provò una stretta al cuore, ma il suo lavoro non consentiva che i sentimenti intralciassero la ricerca della verità.

Così disse: «Ha mai sentito parlare d'una collezione di icone antiche provenienti dalla Russia?».

Sophie forzò un sorriso e scosse il capo.

«È una voce che circola, ma Edo non mi ha mai accennato niente al riguardo.

Lui non era mai stato in Russia, non la conosceva e ignorava del tutto la cultura dell'arte sacra. Due anni fa ha attraversato il paese, da Mosca a San Pietroburgo, ed è rimasto folgorato dalla bellezza di un'icona custodita in una piccola chiesa di campagna. Ha spiegato che non si era trattato d'una fascinazione estetica, ma di qualcosa di ben più profondo. Parlò d'una sorta di esperienza mistica che lo aveva rapito. Da allora ha cominciato a trasformarsi: non era più l'uomo frivolo, che viveva per l'apparenza e per il denaro. Faceva sul serio coltivando una dimensione spirituale che gli è sempre stata estranea, al punto che molti hanno pensato che fosse un bluff. Edo era un individuo istrionico, per certi versi un manipolatore, ma su questo non mentiva. Era davvero pervaso da un anelito verso la trascendenza che ha trasmesso anche a me. Questo era diventato, un uomo in continua ricerca, in cammino, verso il cuore delle relazioni, perciò amava quest'opera: "Nel cuore della relazione c'è la differenza".

«Una passione costosa, direi. La spiritualità e il denaro non sono mai andati d'accordo.»

«Forse ha ragione, dottoressa. Ma le posso assicurare che dipingere un'icona è come elevare al cielo una preghiera. È un'esperienza che faccio ogni giorno, una scoperta che ha rivoluzionato il mio modo di dipingere.»

«Non ne dubito, signora, ma il collezionismo è un'altra faccenda. Si colleziona per possedere ed esibire, non per pregare.»

«Non credo che Edo collezionasse icone: me ne avrebbe parlato. Qualora l'avesse fatto, non era per esibirle. Se mai per custodirle, come reliquie sacre.»

«Sacre e costose» ripeté Andrea, che si convinse che Sophie non sapesse davvero niente della collezione delle icone.

Il vicequestore De Curtis aveva l'impressione di trovarsi di fronte una persona intelligente e sensibile, forse geniale, ma anche vulnerabile e incline a cedere a una passionalità non mitigata dal controllo della razionalità. A una donna così un Cagliostro come Solari avrebbe fatto credere qualunque cosa. Sperava di sbagliarsi, perché la giovane le piaceva e le ispirava tenerezza, ma non ci contava troppo.

Intanto aveva ripreso a esaminare il quadro, guidata da una sorta di ispirazione. Si disse che quell'oggetto poteva nascondere qualcosa di interessante. Lo rivoltò e lo sguardo cadde su un lembo di carta ripiegato nell'angolo in basso a sinistra. Una striscia infilata tra il dipinto e il supporto ligneo della cornice.

Sophie era intenta a frugare nella borsa e sembrava sul punto di congedarsi.

«Non trovo mai il cellulare. È sempre così, una disperazione» borbottò. Infilò nervosamente le mani nelle tasche del cappotto nero, senza risultato.

Con cautela Andrea estrasse il lembo di carta. Si ritrovò tra le mani un rotolo, alto cinque centimetri e lungo meno di dieci. Lo svolse: conteneva una scritta nera, in corsivo, accompagnata da un numero di telefono.

Tornando a rovistare nella borsa, la donna aveva finalmente scovato il telefono. «Devo andare» disse. «Voglio ringraziarla, perché ci tenevo tanto a vedere ancora una volta questo posto. Lei non immagina quanto tempo abbiamo trascorso qui insieme.»

«Lo immagino, eccome» replicò Andrea senza ombra di ironia.

«Momenti che non torneranno più» aggiunse con gli occhi lucidi. Allungò la mano verso la poliziotta, era ancora fredda e nervosa, le unghie laccate di Rouge Noir di Chanel.

Ecco una sempre a posto, perfetta pensò il vicequestore.

Sophie indugiò qualche secondo, quindi infilò i guanti di pelle e si accinse a uscire.

Andrea aveva riappeso il quadro al muro. Estrasse l'iPhone dalla tasca del bomber e digitò il numero di telefono scritto sul rotolo di carta. La musica dell'*Aria sulla quarta corda* di Bach ruppe il silenzio. A colpo sicuro Sophie aprì la borsa e afferrò il proprio telefono. Il display era illuminato e suonava. Si voltò di scatto verso Andrea.

Entrambe avevano il cellulare in mano, come pistole in un duello. Senza dire una parola si scambiarono un'occhiata piena di stupore.

Il vicequestore De Curtis chiuse la chiamata e si avvicinò alla donna. «Devo chiederle di dedicarmi un po' del suo tempo e seguirmi in questura.»

Sophie spalancò gli occhi, quei grandi e luminosi occhi neri, e balbettò: «In questura? E perché?»

«Deve spiegarmelo lei, signora» rispose Andrea porgendole il biglietto che aveva appena trovato.

La donna esitò poi lo prese e lo osservò con aria stranita.

"Qualunque cosa mi accada chiamate questo numero."

«Credo di capire a cosa si riferisce» disse.

«È la grafia di Solari?»

Sophie annuì. «Edo mi aveva fatto promettere che non ne avrei mai parlato con nessuno.»

Andrea prese due sedie accostate alla parete, augurandosi che non si trattasse di opere d'arte, disse alla donna di accomodarsi e si sedette di fronte a lei.

«Racconti, la ascolto.»

«Edoardo era malato. Non lo sapeva nessuno: non voleva che si sapesse.»

«Di cosa soffriva?»

«Una malattia subdola, difficile da accettare. Circa un anno fa aveva iniziato a soffrire di assenze, disorientamento e amnesie. Dimenticava indirizzi, oggetti, appuntamenti; succedeva di rado, ma succedeva. Dapprima li aveva attribuiti allo stress e non gli aveva dato importanza. Quando si è deciso a parlarmene l'ho convinto a consultare uno specialista che, dopo averlo sottoposto a numerosi esami, gli ha diagnosticato una rara forma di degenerazione cognitiva precoce. Nell'immediato i sintomi sarebbero stati contenuti, ma nel giro di pochi anni avrebbe avuto problemi seri. E soprattutto non esisteva alcuna cura efficace per contrastarli. Quando scoprì la malattia era in procinto di partire per un viaggio di lavoro in Russia. Lo avevano invitato a San Pietroburgo e lui era ansioso di conoscere l'arte di quel Paese.

Accadde qualcosa, la scoperta che gli ha cambiato la vita. Si era innamorato. E questa volta non di una donna o di se stesso, ma di un'opera d'arte. E, attraverso essa, di un'idea: l'idea di Dio. Forse la coscienza della malattia ha contribuito a produrre quella specie di rinascita e la visione di quell'icona ha innescato una folgorazione. Sia come sia, dopo quel viaggio Edo si è dedicato anima e corpo all'arte sacra. Fu allora che mi chiese di provare a dipingere un'icona. A me suonava incredibile che un uomo dalla vita disordinata come la sua potesse dedicarsi con tanta devozione all'arte sacra. Quando era preso dall'entusiasmo, Edo sapeva trasmettere agli altri qualunque passione. Non avevo mai studiato a fondo le icone russe, non mi ero mai sforzata di comprenderne il significato, ma mi lasciai convincere e accettai e anche per me fu una rivelazione. Peccato che lui non mi permise di condividere nulla di quanto avevo scoperto.»

«In che senso?» domandò Andrea, che aveva seguito la spiegazione senza fiatare.

«Il nostro rapporto all'improvviso si deteriorò. Si era chiuso, senza una spiegazione. Non mi parlava più delle sue cose. Si era allontanato e i suoi pensieri e sentimenti erano diventati un enigma. Gli amici dicevano che si era invaghito di Anastasia. Ma nessuno aveva mai visto questa donna, nessuno sapeva chi fosse. Forse, trovando Anastasia, si potrebbe capire qualcosa di quanto gli è successo.»

Il cellulare della De Curtis continuava a vibrare. Il nome Torrisi campeggiava sul display. Andrea non se ne curò, assorbita com'era dal racconto di Sophie. Finché la colse il dubbio che fosse successo qualcosa. Allora si alzò, chiese scusa e si allontanò per rispondere.

«Capa, perché non rispondi?»

«Sto interrogando un'amica di Solari.»

«In ufficio mi hanno detto che eri fuori.»

«Gli interrogatori si effettuano anche fuori, Torrisi.»

«Hai ragione» replicò l'ispettore schiarendosi la voce. «Ma ci sono grosse novità.»

«Dimmi.»

«Sono arrivati i risultati dal laboratorio. È stato isolato un Dna diverso da quello della vittima, probabilmente dell'assassino di Vannucci.»

«Ottimo! Questa volta lo incastriamo.»

28

Per gli amici la casa di Marlene era sempre aperta. Prima di rinascere aveva trascorso troppo tempo a nascondersi e non voleva più tornare nell'ombra, escludendosi dal mondo. Così non perdeva occasione per invitare qualcuno a tenerle compagnia. Quel pomeriggio, seduta al tavolo al centro del suo bilocale, aveva aiutato l'amica Barbara a compilare un modulo dell'Agenzia delle entrate. Aveva deciso di mettere al servizio degli altri, soprattutto dei più bisognosi, le proprie competenze da ex amministratore delegato e di farlo senza chiedere un euro di parcella. Per molte amiche del 42 le sue consulenze gratuite si erano rivelate preziose.

Barbara aveva ventidue anni, i lineamenti delicati e si muoveva con la grazia e l'eleganza di una ballerina classica. Quando arrivò, Andrea la incrociò sulla porta di casa mentre stava uscendo. I lunghi capelli castani erano tagliati alla moda, con sfumature più chiare sulle punte, e le labbra appena pronunciate erano cosparse di gloss alla pesca. Abitava con un'amica al piano di sopra. Salutò con un delicato sorriso mentre si dirigeva verso le scale. Lo sguardo di Andrea la seguì con gli occhi incollati a quel magnifico corpo armonioso.

«Ce la farà» disse Marlene con un sospiro. «È giovane e determinata, e tra meno di un anno si sottoporrà all'intervento.»

«Lei è lui?» domandò Andrea, incredula. Quando affrontava l'argomento si sentiva impacciata. Era per via del timore di dire qualcosa di sbagliato e ferire la suscettibilità dell'amica.

«Tesoro, se non te ne fossi accorta, qui siamo una comitiva.»

Scoppiarono a ridere, quindi, Marlene la osservò di traverso e domandò: «Tu, piuttosto, stai bene?».

«Se ti riferisci ai postumi della sbornia, sto una favola.»

«Ho un rimedio infallibile: tè allo zenzero e miele. Una panacea per lo stomaco.»

«No grazie, non voglio bere più nulla per il resto della vita.»

In quel momento si udirono rumori che provenivano dall'appartamento del piano di sotto.

«Hai sentito?» bisbigliò Marlene.

«Stanno trafficando nell'appartamento dell'artista.» Si avvicinò alla porta d'ingresso e sbirciò attraverso lo spioncino.

«Che speri di vedere, se sono di sotto?»

L'amica scosse le spalle. «Magari passano di qui...»

«Non ci conterei: ora scendo.»

«Sei impazzita? È pericoloso, una donna sola...»

«Sono un poliziotto.»

«Ma loro non lo sanno.»

«Gli mostrerò il tesserino.»

«E anche la pistola?»

«Non giro con la pistola.»

«E fai male. Con certa gente è meglio non rischiare.»

«Che ne sai tu?»

Andrea era già sul ballatoio. Scese le scale in punta di piedi, cercando di non fare rumore.

La porta dell'appartamento del pittore era socchiusa. Decise di adottare una tattica che funzionava sempre: spalancò l'uscio e, simulando eccesso di sollecitudine, domandò: «Ehi! Tutto bene? È successo qualcosa? Ho sentito un tonfo…»

Nessuna risposta.

«C'è nessuno in casa?»

Silenzio. Entrò e nella semioscurità, perlustrò le due stanze che componevano l'appartamento: era deserto e completamente vuoto. Nessuna presenza umana, nessun arredo, tantomeno oggetti che suggerissero che quella fosse l'abitazione d'un artista. Muri dall'intonaco scrostato e un pavimento in cotto ingombro di cartacce e sporcizia. Sembrava una casa svuotata dopo un trasloco. Anche il bagno era mal ridotto, privo di finestre e maleodorante. Andrea fece scattare l'interruttore e la luce fioca d'una lampadina appesa alla parete illuminò un lavabo ingiallito e una tazza priva di coperchio. Nessuno specchio né asciugamani. L'appartamento era disabitato. Eppure, i rumori provenivano da lì. Si domandò cosa potesse averli prodotti, dal momento che non c'erano suppellettili né mobili in giro. Mentre si guardava intorno, restando sempre all'erta, pensò che forse gli occupanti l'avevano udita mentre scendeva le scale ed erano scappati. Ma che ci facevano lì dentro?

Il portinaio arrivò su per le scale senza fiato. Era in sovrappeso e faticava a salire i gradini.

«Sono qui?»

«Chi?»

«I soliti ragazzetti di buona famiglia che si intrufolano a curiosare qui al Bligny, chissà cosa pensano di trovare. Vagano, fanno finta di essersi persi ma in realtà lo so bene cosa cercano.»

«Cosa?» disse Andrea mostrando il tesserino della polizia.

«Eh, quando va bene un po' di fumo, quando va male... lei lo saprà» fece con aria di intesa.

«In questo appartamento ha mai visto nessuno?»

L'uomo sorrise tra sé e alzò le spalle.

«Tutti, nessuno, vedo tante persone che entrano ed escono. Qui parlavano di un artista. Mica ho capito che genere di arte praticasse. Forse era un artista senza arte né parte.» Rise compiaciuto della propria battuta. «Molti in passato compravano appartamenti per investire. Poi li affittavano agli studenti o agli immigrati. Questo qui» e fece roteare l'indice della mano destra, «è stato occupato per due anni da una badante, un'immigrata che veniva dall'Ucraina. Era una donna carismatica, un tipo deciso che metteva quasi soggezione. Si diceva che leggesse i tarocchi. Aveva la fila nelle scale. Persone di ogni tipo venivano a trovarla. Molte donne, ma anche molti uomini. Da non credere. Addirittura, si diceva di un politico che non prendesse decisioni senza prima aver consultato la donna. C'erano anche uomini molto facoltosi. Quella donna aveva qualcosa di magnetico. Era molto devota. Ogni volta che passava davanti all'immagine della Madonna si faceva il segno della croce. E quelli che uscivano dal suo appartamento sembrava camminassero a un palmo da terra. Entravano cupi e assorti e uscivano sereni, pacificati. Uomini, donne, vecchi e giovani.

Girava voce che non predicesse il futuro, ma possedesse il dono prezioso di "toccare" la vita delle persone e renderla speciale. Una volta, dopo essere uscita dall'appartamento, una signora della buona società mi disse che l'Ucraina sapeva indirizzare senza dire, indicare la strada senza mostrare. Da una semplice carta riusciva a leggere, a vedere e a sentire. Riusciva a mettersi in sintonia con la parte più spirituale e ricettiva di chi aveva bisogno. Leggeva dentro le persone come fossero libri».

«Sembra conoscerla molto bene, anche lei è stato suo cliente?»

Abbassò lo sguardo come se fosse stato colto in flagranza. «Ho sempre sottovalutato queste cose, voglio dire i tarocchi, suvvia, chi ci crede. Ma lei...» scuoteva la testa, come se cercasse le parole che rendessero giustizia al potere della cartomante. «Mi prenderà per pazzo ma Oksana, riuscì a darmi la forza per affrontare un dolore immenso. Da quella volta, passarono circa sei mesi. E non la vidi più. Nessuno la vide più. Se ne andò. Tornò a Kiev, dal figlio.»

«E dopo arrivò il famigerato artista?»

L'uomo annuì.

«Se ne parlava, ma credo che nessuno lo abbia mai visto davvero.»

Dalle scale si sentì risuonare una voce che chiamava il portinaio.

«Mi deve scusare ma, come vede, mi stanno cercando. E poi dicono che i portinai non fanno niente tutto il giorno.»

Sospirò e cominciò a scendere con l'andatura un po' impacciata, da persona decisamente in sovrappeso.

Andrea restò nell'appartamento con Marlene.

Cominciò a esaminare minuziosamente ogni angolo, ogni parete, alla ricerca d'una traccia, un segno. A un tratto si accorse che tra il muro e il pavimento, sotto il battiscopa, si apriva una sottilissima fessura. Provò a fare leva con le unghie e il battiscopa saltò. Nel muro si incuneava una stretta nicchia in fondo alla quale si intravvedeva qualcosa di scuro. Non era intonaco. Allungò la mano e tastò una superficie avvolta da plastica da imballaggio. Provò a spingere, ma faceva resistenza. Inserì entrambe le mani e con fatica estrasse una tavoletta di legno delle dimensioni di un mattone. Poi un'altra e un'altra ancora. Erano quattro in tutto. Strappò con le dita l'imbottitura in pluriball.

Nonostante l'oscurità si intravvedeva una luce e, infilata di traverso nell'anfratto, una busta gialla. Andrea la sfilò con cautela, la tastò e la soppesò. Poi l'aprì.

29

Se avete trovato questa busta avrete in mano quello a cui, in questa parte della mia vita, tengo di più al mondo. Sono quattro icone bizantine: Santa Sofia. Santa Caterina. Sant'Elena. Sant'Anna.

Sono la ragione della mia vita. Almeno da quando la mia vita è diventata una mancanza, da quando la mia memoria si è intrufolata nei buchi neri di una mente strizzata come un vecchio canovaccio inzuppato di ricordi. Ho cercato con disperazione di aggrapparmi a un'alternativa. Più i vuoti della memoria si facevano sentire più cercavo di colmarli come potevo. Confesso che all'inizio per un uomo come me abituato a scippare gli istanti e i sogni degli altri non è stato facile. Ma certe diagnosi sono una sentenza che non lascia spazio alle possibilità. E allora cerchi di plasmare quello che resta della tua esistenza con qualcosa di nuovo, diventa una sorta di necessità e non puoi far altro. Mi sono immaginato un uomo nuovo. Ho iniziato a sgranare il rosario dei miei giorni affidando alla gestualità la mia disperazione e la mia preghiera. Ne avevo conforto. Il viaggio in Russia fu solo in apparenza una casualità. Era lì ad aspettarmi. Quando entrai in una chiesa ortodossa non fui più io. Lo capii all'istante. Non mi ero mai sentito a casa come in quella occasione. Come mai nella vita. L'odore di incenso. Le pareti blu cobalto con le immagini sacre. Il Pope *e i suoi rituali erano linguaggi nuovi che non faticavo a imparare, non c'era nessuno sforzo. Era tutto naturale. Per la prima volta nella mia vita.*

Le icone mi hanno salvato la vita. Non so fino a quando sarò ancora in salute, non so fino a quando avrò la mente lucida. Ma qui, in questa casa, in questo palazzo in questa stanza, mi è stato offerto un modo nuovo di affrontare la vita. Sembra strano vero? Una donna che neanche mi conosceva, mischiando un mazzo di tarocchi, ha iniziato a leggere la mia anima e mi ha anticipato che avrei dovuto nascere e rinascere ogni giorno. In principio non avevo capito. Non parlava di malattia, ma sembrava che sapesse, che vedesse ogni piccolo segreto nascosto nelle cellule degenerate della mia mente. Mi aveva scosso, lo confesso, quel modo di interpretare il cambiamento. Insisteva indicandomi una trasformazione.

Qualche mese dopo la diagnosi, capii.

Provai a cercare ancora la donna.

Ma era scomparsa. Dovetti inventare il mio modo di stare in equilibrio tra la sofferenza e la quotidianità.

Tuttavia, continuai a venire in questo appartamento perché sentivo che vi aleggiava ancora un'energia potente, qualcosa che era rimasta e non se n'era andata con lei. Così decisi di nascondere le icone in questo luogo. Qui sarebbero state al sicuro dal mondo corrotto da cui provenivo.

Volevo che una parte di me, la migliore, fosse accolta e conservata tra queste mura. Non una chiesa, tantomeno un museo, ma un posto la cui sacralità appartenesse all'umanità vera, quella delle esistenze travagliate, di chi si gioca il tutto per tutto per sopravvivere. Spero che un giorno qualcuno scoprirà questa luce e ne benefici in qualche modo. Come è stato per me. Tardi forse, troppo tardi, ma con una pace che mai riuscirei a descrivere. Ma si deve descrivere davvero tutto?

Edoardo Solari

Cinque giorni a Natale

30

Appena usciti dalla questura aveva cominciato a piovere e, una volta arrivati a Melegnano, il tempo non accennava a migliorare. Era calato il buio e scendeva una pioggia battente che sembrava non voler diminuire, anzi, di minuto in minuto si faceva più violenta, sotto un cielo sempre più incazzato che minacciava pugni e schiaffi a volontà.

De Curtis e Torrisi, stretti sotto un inutile ombrello mignon, si avvicinarono alla villetta e suonarono alla porta. Erano entrambi stanchi, fradici e infreddoliti.

Dall'interno, una voce femminile dal marcato accento straniero. Aprì una giovane donna che, dopo avere aperto la porta volle vedere i tesserini. Teneva in braccio una bambina che avrà avuto poco più tre anni. Capelli biondi e occhi chiarissimi, assomigliava alla mamma, che non era certo un tipo mediterraneo. Attaccò a piangere e questa cominciò a cullarla canticchiando una filastrocca in russo, quindi le porse un piccolo portachiavi, un gatto di gomma, che la piccola cominciò a mordicchiare sbavando.

«Natasha Smirnova?»

La voce di Andrea interruppe l'idillio e sul volto della donna si palesò un evidente disappunto.

«Così ci avete trovato» disse sospirando, mentre si chinava per mettere giù la bambina. Solo allora i due poliziotti si accorsero del pancione: era incinta.

La bimba, lasciate le braccia rassicuranti della madre, continuava a fissare i due estranei con i suoi grandi occhi azzurri. In quello sguardo Andrea colse smarrimento e paura, e provò a sorriderle. Le tornò alla mente quello che un giorno le disse Hanna: "Prima di crescere e diventare troppo affannati e distratti, i bambini e i cuccioli sono i soli che guardano gli altri negli occhi. Dovremmo imparare da loro e non smettere mai di farlo, anche noi".

«Non è un interrogatorio formale» disse impacciato Torrisi. «Vorremmo solo farle qualche domanda.»

«Fa differenza?» chiese la donna, invitandoli a entrare.

Si accomodarono sul divano bianco al centro della sala, mentre la padrona di casa sedette su una sedia di fronte a loro. Il tavolo di legno massello, addossato alla parete, era apparecchiato per due; il pavimento in cotto era ingombro di giocattoli della bambina, tutto era pulito e in ordine e suggeriva una vita tranquilla, fatta di normalità e delle ordinarie preoccupazioni dell'esistenza. Sulla mensola della cucina si intravvedevano un forno a microonde e un Bimbi, il robot che trita impasta e cucina. Andrea non ne capiva il senso: usava il forno come libreria e, fosse stato per lei, la cucina l'avrebbe abolita del tutto.

Natasha, nonostante la gravidanza, era magra, aveva il viso stanco e le guance scavate. Portava grandi occhiali dalla montatura nera. La bimba sembrava ora meno intimidita e si aggirava guardinga intorno ai due poliziotti.

«Come ti chiami?» chiese Andrea.

«Olga» rispose scandendo le sillabe.

«E quanti anni hai?»

«Quasi tre, come Lucilla.»

«Chi è Lucilla?»

«La mia amica» rispose allargando le braccia e cominciando a volteggiare su se stessa.

«Parla bene l'italiano» commentò la poliziotta rivolta alla mamma.

«Va ad Asilo e qualche volta parla come bambini milanesi» disse Natasha con una punta di compiacimento.

«Fai la ballerina, Olga?» insistette Andrea.

La bimba annuì. «Come la mamma» aggiunse, scappando di corsa verso il corridoio.

«Mi aspettavo che prima o dopo arrivava polizia» disse Natasha. Con un gesto nervoso sistemò i capelli dietro le orecchie.

«Dov'è suo marito, signora Smirnova?» chiese Andrea fissandola negli occhi.

«Non so, speravo avere notizie da voi. Non vedo lui da tempo.»

«Quanto tempo?» intervenne Torrisi.

Continuava a muovere le mani, le portava alla bocca, al viso, quasi non sapesse dove tenerle. Andrea capì che era una donna esausta, che aveva bisogno di aiuto. Non doveva essere facile occuparsi della bimba con un altro figlio in arrivo, senza alcun aiuto.

«Forse due mesi.»

«Come fa?» domandò Andrea a bruciapelo, imprimendo alla voce un tono caldo e partecipe che spiazzò la donna.

«Come faccio cosa?»

«A vivere da sola, incinta, con una bambina piccola da accudire. Dev'essere dura.» Gli occhi di Andrea non mollavano la presa e fissavano Natasha e la sua disperata dignità.

«Come faccio?» rispose con voce ferma e per nulla intimorita. «Lavoro in cucina di casa di riposo, ecco come faccio. Ho qualche amica, donne di mio paese che fanno badanti e aiutano me e mia figlia. È così che facciamo, restiamo unite e rimaniamo in piedi.»

Stirò la schiena, per alleviare il peso della pancia, e distolse lo sguardo. Un velo di malinconia le attraversò il viso. «Ho sempre detto a Ivan che prima o poi doveva fermarsi, doveva stare attento con chi trattava suoi affari. Ma a me raccontava poco, non parlava volentieri di suo lavoro. Molte cose ho scoperto da sola, ascoltando telefonate e leggendo di nascosto sue carte. Anche se mi vuole bene, non mi ha mai dato tutta sua fiducia. Sa come ci siamo conosciuti?»

Si rivolgeva solo ad Andrea, forse credeva che una donna potesse capirla meglio.

«A Mosca, quasi venti anni fa. Lavoravo in teatro come ballerina classica. Ero bella, giovane e stupida. Ivan venuto una sera, dopo spettacolo, con grande mazzo di rose rosse. Era alto bello e spavaldo. Ha detto che pensava me sempre, veniva a teatro di sera e sognava me di notte. Che dovevo danzare per lui tutta la vita. Parlava con sorriso che dava luce al suo volto. Volto che faceva paura ad altri, ma non a me.»

Ora sorrideva anche lei, con la bocca e con lo sguardo. Pareva non importargli nulla di chi le stava di fronte, anche se si trattava della polizia.

«Hai chiesto dov'è Ivan. Chi può sapere? Come si fa a tenere animale selvatico? Lui è così: impossibile a tenere. Avete mai amato animale selvatico?»

La domanda restò sospesa nell'aria con il buon odore di arrosto che arrivava dalla cucina.

«Ma sono pronta a giurare: Ivan non è assassino. Non conosce odio. A volte è violento, questo sì. Perchè è impulsivo. Una volta picchiato gallerista che voleva truffare lui. Ma non è assassino.»

Sembrava stanca e parlava trascinando le parole. Lo sguardo oscillava dai poliziotti al corridoio dove era sparita Olga. Fuori si sentiva la pioggia scrosciare.

«Ha mai sentito il nome di Edoardo Solari?» chiese Andrea.

«A volte Ivan parlava di lui, ma non l'ho mai visto. Dicevo a lui che quella era gente troppo strana, ma non voleva ascoltare.»

«Strana? In che senso?»

«Gente fuori di testa» rispose picchiettando l'indice sulla tempia. «Solari era fissato con icone e telefonava sempre a Ivan. Pagava bene ma voleva chiudere affare a ogni costo. E poi venuta fuori idea assurda. Io ho detto che non funzionava, ma lui non ha ascoltato, testardo fino in fondo.»

«Quale idea?» incalzò Andrea, incuriosita.

«Anastasia, icona sacra.»

«Anastasia?» sbottò Torrisi, uscendo dal torpore in cui, complice la piacevole temperatura della stanza e la comodità del divano, era scivolato.

«Dicono che zar Nicola ha fatto dipingere icona per figlia malata, come preghiera per sua guarigione. Si dice che chi possiede Anastasia guarisce da tutte malattie, ma deve tenere icona sacra lontano da occhi profani. Non so se questa storia è vera, io non credo, ma disperazione è più forte di bugia. Quando stai male devi credere qualcosa. E Ivan mi ha detto che Solari soffriva di brutta malattia.»

«Dunque, Solari era venuto a conoscenza di questa leggenda?»

«Sì, insisteva con Ivan perché trovasse misteriosa tavola. Ivan cercava e domandava a tutte sue conoscenze: mercanti, ladri e anche religiosi di chiese e monasteri ma nessuno sapeva e tanti dicevano che Anastasia non esiste. Ma quello era fissato e allora Ivan decise di fare modo suo.»

«Un falso?» chiese Andrea.

«Sì, perfetto falso antico.»

«Sa a chi si è rivolto Ivan per realizzarlo?»

«Un vecchio maestro russo che conosceva. Vive in isba isolata, in campagna vicino Mosca. Ma Solari non era stupido, e poi c'era consulente.»

«Vannucci?»

«Sì, esperto di arte sacra russa, Ivan non poteva fregarli, ma ha voluto provare. La sera di inaugurazione galleria, Ivan doveva mostrare icona Anastasia a Solari. Ma tutto andato storto.»

«Cosa è successo?» domandò Andrea.

Gli occhi di Natasha si fecero lucidi e la voce uscì soffocata da un nodo alla gola. Scosse il capo e ripeté: «Non so, non so».

«Cerchi di ricordare, è importante.»

«Mi dovete credere: non so cosa è successo. Solo che da quella notte non ho più sentito Ivan. Ho provato e riprovato a chiamare, ma telefono è sempre spento.»

«Li hanno visti litigare vicino alla metropolitana» intervenne Torrisi. «Forse Solari ha capito l'inganno, ha minacciato di denunciarlo e lui l'ha ucciso.»

La donna scoppiò a piangere e dal corridoio sbucò la piccola Olga. Aveva di nuovo l'aria spaventata.

«No! Vi sbagliate, non è così.»

«E poi è sicura che suo marito non sia nei dintorni? Di recente è stato visto a Milano.»

«Vi sbagliate» ripeté Natasha nascondendo il viso fra le mani. «Mio marito è trafficante, so che non è pulito, ma non è assassino. E se davvero è a Milano, allora trovatelo e riportatelo a casa!»

«Ci scusi, signora, il mio collega è stato precipitoso» disse Andrea, sfiorandole un braccio e richiamando la sua attenzione sulla bimba che cercava allarmata gli occhi della mamma. Natasha si asciugò le lacrime, tirò su col naso e in russo chiamò a sé la bambina. Mentre la prendeva in braccio per tranquillizzarla, il vicequestore fulminò Torrisi con un'occhiataccia.

«Stiamo solo cercando di capire» proseguì con dolcezza, «il traffico delle icone, in cui suo marito è coinvolto, crediamo abbia a che fare con questa brutta storia. Ma non troviamo né le icone né Ivan».

«Oggi è difficile, quasi impossibile, esportare icone da Russia. Ci sono controlli severi. Un tempo, fino ad anni Novanta, tutti commerciavano icone, ma ora mercato è cambiato. Oligarchi russi investono tanti soldi in arte sacra e fanno gara per riportare tavole antiche in nostro paese. Lo sapete dove si trafficano icone? Nei monasteri. Monaci vendono icone antiche in cambio di nuove, fatte da maestri pittori. A religiosi piacciono di più perché hanno colori accesi e non sono rovinate. A religiosi importa solo loro valore per preghiera.»

«Il valore commerciale non gli interessa?» chiese Torrisi, stupito.

«Non è mai interessato. Per questo a Ivan affari andavano bene: era facile avere icone antiche da vendere in occidente a prezzo alto. Poi tutto complicato, e abbiamo avuto momenti difficili, paura di andare in prigione, e tanti debiti, e poi è venuta Olga... Così ho cercato lavoro e trovato in residenza protetta per anziani.»

«Ivan non ha più contribuito?»

«Finché ha potuto mi ha aiutata, ma soldi non bastavano. E ora c'è altro bambino in arrivo...» Portò una mano sulla pancia.

«Destino non ha aiutato: ero brava ballerina, rinunciare a danza è stato come strappare cuore. Ma amavo Ivan e avrei seguito lui in tutti i posti. Ora sono in paese straniero, in attesa di marito scomparso sospettato omicidio.»

Tenere in braccio la bambina la affaticava. Ora che si era calmata la ripose nuovamente sul pavimento con delicatezza.

«Tutta mia vita è lei» disse accarezzando la figlia. «Trovate Ivan, per piacere.»

Un quarto d'ora dopo erano di nuovo in macchina. Aveva cessato di piovere, e i fari illuminavano la tangenziale mezzo allagata. Il silenzio era interrotto dal rumore del motore e dal sottofondo della radio che mandava le note di *Creep* dei Radiohead. Torrisi era alla guida e nessuno dei due aveva ancora pronunciato una parola.

«Non farlo più» disse a un tratto Andrea, guardando fuori dal finestrino.

«Cosa?» chiese Torrisi.

«Non intervenire così a sproposito, con una bambina presente.»

«Quella donna nasconde qualcosa, capa» replicò l'ispettore, scalando nervosamente le marce.

«Intanto abbiamo il Dna.»

«Quale Dna?»

Andrea mostrò un fazzoletto di carta accartocciato nel quale si trovava il piccolo portachiavi a forma di gatto masticato dalla bambina.

«Quello dell'assassino. Ora sapremo se è lo stesso del russo.»

31

All'alba in casa Rovatti suonò il campanello. Marco si avviò lungo il corridoio senza sapere se era sveglio o stava sognando, come un sonnambulo.

«Arrivo, arrivo» ripeteva. «È successo qualcosa?»

«Polizia.»

Quella che vide, appena deformata dallo spioncino, fu la faccia dell'ispettore Torrisi, con la barba incolta e gli occhi arrossati dalla mancanza di sonno. Senza capire cosa stesse accadendo, spalancò la porta.

L'ispettore si presentò e mostrò il tesserino.

«Abbiamo un mandato di perquisizione» disse l'agente in divisa che lo affiancava.

«Un mandato di perquisizione?» ripeté Marco, sferzato di colpo da una carica di adrenalina.

«Sissignore» confermò l'agente.

«Ma di che sta parlando?»

«Prego, legga» spiegò Torrisi, porgendo il provvedimento del magistrato. Quindi si rivolse al gruppo di poliziotti alle sue spalle e ordinò: «Entriamo.»

Le situazioni in cui poteva far valere il proprio potere non gli dispiacevano. Lo sguardo supplice di chi gli stava davanti lo attizzava, soprattutto se si trattava di gente che aveva sempre goduto d'una vita agiata, senza la necessità di sbattersi per guadagnarsi la pagnotta. Non altrettanto accadeva quando entrava nell'abitazione d'un povero cristo, un disperato senza alcun futuro da sognare. A meno che non si trattasse di delinquenti incalliti o comprovati criminali, gli occhi dei loro figli che lo fissavano terrorizzati mentre gli piombava in casa alle cinque del mattino, quelli sì lo facevano sentire un carnefice col distintivo. Uno sbirro. Il trauma procurato a quelle creature innocenti era una ferita inferta a se stesso, al bambino che era stato laggiù, al paese, dove era cresciuto circondato da miseria, ignoranza e tanta solitudine. Ma con i ricchi, sorpresi nell'intimità dei loro lussuosi appartamenti e nel confortevole tepore delle loro esistenze borghesi, era tutta un'altra storia: in quel caso lo scugnizzo si prendeva la sua vendetta e, quando erano colpevoli – e lo erano quasi sempre – andava bene così.

Entrò in casa seguito da quattro agenti. In salotto aspettò che Marco finisse di leggere il documento e, scambiato uno sguardo d'intesa con quest'ultimo, disse: «Potete procedere».

Gli uomini infilarono guanti di lattice, si sparpagliarono nella stanza e cominciarono a scandagliare ogni angolo e frugare in ogni pezzo dell'arredo, dai quadri al divano, dalle poltrone alla libreria alla grande cristalliera.

«Posso sapere cosa state cercando?» domandò il padrone di casa.

«Prove» rispose Torrisi sfidandolo con lo sguardo.

In quel momento sulla porta della sala comparve Sophie. Indossava una vestaglia di seta nera e, alla vista dei poliziotti che le smontavano la casa, non riuscì a trattenere un grido di spavento. Marco le corse incontro e la abbracciò.

«Tesoro, non preoccuparti. Si tratta d'un equivoco, non abbiamo niente da temere.»

Torrisi lanciò un'occhiata alla donna e rimase colpito dalla sua bellezza. Ecco una donna di classe, si disse, una di quelle che non si metterebbe mai con uno come me. Poi, senza sapere come e perché, il pensiero corse ad Andrea.

Sophie provò a intervenire, domandò cosa stesse succedendo, ma nessuno le rispondeva. Osservava allibita la scena e si lasciava stringere da Marco come un oggetto inerte, privo di vita. Ricordò l'ultimo colloquio con quella donna dal nome maschile, il vicequestore De Curtis, e a poco a poco si accorse che in lei stava cambiando qualcosa, e che quanto le accadeva intorno le arrivasse ovattato e lontano, lasciandola indifferente. Tutto quel trambusto non la riguardava più. Era diventata spettatrice di un film che non la coinvolgeva e al quale sembrava avessero tolto il sonoro. Vedeva Marco gesticolare e parlare animatamente, ma non sentiva nulla. I sospetti, i timori, quella nebulosa di dubbi che per giorni e giorni aveva avvolto i suoi pensieri e le sue sensazioni ora aveva preso consistenza e si era impadronita di lei. Arrivò a percepire l'abbraccio di suo marito come la stretta d'un estraneo, un contatto fisico che le ripugnava. Si scostò bruscamente da lui, cogliendolo di sorpresa, ma questa volta il suo sguardo, tra interrogativo e implorante, non le procurò alcun conflitto. Non c'era nulla da salvare, nulla da chiarire.

Gli agenti entrarono senza troppi complimenti anche nel suo atelier. Violarono il suo spazio, in cerca di qualcosa. Ma cosa si aspettavano di trovare?

Si muovevano tra le sue opere – quelle stesse che per mesi aveva tenuto nascoste a tutti – senza degnarla di uno sguardo, come se fosse trasparente. Si consolò al pensiero che la sua era una reazione normale: quando certe brutte esperienze toccano a noi sembra di subire un sopruso, mentre se capitano agli altri ci sembrano più sopportabili.

Non protestò, perché niente aveva più senso. Lasciò che mani maldestre profanassero il luogo dove si era rintanata la sua anima. Maneggiavano le icone, tavole ancora da ultimare, come fossero oggetti qualunque; tele finite o incompiute, colorate o in bianco e nero; occhi grandi e malinconici che erompevano dai quadri: i gitani, il suo pezzo forte. Tutti dipinti che avrebbe dovuto esporre alla mostra. Alcuni venivano capovolti e minutamente osservati sul retro, a caccia di indizi. Altri ancora sfilati dalle cornici per controllare se negli interstizi fosse nascosto qualcosa.

Sequestrarono tutto quello che ritenevano utile alle indagini.

Un agente si avvicinò all'ispettore. Gli bisbigliò qualcosa all'orecchio e mostrò un minuscolo dispositivo che aveva rinvenuto sotto un faretto a muro. Era una videocamera. Ne trovarono altre due, sistemate in diverse posizioni. Tutte nello studio di Sophie. Impiegarono meno di un quarto d'ora: un controllo sul pc di Marco evidenziò che le telecamere erano controllate a distanza; il computer conteneva centinaia di registrazioni che mostravano lei da sola, o con un'amica – sempre la stessa – o con Edoardo Solari: le sole persone che avessero accesso all'atelier.

Sophie che dipingeva, Sophie che mangiava, Sophie che piangeva o riposava sul divanetto. Protagonista inconsapevole d'un film destinato a un unico, privilegiato spettatore: suo marito.

«Sapeva d'essere ripresa?» domandò Torrisi mentre le mostrava il display del pc.

Sophie negò.

Marco era seduto sulla poltrona, le spalle curve e il volto pallido, inespressivo. Teneva lo sguardo fisso sul pavimento, forzatamente distante da quello di sua moglie.

Torrisi si addentrò nei meandri della casa. Era un vasto, luminoso appartamento che trasudava ricchezza e benessere. Nulla era ostentato, solo il buon gusto proprio di chi vive nell'agiatezza.

Quello che a lui era sempre mancato. L'abitudine alla bellezza, alla comodità e al comfort. La luce che si accendeva con un gesto, smart tv in ogni angolo, lampade di design. Argenti e sculture. Quadri e installazioni alle pareti. Dovevano essere opere di pregio, anche se non ne capiva il senso. Entrò furtivo nel bagno personale di Marco Rovatti. Lo riconobbe subito dal pennello e dalla schiuma da barba posati sull'ampio lavabo di marmo blu. Rovistò tra il dopobarba di Armani, l'accappatoio e gli asciugamani di morbida spugna, prese lo spazzolino da denti, lo inserì nella busta di plastica e se lo mise in tasca. Intendeva arrivare dritto all'obiettivo.

La propria inadeguatezza, la frustrazione per la differenza di classe sociale, ora trovavano un po' di pace. L'idea che quel figlio di papà cresciuto nella bambagia fosse uno spietato assassino lo faceva stare bene e gli restituiva un senso di risarcimento.

C'è una giustizia a questo mondo, pensò mentre tornava nel salotto, dove aveva lasciato Marco e la moglie in balia dei loro pensieri.

32

Gli eventi si susseguivano come in un domino, una valanga che aveva preso l'abbrivio e non si arrestava più.

Tutto finiva per coincidere, ogni tassello andava al posto giusto come per effetto di un incantesimo.

Un uomo ossessivamente geloso. Una donna desiderata da molti. Una corrispondenza del Dna in attesa di essere confermata. Tutto acquisiva un senso.

«È lui. Non ci sono dubbi. La moglie era amica intima di Solari, lavorava per lui e ne era quasi soggiogata. Gli ultimi messaggi di Vannucci erano indirizzati alla signora Martini. Le videocamere, i pedinamenti, lui ha ucciso chiunque si avvicinasse alla moglie. Movente la gelosia. Questa volta lo incastriamo, capa.»

Torrisi non stava nella pelle, seduto sulla scrivania faceva rimbalzare una pallina antistress da una mano all'altra e, ancora, contro il muro.

«Calma Torrisi, il Dna potrebbe essere del russo, e il russo non sappiamo neppure dove si trovi. E molla quella pallina che mi innervosisci» lo rimbeccò Andrea.

La tensione era spessa e vischiosa.

La telefonata tanto attesa li raggiunse mentre litigavano su una stupida pallina di gomma. Il responsabile del laboratorio fu lapidario: «Sappiamo a chi appartiene il Dna».

33

Marlene, insieme alle sue amiche e a qualche condomino di passaggio, si erano radunati nel cortile. Accanto alla scala dell'unità tre aveva iniziato a leggere ad alta voce l'articolo di giornale che raccontava gli ultimi avvenimenti.

"Arrestato Marco Rovatti, *il killer di Natale*. La squadra guidata dalla dottoressa De Curtis ha condotto l'operazione culminata con l'incriminazione del rampollo della nota famiglia milanese."

Alla vista del nome di Andrea si era interrotta piena di entusiasmo.

«Parlano della mia amica!»

«Ecco, dille di venire qui a fare un po' d'ordine» intervenne Jolanda, immigrata dell'Ecuador che viveva da quindici anni in Italia.

«Qui dentro io arresterei tutti quelli che non rispettano le regole, anche quelli che non si preoccupano di fare la differenziata! Ogni volta ribaltano i cassonetti e ogni tentativo di diventare civili va a farsi benedire.»

«Shh, silenzio, non siamo mica a una riunione di condominio, fate proseguire Marlene. Piuttosto, l'articolo non parla anche del Bligny?» domandò Virginia, la sua vicina di casa.

«Forse sarebbe meglio che, per una volta, non ne parlassero» riprese la sudamericana.

«Magari ne dicono bene» alzò gli occhi al cielo Raffaella.

Il gruppo delle trans si era stretto intorno a Marlene.

«Come no! Dove si trova la sezione fantascienza?»

Yannina era a braccetto all'amica Jolanda. Ognuna di loro sembrava stringersi al proprio gruppo etnico, un modo per riconoscersi e darsi un senso di appartenenza: sudamericane, trans e arabe.

«Uffa» sbuffò Virginia, «in fin dei conti una delle vittime, quel Solari, qui era di casa».

«Aveva una fissa per quella Oksana.»

«E chi non l'aveva?» obiettò Jolanda. «Ricordo bene le code davanti al suo appartamento.»

«Dai che ci andavi anche tu.»

«Sono andata qualche volta. L'idea di conoscere il futuro mi ha sempre affascinato. Anche se non c'è bisogno delle carte per capire quanto è dura la vita.»

«Ma è per quello che...»

«Insomma! Non volete sapere altro sugli omicidi? Preferite blaterare delle solite cose o, peggio ancora, lamentarvi?» sbottò Marlene.

«Hai ragione, continua» si affrettò a dire Virginia.

"L'uomo è stato accusato di aver assassinato i presunti amanti della moglie spinto da una forma patologica di gelosia. Sembra soffrisse di manie di persecuzione."

«*Madre de Dios*! *Estaba todo loco*!» fece Yannina, portando la mano alla testa.

34

La tisana alla menta e liquirizia aveva il potere di rilassarla e rimettere il sangue in circolo.

Il locale era caldo e accogliente, e faceva dimenticare la temperatura polare della strada. Andrea stava pensando che, da quando abitava a Milano, aveva patito il freddo meno che negli anni vissuti in Liguria. Eppure, il clima mediterraneo è più mite. È tutta questione di organizzazione, si disse. Al nord sono più attrezzati ad affrontare le temperature invernali: le case sono ben riscaldate a ogni ora del giorno e della notte, i locali ti accolgono con il tepore d'un abbraccio materno. Attrezzarsi alla vita, ecco il segreto per affrontare le avversità. Lei, disorganizzata cronica, che faceva delle intuizioni il proprio punto di forza, si sentì felice di quella inattesa scoperta: almeno la città dove lavorava era stata una scelta azzeccata.

La signora Martini le aveva chiesto di incontrarla e si erano date appuntamento all'esclusiva sala da tè al Caffé Parigi.

«Le sembrerà paradossale, dottoressa, ma ci tenevo a ringraziarla» attaccò Sophie dopo essersi seduta al tavolo. Indossava un maglione di cachemire grigio antracite e un tailleur scuro che le conferiva un aspetto austero; quella mise da giovane vedova contrastava con il volto da ragazza sbarazzina e con quei grandi occhi neri accesi da una indomabile voglia di vivere. Ordinò un tè al gelsomino che il cameriere accompagnò con due tipici macarons de Ladurée.

«Abbiamo solo fatto il nostro lavoro» replicò Andrea. Non poteva fare a meno di guardarla, pensando al mondo dorato dove aveva vissuto, crollato in un attimo come un castello di carte.

«Accetti, questo piccolo dono, la prego» disse porgendole un pacchetto delle dimensioni d'un libro. Andrea lo scartò: conteneva una minuscola tavola di legno su cui era dipinta un'icona.

«È un'immagine altamente simbolica: l'unione del bene e del male, la notte e il giorno. Lo stesso simbolo che si era fatto tatuare Edoardo. È anche un segno di forza.»

Andrea osservava il dipinto incantata. I colori erano sgargianti, accesi, e contemplare quell'immagine le illuminava e le alleggeriva il cuore. Per un momento credette di intuire quello che ispirava i religiosi russi quando esprimevano in quella forma le loro preghiere.

«Non sarà facile per me» proseguì la signora Martini. «La notte mi sveglio di soprassalto in un bagno di sudore con l'idea d'aver fatto un brutto sogno. Non riesco a convincermi che sia stato lui.»

«Non ha mai sospettato nulla?»

«Niente faceva pensare a una simile follia.» Rimase in silenzio, fissando il vuoto. «Era geloso e anche possessivo. Teneva molto alla famiglia, che poi eravamo noi due soli. Mio figlio vive in Francia e viene a trovarci due volte all'anno e Marco non ha altri parenti. Ma come potevo immaginare che arrivasse a uccidere? Non sospettavo neppure che mi spiasse. Avevo uno stalker in casa senza saperlo. Come potevo pensare che mio marito fosse… che diventasse… sì, insomma… non riesco neppure a dirlo. Negli ultimi tempi mi assalivano come dei flash, strane sensazioni, idee bizzarre che mi attraversavano la mente e poi si dileguavano. Certe sere mi sentivo osservata, spiata. Una mattina ho anche avuto la certezza che qualcuno mi seguisse. Ma mi sono sempre detta che si trattava di suggestioni dovute allo stress.»

«Non ne ha parlato con nessuno?»

«Da principio no, poi mi sono decisa a farlo con la mia amica Greta.»

«È la donna che compare nelle registrazioni?»

Sophie annuì e proseguì il discorso.

«Mi sento a pezzi. Ripenso alla vita trascorsa con Marco e mi chiedo quando, in quale momento della nostra vita insieme, l'equilibrio si è rotto fino a trasformarlo in un mostro, al punto da arrivare a uccidere.»

«Scoprire che la persona che ami non è quella che credevi di conoscere deve essere un'esperienza insopportabile. Immagino sia naturale reagire col rifiuto, opporsi con tutte le forze all'idea che sia davvero così e perfino sentirsi in colpa per il fatto stesso di averla concepita» ribatté Andrea, guardandola dritta negli occhi.

Sophie abbassò lo sguardo e scosse il capo, sconfortata.

«La mia vita è un fallimento» borbottò sottovoce, rimestando il cucchiaino nella tazza, mentre lo sguardo fissava un punto imprecisato tra il filtro e il proprio dolore. «Due matrimoni falliti, mio figlio con cui non condivido nulla, un sogno artistico in frantumi…»

«Che farà ora?»

«Non so. Per il momento sono ospite di Greta: mi è stata vicina, senza di lei mi sentirei perduta. Appena mi riprenderò andrò a Parigi a trovare mio figlio. Non riesco a guardare avanti, anche perché non vedo alcun futuro davanti a me.»

Andrea fu colta da un moto di tenerezza e la sua mano si adagiò su quella di Sophie. «È giovane, bella e piena di talento, deve solo darsi tempo.»

La donna arrossì leggermente, ma non si ritrasse. Gli occhi della vicequestore con il nome da uomo la scrutavano dandole la sensazione di non avere nulla addosso. Avvertiva un leggero imbarazzo, ma anche un piacevole senso di calore e protezione. Si sforzò di sostenere il suo sguardo e disse la prima cosa che le passò per la mente: «Come ha detto di chiamarsi?»

«De Curtis, Andrea De Curtis.»

«Nome inusuale per una donna.»

«In Italia sì, non in altri Paesi...»

«Ma qui siamo in Italia.»

«Ha ragione: anche a scuola mi prendevano in giro. Uno degli scherzi di mia madre: voleva un figlio maschio.»

«Spero abbia comunque apprezzato la splendida bambina che le è arrivata.»

«Lusingata signora Martini.»

Sophie sorrise, divertita. Era un di quelle persone che rideva con gli occhi. «Complimento per complimento» disse portando alle labbra la tazza con la tisana.

Andrea si costrinse a ritirare la mano e disse: «Sono certa che ce la farà».

«Lo spero» rispose Sophie. «Non riesco a restare sola, soprattutto la notte. Mi prendono attacchi d'ansia e non respiro più. Fin da piccola ho sofferto di asma e dormo con il broncodilatatore sotto il cuscino. Tra il sonno e la veglia vedo mille immagini che mi attraversano la mente. Penso a mio marito, come ha potuto fare tutto questo? Possibile che la gelosia sia un movente? O dovrei dire un alibi per dar sfogo a tutta la sua follia? Circe, si rende conto? Sarei io la Maga Circe? Alla fine, sarebbe mia la colpa della morte di Edo e Pietro? È davvero assurdo tutto ciò» disse Sophie scuotendo la testa.

«Passerà. È solo questione di tempo» tornò a rassicurarla Andrea.

Sophie scrollò le spalle, sconfortata. «Ora devo andare» disse. «Ho appuntamento con Greta e sono in ritardo.»

Si congedarono e Andrea fece per alzarsi e pagare il conto ma Sophie la bloccò. «Lasci fare a me: sono io che le ho chiesto di incontrarci.»

Sophie infilò il caldo cappotto scuro e avvolse intorno al collo la sciarpa maculata che esaltava i tratti mediterranei del volto. Le strinse la mano e con passo elegante si avviò verso l'uscita. Indossava un paio di stivali neri su calze nere.

Il vicequestore De Curtis rimase al suo posto, in compagnia del profumo che la donna aveva lasciato nell'aria. Le dispiaceva cancellarla troppo in fretta dalla sua mente. Di lei conservava una fragranza di agrumi, un'icona dipinta e l'incanto d'un fascino irresistibile. Era sempre stata amante della bellezza e quel che più la colpiva delle persone erano i dettagli, per i quali poteva anche perdere la testa: un modo di gesticolare, di parlare, di muoversi nello spazio, sia che si trattasse di un uomo sia di una donna. La bellezza non ha sesso, si ripeteva ogni volta.

Eppure, qualcosa non tornava. Continuava a rimuginare sulle parole pronunciate dalla donna con la netta sensazione che le stesse sfuggendo qualcosa. Ma non approdava a nulla e decise quindi di tornare in ufficio.

Uscita all'aperto, l'aria gelida la schiaffeggiò ridestandola dal torpore. Tornò nel mondo reale e si portò dietro quella sensazione strana che strideva con la conclusione delle indagini. Pensava a passo veloce mentre si dirigeva verso la Ka gialla, estrasse il cellulare e chiamò Torrisi.

«Finalmente, dove sei finita?» domandò con voce allegra l'ispettore capo.

Andrea lo gelò e venne subito al punto: «Cerca di concentrarti e rispondi a questa domanda: è uscito qualche dettaglio sugli omicidi, qualche particolare che nelle dichiarazioni ufficiali non abbiamo rivelato?».

«Non mi sembra» replicò l'uomo. «Perché?»

«Come fa la Martini a sapere della Maga Circe?»

«Ma di che parli?»

«Sto riflettendo. Abbiamo comunicato alla stampa questo particolare? Ne abbiamo parlato con qualcuno per sbaglio?»

«Mi stai mettendo alla prova?»

«C'è qualcosa che mi sfugge. Volevo assicurarmi che non avessi detto qualcosa tu, qualcosa di riservato.»

«Figurati se non era colpa mia, capa, stai scherzando?!»

«Nessuno ti sta accusando, solo che...»

«Solo che se c'è qualcuno che commette un errore, il fesso sono io, giusto?»

«Non dico questo, però...»

«Però?»

«Sei sicuro?»

L'ispettore fece una pausa. Stava ripassando mentalmente ogni fase dell'indagine, prese un bel respiro e alla fine disse convinto: «Sì, sono sicuro. Ah, capa, dimenticavo di dirti che ha chiamato la moglie del russo. Ti cercava per ringraziarti: stanotte è tornato a casa. Dice che è merito tuo. Insomma hai un futuro come consulente di coppia» la canzonò bonariamente.

«E se fosse lei?»

«Chi, la moglie del russo?»

«Ma no, la Martini.»

«Vuoi dire loro due insieme? La coppia?»

«Non so più cosa voglio dire, ma c'è qualcosa che non mi convince. Mi serve subito l'indirizzo dell'amica della Martini. Greta Berti, la giornalista. Dovrebbe abitare vicino alla stazione.»

«Eccolo qua. Via Ponte Seveso 2.»

«Vado.»

«Vuoi che ti raggiunga? Pronto? Capa?» Aveva chiuso la comunicazione.

Torrisi imprecò. Ormai la conosceva bene. Quando Andrea faceva così non c'erano che due alternative: ignorarla o assecondarla. Decise di assecondarla.

Andrea arrivò nella via, lasciò la Ka in doppia fila e dopo aver posizionato il lampeggiante blu si avviò a passo svelto verso il portone. Si attaccò al citofono senza tanti complimenti. Non rispondeva nessuno. Guardò all'interno, oltre la vetrata. Al di là del portone vide una signora che spazzava il pavimento dell'atrio. Bussò sul vetro e richiamò la sua attenzione. Mentre si avvicinava, la donna la scrutò con diffidenza.

«Vicequestore De Curtis, Polizia di stato» disse mostrando il tesserino.

Quella sussultò. «*Ossignùr,* è successo qualcosa?»

«Conosce questa donna?» chiese mostrando il cellulare con l'immagine di Sophie del profilo Instagram.

«Ma certo, sono tanti anni che frequenta la dottoressa Berti, e da qualche giorno dorme qui, nel suo appartamento. L'ho anche vista sui giornali: non è la moglie dell'assassino?»

«Sì, è lei.»

«Non le sarà capitato qualcosa di brutto...»

«Quando l'ha vista per l'ultima volta?»

«Stamattina, intorno alle nove.»

«Era sola?»

«No, sono uscite insieme. Avevano il trolley, penso siano andate in montagna per Natale.»

«Lei sa dove? In quale località?»

«So che la dottoressa Berti ogni anno in questo periodo va nella sua casa in montagna.»

«Dove si trova?»

«Non ricordo mica...»

«Ci pensi bene.»

Corrugò la fronte e scosse il capo, finché di colpo il volto si illuminò. «Aspetti, parlavano di quel posto... come si chiama?» Socchiuse gli occhi nello sforzo di ricordare meglio.

«Coraggio, signora, è importante» la incalzò Andrea.

«Sa, il mese scorso mi è nata una nipotina e ne abbiamo parlato con le signore, hanno anche voluto vedere le foto. Guardi, non è un amore?» Dalla tasca del grembiule estrasse la fotografia di una neonata e la mise sotto il naso di Andrea.

«La dottoressa chiedeva spesso notizie della bambina, lo ha fatto anche oggi» disse senza staccare lo sguardo dall'immagine della piccola.

«Complimenti, signora, è davvero magnifica. Ora però cerchi di ricordare quello che hanno detto, è importante.»

«Sì, certo…»

«Si concentri.»

«È quello che sto facendo.»

«E…?»

Portò la mano sotto il mento, enfatizzando teatralmente un'espressione assorta.

De Curtis tirò un bel respiro e socchiuse gli occhi. Volentieri l'avrebbe afferrata per le spalle e scossa per bene, ma non poteva farlo.

D'un tratto la donna si schiaffeggiò la fronte e sbottò: «Ah, sì!».

Andrea era pronta a raccogliere qualunque informazione, come un cane che aspetta il boccone che sta per cadere dalla tavola.

«Bormio! Sì. Dovrebbero essere lì.»

«Grazie, mi è stata davvero utile.»

Salì in macchina e cominciò a rimpiangere per un attimo i vantaggi della vita di un commissariato di provincia, dove non accadeva quasi mai niente e, quando qualcosa succedeva, era sempre a portata di mano.

Richiamò subito Torrisi. «Ho provato a telefonare alla Martini ma non risponde. Dobbiamo trovare l'indirizzo della casa di montagna della Berti a Bormio. Sembra che tutti gli anni trascorra lì le feste di Natale.»

«Ok capa, chiamo in questura, faccio mandare i colleghi a dare un'occhiata e vediamo cosa succede.»

«Va bene Torrisi, intanto parto.»

«Stai scherzando?»

«Perché dovrei scherzare? Forse c'è un complice di un assassino in libertà, cosa devo aspettare? Un invito a cena?»

«No, certo ma almeno non partire da sola, andiamo insieme.»

«Raccolgo un po' di idee e di cose. Raggiungimi lì.»

«Come vuoi, capa, avviso il commissariato di Bormio, ma tu fai attenzione...»

Non lo lasciò terminare e riattaccò.

Tre giorni a Natale

35

Avevano posteggiato l'auto nel parcheggio in paese e ora camminavano a braccetto sulla strada ricoperta di neve che conduceva verso la casa. A ogni passo gli stivali sprofondavano nel manto bianco e morbido lasciando dietro di loro il segno del loro passaggio. Si erano strette ancora di più nell'illusione di scaldarsi, perché la temperatura era sotto lo zero. Mancavano tre giorni a Natale e mai un inverno si era presentato così rigido, neanche tra quelle vette innevate. Tutto intorno il mondo sembrava avvolto in un intenso, silenzioso abbraccio bianco.

L'immensa distesa lattea tra le case e sui tetti rifletteva come uno specchio la luce incerta del crepuscolo, una luminosità delicata eppure capace di irrorare anche i loro pensieri. Sapevano che potevano contare una sull'altra.

La trama della loro vita si intrecciava ancora una volta, appesantita da un conto troppo amaro e triste da poter sopportare. Una scia di morti e un marito in carcere di cui Sophie era stata una ignara prigioniera, era davvero una condizione insostenibile. Fortuna che c'era lei, Greta.

Le luci delle decorazioni natalizie, sospese tra le case, non facevano che alimentare l'inganno che ogni cosa fosse tornata al posto giusto. Ma la neve nasconde e il bianco dura finché il gelo gli dà consistenza.

Greta aveva inserito la chiave per aprire la porta della casetta indipendente a ridosso del paese. Aveva le dita talmente congelate che non riusciva neppure a girare la chiave. Si sentiva impacciata e impaziente.

La mano di Sophie arrivò in suo soccorso. Greta osservava le dita sottili e delicate dell'amica, denudate dopo che si era sfilata il guanto di lana. Quel tocco leggero le regalava una strana forma di beatitudine. Socchiuse gli occhi solo per un attimo, il tempo di aprire la porta ed entrare. Quindi si sforzò di distogliere il pensiero e si diresse verso la caldaia.

«Ci vorrà un po' di tempo prima di scaldarci» disse strofinando le mani e battendo i piedi. La casa era una ghiacciaia, ma sapeva che al potente impianto di riscaldamento sarebbe bastata un'ora per rendere la temperatura accettabile.

Si lasciarono addosso i piumini.

Sophie si appoggiò alla finestra e scostò la tendina bianca dal vetro. Le montagne innevate intorno sembravano sostenere un cielo cupo che minacciava neve. A poco a poco le nubi si confondevano con i primi fiocchi che lenti si libravano nell'aria.

«Sembra che stanotte nevicherà» disse Greta.

Sistemava i bagagli nelle stanze e si muoveva in fretta, come suo solito, pragmatica ed essenziale.

«Non mi dispiace affatto» rispose Sophie.

Portava addosso, nella postura, la propria disperazione come fosse un cappotto. Aveva l'aria rassegnata d'una sopravvissuta e osservava Greta e la sua strana euforia. Colse nei suoi gesti una concitazione che tradiva fretta e impazienza. Ma impazienza di che?

Poi sorrise tra sé, scrollando la testa, e si disse che uno dei pregi di Greta era quello: trovare sempre il lato positivo delle situazioni e mai nella vita si sarebbe fatta abbattere dalle circostanze. Mai si sarebbe arresa. Al contrario di lei, che si sentiva così fragile, vulnerabile.

«Io e te come ai vecchi tempi» disse rivolta all'amica.

«Già. Come ai vecchi tempi.»

«Ricordi il viaggio ad Amsterdam? Che anno era?»

«Luglio 1992.»

«Mi ha sempre colpito la tua memoria.»

Ora Greta la fissava come se la vedesse per la prima volta.

«A me ha sempre colpito come gli altri non ricordino mai niente. Ci sono persone che riescono a vivere così. Senza ricordi. Non so come facciano.»

Appoggiata alla finestra, con la mano che teneva scostata la tenda, Sophie aveva l'aria assente, lo sguardo perso a inseguire il profilo opaco delle montagne, alla ricerca d'un precario sollievo dal candore dei loro nevai. Ma anche quegli imponenti, incontaminati monumenti della natura andavano dissolvendosi nella luce sempre più precaria dell'imbrunire.

«Certe volte ricordare è troppo doloroso» disse Greta, cercando senza successo il suo sguardo.

«O forse aiuta a vivere.»

«E a te ha aiutato? Ne sei sicura? Perché a me sembra che tu abbia cancellato una parte del tuo passato» replicò Greta, sforzandosi di smorzare una nota aspra della voce.

Sophie si stupì di quella frase buttata lì a caso, come i dadi da gioco, per vedere se esce il numero giusto.

«Di cosa parli?» chiese. «La tua mi sembra un'analisi un po' affrettata e imprecisa.» Lasciò andare la tenda della finestra e si avvicinò all'amica.

«Forse, hai ragione. Ma a volte ho l'impressione che ti sia dimenticata di un bel pezzo di vita trascorsa insieme» rispose Greta in tono più conciliante. «In fondo siamo amiche da sempre. Ben prima della tua amicizia con Edo ad esempio. Dicevi sempre che era il tuo migliore amico. Senza offesa, una frase un po' puerile, roba da quinta elementare.»

«Non capisco, cosa vuoi dire?»

Sophie era rimasta colpita dal contrasto fra il tono dell'amica, caldo e affettuoso, e quelle parole così pungenti.

«Be', lo sai che non ho mai nutrito una grande simpatia per Edo, non l'ho mai nascosto. Non pensi che in fondo tu l'abbia sopravvalutato?»

«A cosa ti riferisci?»

«Ostentavate sempre questa amicizia particolare, celebravate il rituale del sentimento che vi legava come foste due fratellini, insomma il dubbio che foste poco credibili non vi ha mai sfiorato? Alla fine, Edo era quello che era: un uomo senza sostanza.»

«Non credi di esagerare?»

«Perché? Cosa c'è di male a dire la verità? Anche Pietro era un uomo senza sostanza, di quelli che masticano di continuo parole vuote.»

Greta sospirò, forte e alzò gli occhi al cielo, con aria di sufficienza.

«Cosa c'entra Pietro?»

«Cara Sophie, sei di un'ingenuità spaventosa.»

Scuoteva il capo e sembrava compatirla. Sophie non capiva, ma la sentiva allontanarsi e aveva l'impressione che covasse qualcosa, un risentimento inconfessato.

«Ammetti che ti sono sempre piaciuti gli uomini senza sostanza» proseguì Greta, parlando con apparente e distaccata leggerezza. «Che hai sempre adorato sentirti ammirata, desiderata, al punto da non accorgerti delle persone che ti stavano accanto. Non ho mai capito come facesse Marco, mi chiedevo come potesse accettarlo.»

Ora aveva assunto una strana espressione, pareva assente, quasi prigioniera dei propri astrusi ragionamenti.

«Greta, stai bene? Perché fai così?»

Per un attimo Sophie restò senza parole. Le sembrava di avere davanti Marco quando le rovesciava addosso la sua gelosia.

«Così come? Cerco solo di insegnarti a vivere, ti potrà servire in futuro.»

«Scusa, ma stasera fatico a capirti, a... riconoscerti.»

«Solo stasera? Mi viene il dubbio che tu non mi abbia mai conosciuto.»

«Spero che tu stia scherzando. Davvero non capisco. Cosa dovresti insegnarmi?»

Messa alle strette, Greta non rispose subito, si alzò dalla sedia e si avvicinò all'amica. La scrutò intensamente per qualche secondo per poi esplodere in una fragorosa risata. «Certo che sto scherzando, non avrai mica creduto che...» Non finì la frase. «Sì, che insomma, dai...» continuava a dire e non dire.

Si sfilò il piumino, perché ormai la casa aveva quasi raggiunto una temperatura accettabile, e si diresse verso il mobile bar.

«Cosa ne dici di berci sopra qualcosa?»

Cercò di cambiare discorso e riportare alla normalità la loro vita.

«Scommetto che non ricordi la nostra prima sbornia insieme» disse con un sorriso nervoso.

Sophie la guardava allibita, senza parlare.

«Coraggio» insistette, con un tono appena sopra le righe.

Dopo un attimo di esitazione, Sophie rispose, ma le parole dell'amica si erano insinuate come un veleno nella sua mente, le sue accuse la facevano sentire inadeguata, sbagliata, sporca. Come se avesse ragione Greta.

«Ricordo benissimo, avevamo quindici anni ed eravamo in casa dei tuoi, ci siamo scolate l'Amaretto di Saronno e il Cointreau. Da allora non li ho mai più bevuti in vita mia.» Ma non poté fare a meno di aggiungere: «Certo che sei strana stasera!».

«Sono sempre io tesoro.»

Greta riusciva sempre a farsi voler bene e aveva la capacità di ribaltare le situazioni e farla ridere. Di quelle risate un po' stupide e un po' adolescenziali, come se una parte di loro fosse rimasta sempre là, tra un Amaretto di Saronno e un Cointreau.

«Già, da allora non ne ho più sopportato neanche l'odore» ripeté.

«Invece scommetto che questo lo bevi!» disse Greta mostrandole una bottiglia di vino rosso. «Così ci scaldiamo un po'.»

«Prendo i bicchieri.»

Sophie si alzò dal divano e si diresse verso l'antica credenza di legno massello dalla quale spuntavano i grandi calici di vetro. Ne prese due e si avvicinò all'amica che con lo sguardo aveva seguito ogni suo movimento.

36

Andrea pregava che la Ka gialla non la abbandonasse proprio in quell'impervio tratto di strada che doveva portarla lassù, tra le nevi del centro sciistico di Bormio.

Per sua fortuna era stata previdente e aveva fatto riparare l'impianto di riscaldamento: il termometro dell'abitacolo segnava una temperatura prossima ai trenta gradi, percepiti cinquanta. Detestava il freddo e, in particolare, non sopportava quelle acuto e penetrante della montagna. Non c'era abituata e da sempre, quando si trovava ad alta quota, provava una struggente nostalgia del mare.

Si disse che quello non era il momento di lasciarsi invadere dalle paturnie, ora si trattava di agire, e in fretta, e forse ascoltare della buona musica poteva esserle di aiuto. La vecchia Ka era una delle poche automobili in circolazione dotate di un lettore di audiocassette. Andrea aveva fatto inserire anche il lettore cd ma adorava le audiocassette. Non ne aveva molte, le sembrava di ricordare che tra quelle sopravvissute all'usura del tempo, ci fosse un reperto storico, una sorta di cimelio che, ad ascoltarlo, la faceva sentire in pace con il mondo: *Kind of blue* di Miles Davis. Senza perdere di vista la strada, frugò nel vano portaoggetti finché non la trovò. *Clac*. Il rumore che segnava l'avvenuto aggancio e la cassetta che attaccava *So What*. Sul sedile a fianco la solita accozzaglia di oggetti: un tramezzino morsicato a metà, una bottiglietta d'acqua, qualche vecchio involucro di snack e il cellulare che attaccò a vibrare con prepotenza.

«Dove sei?» Era Torrisi, in modalità viva voce.

«Dovrei essere quasi arrivata a destinazione.»

«Cristo, capa, non puoi essere più precisa?»

Chissà come mai i colleghi maschi si esprimevano sempre in modo così perentorio. Non che lei fosse un'acqua cheta, ed era forse per questa ragione che con loro erano di continuo scintille. L'ispettore non la mollava, quella era la seconda telefonata dopo la chiamata con cui le aveva comunicato l'indirizzo di Greta Berti a Bormio.

«Calma, Torrisi: sto salendo, sta nevicando che Dio la manda, la strada è al limite del praticabile, e... riesci a sentirlo?»

«Cosa?»

«Miles Davis che esegue *So what*. Quindi direi che va tutto a meraviglia. Qual è il problema?»

«Hai le gomme da neve?» incalzò l'ispettore.

«Certo, da tre anni almeno. Le ho messe su per una gita sulla neve e non le ho più cambiate. Credi che funzionino ancora?»

«Se ti schianti in curva hai la risposta.»

«Sei il solito menagramo. Sta andando tutto bene, almeno finora.»

«Non sono sicuro sia stata una buona idea partire così all'improvviso.»

«Perché?»

«Perché in questa storia c'è qualcosa che ci sfugge. Anche tu ti ostini a ripeterlo.»

«È per questo che sono partita.»

Andrea cominciava a spazientirsi.

«Comunque ti sto raggiungendo.»

«Mi sembra un'ottima idea.»

«Se non fossi la solita testarda, saremmo partiti insieme.»

«Senti, ora devo chiudere, qui sta per iniziare una bufera. A dopo.»

Andrea riattaccò e cominciò a rallentare, la neve aveva preso a cadere copiosa e la strada si faceva sempre più impraticabile. La sua vecchia, fedele Ford Ka cominciava ad accusare gli anni e i troppi chilometri percorsi.

«Andiamo, coraggio.»

Si spingeva in avanti con il corpo nell'illusione di aiutare l'automobile a proseguire. Le ruote posteriori slittavano sulla neve ghiacciata e quando affrontò una curva a gomito perse il controllo e il muso della macchina si conficcò in un cumulo di neve ai bordi della strada. Per fortuna non stava arrivando nessuno in senso contrario ed era ormai arrivata a poche centinaia di metri dal paese. Dette un pugno sul volante e attaccò a imprecare. Poi pensò a Torrisi, che questa volta aveva ragione da vendere, ma sapeva che non gliel'avrebbe mai detto.

Prese coraggio, calzò il berretto di lana nero, indossò i guanti, chiuse bene il piumino, si preparò a lasciare Miles Davis e i trenta gradi dell'abitacolo e si catapultò nel bel mezzo della bufera. Così abbandonata sul ciglio della carreggiata, l'auto le ricordò la carcassa d'un animale morto, ma si disse che in fondo poteva andare peggio: si era arenata in un punto in cui non ostruiva la circolazione. Chiuse a chiave la portiera e si mise in marcia.

"Odio il freddo, maledizione" ripeteva come un mantra. L'aria ghiacciata si insinuava perfida in ogni anfratto lasciato scoperto dal suo piumino. Fortuna che i cari e vecchi anfibi non l'avevano mai tradita e poteva proseguire ancorandosi per bene al terreno.

Il vento gelido la schiaffeggiava sulle guance e a fatica riusciva a tenere gli occhi aperti. In quelle condizioni trovare la casa della Berti non sarebbe stato facile, ma ormai era in ballo e non poteva certo tornare indietro.

La bottiglia di Lagrein ormai vuota svettava sul tavolino davanti al divano bianco dell'Ikea. Sophie e Greta avevano brindato e bevuto, cercando così di dimenticare lo sconquasso che, senza preavviso, aveva sconvolto la vita di Sophie; quasi ripetute scosse di terremoto che si erano portate via le persone che le erano più care: prima Solari e poi Marco. Le rimaneva però sempre Greta, l'amica del cuore, che infatti aveva insistito per brindare alla loro indistruttibile unione.

Fin da ragazze avevano l'abitudine di ricorrere al vino per lasciarsi andare e prolungare l'attimo di festa rubato alla routine quotidiana o alle delusioni della vita. Anche quella sera si era creata fra loro una sottile complicità, una sensazione frizzante, a tratti venata di malinconia, che col passare del tempo andava prendendo una piega sempre più strana, misto di richiami nostalgici e insensata euforia, scintillio di sguardi e tintinnio di bicchieri che si toccano. E la musica di Billie Holiday in sottofondo. Sembravano tornate ventenni.

Si dissero che, in fondo, erano così tante le cose in comune che avevano finito per assomigliarsi. Una era lo specchio dell'altra. L'idea le fece ridere entrambe. Greta aprì una seconda bottiglia, promessa di nuove emozioni, e riempì il proprio calice e quello di Sophie sgranocchiando zenzero candito.

Nel suo sguardo pesava un'ombra di esitazione. Poi prese coraggio: si disse che la vita non può essere una continua opera di sottrazione di opportunità, di piaceri e di affetti. Non può sempre togliere e privare, la vita, ripeté a se stessa, allo scopo di spingersi a fare finalmente la cosa giusta, desiderata da tempo, da molto tempo.

La sua mano, un po' tremante, si avvicinò ai capelli folti e neri dell'amica e li sfiorò. Si era trattenuta troppo a lungo. Dai tempi del liceo, da ragazze, quando si confidavano piccoli segreti e le cotte e i "pacchi" che avevano rifilato a improbabili giovani spasimanti lasciati agognare fuori della porta.

Quella era la serata giusta. Doveva esserlo.

Il desiderio non segue le regole del buon senso.

Un giorno si erano promesse che, se non avessero trovato l'uomo giusto, si sarebbero fidanzate tra loro. L'avevano detto scherzando. Sophie soprattutto. Ma nello sguardo di Greta speranza e timore tradivano una verità nascosta.

Decise di farsi più audace. Il desiderio era così forte da superare ogni remora. Averla così vicina, respirare il suo profumo, l'odore della sua pelle la inebriò più di quanto avesse potuto il Lagrein.

La sua mano scivolò tremante sulla spalla dell'amica, accarezzò il suo viso, si insinuò verso il collo liscio e bianco e iniziò a scendere lungo la scollatura, sfiorando quella pelle resa calda dai fumi dell'alcol; scese ancora, si impigliò sui bottoni della camicia bianca di seta, sotto il cardigan di cachemire. Un gesto delicato, leggero come il posarsi d'una farfalla. Si arrestò, aspettando un segno di complicità, un permesso che non arrivò. Ma Sophie continuava a fissarla, i grandi occhi incollati ai suoi, e non arrivò neanche un diniego. Sfiorò il seno prorompente che premeva contro la seta della camicia. Appoggiò appena le dita in cerca del capezzolo, compresso dal push up. Maledetta moda dei reggiseni imbottiti, pensò Greta, guardando la propria mano che tremava. Allora si fece più audace e con delicatezza la affondò per raccogliere quell'eccitante, rigoglioso seno morbido, mentre con le labbra si avvicinava a quelle dell'amica. Le sfiorò appena aspettando la sua reazione. Ora non poteva e non voleva più fermarsi. Accostò le labbra a quelle dell'amica.

Gli occhi socchiusi di Sophie, abbandonata a crogiolarsi nell'ovatta della sbornia, si spalancarono di colpo. Fissarono increduli l'amica. Rimase così, per qualche interminabile secondo, poi sollevò la propria mano, la portò su quella dell'amica e dolcemente la allontanò, accennando un sorriso incerto e poco convincente.

«Che fai?» sussurrò.

Greta restò lì, come una bambola di porcellana, impietrita. Trattenne il fiato per un attimo: aveva compreso tutto e non le interessava più nulla.

Fin da piccola aveva imparato a nascondere le emozioni e a sorridere quando dentro si sentiva morire.

Ora le sembrava d'essere diventata di colpo un sacco vuoto. Afferrò il bicchiere di vino e ne bevve un sorso, svogliatamente.

Continuava a fissare Sophie che, ancora incredula, stava raccogliendo i capelli in una coda laterale, finché non riuscì più a trattenersi ed esplose in una improvvisa, sonora risata che rimbombò tra le pareti della stanza e fece a pezzi il cuore dell'amica.

Ora Greta non rideva più. Non aveva più parole, tutto il desiderio si era impigliato, suo malgrado, fra le gambe, e si mescolava a una rabbia cieca, fuori controllo. Una rabbia subdola che le stringeva il petto, provocandole un dolore acuto che artigliava lo stomaco e le ricordava chi era: nient'altro che un rifiuto.

Ma non voleva darsi per vinta. Ci sono sofferenze che scavano dentro e cercano conferme, dolori che condannano a fare sempre la cosa sbagliata.

Afferrò le mani di Sophie e l'attrasse a sé.

«Ma cosa fai? Smettila!» si divincolò l'amica.

«Sophie, abbiamo bevuto troppo, non penserai sul serio che io... Sì, insomma, che noi...»

Complice l'alcol, che le faceva cogliere l'aspetto insolito, bislacco delle cose, Sophie attaccò nuovamente a ridere. «Ora capisco tutte quelle storie su Edo, Pietro, Marco! Non posso credere che tu... Ma cosa ti sei messa in testa?!»

Sghignazzava sussultando, e la vista e lo sguardo erano appannati dalle lacrime.

Si alzò barcollando e si diresse verso la cucina per bere un bicchiere d'acqua.

Greta non riusciva più a pensare, afferrò la bottiglia dal tavolo e con tutta la rabbia che le bruciava dentro la spaccò contro il muro, che si colorò d'una gocciolante macchia d'un rosso vivo. Rimase con il collo della bottiglia rotta in mano e si gettò sull'amica che non fece in tempo a realizzare cosa stesse accadendo. La afferrò per i capelli, la trascinò di forza sul pavimento, le prese la testa tra le mani, e una, due e tre volte percosse il capo a terra.

«Maledetta!» urlava, mentre continuava a colpirla.

37

Andrea entrò in paese mentre imperversava la bufera. Le strade erano deserte. Si imbatté in un giovane che andava di fretta e gli chiese come raggiungere l'indirizzo che le aveva indicato Torrisi. Ebbe fortuna, il ragazzo era di Bormio e gli fornì informazioni chiare e precise che, nel giro di dieci minuti, le permisero di raggiungere la casa.

Era una tipica baita di montagna, una villetta di due piani, costruita su un pendio brullo abbastanza defilato rispetto al centro. In quella zona le case erano molto distanziate l'una dall'altra.

Bene, pensò il vicequestore De Curtis, e ora?

Forse non era stata una buona idea arrivare fin lì. Forse aveva ragione Torrisi, doveva aspettare almeno un mandato per presentarsi alla porta d'una donna che poteva essere la complice di un'assassina.

Si avvicinò al retro della casa, dove sotto il porticato non era posteggiata alcuna auto.

Il tempo peggiorava di minuto in minuto e Andrea doveva rapidamente trovare una soluzione all'impasse in cui l'avevano cacciata la sua impazienza e la sua temerarietà. Dall'interno proveniva una luce, si accostò a una finestra del piano terra per provare a capire chi abitasse in quella casa, se fosse quello il posto che cercava.

Il corpo esanime di Sophie giaceva sul parquet della cucina. Greta aveva smesso di colpirla e ora, accovacciata vicino a lei, ansimava e la osservava.

Non doveva finire così. Non erano quelli i suoi piani.

Si sollevò a fatica, si sentiva stanchissima, la testa pesante e un ronzio continuo che sibilava nelle orecchie. Cominciò a camminare nervosamente per la stanza, aveva le mani sporche di sangue, non sapeva se il suo o quello dell'amica riversa a terra.

Di cosa era stata capace? Che cosa aveva fatto?

Doveva calmarsi. Tornare lucida, padrona della situazione come era sempre stata.

Non doveva finire così, continuava a ripetersi. Misurava con lo sguardo la stanza, le pareti, i mobili, per poi tornare al corpo dell'amica immobile sul pavimento.

Sophie, piccola, dolce Sophie! Era morta? Ferita? Respirava ancora?

No, non doveva finire così.

All'improvviso le parve che tutto quello che la circondava non avesse più un ordine, un senso.

Alzò lo sguardo verso la parete dove campeggiava un dipinto ad acquerello, racchiuso in una vecchia cornice di legno rustico. Raffigurava una casa di montagna, non una qualsiasi, ma proprio quella dove si trovavano lei e l'amica. Era un ricordo di famiglia, l'aveva dipinto sua madre e spiccava come un punto fermo sul bianco della parete. Un ricordo dei suoi genitori. Cosa avrebbero pensato, se avessero visto cosa era diventata?

Il buco nero che avvertiva dentro si trasformò in voragine.

Intanto continuava a muoversi nella stanza, senza pace.

Andrea si diresse verso la finestra vicina alla porta d'ingresso, una di quelle illuminate.

Provò a guardare all'interno. Era schermata da una tenda bianca trasparente e riuscì a scorgere solo la sagoma di una persona, un'ombra, ma non era in grado di identificarla. Non capiva neppure se si trattasse d'una donna o di un uomo. Intanto il freddo si era fatto così intenso da paralizzarle quasi i movimenti. Decise di spostarsi e raggiungere l'altra finestra, dove la luce era più forte.

L'ombra continuava a muoversi.

«Non doveva finire così. Mi senti, piccola stronza che non sei altro? Ho sbagliato con te. Mille volte. Ho sbagliato a non dirti nulla, sperando che capissi. Forse ho sopravvalutato la tua intelligenza. Avrei dovuto renderti partecipe di quello che provavo. Da tanto tempo, sai? Fammi pensare: dai tempi del liceo. Che idiota a sperare fino all'ultimo! Ero certa che prima o poi sarebbe arrivato il momento e che avresti capito. Stupida, sono una stupida!»

Greta camminava avanti e indietro, attraversando la stanza in tutta la sua lunghezza. Teneva lo sguardo incollato al corpo di Sophie, che sembrava una bambola di pezza abbandonata sul parquet. E le parlava, come se fosse il suo pubblico.

«Mi viene da sorridere. Tu che ami qualcuno? Tu che ami me? Che assurdità! Ma quello che mi fa più rabbia è che ho fatto tutto questo per noi. È solo colpa tua. Tu dovevi amarmi. Io ci sono sempre stata e tu mi hai ricambiata con la tua indifferenza. Quante volte ti ho tenuto la mano quando Edoardo ti umiliava? Fino a quella ridicola messa in scena delle icone! Tu che spendevi il tuo talento per lui, ancora una volta a inseguire la sua follia. Stupida, piccola stupida donna.»

Andrea riuscì finalmente a trovare una fessura nella tenda, un punto dal quale si poteva vedere con chiarezza l'interno della casa. Vi appuntò lo sguardo aspettando il momento in cui l'ombra lo attraversasse, prendendo una forma riconoscibile. Riuscì così a scorgere la donna che camminava avanti e indietro. Era di spalle e sembrava corrispondere alla Berti. Ne fu certa solo quando si voltò e la vide in volto. Parlava e gesticolava, sembrava un animale in gabbia, testa bassa e pugni stretti. A un tratto portò le mani alla testa e si colpì, come se volesse scuotersi da un sogno.

Ma la Martini dov'era? Non riusciva a vederla. Si sollevò sul davanzale e provò a raggiungere un punto di osservazione più elevato, ma posò il piede su una lastra ghiacciata e la suola dello scarpone anfibio non fece presa e scivolò. Si aggrappò alla finestra e per poco non rovinò in terra. Non sentiva più le gambe e cominciò a tremare per il freddo. Detestava se stessa per essersi cacciata in quella situazione. "Perché diavolo non mi sono fatta inviare un mandato?"

Del resto, entrare dalla porta principale non era mai stata la sua specialità. Le cose troppo facili le lasciava agli altri, agli impiegati della vita; lei non aveva mai inteso il suo lavoro come una routine burocratica, ma ci sarà pur stata una via di mezzo; dopotutto lei non si era mai sentita un questurino, ma non si identificava nemmeno con l'ispettore Callaghan.

Si dette un colpo di reni allungò le gambe e attivò quel che restava dei suoi addominali. Ringraziò il corso di pilates e riuscì a sollevare tutto il peso sulle braccia.

Fu lì, in quel momento che la vide. Il corpo della Martini giaceva sul pavimento, mentre la Berti cercava di trascinarlo per spostarlo chissà dove.

«Come hai potuto prenderti in giro per tutto questo tempo?» ripeteva Greta come un disco rotto, mentre si sforzava di muovere Sophie, che non dava segni di vita.

«Mi vuoi creare problemi fino all'ultimo! Alzati! Non fare la sceneggiata, come tuo solito!»

Provò a strattonarla, ma il corpo era inerte. Riprese il suo delirio: «Come hai potuto prendere in giro anche me? Io ero convinta che avessi capito, fin dall'inizio. Sono stata così ingenua! Non mi spiegavo come potessi scivolare da una cieca dipendenza da me a una distanza siderale, un distacco che mi rendeva trasparente ai tuoi occhi, come se non esistessi più. Cazzo Sophie, eravamo sempre insieme. Studiavamo insieme, qui, in questa casa, stavamo insieme a scuola, insieme ripetevamo fino alla nausea gli appunti per l'esame di maturità, dividevamo lo stesso letto, passavamo da una festa all'altra, bevendo come spugne e tenendo tutti fuori dal nostro mondo e dalla nostra intimità. Insieme a ridere, a piangere, a consolarci. Ti ricordi quella volta in campeggio? Io e te in tenda a farci una canna, e poi la notte trascorsa in spiaggia, e al mattino le orde di burrose famigliole che ci svegliarono sotto il sole cocente, circondandoci di bambini urlanti, e poi il caldo e noi che fuggimmo via e ci tuffammo in mare... Come hai potuto cancellare tutto questo?».

Diede un calcio alla sedia che si ribaltò e rovesciò in terra. L'ordine perfetto e fasullo di quella casa ormai non aveva più senso, i quadri appesi, i libri, i piatti inglesi che decoravano le pareti, il servizio da tè sulla credenza raccontavano un mondo che non c'era più. Forse non c'era mai stato. Solo nell'imbroglio della sua immaginazione. Aveva coltivato per anni un amore che esisteva solo nella sua mente.

«Il tuo caro Edo. Sapessi il piacere che ho provato nell'eliminarlo: indescrivibile, meglio d'un orgasmo. Il solito, fastidioso Edoardo, un maestro nel rovinare la festa agli altri al solo scopo di avere la scena tutta per sé. Ha scorticato la nostra pelle come si scarifica l'asfalto d'una strada. Gli hai permesso di infiltrarsi tra noi, nella nostra vita. *D'improvviso ho visto la mia fine sul tuo viso* cantava Battisti. Ed è stato così quando è arrivato lui. Non sai il dolore che ho provato. Avevo fame di respirare con te aria pulita, ma l'aria era fetida, satura di voi due, del vostro rapporto malato. La chiamavate amicizia. Ma chi ha mai creduto alla vostra amicizia? E io continuavo ad aspettare, e tu continuavi a deludermi. Ogni tua nuova relazione era destinata al fallimento. E sai perché? Perché noi dovevamo stare insieme, e niente doveva separarci. Ogni volta che provavi con un altro qualcosa andava storto e, alla fine, nonostante tutto, ad accoglierti c'ero sempre io. Non so dirti quando ho perduto la speranza e ho finalmente deciso di dire basta. Non potevo più restare alla finestra a osservarti mentre buttavi via le nostre vite. Devi credermi, è stato doloroso per me riconoscere che ci sarebbe sempre stato qualcuno pronto a mettersi fra noi. Come Pietro Vannucci, quel porco miserabile che tradiva la moglie e da anni ti faceva la corte. Credi che fossi cieca? Mi ero accorta che le sue attenzioni ti lusingavano. Vannucci ti piaceva: non volevi ammetterlo, ma ti piaceva. Perché tu sei una stronza. L'attrattiva che eserciti sugli uomini ti inebria, e non puoi fare a meno di sedurli. Non importa chi siano, quanto valgano, se meritino considerazione o disprezzo. Quello che conta è che restino ammaliati dal tuo fascino. Non è così, Maga Circe?»

Afferrò un piatto appeso alla parete e lo scaraventò a terra. Poi un altro e un altro ancora.

Si gettò con rabbia verso la credenza e spazzò via tutto quello che c'era sopra. Oggetti di famiglia che erano passati intatti attraverso diverse generazioni, distrutti in mille pezzi in un attimo. Libri lanciati contro la parete, lampade scagliate al suolo.

Il frastuono coprì i tentativi di Andrea di entrare nella casa. Riuscì a rompere il vetro della finestra d'una stanza buia, defilata, e a introdursi in casa. Era una sorta di lavanderia, attigua alla sala dove si stava consumando il delirio.

A mano a mano che si avvicinava sentiva la voce della Berti intercalata dal rumore di un oggetto lanciato in terra.

«Vi ho visti insieme a San Celso, tu e Pietro. Parlavate fitto fitto, come due scolaretti a ricreazione. Che tenerezza! Eravate così presi da voi stessi che nemmeno vi siete accorti che vi sono passata accanto. Scommetto che neanche ti ricordi di quello che è successo dopo, quando ci siamo incontrate e ti ho chiesto di prestarmi il cellulare con la scusa che il mio non aveva connessione. È stato allora che ho potuto leggere il messaggio di Vannucci, prima che tu lo cancellassi perché tuo marito non lo vedesse. E dal tuo telefono ho risposto: "Aspettami". E poi ho cancellato tutto.

«Vannucci era un cretino. Ho ancora davanti agli occhi la sua espressione incredula quando mi ha vista arrivare al B&B. Il porco aspettava te! Lo ammetto, ho superato me stessa. Non dimenticherò mai il suo sguardo implorante, direi che è stata la mia opera d'arte. Vuoi sapere, invece, qual è la persona per cui sono dispiaciuta? Marco, tuo marito. L'ho incastrato a malincuore, ma quale occasione più propizia della sua gelosia per chiudere il cerchio su di te, su di noi. Il tuo Marco è un'anima candida, innocente. Mi è bastato ottenere una traccia e lasciarla sul corpo di Vannucci: i capelli di Marco rubati dal pettine, nel suo bagno. Frequentando le case degli amici si trova sempre quello che serve.»

Si accostò all'orecchio di Sophie, che sembrava non vedere e sentire più niente.

«Se tu sapessi quanta adrenalina smuovono l'odio e la rabbia! E quante cose si possono inventare quando si vuole ferire qualcuno. Del resto, chi meglio di te sa cosa significhi ferire a morte le persone?»

Tornò ad allontanarsi.

«Certo, non doveva finire così. Nel sogno che ho coltivato a lungo, io e te dovevamo vivere insieme, felici. Ora che Solari e Vannucci sono morti, e Marco è in prigione, ti sei ritrovata sola, disperata, e finalmente ti sei accorta che l'unica persona su cui potevi contare ero io. Ma ho commesso un piccolo, fatale errore e ho rovinato tutto: ti ho detto dei versi dell'*Odissea*, la firma dell'assassino, e mi sono tradita. È stato un imperdonabile segno di vanità. Devi ammettere che avevo compiuto un capolavoro. Forse, non è stata una disattenzione, forse, senza saperlo, volevo che tu sapessi, ti rendessi conto di quanto tenevo a te e fino a quale punto mi ero spinta pur di averti.»

«Ora è finita, devo solo trovare il modo di liberarmi di te. Non ci sono riuscita quando eri viva, spero almeno di riuscirci adesso.»

Greta proseguiva il suo monologo, ed era così presa da se stessa che non si accorse che Andrea aveva varcato la soglia della porta e stava entrando nella stanza.

Il corpo di Sophie era immobile e non dava alcun segno di vita.

«Ha ragione, dottoressa Berti» disse Andrea. «Ora è proprio finita.» Fissò Greta, che le dava le spalle, senza neppure estrarre la Beretta.

La donna si voltò di scatto e in quel momento nel suo sguardo guizzò una luce, come se di colpo si fosse risvegliata da una trance e realizzasse quello che stava accadendo. Si appoggiò alla parete, come arresa, e si lasciò scivolare fino a sedersi a terra. Chiuse gli occhi e prese a borbottare parole incomprensibili.

Il vicequestore De Curtis doveva fare in fretta: non c'era tempo da perdere, forse la donna a terra poteva essere salvata.

Uno schianto di vetri rotti ruppe il silenzio.

«Polizia» sentì urlare.

A fare irruzione furono l'ispettore capo Torrisi, insieme a tre agenti in divisa.

Andrea si accostò a Sophie. Auscultò il torace, non sentiva alcun battito. Appoggiò due dita sul collo e avvertì una lievissima pulsazione. Si rivolse a Torrisi: «Presto, chiama i soccorsi» gridò.

Pose le mani una sull'altra sopra lo sterno di Sophie, e iniziò a praticare un energico massaggio cardiaco. Premette con tutta la forza, aiutandosi con il peso del corpo. Ripeté la manovra una, due, tre, dieci volte. Ancora e ancora. Doveva riuscirci, doveva strappare una vita alla morte. Ricominciò a contare e a spingere esercitando una pressione ancora maggiore. Lo faceva per la signora Martini, per se stessa, per suo fratello. C'era lui, lì sotto, il cuore da rianimare era il suo. Uno due tre, uno due tre.

Continuò finché il suono di una sirena annunciò l'arrivo dell'ambulanza con il medico e i soccorritori. Si misero subito al lavoro e riuscirono a rianimarla. Chiamarono l'elisoccorso che l'avrebbe portata all'ospedale, verso la salvezza.

Il vicequestore De Curtis rimase lì, in ginocchio, esausta. Ce l'aveva fatta, l'aveva salvata.

Per quel giorno sarebbe stata bene, e tutti i dubbi e le perplessità sarebbero svanite. Non c'era alcun lavoro da cambiare.

Se non aveva potuto salvare suo fratello, avrebbe salvato tutti gli altri. Quelli che avevano bisogno di lei e ancora non lo sapevano.

Torrisi ordinò a uno degli agenti di ammanettare l'assassina.

«È in arresto» disse.

Ma Greta aveva lo sguardo vuoto, sembrava lontana, in un mondo dove nessuno poteva raggiungerla.

L'ispettore si avvicinò ad Andrea, le porse la mano e l'aiutò a rialzarsi.

«Ma quanto ci hai messo ad arrivare?» chiese lei sospirando.

«Ho sbagliato casa.»

«Non ne azzecchi una» commentò con un sorriso stanco.

«Ho fatto il possibile, capa.»

«La verità è che, senza di me, non trovi più la strada.»

Ci scappò addirittura un abbraccio. Per quei due impacciati colleghi, tormentati da un'emotività della quale avevano entrambi paura, fu come sciogliere un grumo doloroso e trovare un po' di pace.

Anche se entrambi sapevano che sarebbe durata poco.

Vigilia di Natale

36

La pista di ghiaccio era affollata di persone: bambini, turisti, ragazzi e ragazze, coppie. Qualcuno arrancava, qualcun altro pattinava mantenendo il baricentro basso per non perdere l'equilibrio. Un gruppetto di amici non smetteva di sbellicarsi dalle risate, due giovani donne cercavano di insegnare all'amico la tecnica per restare in piedi, con scarso successo. Prima di scivolare con eleganza sulla pista gli ci sarebbe voluto ancora un bel po' di esercizio. Qualche bambina volteggiava leggera, una donna piroettava e con gli occhi chiusi pareva lasciarsi trasportare dalla musica, qualcun altro procedeva rigido come un automa.

Anche i pensieri di Andrea scivolavano sulla superficie ghiacciata della memoria. Era riuscita a salvare Sophie Martini, a riportarla in vita. La sensazione era di quelle che non si dimenticano. Per un po' avrebbe vissuto di rendita. Solo per un po'. Poi sarebbero tornati la morsa allo stomaco, il mal di testa, l'insonnia, fino all'incontro con la prossima anima. Lei era brava a salvare le anime di tutti, tranne la propria. Quella l'aveva perduta per sempre in un giorno di agosto, quando suo fratello scomparve. Se ne stava lì, ferma, incantata a guardarsi intorno, il bosco verticale, le luci, i grattacieli, i palazzi, e quello spazio circolare che le ricordava un'altra città europea che aveva visitato tante volte, Berlino. Si perdeva a osservare l'eleganza di chi sa muoversi con padronanza nella vita, o l'impaccio di chi ci prova e stramazza al suolo e si rialza per ritentare.

«Non vorrai metterti a pattinare?»

Una voce familiare la riportò alla realtà.

«Torrisi?» si voltò di scatto. «Mi hai spaventato.»

«Ciao, capa» rispose lui con aria impacciata.

«Non avevi un volo per la Calabria?»

«Lo hanno cancellato per maltempo.»

«Quindi niente Natale a casa?»

«Considerando che oggi è la vigilia, direi di no. Quest'anno è stato il meteo a decidere.»

«Il meteo, eh? E cosa ci fai qui?»

«Sapevo che ti avrei trovato» farfugliò trattenendo un riso furbesco.

«Non è possibile.»

«Ok. Lo ammetto ti ho seguito.»

L'ispettore era convinto di poter fare quello che voleva. Suo padre gli ripeteva sempre: "Meglio sfacciato che stupido". E lui lo sfacciato lo faceva benissimo.

«Sbirro del cazzo! E posso sapere perché?»

«Non c'è un perché, volevo salutarti e quando ho visto che ti dirigevi qui non mi sono affatto stupito. È da te.»

«E tu cosa ne sai di quello che è da me?»

«Lo so.»

«Forse hai ragione» rispose cambiando tono. «È una piazza armoniosa, un luogo perfetto. Ti dà la sensazione di essere al centro del mondo.»

«Un po' troppo affollato per i miei gusti.»

«Non sempre. E anche quando c'è poca gente non è mai uno spazio vuoto. Mi fa sentire bene, in pace. Non ti è mai successo?»

«Sì, ma con le persone, più che con i luoghi.»

Andrea temeva di invischiarsi in qualche strano discorso da crisi natalizia e si limitò ad annuire.

Per fortuna l'iPhone attaccò a vibrare. Marlene reclamava la sua attenzione.

«Tesoro ho bisogno del tuo aiuto!»

La pacata ed equilibrata Marlene questa volta, sembrava agitata.

«Cosa succede?»

«Chiara.»

«Tua figlia?»

«Mi ha scritto una e-mail.»

Ansimava.

«Calmati Marlene. Respira e dimmi cosa è successo a Chiara.»

«Vuole vedermi a Santo Stefano» urlò d'un fiato.

«Ma è splendido! Non vi vedete da… quanto tempo?»

«Anni. Ma non è questo il punto.»

«E qual è il punto?»

«Non mi ha mai vista. Intendo così come sono ora.»

«Vuoi dire che non ha mai conosciuto Marlene?»

«Esatto.»

«Ma lei lo sa.»

«Oh, certo che lo sa, con la cagnara che ha fatto sua madre quando ho iniziato a usare i suoi vestiti, lo ha saputo tutto il quartiere.»

«Cerca di stare tranquilla. Andrà tutto bene.»

«Si, bene un corno! Ho il cuore che mi esce dal petto, fa un casino che mi sembra d'essere a un concerto di musica techno!» replicò con una risata.

Fece una pausa, quindi si schiarì la voce a a bruciapelo domandò: «Tesoro, cosa fai a Natale?».

«Lo sai che non mi piace festeggiare il Natale.»

Andrea sperava che il trasferimento a Milano, dove non conosceva nessuno, le avrebbe almeno risparmiato l'incombenza di pranzi e cene natalizie.

«Oh insomma non ti piace fare niente.»

«Esatto. Proprio quello che vorrei fare domani: niente!»

«Bene! Allora, sei invitata a casa mia.»

«Davvero Marlene, non prenderla male...»

«Insisto! Ti aspetto domani da me. Ti preparo i ravioli, l'arrosto e... insomma tutte le cose che si mangiano a Natale. Compreso *el panetun* milanese. E poi ci prepariamo per l'incontro con mia figlia. Facciamo le prove, scegliamo i vestiti giusti. Mi aiuterai a farmi bella? Ma mi raccomando: giù le mani dalle mie creme altrimenti ti metto le manette» concluse con una risata.

«Be', se hai bisogno di manette, so io chi potrebbe portarle» fece Andrea rivolgendo lo sguardo all'ignaro Torrisi, che la osservava con uno sguardo concentrato, dove alla curiosità si sommava una muta richiesta. E un'inconfessata speranza.

Ringraziamenti

Non vedevo l'ora di scrivere un romanzo per arrivare alla pagina dei ringraziamenti.

Parto da lontano, grazie a Cristina Marra che qualche anno fa mi ha invitato a partecipare a un'antologia di racconti noir chiedendomi un personaggio femminile. Qui è nata Andrea De Curtis. Grazie anche a Piera Carlomagno che ha ospitato la mia detective in un'altra raccolta di racconti.

Grazie a Sara Rattaro, il mio Super Io, per avermi sempre incoraggiato e spinto a scrivere.

Grazie all'editore, Mauro Morellini.

Grazie di cuore alla editor Lorenza Caramanna per le giuste e pertinenti osservazioni.

Grazie a Laura Guglielmi per aver letto in anteprima il romanzo.

Grazie a Cesare Viel, per essersi prestato a partecipare al romanzo con una sua opera e come se stesso.

Grazie ad Antonella Grandicelli, *partner in crime* del nostro blog The Meltin Pop, per i mille progetti letterari che riusciamo a mettere in piedi in una sola telefonata.

Grazie a Gabriella Genisi per aver apprezzato e incoraggiato. Speriamo che Andrea e Lolita si incontrino da qualche parte.

Grazie a Valeria Corciolani per l'entusiasmo mostrato alla lettura in anteprima.

Grazie a Stefano Tettamanti per averlo letto.

Grazie alle mie amate cugine Magda e Giuditta, senza il loro supporto questo romanzo non ci sarebbe.

Grazie a Bruno, mio primo lettore, grazie soprattutto per tutte le volte che scuoteva la testa e mi diceva "qui non funziona, devi lavorarci". Mi ha fatto venire la gastrite ma mi spinge a migliorare sempre. Grazie, davvero.

Grazie al libro *I dannati della metropoli* (Milieu) di Andrea Staid antropologo e scrittore, che mi ha permesso di conoscere meglio il Bligny 42.

Infine, grazie alle mitiche sorelle Maffeo, mia mamma Tina e mia zia Rosanna per la forza, l'ottimismo e la luminosità. Soprattutto grazie al mondo magico della zia pittrice, Rosanna, che mi ha fatto conoscere e apprezzare l'arte e il mondo delle Icone.

Indice

Nella stessa collana

Sara Rattaro, *Sulla sedia sbagliata*
Elena Mearini, *A testa in giù*
Riccardo Romagnoli, *Post coitum*
Stefano Corbetta, *Le coccinelle non hanno paura*
Andrea Di Fabio, *Non me*
Simona Castiglione, *L'età del ferro*
Marco Montemarano, *Incerti posti*
Antonio Paolacci, *Piano Americano*
Erica Arosio, *Carne e nuvole*
Vito Ribaudo, *L'elbano*
Gianni Marchetti, *Citizen Band*
Silvia Andreoli, *Nera come una fiaba*
Anna di Cagno (a cura di), *Lettere alla madre*
Arosio e Maimone, *A rincorrere il vento ('68: il B-Side)*
Alessandra Scagliola, *La banda dei pensionati*
Jonne Bertola, *Swinging Giulia*
Luca Vaglio, *Il vuoto*
Luca Martini, *Mio padre era comunista*
Gianluca Pomo, *Amor Roma*
Corinna Urbano, *Vera*
Claudia Maria Bertola, *Vernice Nera*
Marco Montemarano, *L'altro Paese*
Sara Maria Serafini, *Quando una donna*
Alessio Petretto, *Come roccia sgretolata*
Elena Uber, *In questa terra piatta e bassa*
Malusa Kosgran, *La prima donna*
Anna di Cagno (a cura di), *Lettere al padre*
Alessandra Scagliola, *Più dentro che fuori*
Maurizio Zottarelli, *Confini*
Stefania Nascimbeni, *Happy (hippy) Family*
Barbara Garlaschelli, *Caduta dentro un no*
Gabriella Kuruvilla, *Maneggiare con cura*
Fabienne Agliardi, *Buona la prima*
Aldo Germani, *Due case*
Fabrizio Vangelista, *La festa del giorno dopo*
Cecilia Pierami e Gian Luca Rocco, *I segreti dello zerbino*
Paco Ramirez, *Amore e morte*
Stefano Merenda, *Il sogno di Rodrigo*
Elena Mearini, *I passi di mia madre*
Sal Costa, *Come ammazzare il tempo quando sei morto*
Cecilia Parodi, *La luce bianca del mattino*
Stefania Colombo, *La principessa ballerina*
Sara Maria Serafini, *L'amore che devi*
Marco Martucci, *La perfezione*
Claudia Maria Bertola, *Vieni come sei*
Alessia Figini, *La luce all'improvviso*
Paolo Bocchi, *L'urna vagante*
Gabriele Dolzadelli, *Chi nasce a San Giuda*

Collana Delitti di lago

Ambretta Sampietro (a cura di), *Delitti di lago*
Ambretta Sampietro (a cura di), *Nuovi Delitti di lago*
Ambretta Sampietro (a cura di), *Delitti di lago vol. 3*
Erica Gibogini, *Rose bianche sull'acqua*
Ambretta Sampietro (a cura di), *Delitti di lago 4*
Erica Gibogini, *Picnic al lago*
Laura Veroni, *Il mostro del Verbano*
Sergio Cova, *Le lacrime del commissario*

Collana Femminile singolare

Nicoletta Sipos, *Colette. Un sogno audace*
Elena Mora, *Wallis Simpson. Una sola debolezza*
Laura Avalle, *Lucia Bosè. L'ultimo ciak*
Anna di Cagno, *Gala Éluard Dalí. Per interposti uomini*
Laura Guglielmi, *Lady Constance Lloyd. L'importanza di chiamarsi Wilde*

Collana I minolli

Rosalba Graglia, *Gialli culinari. Racconti gastronoir alla maniera di Hitchcock*

Luca Martini e Gianluca Morozzi (a cura di), *Vinyl. Storie di dischi che cambiano la vita*

Andrea Tarabbia (a cura di), *Ultimo domicilio conosciuto. Tredici storie sulle Pietre d'inciampo*

Luca Raimondi (a cura di), *I signori della notte. Storie di vampiri italiani*

Sara Rattaro (a cura di), *La vita vista da qui. Dieci storie di resistenza e sopravvivenza*

Luca Martini e Barbara Panetta (a cura di), *On the Radio. Storie di radio, dj e rock'n'roll*

Sara Rattaro (a cura di), *Settimo: non rubare. Tredici storie sul tema del furto*

Luca Raimondi (a cura di), *Mosche contro vetro. Racconti sul tema dell'autismo.*

Elena Mearini (a cura di), *Tra uomini e dei. Storie di rinascita e riscatto attraverso lo sport*

Per accedere ai contenuti collegati a questo libro è sufficiente utilizzare il QR code in quarta di copertina e qui sotto, o inserire la URL:

www.morellinieditore.it/viale_bligny

Ascolta la playlist
di questo romanzo

LE FAIT DU PRINCE

Du meme auteur

Délinquance routière, vers la fin du scandale ?, Milan, 2003.

Dico inespéré de la droite, avec Bernard Mazières, Éditions du Parisien, 2007.

Élysée 2007, les questions clefs des Français, avec Henri Vernet et Eddy Fougier, Lignes de repères, 2007.

À quoi servent les députés ?, Larousse, 2008.

Faut-il arrêter le Tour de France ?, Larousse, 2009.

Chambre S 10, Tirésias, 2013.

BÉATRICE HOUCHARD

LE FAIT DU PRINCE

Petits et grands caprices des présidents de la Ve République

CALMANN LEVY

COUVERTURE
Conception graphique : Coco Bel Œil
Photographie : © Eliot Blondet / POOL / SIPA

ISBN 978-2-7021-6142-5

« Le château de Chambord a la chance d'avoir été construit par François Ier, dont le nom seul est chargé de beaucoup d'histoire. Pourquoi avoir construit un palais sur cette plaine sablonneuse ? C'est une question qui restera éternellement sans réponse, car les rois n'ont pas de raisons à donner. »

Henry JAMES,
Voyage en France, 1877

Prologue

À quoi pense-t-il, le nouveau président de la République, quand il marche sur le tapis rouge déployé dans la cour de l'Élysée le jour de sa prise de fonctions ? Quand il gravit l'imperceptible pente gravillonnée qui conduit au perron, quand il monte les sept marches qui le séparent encore du pouvoir ?

Bientôt, il va nommer un Premier ministre, ouvrir les dossiers, désigner ses collaborateurs, signer ses premiers décrets, se préparer aux premières grèves, aux premiers faits divers, on n'ose dire au premier attentat, aux premiers faux pas, espérer les premiers résultats, attendre les premiers sondages. Il va aussi choisir son bureau et quérir au Mobilier national les tableaux et tapis qui l'inspirent. Et réfléchir à sa photo officielle.

La tête encore pleine de ses grandes déclarations de campagne, de sa promesse de rendre le pouvoir au peuple et de réussir là où ses prédécesseurs ont souvent échoué, sait-il déjà qu'il ne résistera pas à la tentation de se conduire en souverain et de se mêler de tout, encouragé par la Cour qui, déjà, se met en place dans la Salle des fêtes du Palais, en quête d'un regard ou d'une prébende ?

Pendant les cinq années qui viennent, le président de la République va pouvoir nommer, choisir et répudier, faire et défaire des carrières, promouvoir et récompenser, dialoguer avec les autres « grands » du monde, dissoudre l'Assemblée nationale, gracier des amis, relire l'article 16 sur les pleins pouvoirs en souhaitant ne pas l'appliquer, faire la guerre, ordonner qu'on repeigne un monument de Paris, téléphoner au président des États-Unis, décider de la création d'un musée, décerner la Légion d'honneur à la moitié de son département d'élection et, pourquoi pas, nommer un vieil ami ou une ancienne maîtresse au Conseil économique, social et environnemental.

Peut-il pour autant installer sa concierge à Matignon ou, comme l'envisageait Marcel Aymé dans *Travelingue*, un coiffeur ? Évidemment, non. Mais une chanteuse au Conseil économique et social, pourquoi pas, comme un candidat battu au Conseil d'État ou à la Cour des comptes, ou un ancien collaborateur dans une ambassade.

Anciens ministres ou Premier ministre, collaborateurs d'hier et d'aujourd'hui, historiens, hauts fonctionnaires désireux parfois de n'être pas cités, responsables d'entreprises publiques, tous nous ont longuement raconté les petits et les grands caprices des princes qui nous gouvernent, leurs toquades, leurs inspirations et leurs colères d'enfants gâtés. Parfois pour le meilleur et souvent pour le pire. Tous décrivent, à travers les chefs de l'État, cette France qui n'a que le mot « République » à la bouche et qui aime tant être dirigée par un roi, quitte à le mettre un jour à la porte, sous l'œil mi-fasciné, mi-ironique des dirigeants et observateurs étrangers. Car, à l'Élysée, l'exercice du pouvoir, du général de Gaulle à Emmanuel Macron, demeure bel et bien une exception française.

Parce que c'est mon bon plaisir

> « Le président de la République a dit "je veux". Et les choses se sont faites. »
>
> Françoise Giroud, *La Comédie du pouvoir*

Élu au suffrage universel, le président de la République ne rend de comptes qu'aux Français. Sa seule limite, c'est celle qu'il se fixe lui-même. A-t-il pour autant le droit de faire tout ce qu'il veut sans aucun contrôle ? Sur le plan institutionnel, non. Mais pour le reste, on a assisté depuis plusieurs dizaines d'années à des situations scandaleuses, étonnantes ou cocasses, qui en disent long sur la pratique monarchique du pouvoir.

OÙ EST PASSÉ LE PRÉSIDENT ?

Quand le général de Gaulle n'était pas à l'Élysée, il était à Colombey-les-Deux-Églises. Quand il n'était pas à Colombey, il était en voyage officiel, et toujours sous l'œil de l'État : à l'étranger, il dormait dans les ambassades ; en province, dans les préfectures, où il fallait parfois trouver un lit à sa taille. Il ne lui serait pas venu à l'idée de disparaître sans prévenir. À une exception près, et qui est historique : le 30 mai 1968, le chef de l'État et toute sa famille partent de Villacoublay à bord de deux hélicoptères pour Colombey. Mais on perd leur trace. Le Premier ministre, Georges Pompidou, se demande si le Général va revenir un jour ou s'il a fui ce qu'on appelle alors « les événements de Mai ». Avant de partir, le chef de l'État lui a adressé par téléphone un « Je vous embrasse » pour le moins inhabituel.

Les hélicoptères se sont posés à Baden-Baden. Après avoir rencontré le général Massu, de Gaulle rentre à Colombey. À 16 h 30, il s'adresse aux Français, non à la télévision mais à la radio, comme le 18 juin 1940 à Londres. « Je ne me retirerai pas. Je ne changerai pas de Premier ministre. Je dissous aujourd'hui l'Assemblée nationale » : par ce fait du prince spectaculaire, le Général vient de renverser la situation en sa faveur. À l'Assemblée, les députés de droite et du centre applaudissent frénétiquement leur propre dissolution. Les élections législatives offriront à de Gaulle, en juin, une écrasante majorité.

CHIRAC, LADY DIANA ET LA CANICULE

Où se trouvait donc Jacques Chirac pendant la canicule de 2003, cette première quinzaine d'août où l'on a vu les urgences des hôpitaux saturées, les maisons de retraite débordées et la liste des avis d'obsèques s'allonger dans les colonnes de la presse régionale ? L'absence du Président, le retard du Premier ministre, Jean-Pierre Raffarin, à rentrer de ses vacances dans les Alpes, et l'intervention du ministre de la Santé, Jean-François Mattei, en chemisette depuis son jardin, le 11 août, ont produit un effet désastreux sur l'opinion publique qui suffoque. La présence du président de la République, sa compassion ou sa parole publique n'auraient évidemment rien changé et le bilan de 15 000 à 20 000 morts n'aurait pas été différent. Mais la politique est affaire de symboles et de mots. Depuis 2003, tétanisés par ce qui s'est passé pendant la canicule, les ministres n'ont plus le droit de s'éloigner à plus de deux heures de Paris et les vacances gouvernementales ne dépassent plus deux semaines, ce qui fait doucement ricaner les responsables politiques étrangers...

Ce n'est pas la première fois qu'on ne savait pas où joindre Jacques Chirac : dans la nuit du 30 au 31 août 1997, à Paris, Lady Diana est victime d'un tragique accident de voiture dans le tunnel de l'Alma. C'est le ministre de l'Intérieur, Jean-Pierre Chevènement, qui annonce sa mort à 4 heures du matin. Quelques heures plus tard, Bernadette Chirac viendra se recueillir devant la dépouille de la princesse de Galles, représentant son mari. Où était le Président ? Avec une actrice célèbre, diront les gazettes people.

GISCARD, SEUL SUR LES ROUTES

Georges Pompidou, fou de voiture, aimait partir de l'Élysée au volant de sa Porsche, en compagnie de son épouse Claude. Mais c'était le plus souvent pour rentrer à son domicile du quai de Béthune ou se rendre dans sa maison d'Orvilliers, dans les Yvelines. Aimant lui aussi conduire sa voiture personnelle, généralement une Peugeot verte, Valéry Giscard d'Estaing a donné plus d'une fois des sueurs froides aux préfets du Puy-de-Dôme et surtout du Loir-et-Cher, où il passait de nombreux week-ends, qu'il se rende ou non à la chasse à Chambord. Charles-Noël Hardy, préfet de ce département jusqu'en 1981[1], raconte le nombre de samedis ou de dimanches où il n'était rassuré que le soir, quand le chef de l'État lui téléphonait pour indiquer qu'il avait regagné sa résidence d'Authon. Sans garde du corps, et

1. Voir *infra*.

bien sûr sans téléphone portable, Giscard n'était pas joignable, parfois pendant plusieurs heures. « Que se passe-t-il si sa voiture va au fossé et qu'il est obligé de faire du stop ? » se demandait le préfet Hardy[1].

Au tout début de son mandat, Valéry Giscard d'Estaing avait défrayé la chronique du *Canard enchaîné* pour avoir embouti la voiture d'un laitier en rentrant à l'aube à l'Élysée au volant d'une Ferrari appartenant au réalisateur Roger Vadim. Depuis, les services de sécurité sont devenus beaucoup plus présents et, quand François Hollande passait la nuit rue du Cirque chez Julie Gayet, à deux pas de l'Élysée, c'est l'officier de sécurité qui apportait les croissants... Ce qui n'a pas manqué de surprendre celui qui fut le secrétaire général de l'Élysée du septennat de Valéry Giscard d'Estaing, Claude Pierre-Brossolette. César Armand et Romain Bongibault, dans leur livre *Dans l'ombre des présidents*[2], ont recueilli son témoignage et le parallèle qu'il fait avec l'affaire du laitier : « Giscard était plutôt plus discret que François Hollande, quand même ! Il n'y a pas plus simple : on sort avec une voiture aux vitres noires, on va où on veut, on bloque une rue cinq minutes par trois flics pour que les gens qui suivent ne suivent plus, et on est tranquille. » Évoquant le choc entre son Président et un

1. Entretien avec l'auteur, 12 janvier 2017.
2. Fayard, 2016.

laitier anonyme, il poursuit avec une certaine désinvolture : « Ni la gendarmerie, ni la police n'ont parlé. En France, s'il n'y a pas de photo, s'il n'y a pas le nom de la fille, ça n'existe pas. C'est incroyable comme Hollande s'est planté, mais enfin… » La différence entre 1974 et les années 2010, c'est peut-être qu'il faut désormais compter avec une presse people moins respectueuse des puissants, et avec des réseaux sociaux, Twitter en tête, qui font du premier passant venu un pourvoyeur potentiel de scoops.

MAZARINE AU TEMPS DE CLOSER ET TWITTER

Si *Closer* et les réseaux sociaux avaient existé, François Mitterrand aurait-il pu secrètement mener pendant quatorze ans une double vie, faire garder par les gendarmes la rue de Bièvre à Paris pendant qu'il rentrait dormir quai Branly, et faire vivre deux familles aux frais de la République sans que quiconque s'en émeuve, à l'exception de l'hebdomadaire d'extrême droite *Minute* et de Jean-Edern Hallier ? L'écrivain, dans un livre intitulé *L'Honneur perdu de François Mitterrand*, voulait révéler l'existence de Mazarine, la fille de François Mitterrand et d'Anne Pingeot. Qu'à cela ne tienne ! L'Élysée profite des écoutes téléphoniques illégales (initialement prévues pour la lutte contre le terrorisme) pour savoir ce que trame l'ancien directeur de la revue *L'Idiot international.* « Jean-Edern » ne sera pas la seule victime des écoutes, qui concerneront des dizaines de personnes, tels l'auteur de best-sellers Paul-Loup Sulitzer, l'actrice Carole Bouquet et de nombreux journalistes. Le très fantasque Jean-Edern Hallier vouait à François Mitterrand une haine féroce après l'avoir porté aux nues, à cause d'un fait du prince qui ne s'était pas produit. Au premier rang des personnalités qui défilaient vers le Panthéon derrière le Président qui multipliait les roses, le 21 mai 1981, Jean-Edern Hallier se serait bien vu, par exemple, à la tête d'une chaîne de télévision. Mais le prince, généreux, n'était tout de même pas naïf à ce point. L'écrivain finit par brûler son manuscrit devant le palais de l'Élysée. Il obtiendra réparation à titre posthume : le 14 mai 2008, neuf ans après sa mort, le tribunal administratif de Paris condamnera l'État à verser 70 000 euros à son fils et à sa fille, et 20 000 euros à son frère, en réparation du préjudice subi. Pas très cher payé, pour un secret de famille et d'État, pour un fait du prince désormais connu de tous et maintes fois raconté, mais qui ramène directement le président français à l'époque des rois, de leurs maîtresses et de leurs enfants illégitimes.

LES PISTOLETS DE POUCHKINE

Bernard Debré, fils de Michel Debré, le premier Premier ministre de la Ve République, ne se lasse pas de raconter l'histoire. « Mon père avait reçu en cadeau, raconte-t-il[1], les pistolets qui avaient tué Pouchkine. Il en avait fait don au musée de la Poste d'Amboise », la ville d'Indre-et-Loire dont le père et le fils seront maires tour à tour.

Le poète russe avait été tué en duel, en 1837, par le baron Georges-Charles de Heeckeren d'Anthès, l'amant de sa femme Natalia, qui utilisa pour ce faire les pistolets d'un ami, Ernest J. Barante. Un collectionneur, Pierre Paul, fit un jour l'acquisition des précieux objets et les donna en effet à Michel Debré pour le musée de la Poste d'Amboise.

Mais voilà qu'on annonce en 1989 la venue en France de Mikhaïl Gorbatchev, le prince de la *glasnost* (la transparence) et de la *perestroïka* (la restructuration). Bernard Debré reprend son récit : « À 7 heures du matin, des gardes républicains arrivent, font ouvrir le musée et prennent les pistolets en disant que c'est sur ordre de François Mitterrand. » On imagine la tête du conservateur au petit matin.

1. Entretien avec l'auteur, 19 décembre 2016.

Il s'agit, apparemment, de rendre les pistolets à l'Union soviétique, pas encore redevenue la Russie. « C'est invraisemblable ! commente Bernard Debré. Ça n'appartenait pas à l'État mais à la Ville. Je n'étais pas maire à l'époque. Le maire nous dit qu'on ne peut rien faire, car Jack Lang, ministre de la Culture, a promis qu'on aurait un tableau de Picasso à mettre à la place pendant six mois… »

Stupéfaction générale, émoi jusqu'au Parlement. Le sénateur RPR Josselin de Rohan interpelle par écrit le gouvernement et exprime à « M. le ministre de la Culture, de la Communication, des Grands Travaux et du Bicentenaire son étonnement et sa réprobation sur les conditions dans lesquelles deux objets appartenant au musée municipal d'Amboise ont été distraits de leur lieu d'exposition pour être donnés en cadeau par le gouvernement à un chef d'État étranger ».

Une affaire d'État est-elle en cours, un incident majeur, non entre la majorité et l'opposition, mais entre la France et l'Union soviétique ? Pas du tout. Car le ministre de la Culture, Jack Lang, fait répondre à « l'honorable parlementaire » que les pistolets n'ont pas été donnés mais « prêtés » au musée de l'Ermitage à Leningrad. « En fait, poursuit le ministre, la présence de ces objets dans les collections publiques de notre pays était quasiment ignorée en France et guère mieux connue à Amboise même. Il est exact que les autorités soviétiques souhaitaient la remise de ces armes attachées au souvenir d'un écrivain particulièrement admiré en URSS. » Et ce prêt « se situe dans la tradition des gestes d'amitié entre les peuples ».

Quelques mois plus tard, en effet, les pistolets sont restitués au musée de la Poste d'Amboise, en souvenir de l'auteur du *Maître de poste*. Mais un coffret de deux pistolets se trouve aussi, aujourd'hui, au musée Pouchkine, à Moscou. Question faussement naïve de Bernard Debré : « Ceux qui ont été rendus à Amboise sont-ils les vrais ? »

Épilogue, quelques années plus tard : François Mitterrand s'entretient en tête à tête avec Bernard Debré[1], devenu son ministre de cohabitation mais aussi son médecin : « Pourquoi m'avoir embêté avec ça ? interroge le Président. Qu'est-ce que ça peut bien vous faire ? » Commentaire de Debré : « Il considérait que tout était à lui et qu'on pouvait prendre ce qu'on avait envie de prendre quand ce n'était pas privé. »

1. Entretien cité.

MON FALCON POUR UN FROMAGE

François Mitterrand aimait se promener. Dans Paris, pour fureter chez les libraires du Quartier latin, ou en province, pour aller déjeuner chez un ami. D'un coup d'hélicoptère ou de Falcon, il retrouvait l'écrivain Michel Tournier à Choisel, dans la vallée de Chevreuse. Il est même le seul président à être venu le voir et, pour cela, il lui sera beaucoup pardonné. Il allait voir Bernard Jamet, le maire de Drevant (Cher), ou son vieux complice des camps de prisonniers, le communiste Robert Paumier, dans le Loir-et-Cher. Il était surtout familier du maire de La Rochelle, Michel Crépeau, avec lequel il aimait marcher sur les remparts de Brouage, en Charente-Maritime. Ce département présentait un autre attrait pour le président de la République : on y fabrique un fromage qu'il appréciait, la jonchée, ce « fromage frais présenté dans un petit panier de jonc », explique le dictionnaire, qu'il ne trouvait pas à Paris. Régulièrement, raconte l'ancien ministre Dominique Bussereau[1], un Falcon se posait donc sur le tarmac de la base militaire de Rochefort/Saint-Agnant, et les habitants pouvaient voir passer une voiture officielle précédée de deux motards, aller et

1. Entretien avec l'auteur, 17 janvier 2017.

retour. Quelle personnalité pouvait bien se cacher dans le véhicule ? Aucune. Il s'agissait des fameux fromages revenant d'une ferme de Saint-Agnant. On voit d'ailleurs, dans le film *Les Saveurs du palais*, de Christian Vincent, la comédienne Catherine Frot préparer une jonchée rochefortaise pour le chef de l'État, incarné par l'académicien Jean d'Ormesson.

SARKOZY : « C'EST MOI LE PATRON, JE RÈGLE LE PROBLÈME »

En matière d'utilisation des transports de la République, Nicolas Sarkozy était passé maître. D'anciens ministres évoquent ces voyages à six personnes dans des avions qui peuvent en accueillir vingt (il faut que le Président puisse prendre ses aises), ou ces hélicoptères stationnant devant l'École militaire, pales en action alors que c'est interdit, en attendant l'arrivée de ce prince toujours stressé, toujours pressé, qui organisait ses déplacements de manière à n'avoir presque jamais besoin de dormir ailleurs que chez lui. Nicolas Sarkozy aimait ces signes extérieurs du pouvoir, y compris au milieu de ses impressionnants gardes du corps, miroir de sa toute-puissance présumée.

Alors qu'il est ministre des Transports et que Nadine Morano est chargée de la Famille, en avril 2008,

Dominique Bussereau reçoit un après-midi un coup de téléphone du chef de l'État. On est en fin de semaine, il est déjà rentré chez lui, en Charente-Maritime. Mais une polémique enfle dans l'opinion sur le désengagement de l'État du financement des cartes SNCF pour les familles nombreuses. Le ministre est sommé de rentrer d'urgence à Paris. Ne peut-on pas régler cela par téléphone ? Non, il n'en est pas question. « On m'envoie un Falcon 90, le plus gros », raconte Dominique Bussereau[1]. Retour à l'Élysée, donc, pour une réunion sans grand intérêt. Qu'importe : « C'est moi le patron, je règle le problème », dit le chef de l'État à ses ministres.

LES PETITS SERVICES RENDUS PAR CHIRAC

Il n'était pas le plus monarque de tous. Mais Jacques Chirac aimait bien rendre des services, par amitié, par intérêt, ou les deux à la fois. Alors qu'il est en train de porter la TNT[2] sur les fonts baptismaux, le 31 mars 2005 au siège du Conseil supérieur de l'audiovisuel, Renaud Donnedieu de Vabres reçoit un message urgent de son officier de sécurité : le président de la République veut lui parler au plus vite. L'espace d'un

1. *Ibid.*
2. Télévision numérique terrestre.

instant, le ministre de la Culture se demande quelle bévue il a bien pu commettre. Il doit pourtant faire attendre un peu le chef de l'État avant de rappeler l'Élysée. « Ah, te voilà ! » lui lance un Jacques Chirac détendu. Le chef de l'État poursuit : « Tu prends la décision que tu veux, mais il n'est pas question que Jean-François Jarrige parte à la retraite. » Jean-François Jarrige, directeur du musée Guimet, grand spécialiste de l'art asiatique dont est féru Jacques Chirac, va avoir soixante-cinq ans. Il doit partir, explique le ministre. Réponse de Jacques Chirac : « Débrouille-toi, trouve quelque chose ! » Le ministre prendra un décret permettant à Jean-François Jarrige de rester en poste jusqu'en 2008. « Ce n'était quand même pas un abus de pouvoir… », commente Renaud Donnedieu de Vabres[1]. Et on ne dit pas non au prince. Sauf quand il demande, comme le fit aussi Jacques Chirac en 1999, que l'on expédie à Tokyo la *Victoire de Samothrace* pour célébrer l'année France-Japon. Devant l'hostilité des conservateurs du Louvre[2], Jacques Chirac renonça et c'est *La Liberté guidant le peuple*, d'Eugène Delacroix, qui fit le voyage. Elle était tout de même plus facile à transporter.

1. Entretien avec l'auteur, 3 novembre 2016.

2. Épisode raconté par Bérengère Bonte dans *Dans le secret du Conseil des ministres*, Éditions du Moment, 2013.

Jacques Chirac était aussi toujours soucieux de ne pas désespérer l'outre-mer et ses élus. « Pour la énième fois, raconte Alain Lambert[1], alors ministre du Budget, il veut un jour aider Gaston Flosse, le président de la Polynésie française. Il veut 100 millions d'euros. "Gaston en a vraiment besoin, plaide le Premier ministre Jean-Pierre Raffarin au téléphone, fais passer ça dans un amendement gouvernemental, le Président y tient beaucoup.

– Je ne le ferai pas, ce n'est pas normal, répond Alain Lambert.

– Chirac va t'appeler." »

À Jacques Chirac, Alain Lambert fait la même réponse.

« J'en ai rien à foutre, lui dit le président de la République, je te donne une instruction !

– Monsieur le président de la République, je ne peux pas recevoir d'instructions de votre part.

– Qui t'a nommé ?

– Vous, mais je ne peux quand même pas violer la Constitution… »

Un autre désaccord oppose un autre jour les deux hommes sur le budget de la Défense. Il faut faire des économies, comme toujours. Jean-Pierre Raffarin a demandé au ministre du Budget de tenir bon. Alain Lambert s'obstine donc à dire non. Jusqu'au moment où

1. Entretien avec l'auteur, 31 janvier 2017.

Jacques Chirac lui rappelle cette évidence qui dit tout : « Monsieur le ministre, je n'ai pas le souvenir que vous ayez été élu président de la République. »

Au chapitre des nominations, Jacques Chirac était plutôt moins exigeant que d'autres. Jean-Jacques Aillagon, qui fut son ministre de la Culture de 2002 à 2004, a le souvenir d'une seule demande précise, faite « avec subtilité et délicatesse », selon l'ancien ministre[1] : « Jacques Chirac voulait nommer Christine Albanel à Versailles. Il me dit : “Vous la recevez, vous me donnerez votre avis et j'en tiendrai compte.” » Que se serait-il passé si le ministre avait donné un avis défavorable ? La question ne se pose pas, puisque l'avis fut favorable. Hasard des circonstances, Jean-Jacques Aillagon succéda ensuite à Christine Albanel à la présidence du domaine de Versailles, avant d'être lui-même victime d'un autre fait du prince[2].

Jacques Chirac avait en revanche des toquades, comme ce jour où il croise à Thessalonique, se souvient l'ancienne ministre des Affaires européennes Noëlle Lenoir[3], un consul dont il veut tout à coup faire un ambassadeur, car il partage avec lui sa passion pour les arts premiers. Le consul a quasiment atteint l'âge de la retraite. Chirac insiste mais la promotion ne se fera pas.

1. Entretien avec l'auteur, 16 juillet 2017.
2. Voir *infra*.
3. Entretien avec l'auteur, 7 novembre 2016.

OÙ L'ON VOIT GISCARD ENVOYER DES ÉMISSAIRES PLACE DES VOSGES APRÈS LE DÉJEUNER DU DIMANCHE

Un dimanche du milieu des années 70, Patrick Devedjian, futur président du conseil départemental des Hauts-de-Seine, déjeune en famille. Autour de la table a notamment pris place son beau-père, chef de l'état-major particulier de Valéry Giscard d'Estaing. « Il faut que j'aille place des Vosges », dit le beau-père. Étonnement des autres convives. « Le président, explique-t-il, a demandé à tous les membres de son cabinet d'aller voir s'il fallait ou pas installer une grille autour du jardin… » Commentaire de Patrick Devedjian : « Le président de la République s'occupe de ça. On est chez les fous, quand même[1] ! »

LE SALAIRE DE NICOLAS SARKOZY

Élu en mai 2007, Nicolas Sarkozy provoque un tollé en octobre : le nouveau président de la République décide d'augmenter sa propre indemnité de 170 % : un peu plus de 18000 euros au lieu de 7000. Ses

1. Entretien avec l'auteur, 25 novembre 2016.

arguments : il met ainsi son salaire au niveau de celui du Premier ministre, et ajoute que ses deux prédécesseurs, Jacques Chirac et François Mitterrand, recevaient aussi une retraite, ce qui n'est évidemment pas son cas. Cinq ans plus tard, sur BFMTV, Nicolas Sarkozy racontera ainsi l'épisode : « Quand je suis devenu président de la République [...], le secrétaire général du gouvernement m'a dit : "Combien voulez-vous gagner ?" J'ai répondu : "Qu'est-ce que c'est cette histoire ? Je veux gagner ce qui est prévu." Il a répondu : "Non, non, vous savez, monsieur le président, tous les autres présidents ont fait comme ça. C'est le président qui fixe ce qu'il gagne." »

Au Parlement, la majorité vote cette augmentation. Dans le même temps, Nicolas Sarkozy décide que, pour la première fois, la Cour des comptes pourra contrôler les finances de l'Élysée. « Il fait valider son pouvoir par l'existence de contre-pouvoirs », estime Franck Louvrier[1], son directeur de la communication, qui revendique l'idée même de fait du prince, lequel permettrait au président de la République de « soulever la poussière », de « prendre des risques, tout ce que l'Administration ne sait pas faire ». Mais aussi de bousculer son propre parti politique en nommant quatre ministres dits d'« ouverture » (Jean-Pierre Jouyet,

1. Entretien avec l'auteur, 11 janvier 2017.

Bernard Kouchner, Fadela Amara et Éric Besson) ou en imposant un écrivain, Jean-Christophe Rufin, comme ambassadeur au Sénégal. Quitte à faire hurler son propre camp, à l'image de Patrick Devedjian réclamant que l'ouverture politique aille « jusqu'aux sarkozystes » ou Jean-François Copé, alors président du groupe majoritaire à l'Assemblée nationale, qui analyse avec le recul[1] : « Croyant avoir séduit la totalité de la droite, Nicolas Sarkozy voulait séduire la gauche, d'autant qu'il évoluait dans un environnement privé marqué à gauche, même avant l'arrivée de Carla. »

LES BIENFAITS DU PRINCE

Renaud Donnedieu de Vabres est formel[2] : « Le fait du prince est nécessaire. Il permet de sortir de l'endogamie. Sans lui, certaines personnalités n'auraient jamais été nommées. » L'ancien ministre de la Culture de Jacques Chirac cite les nominations d'Olivier Py en 2007 à la direction générale du Théâtre de l'Odéon, de Muriel Mayette-Holtz en 2006 à la tête de la Comédie-Française et surtout de Jacques Martial, président de l'Établissement public du parc et de la grande halle de

1. Entretien avec l'auteur, 21 mars 2017.
2. Entretien cité.

la Villette de 2006 à 2015. « Jamais une commission ne les aurait nommés », estime Renaud Donnedieu de Vabres, qui avait repéré Jacques Martial (l'un des anciens « mulets » de la série télévisée *Navarro*) au Festival d'Avignon puis dans les réunions avec le Club Averroes, où il était « le plus virulent », se souvient-il, pour imposer davantage de diversité à la télévision. « Le fait du prince dans les nominations, poursuit Renaud Donnedieu de Vabres[1], c'est le refus des habitudes. C'est négatif quand c'est pour favoriser le clan, quand c'est le copinage, le favoritisme. Il ne faut pas non plus que ce soit un caprice personnel. Et il faut beaucoup de petits princes pour éclairer le prince. »

On peut surtout se demander s'il est légitime que ce soit le président de la République qui choisisse le patron de l'Opéra de Paris et des autres grandes institutions culturelles nationales. Le ministre n'en est-il pas capable ? Au moment de choisir, en juillet 2014, un successeur à Muriel Mayette-Holtz, dont les sociétaires de la Comédie-Française, Denis Podalydès en tête, avaient depuis longtemps demandé la tête, François Hollande n'a laissé à personne le soin d'exercer son choix. Le chef de l'État s'est même beaucoup investi dans l'opération, recevant personnellement les deux excellents « finalistes », contrairement à la tradition

1. *Ibid.*

qui voulait que le chef de l'État ne reçoive que l'administrateur choisi : Éric Ruf, lui-même sociétaire, et Stéphane Braunschweig, directeur du Théâtre de la Colline et candidat quasi officiel de la ministre de la Culture d'alors, Aurélie Filippetti. Digne héritier de Louis XIV face à Molière, le président de la République nomme Éric Ruf. Denis Podalydès, qui soutenait la candidature de François Hollande en 2012, est content. Le sens de la décision de François Hollande n'était pas toujours aussi évident. Au moment de mettre sur pied ce qui deviendra la loi El Khomri sur le travail, ses ministres l'ont senti plus fluctuant dans un domaine où, davantage que pour nommer l'administrateur de la Comédie-Française, il aurait dû imposer sa volonté. Face à lui, deux camps se faisaient face, raconte son ministre de l'Économie, Michel Sapin[1] : d'un côté le Premier ministre Manuel Valls et le ministre des Finances, Emmanuel Macron, partisans d'un « choc psychologique » ; de l'autre Michel Sapin lui-même et Myriam El Khomri, ministre du Travail, qui disent au président de la République qu'« une vraie réforme n'est pas le fruit d'un choc mais doit être acceptée ». Dans l'affaire, François Hollande « ne tranche pas », reconnaît Michel Sapin. Avec tous les inconvénients politiques qui s'ensuivirent.

1. Entretien avec l'auteur, 19 juin 2017.

« François Hollande ne voulait pas exercer le pouvoir, a conclu son ancien conseiller Aquilino Morelle dans son livre, *L'Abdication*[1]. Il voulait seulement devenir président de la République. »

LE BON PLAISIR... DU PREMIER MINISTRE

Jacques Chirac avait-il un compte secret et un enfant caché au Japon ou au Liban ? Pour le savoir, la DGSE envoie quelques-uns de ses agents au Japon, en 2002. Sur ordre du Premier ministre de cohabitation, Lionel Jospin, ou pour plaire à Lionel Jospin, qui est encore le favori de l'élection présidentielle à venir ? Les interprétations divergent. Mais les services ne trouvent rien, ni enfant caché, ni argent dissimulé. Jacques Chirac, lui, est fou furieux. Par écrit et oralement, il s'en émeut à plusieurs reprises auprès du Premier ministre, se plaignant « d'affaires tout à fait importantes, utilisant les services de l'État pour déstabiliser le chef de l'État[2] », dans la perspective de l'élection présidentielle. Lionel Jospin a toujours nié. Les services de renseignement auraient donc fait du zèle.

1. Grasset, 2017.

2. *L'Incroyable Septennat*, de Marie-Bénédicte Allaire et Philippe Goulliaud. Fayard, 2002.

Leurs chefs ont en tout cas découvert cette évidence à leurs dépens : Jacques Chirac sait décider. Et virer. Le 5 mai, il est réélu président de la République face à Jean-Marie Le Pen. Le 3 juillet 2002, le patron de la DST, Jean-Jacques Pascal, est écarté. Trois semaines plus tard, c'est au tour de celui de la DGSE, Jean-Claude Cousseran.

« Chirac pouvait tuer avec le sourire », se souvient le général Jean-Louis Georgelin[1]. « Il n'était pas familier, mais il ne jouait pas au souverain, décrypte l'ancien ministre Jean-Jacques Aillagon[2]. Il n'avait pas le goût de l'apparat. Ou alors c'était un monarque débonnaire, un roi bourgeois. Mais c'était un chef de guerre. »

« Un chef, c'est fait pour cheffer », avait coutume de dire Jacques Chirac. « Contrairement à ce qu'on raconte, Chirac décidait. Il n'allait pas assez loin dans les réformes, mais il décidait avec une autorité naturelle », juge Jean-François Copé, qui fut son ministre du Budget[3]. « Il avait le sens de la décision, il arbitrait trois affaires en même temps », confirme Renaud Denoix de Saint Marc[4].

1. Entretien avec l'auteur, 21 juin 2017.
2. Entretien cité.
3. Entretien cité.
4. Entretien avec l'auteur, 14 février 2017.

Jacques Chirac pouvait même prendre des décisions contradictoires (on serait tenté de dire « abracadabrantesques »), comme ce 31 mars 2006 où, après des semaines de manifestations contre le CPE (contrat première embauche), projet de loi finalement adopté par le Parlement grâce à l'article 49-3, le président de la République s'exprime à la télévision pour annoncer que la loi sera promulguée, mais qu'elle sera appliquée plus tard, après modification. Un joli fait du prince qui fait fi, d'un seul coup, du Premier ministre Dominique de Villepin et du Parlement, mais qui a l'avantage de mettre fin à une crise sérieuse.

« Plus qu'un prince, c'était un chef, plutôt Henri IV que Louis XIV », confirme le journaliste Philippe Goulliaud[1], qui a suivi les deux mandats de Jacques Chirac pour l'AFP puis *Le Figaro*. « Il avait l'habitude d'être le chef, d'être écouté, respecté, ajoute-t-il. Il n'aurait pas compris que les choses ne se fassent pas comme il le voulait, et avait du mal à comprendre qu'on puisse ne pas faire ce qu'il voulait qu'on fasse. Mais il ne faisait pas de caprice sur la couleur des rideaux. » Pour l'intendance, il y avait la reine : Bernadette Chirac[2].

1. Entretien avec l'auteur, 15 juillet 2017.
2. Voir *infra*.

OÙ L'ON VOIT FRANÇOIS HOLLANDE S'APPRÊTER À DÉCORER DE LA LÉGION D'HONNEUR TOUTES LES VICTIMES DU 13 NOVEMBRE 2015

« Mes chers compatriotes, au moment où je m'exprime, des attaques terroristes d'une ampleur sans précédent sont en cours dans l'agglomération parisienne. Il y a plusieurs dizaines de tués, il y a beaucoup de blessés, c'est une horreur. » Le 13 novembre 2015, peu avant minuit, le président François Hollande prend la parole alors qu'on ne connaît pas encore le bilan exact de cette soirée pendant laquelle les terroristes islamistes ont frappé Saint-Denis et Paris. On déplorera 130 morts, dont 91 dans la salle de spectacle du Bataclan.

Quelques semaines plus tard, désireux de faire un geste fort, le chef de l'État décide de décorer de la Légion d'honneur, à titre posthume, les 130 victimes. Un bras de fer courtois s'engage avec le grand chancelier de la Légion d'honneur, le général Jean-Louis Georgelin, ancien chef d'état-major des armées. Celui-ci explique au président de la République que la Légion d'honneur n'a jamais été donnée à des victimes et qu'elle n'est pas faite pour cela.

Pourtant, François Hollande tient à son idée et, en dernier ressort, c'est lui qui tranchera. On s'attend donc à ce qu'il profite des vœux de janvier 2016 pour annoncer ces 130 décorations. Il n'en sera rien. Le général Georgelin a fini par convaincre le Président de renoncer, en lui apportant une contre-proposition car le prince ne saurait avoir le sentiment d'être désavoué, encore moins d'avoir cédé : le 12 juillet 2016, « sur proposition du grand chancelier de la Légion d'honneur », François Hollande signe un décret créant la Médaille nationale de reconnaissance aux victimes du terrorisme. Cette médaille, indique la grande chancellerie de la Légion d'honneur, « a vocation à manifester l'hommage de la Nation aux victimes du terrorisme sur le territoire national ou à l'étranger [...]. C'est une décoration particulière, puisqu'elle n'a pas vocation, contrairement à la Légion d'honneur ou à l'ordre national du Mérite, à récompenser les services rendus à la nation par les récipiendaires. Mais elle rend hommage aux victimes des actes terroristes dirigés contre la France ».

Sur le tapis rouge

« La République s'est assise sur le trône du roi. »

Alexis de TOCQUEVILLE

Il est donc là, l'heureux élu des Français, seul sur le tapis rouge, entre deux haies de gardes républicains en tenue d'apparat. Il marche vite, comme Nicolas Sarkozy, l'homme pressé. Ou très lentement, comme Emmanuel Macron, semblant vouloir respecter le rythme de la musique.

Ses proches et ses soutiens politiques ont pris place dans la Salle des fêtes, au milieu des « corps constitués » dont certains ont déjà plusieurs passations de pouvoir au compteur, et qui vont faire des comparaisons. Ceux qui partent sont déjà dans la cour, parfois des larmes plein les yeux.

On revoit le général de Gaulle, en jaquette, accueilli par René Coty, symbolisant le passage d'une République à une autre : « Le Premier des Français est désormais le premier en France. »

On revoit Georges Pompidou, accueilli par le président intérimaire Alain Poher. On revoit Valéry Giscard d'Estaing cassant le protocole pour arriver en costume de ville, et à pied, avec sa démarche de félin dominateur.

On revoit François Mitterrand, porteur de lendemains qui devaient chanter, face à Giscard qui repart à pied, injustement hué par la foule et payant pour longtemps le prix de la défaite.

On revoit Jacques Chirac, raccompagnant avec classe jusqu'à sa voiture le vieux président socialiste malade.

On revoit Nicolas Sarkozy, déhanché et triomphant, juste après l'arrivée de Cécilia et de leurs quatre enfants dans une ambiance glamour digne du Festival de Cannes.

On revoit François Hollande qui, avec une muflerie annonçant la suite, tourne les talons alors que Nicolas Sarkozy n'a pas encore redescendu les marches du Palais. Il reconnaîtra tardivement que c'était pour le moins malvenu.

Enfin, le 14 mai 2017, un dimanche (une première depuis Armand Fallières en 1906), Emmanuel Macron, le plus jeune de tous, succède au seul président ayant de lui-même renoncé à briguer un second mandat.

À quoi pense-t-il, le nouveau président de la République ? Un seul, Valéry Giscard d'Estaing, a tenté d'exprimer après coup ce sentiment unique, parlant d'« une émotion plus proche d'un rayonnement chaud que d'une timidité, une immense envie de bien faire, une vigueur qui semble jaillir directement de sa jeunesse [...] comme pour réaliser la fusion ardente de l'effort et du succès[1] ».

Tout, dans le décorum – le tapis rouge, les gardes républicains en pantalon blanc, sabre au clair, la musique, sans oublier une partie de la France devant la télévision –, donne à cette cérémonie républicaine un vieil air d'apparat monarchique. « La République s'est assise sur le trône du roi », disait Tocqueville. Qui pourrait jurer regarder la scène sans ressentir un peu d'émotion ?

Chaque nouveau président s'apprête à prononcer des phrases plus ou moins définitives. Collectif : « Il me faut le concours de ceux qui servent la République » (de Gaulle). Reconnaissant : « Mon devoir m'est tracé par l'exemple du général de Gaulle, comme il m'est dicté par la confiance que m'a manifestée le pays » (Georges Pompidou). Emphatique : « Voici que s'ouvre le livre du temps, avec le vertige de ses pages blanches » (Giscard). Polémique : « La majorité politique des Français, démocratiquement exprimée, vient de s'identifier à sa majorité sociale » (Mitterrand). Ambitieux : « En ce jour où je

1. *Le Pouvoir et la Vie*, tome I, Cie 12, 1988.

prends la responsabilité d'assumer la plus haute charge de l'État, je me sens dépositaire d'une espérance » (Chirac). Rassembleur : « Le 6 mai, il n'y a eu qu'une seule victoire, celle de la France qui ne veut pas mourir, qui veut l'ordre mais qui veut aussi le mouvement, qui veut le progrès mais qui veut la fraternité, qui veut l'efficacité mais qui veut la justice, qui veut l'identité mais qui veut l'ouverture » (Sarkozy). Volontariste : « Il n'y a pas de fatalité, dès lors qu'une volonté commune nous anime, qu'une direction claire est fixée et que nous mobilisons pleinement nos forces et nos atouts » (Hollande). Emmanuel Macron, enfin, le 14 mai 2017, inflexible : « Rien ne sera concédé à la facilité, ni au compromis. »

Puis le nouveau président serre les mains de tous ses invités. À ce moment, on a vu des larmes (celles de Pierre Mendès France face à François Mitterrand, celles de Gérard Collomb face à Emmanuel Macron), de l'émotion (l'accolade de Jacques Chirac à Philippe Séguin en 1995) et même des incongruités quand, en 2012, Valérie Trierweiler fit le tour de la Salle des fêtes avec François Hollande comme si elle occupait une fonction officielle. Doublement cruel, quand on connaît la suite.

Il reste au président quelques autres cérémonies protocolaires à respecter : rendre les honneurs, écouter *La Marseillaise*, remonter les Champs-Élysées, ranimer la flamme du Soldat inconnu, déjeuner avec ses proches, se rendre l'après-midi à l'Hôtel de Ville. Derniers moments de représentation et de relative légèreté, d'ivresse peut-être, avant la vertigineuse plongée dans la réalité du pouvoir.

La Constitution ne donne pas au chef de l'État des pouvoirs exceptionnels. La plupart de ses décisions sont soumises au contreseing de son Premier ministre. Il lui reste la nomination du Premier ministre, le droit de dissolution, l'article 16 sur les pleins pouvoirs, le référendum.

Et pourtant… Entre l'adoption de la Constitution de la Ve République et 2017, il y a eu la réforme de 1962 et l'élection du président au suffrage universel, ce qui change tout. Entre les textes et la pratique, il existe un fossé. D'autant que le peuple, officiellement avide de normalité, de participation et de transparence, en redemande. « Nous sommes une nation monarchique et régicide, analyse l'historien Michel Winock[1]. Nous n'avons pas beaucoup d'aptitude à la démocratie. Le régime naturel des Français, c'est le bonapartisme, mais davantage Napoléon III que Napoléon Ier. Les Français veulent un homme providentiel qui mette tout le monde en rangs. La Ve République donne au président des pouvoirs sans commune mesure avec ceux des autres présidents. Même celui des États-Unis, État fédéral avec un Congrès puissant, n'a pas autant de pouvoir. »

1. Entretien avec l'auteur, 15 mars 2017.

Les Français, divisés et querelleurs depuis l'origine (relire *La Guerre des Gaules* de Jules César !), vivent dans une schizophrénie permanente : ils reprochent à leurs dirigeants de se conduire comme des monarques, mais ne supportent pas d'avoir un président « normal », qui met sa cravate de travers, prend le train avec les touristes, malmène la langue française ou monte en short (et en sueur) les marches du perron de l'Élysée après son jogging. À cet égard, les deux prédécesseurs d'Emmanuel Macron ont porté l'exaspération à l'extrême. « Dans la population française, ajoute Michel Winock, il y a cet appel à un homme supérieur, à un père. »

Le revers de la médaille, c'est que les ors et les usages de la monarchie républicaine peuvent monter à la tête du prince et provoquer quelques sévères pathologies. On a donc pu voir, au fil des septennats puis des quinquennats, un président mener une double vie aux frais de la République, faire mander des pistolets dans un musée de province pour les remettre à un hôte étranger ou envoyer un avion chercher son fromage préféré. On a vu des présidents utiliser à tort et à travers les avions de la République, faire repousser l'âge de la retraite d'un ami, veiller de très près à la carrière de leurs enfants ou vouloir à tout prix trouver un rôle à leur épouse.

« L'Élysée n'est pas armé pour diriger l'État », remarque Renaud Denoix de Saint Marc[1], secrétaire général du gouvernement de 1986 à 1995. L'Administration est sous les ordres de Matignon, en effet. Mais le Pouvoir avec un P majuscule se situe bien à l'Élysée. Ministres et conseillers des princes, fascinés, l'ont observé de près. « C'est un pouvoir absolu, consubstantiel à l'élection du président au suffrage universel, ce qui lui donne un caractère presque sacré, qui reste dans l'esprit des Français et qui est reconnu même par ses opposants[2] », analyse Michel Sapin, ministre de cohabitation de Jacques Chirac, puis de François Hollande. « À l'Élysée, j'ai vu la toute-puissance », dit Pierre Charon, conseiller de Nicolas Sarkozy[3]. « Le fait du prince peut tout bousculer », analyse Franck Louvrier, lui aussi auprès de Nicolas Sarkozy pendant cinq ans[4]. « Très importantes ou peu importantes, toutes les décisions sont prises par le président de la République », a constaté Roselyne Bachelot[5]. Michel Charasse, qui se partagea entre l'Élysée et le gouvernement au temps de François Mitterrand, ne dit pas le

1. Entretien cité.
2. Entretien cité.
3. Entretien avec l'auteur, 16 décembre 2016.
4. Entretien cité.
5. Entretien avec l'auteur, 2 juillet 2017.

contraire[1] : « Les Français ont besoin d'être gouvernés et en même temps les élites et les médias ne supportent pas l'autorité. Le président doit exercer l'autorité, c'est comme cela qu'il peut être un président "normal", c'est-à-dire qui fait son travail. Le président gouverne. La Constitution dit "par son arbitrage". Donc, il tranche. Sur quel terrain de football interdit-on à l'arbitre d'intervenir ? »

Alors, oui, quand il gravit la faible pente de la cour de l'Élysée, le jour de son intronisation, tout est fait pour que le Président se prenne, sinon pour le roi, du moins pour un prince.

1. Entretien avec l'auteur, 22 février 2017.

Emmanuel Macron dans le « siège vide » du roi

> « À qui peut se vaincre soi-même, il est peu de chose qui puisse résister. »
>
> Louis XIV

Le jeune président de la République que les Français ont choisi le 7 mai 2017 est à lui seul le fruit d'un fait du prince : n'ayant jamais été élu auparavant, pas même simple conseiller municipal, n'ayant jamais exercé de responsabilités dans un parti, n'ayant gardé que trois ans, entre 2006 et 2009, sa carte du Parti socialiste, Emmanuel Macron est politiquement vierge lorsque François Hollande fait de lui, en mai 2012, le secrétaire général adjoint de l'Élysée. Sa jeunesse, trente-cinq ans, son physique de jeune premier, sa proximité avec le philosophe Paul Ricœur attirent immédiatement l'attention et les caméras. Ce conseiller-là ne ressemble pas aux autres. Il est énarque et inspecteur des finances, certes. Mais au milieu de tant d'apparatchiks et de vieux élus ayant planché sur toutes les motions de synthèse du PS depuis trois décennies, il détonne. Le fait qu'il ait épousé une femme de vingt-quatre ans son aînée aiguise aussi la curiosité. Mais, pour les Français, il demeure un étranger.

Par dépit, dégoût ou déception, Emmanuel Macron quitte l'Élysée assez vite, dès le 10 juin 2014. Lors de son pot de départ, dans la Salle des fêtes de l'Élysée, il assure devant témoins qu'il fera tout pour aider François Hollande à être réélu en 2017. Un François Hollande qu'il a beaucoup observé, depuis son bureau situé sous les combles du Palais, comme il a scruté le fonctionnement de l'État et la manière d'exercer le pouvoir. Il en a tiré d'innombrables conclusions. Mais aussi une ambition. Cela, on ne le comprendra que plus tard. Pour l'heure, c'est un retour probable dans le privé qui se dessine pour l'ancien banquier de chez Rothschild.

Les astres alignés en sa faveur en décident autrement : le 26 août 2014, François Hollande nomme Emmanuel Macron ministre de l'Économie, de l'Industrie et du Numérique, après avoir renvoyé dans ses foyers le trop insolent Arnaud Montebourg[1]. En suivant le conseil

1. Ministre de l'Économie et du Redressement productif, Arnaud Montebourg avait défié François Hollande à Frangy, brandissant une bouteille de vin en lui promettant « une cuvée du redressement ».

de son secrétaire général Jean-Pierre Jouyet (qui, sur le perron de l'Élysée, annonce la nomination d'Emmanuel Macron avec un petit sourire complice), le président de la République réintroduit dans la place l'homme qui va provoquer son abandon et qui, pourtant, dans cette incroyable aventure, ne serait pas président sans lui.

Avec François Hollande, Emmanuel Macron présente une différence de taille : dès la première seconde, il est entré dans le costume. « Aujourd'hui, quiconque regarde Emmanuel Macron voit bien qu'il a la tête d'un président », estime François Bazin[1], grand spécialiste de la gauche française et auteur de *Rien ne s'est passé comme prévu – Les cinq années qui ont fait Macron*[2], ajoutant : « Ce n'était pourtant pas évident au vu de son âge et de son inexpérience. En 2012, dans des circonstances comparables, François Hollande n'y était pas parvenu, preuve qu'il ne suffit pas d'être élu et d'avoir une majorité pour devenir vraiment président. »

Emmanuel Macron, qui avait marqué sa préférence pour un « président jupitérien[3] » avant même d'être élu, ne perd pas une seconde pour enfiler les habits du président de la République. On le voit, impérial au soir de sa victoire, marchant seul dans la cour du Louvre, tel

1. Dans *L'Opinion*, 3 juillet 2017.
2. Robert Laffont, 2017.
3. Dans *Challenges*, 16 octobre 2016.

François Mitterrand multipliant les roses au Panthéon le 21 avril 1981. Avec une différence notable : ce jour-là, Mitterrand venait d'être investi président de la République. Le 7 mai, Emmanuel Macron ne l'est pas encore et règle néanmoins au millimètre une mise en scène totalement monarchique, illustrant dès les premières minutes le poids de la solitude du pouvoir ainsi qu'une volonté de distance. Une semaine plus tard, le jour de son investiture, il remonte les Champs-Élysées en command-car pour qu'on comprenne bien que c'est lui, le chef. Les militaires, alors, adorent le geste, complété l'après-midi même par une visite, à l'hôpital militaire de Percy, à des soldats français blessés dans des opérations extérieures. Le jeune président ne guérit pas les écrouelles, mais le cœur y est.

On le voit ensuite successivement accueillir le président russe Vladimir Poutine à Versailles, lieu symbole entre tous de la monarchie, puis en mettre plein la vue au président américain Donald Trump le 14 juillet 2017. « J'ai voulu insister avec lui sur la cohérence historique de l'action de la France », explique-t-il à ce propos dans *Le Journal du Dimanche*[1].

Rien, chez Emmanuel Macron, ne semble relever du hasard. Tout semble avoir été préparé, réfléchi, aligné au cordeau. Deux ans avant son élection, dans

1. 16 juillet 2017.

l'hebdomadaire *Le 1*, il avait tenu des propos qui en disaient déjà long sur ses ambitions mais aussi sur sa conception de la présidence de la République : « Il y a dans le processus démocratique et dans son fonctionnement un absent. Dans la politique française, cet absent est la figure du Roi, dont je pense fondamentalement que le peuple français n'a pas voulu la mort. La Terreur a creusé un vide émotionnel, imaginaire, collectif : le Roi n'est plus là ! On a essayé ensuite de réinvestir ce vide, d'y placer d'autres figures : ce sont les moments napoléonien et gaulliste, notamment. Le reste du temps, la démocratie française ne remplit pas l'espace. On le voit bien avec l'interrogation permanente sur la figure présidentielle, qui vaut depuis le départ du général de Gaulle. Après lui, la normalisation de la figure présidentielle a réinstallé un siège vide au cœur de la vie politique. Pourtant, ce qu'on attend du président de la République, c'est qu'il occupe cette fonction[1]. »

Tout est dit. Emmanuel Macron s'est installé le 14 mai dans le « siège vide » laissé par le général de Gaulle, dont il revendique l'influence, avec celle de Pierre Mendès France. Il a choisi le bureau du Général, même s'il préfère aller travailler seul (surtout la nuit, dit-on) dans le bureau de Valéry Giscard d'Estaing puis des

1. *Le 1*, 8 juillet 2015, en réponse à Éric Fottorino, Laurent Greilsamer et Adèle Van Reeth.

conseillers Henri Guaino, auprès de Nicolas Sarkozy, et Aquilino Morelle, auprès de François Hollande. Là, dans le Salon d'angle de l'aile est du Palais, qui fut la chambre à coucher de l'impératrice Eugénie, il a installé la Marianne modernisée dessinée par Shepard Fairey, avec la devise de la République, *Liberté Égalité Fraternité*, et choisi pour le sol un tapis moderne des Gobelins, avec des motifs géométriques.

En campagne, Emmanuel Macron n'a pas promis la lune. Pas même d'inverser la courbe du chômage, comme l'avait fait imprudemment François Hollande. Le temps est loin où Valéry Giscard d'Estaing assurait ouvrir « une ère nouvelle de la politique française » ; où François Mitterrand prévoyait de « changer la vie » ; où Nicolas Sarkozy se faisait fort de provoquer une « rupture ». Pour la France de 2017, le bonheur n'est plus à l'ordre du jour. Dans ses interminables discours de campagne, proches des sermons des télévangélistes, Emmanuel Macron a promis des têtes nouvelles, une manière nouvelle de faire de la politique (une promesse vieille comme la politique elle-même)... et de dispenser de taxe d'habitation 80 % des foyers français. On ne rêve décidément plus comme avant, mais le candidat d'En marche ! a compris que les Français voulaient donner un coup de balai historique. Une fois éliminés Nicolas Sarkozy et Alain Juppé à droite, puis Manuel Valls à gauche, après avoir découragé François

Hollande de briguer un nouveau mandat[1], il restait à Emmanuel Macron à battre François Fillon, affaibli par les « affaires ». Triompher de Marine Le Pen, au second tour, ne serait plus ensuite qu'une formalité.

Vainqueur de ce *strike* historique, de ce hold-up du siècle, le nouveau président de la République veut donc, si l'on a bien compris, présider autrement. Pourtant, soucieux de « verticalité » dans l'exercice du pouvoir, Emmanuel Macron semble surtout vouloir s'occuper de tout. Le Président préside et le Premier ministre gouverne ? Aimable fiction. Comme ses prédécesseurs, le nouveau président de la République a éclipsé son Premier ministre en s'exprimant à Versailles devant le Parlement réuni en Congrès, vingt-quatre heures avant le discours de politique générale d'Édouard Philippe devant l'Assemblée nationale. Certes, chacun était dans son registre, Emmanuel Macron présentant le menu et Édouard Philippe s'agitant aux cuisines. Mais ce chef du gouvernement aura bien du mal à ne pas être, comme François Fillon avant lui, un simple « collaborateur » du président de la République.

Emmanuel Macron est « convaincu, confie un membre de son cabinet, que la fonction présidentielle, dans les institutions de la Ve République, dans l'imaginaire et le

1. François Hollande annonce le 1er décembre 2016 qu'il ne se représentera pas à l'élection présidentielle.

désir des Français, a besoin d'être habitée[1] ». C'est là que le guette le risque du passage de l'autorité, dont toutes les études d'opinion disent qu'elle est plébiscitée par les Français, surtout après le quinquennat de François Hollande, à l'autoritarisme. À cet égard, l'épisode qui a opposé le chef de l'État et chef des armées au général Pierre de Villiers, chef d'état-major des armées, lui a fait dépasser la ligne rouge. Le 13 juillet, le chef d'état-major ayant exprimé brutalement ses réserves sur le budget des armées (« Je n'ai pas l'intention de me faire baiser », a-t-il déclaré dans son langage de cavalier) devant la commission de la Défense de l'Assemblée nationale, le chef de l'État lui répond. Pas en tête-à-tête, dans la discrétion de son bureau, pour remettre les pendules à l'heure. Mais en public, lors de la garden-party annuelle du ministère des Armées à l'hôtel de Brienne, le 13 juillet : « Je considère, pour ma part, déclare Emmanuel Macron devant un parterre d'officiers galonnés et de journalistes, qu'il n'est pas digne d'étaler certains débats sur la place publique. J'ai pris des engagements. Je suis votre chef. Les engagements que je prends devant nos concitoyens et devant les armées, je sais les tenir. Et je n'ai à cet égard besoin de nulle pression et de nul commentaire. De mauvaises habitudes ont parfois été prises sur ces sujets, considérant qu'il

1. Entretien avec l'auteur, 27 juillet 2017.

devait en aller des armées comme il en va aujourd'hui de nombreux autres secteurs. Je le regrette. J'aime le sens du devoir. J'aime le sens de la réserve qui a tenu nos armées où elles sont aujourd'hui. Et ce que j'ai parfois du mal à considérer dans certains secteurs, je l'admets encore moins lorsqu'il s'agit des armées. » Commentaire du général Georgelin, l'un des prédécesseurs de Pierre de Villiers : « C'est une faute de commandement caractérisée. On ne critique pas un subordonné devant ses propres subordonnés[1]. » Qualifier ensuite cette affaire de « tempête dans un verre d'eau[2] » n'arrangera pas les choses.

« Je suis votre chef » : la phrase (dite et répétée) s'adresse aux militaires, mais beaucoup d'autres ont pu la prendre pour eux. Les ministres, qui passent allègrement par-dessus l'hôtel Matignon car ils ont bien compris que, comme sous les précédents mandats, c'est à l'Élysée que se feront les principaux arbitrages. Mais aussi les députés de La République en marche[3], qui ont effectué au Palais-Bourbon des débuts d'un amateurisme confondant, parfois mêlé d'un brin de condescendance pour les élus plus anciens.

Autoritaire, Emmanuel Macron est guetté par l'autoritarisme qui, en cas de crise grave, dans le pays ou dans

1. Entretien cité du 19 juillet 2017.

2. *Le Point* du 7 septembre 2017.

3. Nom du mouvement politique ayant succédé à l'étiquette des campagnes électorales, En marche !.

les relations internationales, n'aurait pas que des vertus. « Peu de choses l'étonnent dans l'exercice du pouvoir », risque une de ses conseillères. Étrange aveu : quand rien ne vous surprend à moins de quarante ans, bien des faux pas vous guettent. Et le risque est grand que des décisions soudaines et diverses, comme la baisse des APL (allocations logement) ou le choix de journalistes autorisés à suivre le chef de l'État à l'étranger, mesure vite abandonnée, passent pour des caprices. Emmanuel Macron doit donc savoir que, pour se différencier de ses prédécesseurs, il lui faudra surtout redonner confiance à un pays qui ne s'aime plus, réconcilier la France privilégiée et la France qui, très souvent à juste titre, se sent abandonnée, faire des réformes que les Français ne ressentent pas comme autant de saignées. Et obtenir des résultats tangibles et pas seulement en faisant baisser le chômage. Gérer, en manager, l'équipe gouvernementale comme une entreprise ne suffira pas à la tâche. Pour l'instant, les Français ont compris qu'ils avaient un chef, comparé astucieusement à Napoléon Bonaparte par le journaliste Jean-Dominique Merchet[1]. Il n'est pas certain qu'ils aient encore bien saisi le chemin sur lequel le président de la République, qui dénonce les « fainéants », les intellectuels et les éditorialistes, et ne résiste pas à de petits moments d'arrogance, entend les conduire.

---

1. *Macron, Bonaparte*, Stock, 2017.

Ah ! Mon beau château

« Monsieur le baron était un des plus puissants seigneurs de la Westphalie, car son château avait une porte et des fenêtres. »

VOLTAIRE, *Candide*

Le président de la République s'avance, majestueux et solitaire, entre deux rangées de gardes républicains. Nicolas Sarkozy, François Hollande ou Emmanuel Macron, qu'importe. Nous sommes à Versailles, symbole absolu de la monarchie, Versailles dont la République n'a jamais réussi à se déprendre.

Sans même parler du traité de Versailles signé en 1919 pour le meilleur et pour le pire, la France a gardé avec son royal château une relation ambiguë. Pour sa première invitation d'un chef d'État étranger, en mai 2017, Emmanuel Macron décide de marier Vladimir Poutine avec le Grand Trianon. Une exposition sur Pierre le Grand sert de prétexte au choix du lieu. Il n'est pas interdit d'y voir une manière d'honorer un hôte contesté, voire de le regarder de haut et de lui en mettre plein la vue tout en lui assénant quelques vérités dont la diplomatie n'est pas toujours familière.

Au printemps 1961, tout l'apparat de la République monarchique est de sortie pour la réception de John et Jackie Kennedy, accueillis par le général de Gaulle dans la galerie des Glaces. En 1982, pour son premier G7, François Mitterrand reçoit à Versailles les « grands » du monde d'alors : l'Américain Ronald Reagan, la Britannique Margaret Thatcher, l'Allemand Helmut Schmidt, l'Italien Giovanni Spadolini, le Canadien Pierre Elliott Trudeau, père de Justin, et le Japonais Zenkō Suzuki. Le dîner a lieu dans le salon des Jardins, avant le feu d'artifice. À gauche, beaucoup s'étranglent devant ce faste, ce luxe, ces dépenses et cette jouissance visible du roi de France élu le 10 mai 1981 pour donner le pouvoir au peuple. De retour à l'Élysée, Mitterrand n'est pas très satisfait du bilan politique du sommet, mais très heureux de son organisation : « Je ne regrette pas d'avoir choisi Versailles, dit-il devant Jacques Attali[1]. Il faut bien recevoir les hôtes de la France. Qu'aurait-on dit si le Sommet

1. *Verbatim I*, Fayard, 1993.

s'était déroulé à Hénin-Liétard[1] ? Que nous faisions honte à la France... »

Étrange symbole : à Versailles où se signent les actes de défaite comme en 1871 et de victoire provisoire comme après la Première Guerre mondiale, les IIIe et IVe Républiques avaient choisi d'élire leurs présidents. C'est aussi à Versailles que les deux assemblées réunies en Congrès continuent de voter les modifications constitutionnelles. C'est à Versailles, depuis 2008, que les présidents de la République, qui n'avaient jusqu'alors qu'un droit de message aux parlementaires, lu par le président de l'Assemblée, peuvent venir s'adresser directement à eux. Ils ne s'en privent pas.

Nicolas Sarkozy, qui est à l'origine de cet ajout à l'article 18 de la Constitution, rêvait de pouvoir se rendre directement devant le Sénat et surtout l'Assemblée nationale, où il avait été un député très modérément actif, puis un ministre de l'Intérieur et de l'Économie brillant et combatif, capable comme personne de ressouder la majorité derrière lui lors des séances de questions d'actualité. Il aimait, comme

1. Commune du Pas-de-Calais devenue Hénin-Beaumont en 1971 après fusion, et rendue célèbre par la victoire d'un maire Front national, Steeve Briois, en 2014.

beaucoup d'autres, l'adrénaline que procure l'hémicycle à ceux qui savent en jouer, comme des artistes se transcendent sur scène.

Mais le Président entrant dans l'hémicycle du Palais-Bourbon, non, vraiment, ça n'était pas possible alors que règne la séparation des pouvoirs. Le compromis du Congrès fut donc imaginé, et c'est à Versailles que se trouve un hémicycle capable d'accueillir 925 parlementaires.

Le Palais des congrès de la porte Maillot ferait tout aussi bien l'affaire ? Pas assez somptueux pour les présidents. Nicolas Sarkozy, le 22 juin 2009, inaugure l'exercice et vient parler de la crise financière et de la situation du pays. François Hollande, le 16 novembre 2015, après les tragiques attentats de Paris, annonce son projet de déchéance de nationalité, qui lui reviendra comme un boomerang. L'un comme l'autre, racontent les fonctionnaires de l'Assemblée nationale, avaient soigneusement organisé ce qu'il faut bien appeler leur entrée en scène, et donné des consignes strictes : surtout, il ne devait y avoir à l'image que le Président et les gardes républicains. Toute autre personne aurait altéré le tableau majestueux que l'un et l'autre voulaient adresser au bon peuple. Il faut toujours de belles photos, de belles images pour la grande joie de *Paris Match*.

Le 3 juillet 2017, pour sa première adresse aux parlementaires et aux Français, Emmanuel Macron inaugura ce qui devrait être désormais son « discours sur l'état de l'Union » à la française, tel que le prononce chaque année le président des États-Unis devant le Congrès. La longueur du discours philosophico-politique (quatre-vingt-dix minutes !) valut au nouveau président de la République, le temps d'un après-midi, le surnom de « Roi-Sommeil ».

Avant la Ve République, Louis-Napoléon Bonaparte, devenu président de la République, avait l'obligation constitutionnelle de s'adresser au Parlement. Il s'acquitta de cette tâche le 7 juin 1849, le 12 novembre 1850 et le 4 novembre 1851. Ce jour-là, preuve qu'il n'y a jamais rien de nouveau sous le soleil, il déclara : « Partout le travail se ralentit, la misère augmente, les intérêts s'effrayent et les espérances antisociales s'exaltent à mesure que les pouvoirs publics affaiblis approchent de leur terme. » Il répondit à ce qu'il décrivit comme un « malaise général » par le coup d'État du 2 décembre 1851.

Avec les présidents de la République, tout a commencé par un malentendu. Quand, en 1848, les Français choisissent pour la première fois au suffrage universel (sans les femmes) leur président de la République, ils votent pour un Bonaparte. Choisir pour président le descendant d'un empereur, voilà bien le cœur des contradictions françaises. D'ailleurs, on nomme Louis-Napoléon Bonaparte le « prince-président », remarque l'historien Bruno Fuligni[1]. Jusqu'à ce qu'arrive ce qui devait arriver : de président, il devient empereur après ce coup d'État du 2 décembre 1851 que, toute sa vie, François Mitterrand eut présent à l'esprit sans parvenir à livrer, faute de temps, le livre qu'il avait rêvé d'écrire. Aucun président n'est allé jusqu'à rêver de s'installer là où régna Louis XIV et où Marie-Antoinette, dit-on, se demanda un jour pourquoi le peuple en quête de pain ne mangeait pas de la brioche. Pourtant, quitter l'Élysée les a presque tous effleurés.

LE COUP D'ÉTAT DE LA LANTERNE

Nicolas Sarkozy, en mettant la main sur la résidence de La Lanterne, jusqu'alors dévolue aux Premiers ministres, a cédé à la tentation en s'installant le week-end au fond du parc. « Le plus gros fait du prince, c'est La Lanterne ! » s'exclame Myriam Lévy, chargée de la communication à Matignon auprès de François Fillon. Nicolas Sarkozy n'était pas encore investi président quand il a décidé d'en faire « sa » résidence, contraignant Dominique de Villepin et son épouse Marie-Laure à déguerpir dans les meilleurs délais, comme

1. Entretien avec l'auteur, 17 février 2016.

le raconte Émilie Lanez dans *La Garçonnière de la République*[1].

Trois jours après son élection, alors qu'il croise au large de Malte sur le yacht de Vincent Bolloré, Nicolas Sarkozy téléphone à Bruno Le Maire, directeur de cabinet du Premier ministre sortant, Dominique de Villepin : « Je voudrais la Lanterne. Dis-moi, elle est comment la maison, maintenant ? C'est bien, hein ? On y est bien ? Cécilia y tient beaucoup. Je te demande de prévenir Dominique. On se reparle. »

Il ne sera pas nécessaire d'en reparler, sa décision est prise. Nicolas Sarkozy ferait n'importe quoi pour tenter de reconquérir Cécilia, qui regarde ailleurs. C'est donc à La Lanterne que se compose en partie le futur gouvernement. Pauvre François Fillon, qui vient en invité alors qu'il aurait dû, comme ses prédécesseurs, devenir le maître des lieux ! « T'as vu, hein, t'as vu ? » répète le nouveau président à ses hôtes avec, comme à son habitude, force bourrades. Le 25 février 2008, recevant à l'Élysée l'équipe et les invités du *Parisien-Aujourd'hui en France* pour un « Face aux lecteurs », il ira jusqu'à leur dire, évoquant son tout récent mariage avec Carla Bruni : « Vous savez, on a une petite maison à Versailles… » Une petite maison que François Hollande et Emmanuel Macron se sont bien gardés de rendre au Premier ministre…

---

1. Grasset, 2017.

DIS-MOI D'OÙ TU COMMANDES

Il suffit de regarder les images de l'Élysée pour comprendre. Comment, au XXIe siècle, peut-on travailler normalement dans des locaux pareils ? Le bureau du président de la République, encombré par les papiers mais où, jusqu'ici, on cherchait souvent en vain la trace d'un ordinateur, est tout sauf pratique. Les lourdes portes, les escaliers, les conseillers dont certains travaillent sous les combles (Arnaud Montebourg les appelle « les soupentistes », non sans un certain dédain), d'autres dans les rues adjacentes, rien n'est fait pour rendre « moderne », aurait dit Valéry Giscard d'Estaing, l'exercice du pouvoir.

Au début du mandat d'Emmanuel Macron, ses collaborateurs avaient découvert, effarés, que l'annexe de l'hôtel de Marigny n'était toujours pas relié au haut débit internet. Mais, note l'un d'eux pour rendre la situation plus positive, « vous sentez très vite à l'Élysée que vous êtes de passage, cela donne beaucoup d'humilité de savoir que ça a commencé avant vous et que ça continuera après vous[1] », parlant du « supplément d'âme » que l'on ressent dans cette vieille maison surannée.

1. Entretien avec l'auteur, 27 juillet 2017.

Ce qui est vrai pour le Président l'est aussi pour les ministres. Roselyne Bachelot, qui fut ministre de Jacques Chirac puis de Nicolas Sarkozy, raconte[1] son arrivée à l'hôtel de Castries, rue de Varenne, quand elle fut en charge des Solidarités et de la Cohésion sociale. Il ne fallait pas trop regarder dans les coins car tous ces beaux bâtiments, venus tout droit de l'Ancien Régime, tombent plus ou moins en ruine. Mais le bureau du ou de la ministre est, lui, comme neuf. « Quand je levais la tête de mon bureau, raconte-t-elle, je voyais le parc, le jet d'eau… On ne peut pas se comporter normalement dans ces locaux-là. » Les conseillers du Président, comme ceux du Premier ministre, se moquent d'ailleurs de rejoindre des bureaux exigus où, parfois, le wi-fi marche mal. Ils pourraient être plus à leur aise dans les locaux annexes de la rue de l'Élysée ou de la rue de Varenne face à Matignon. Mais non. « Il faut être là », raconte Roselyne Bachelot qui s'étonna, un jour, de croiser un conseiller du Premier ministre coincé dans une soupente sous le grand escalier de Matignon. Si le prince-Président ou le prince-Premier ministre appelle, il faut surtout ne pas le faire attendre. Et être sûr de ne rater aucun bruit de couloir.

Le sujet n'est pas nouveau. Sous la IIIe République, le président Jean Casimir-Perier, le plus jeune de tous

1. Entretien cité.

hormis Louis-Napoléon Bonaparte et jusqu'à l'élection d'Emmanuel Macron, préférait recevoir les hôtes étrangers dans son château de Vizille, près de Grenoble. C'est même de là qu'il promulgua des lois, non sans provoquer des polémiques.

Arrivant à l'Élysée, le général de Gaulle envisage de s'installer à Vincennes. François Mitterrand songe aux Invalides (dont il fera redorer le dôme en même temps que les colonnes du pont Alexandre-III pour le bicentenaire de la Révolution, en 1989), en jugeant que l'Élysée est « la plus petite résidence présidentielle d'Europe[1] », avec tout de même 365 pièces entre lesquelles les conseillers d'Emmanuel Macron n'ont pas encore cessé de se perdre. Plus tard, rencontrant à Bonn, alors capitale de la République fédérale d'Allemagne, le chancelier Helmut Kohl, François Mitterrand lui demande où il habite. « Je loue un petit appartement en ville », répond le chancelier. Stupeur du président français qui n'avait jamais un sou en poche et encore moins une carte bleue : payer un loyer ? Comment une telle aberration est-elle possible ? Quelque temps plus tard, racontera un ministre allemand au président de la Fondation Robert-Schuman, Jean-Dominique Giuliani[2], les voisins d'Helmut Kohl virent des agents des services français peu discrets venir vérifier sur place la

1. Jacques Attali, *op. cit.*
2. Entretien avec l'auteur, 30 juin 2017.

véracité des affirmations du chancelier-locataire. Celui-ci avait dit vrai au monarque français.

Valéry Giscard d'Estaing avait, lui, un faible pour le château de Rambouillet, où il se serait peut-être installé s'il avait eu à subir une cohabitation avec la gauche en 1978. Pour quelques sièges, il y échappa. « C'est le château où, comme lui, son cher Louis XV et Louis XVI aimaient venir chasser et s'isoler », raconte Marie-Amélie Lombard-Latune dans *Le Deuil du pouvoir*[1]. Qu'il y convoque un sommet européen de chefs d'État et de gouvernement et « pour ses adversaires, la cause est entendue : "Giscard se prend vraiment pour le roi[2]." » À sa décharge, il ne fut pas le seul. Valéry Giscard d'Estaing aimait aussi Chambord, ce caprice de François Ier, mais pour y chasser le cerf et le sanglier.

En 2007, l'architecte Roland Castro avait eu l'idée de transférer le lieu du pouvoir à Saint-Denis. Pas côté basilique abritant les tombes de rois de France, qui fascinaient tellement François Mitterrand qu'il les aurait bien rejointes et où Philippe Besson nous apprend qu'Emmanuel Macron est allé se recueillir après sa déclaration de candidature[3]. Mais côté banlieues

---

1. Sous la direction d'Alexis Brézet et Solenn de Royer, Perrin, 2017.

2. *Ibid.*

3. *Un personnage de roman*, Julliard, 2017.

populaires et oubliées. Il proposait même de déménager tous les grands ministères pour installer la Culture à Vitry-sur-Seine (Val-de-Marne), l'Intérieur à Rosny-sous-Bois (Seine-Saint-Denis), les Affaires étrangères à La Courneuve (Seine-Saint-Denis) et l'Éducation nationale à Châtillon (Hauts-de-Seine). Au-delà du symbole, Roland Castro proposait de libérer 150 hectares dans Paris et d'y construire des logements sociaux. Propositions sans lendemain.

Une fois élu, Nicolas Sarkozy pense regrouper tous les services présidentiels à l'École militaire. Il imagine aussi, raconte son ministre Roger Karoutchi[1], faire construire deux tours : l'une pour le pouvoir exécutif, l'autre pour le législatif. Deux tours à la Défense, par exemple, plus pratiques, mieux équipées pour les nouvelles technologies, plus modestes aussi. On aurait presque pu imaginer croiser au self le ministre en compagnie du personnel, comme dans les pays scandinaves ou la série *Borgen*. Mais il aurait fallu pour cela lancer des travaux et dépenser de l'argent. Ce n'était plus la mode. Et les hôtes étrangers méritent bien, estime le prince, d'être reçus dans un palais.

Va donc pour l'Élysée, ses moquettes parfois élimées, ses dédales, ses alcôves propices aux complots, ses huissiers à chaîne chargés de « gueuler » *Monsieur le président de la République !* quand celui-ci entre dans une

1. Dans *À quoi servent les députés ?* de l'auteur, Larousse, 2008.

réception ou une réunion. Recevant un groupe de lecteurs du *Parisien*, après les émeutes dans les banlieues en 2005, Jacques Chirac aurait pu entendre, s'il n'avait pas été déjà un peu sourd, la remarque de l'un de ses hôtes d'un jour : « Il n'y a même pas de double vitrage… » Inutile, il est vrai, dans ce bureau si loin des rumeurs de la ville. À son arrivée à l'Élysée, en 1995, Jacques Chirac avait étonné ses collaborateurs, ce qui en dit long sur l'étiquette, en faisant lui-même des photocopies ou en allant prendre une bière dans un réfrigérateur. Une Corona, comme il se doit, jusqu'à ce qu'on lui signale gentiment qu'il fallait boire français. La légende dit d'ailleurs qu'il se fit ensuite servir à table de la Corona dans des bouteilles de Kronenbourg. Ce que lui fit un jour remarquer l'ancien ministre gaulliste Yves Guéna, lui reprochant de servir dans le même temps à ses invités à déjeuner un très mauvais vin de Corrèze.

Sensible aux lieux de pouvoir, Emmanuel Macron a, raconte son entourage, soigneusement choisi où recevoir ses différents interlocuteurs, tant « on ne dit pas la même chose selon l'endroit où l'on reçoit ». Versailles pour Poutine, les Invalides et un dîner à la tour Eiffel pour Donald Trump, et le château de La Celle-Saint-Cloud pour accueillir en juillet les frères ennemis libyens, le politique Fayez al-Sarraj et le militaire Khalifa Haftar. Tel un monarque allant de palais en palais en son royaume…

Je fais ce que je veux

« Ce qui plaît au prince a force de loi. »
Domitius ULTIANUS, 215 apr. J.-C.

« Toi, tu es le Roi-Soleil, tu peux tout faire ! » lança un jour la chancelière allemande Angela Merkel à Nicolas Sarkozy. Vu des autres pays européens, le président de la République française est une sorte d'OVNI, qu'ils moquent et redoutent à la fois. Nommer, dissoudre, s'arroger les pleins pouvoirs, partir en guerre, ne rendre des comptes que quand il le décide… « Même le roi de France n'avait pas ce pouvoir ! » s'exclame Jean-Dominique Giuliani[1]. Pour en avoir souvent parlé avec ses homologues des autres pays, il ajoute : « Personne ne comprend cela en Europe. Les autres responsables politiques sont fascinés par ce président qui est à la fois la reine d'Angleterre et le Premier ministre. »

1. Entretien cité.

Jean-Dominique Giuliani remarque même que les institutions de la Ve République sont exorbitantes au regard du droit commun européen : « Si l'on devait soumettre l'article 16[1] [sur les pleins pouvoirs] à la moulinette de l'élargissement de l'Union européenne, ça ne passerait peut-être pas. » Et la France, c'est un comble, resterait aux portes de l'Union européenne, alors qu'elle en est l'un des pays fondateurs !

Tout seul, le Président peut nommer son Premier ministre, dissoudre l'Assemblée nationale, organiser un référendum et utiliser le fameux article 16. Tout le reste est certes soumis à contreseing, même le droit de grâce, mais la pratique monarchique lui a permis depuis longtemps de faire le plus souvent du contreseing une simple formalité administrative.

La dissolution de l'Assemblée nationale ne peut se décider, aux termes de l'article 12 de la Constitution, qu'« après consultation du Premier ministre et des Présidents des Assemblées ». En 1997, Jacques Chirac

1. « Lorsque les institutions de la République, l'indépendance de la Nation, l'intégrité de son territoire ou l'exécution de ses engagements internationaux sont menacés d'une manière grave et immédiate et que le fonctionnement régulier des pouvoirs publics constitutionnels est interrompu, le Président de la République prend les mesures exigées par ces circonstances, après consultation officielle du Premier ministre, des Présidents des Assemblées ainsi que du Conseil constitutionnel. »

reçoit tour à tour le président de l'Assemblée nationale, Philippe Séguin, et celui du Sénat, René Monory. Les deux lui donnent un avis défavorable. « Pour dissoudre, il faut pouvoir expliquer la raison », plaide René Monory. Quant à Philippe Séguin, acide, il raconte dans son livre de souvenirs, *Itinéraire dans la France d'en bas, d'en haut et d'ailleurs*[1] : « Quand il me reçut pour me "consulter", conformément à l'obligation que lui en faisait la Constitution, c'était bien la première fois qu'il daignait évoquer le sujet avec moi. Sans doute avait-il prévu, de longue date, ma réaction. Et moi-même, je ne fus qu'à moitié étonné de constater, d'emblée, que sa décision était déjà prise et qu'elle était irréversible. »

Avant de se livrer à une analyse de vive voix, Philippe Séguin remet à Jacques Chirac, « pour l'histoire », écrit-il, une note décrivant les trois raisons pour lesquelles il est hostile à la dissolution : « Je lui disais d'abord que les élections se présentaient beaucoup plus mal qu'il ne le pensait ; ensuite, et bien que je sache que cela le plongerait dans une indifférence totale, que cette dissolution était radicalement contraire à l'esprit de nos institutions ; enfin, pour couronner le tout, qu'en cas de défaite il serait confronté à l'alternative de la démission ou de la position de soliveau[2]. »

1. Seuil, 2003.
2. *Ibid.*

Poussé à dissoudre depuis des semaines par le secrétaire général de l'Élysée, Dominique de Villepin, mais aussi par son Premier ministre Alain Juppé, Jacques Chirac n'écoute sans doute que d'une oreille. Pour toute réponse, raconte Philippe Séguin, il eut droit à « quelques phrases brocardant mon pessimisme chronique, ainsi que cette assurance : "Si ça rate, on dissoudra à nouveau dès qu'on pourra[1]" ».

Le 21 avril 1997, à 20 heures, Jacques Chirac prononce à la télévision la phrase rituelle : « J'ai décidé de dissoudre l'Assemblée nationale. » Puis il se perd dans des explications peu convaincantes. « J'ai acquis la conviction, déclare Jacques Chirac, qu'il faut redonner la parole au peuple, afin qu'il se prononce clairement sur l'ampleur et le rythme des changements à conduire pendant les cinq prochaines années. Pour aborder cette nouvelle étape, nous avons besoin d'une majorité ressourcée et disposant du temps nécessaire à l'action. » Il faut, ajoute-t-il, « que l'action politique monte en puissance [...]. Pour réussir, la France a besoin d'un nouvel élan. Cet élan ne peut être donné que par l'adhésion, clairement exprimée, du peuple français [...]. Je vous demande de donner à la France une majorité qui aura la force et la durée nécessaires pour relever les défis d'aujourd'hui ».

1. Article 12 de la Constitution : « Il ne peut être procédé à une nouvelle dissolution dans l'année qui suit ces élections. »

Suit une litanie de banalités comme rarement en aura prononcé un président de la République. Il est question d'assainir les finances, de baisser les impôts, de réformer l'État, de rendre la justice plus juste et l'école plus apte à préparer les enfants à affronter l'avenir. Sans oublier l'Europe, nécessaire car « l'union fait la force ». Un chef-d'œuvre de poncifs et de langue de bois.

Devant leur écran, René Monory et Philippe Séguin s'arrachent les cheveux. Les Français, eux, ne comprennent rien et le feront comprendre aux candidats de la majorité pendant la campagne électorale : en quoi une majorité de 458 députés RPR et UDF, élus en 1993 après avoir terrassé la gauche, pouvait-elle bien empêcher le Président et son Premier ministre d'engager les réformes nécessaires, même si Alain Juppé était affaibli par les mouvements sociaux de la fin 1995 ? On n'est pas obligé de dissoudre l'Assemblée pour pouvoir changer le chef du gouvernement. En campagne chez lui, dans les Vosges, Philippe Séguin ne remonte pas vraiment le moral de ses électeurs : « Alors, voilà, on nous a dissous… », lançait-il pour démarrer ses réunions. En privé, tout en faisant visiter sa ville d'Épinal, il confia même : « Chirac, je l'adore… Mais c'est désespéré[1]. »

Très vite, Jacques Chirac est dépassé par les événements. Entre les deux tours, il laisse Alain Juppé annoncer

1. Confidence à l'auteur, mai 1997.

qu'il démissionnera en cas de défaite, sans dire pour autant à Philippe Séguin de se préparer. Un exemple parfait de ratage absolu. Le prince a voulu jouer au plus malin, s'épargner des mois de campagne électorale en bousculant le calendrier, peut-être pour mieux préparer l'entrée de la France dans la monnaie unique.

Un bémol, toutefois : le résultat final se joue à moins de 1 %. La centaine d'élections triangulaires provoquées par le Front national favorise la gauche. Si la droite avait gagné, on aurait qualifié de génial ce prince visionnaire et tacticien de haut vol. Mais le prince a perdu son pari. Le 2 juin 1997, la « gauche plurielle » inventée par Lionel Jospin, quatre ans seulement après une débâcle électorale historique, l'emporte. Cette fois, au moins, le Président n'a pas à hésiter avant de nommer son Premier ministre.

En 1962, le général de Gaulle avait une justification évidente pour dissoudre l'Assemblée nationale. Celle-ci, crime de lèse-majesté, avait osé renverser le gouvernement en adoptant une motion de censure, comme le prévoit l'article 49-2 de la Constitution. Une première sous la Ve République, jamais renouvelée depuis. La menace de la dissolution comme épée de Damoclès sur la tête des députés constitue une sacrée arme de dissuasion : quiconque renversera le gouvernement sera renvoyé devant ses électeurs. Au moment de déposer une motion de censure, les « frondeurs » socialistes de François Hollande y ont-ils pensé ?

Là encore, de Gaulle doit consulter les présidents des deux assemblées. Avec celui de l'Assemblée, Jacques Chaban-Delmas, ce n'est pas difficile. Avec celui du Sénat, Gaston Monnerville, la chose est plus délicate. Car, apprenant que le Général voulait réformer la Constitution, *via* l'article 11 et non l'article 89[1], pour insérer dans le texte l'élection du président de la République au suffrage universel direct, Gaston Monnerville avait répondu d'un mot célèbre : « Forfaiture ! »

Le général de Gaulle, raconte Didier Maus[2], se résout donc à écrire à Gaston Monnerville, sans le recevoir, pour l'informer qu'il le « consulte ». Et le président du Sénat répond au Président qu'il a « été consulté », point final. Six ans plus tard, pour mettre un terme aux événements de Mai, de Gaulle procède à sa seconde dissolution et fait ainsi entrer une majorité pléthorique à l'Assemblée.

Les deux autres dissolutions, rendues nécessaires par l'inadéquation entre le nouveau Président et sa majorité (1981, 1988), ne suscitèrent aucune polémique, mais

1. L'article 11 permet d'organiser directement un référendum. L'article 89, prévu pour les révisions constitutionnelles, exige un vote du Parlement.

2. Entretien avec l'auteur, 1er février 2017.

la seconde faillit tourner mal. À François Mitterrand qui souhaitait que les Français ne « mettent pas tous les œufs dans le même panier », les électeurs répondirent par une majorité ric-rac, dont eurent à souffrir successivement Michel Rocard, Édith Cresson et Pierre Bérégovoy, condamnés à faire devant l'Assemblée des déclarations de politique générale sans prendre le risque de demander un vote de confiance. Les familiers de l'Assemblée nationale prennent alors l'habitude de croiser le conseiller parlementaire de Michel Rocard, Guy Carcassonne[1], ne quittant jamais sa calculette pour faire et refaire les comptes avant chaque vote. C'est l'époque des tractations et des promesses de tous ordres avec les élus susceptibles de faire pencher la balance d'un côté ou de l'autre. Il se racontait que, moyennant un vote favorable, les élus ultramarins, très courtisés, obtenaient des routes neuves ou des aérodromes. C'est aussi le triomphe de l'article 49-3, qui permet l'adoption d'un texte sans débat et sans vote (sauf adoption d'une motion de censure). Un soir, un seul, le grand frisson du renversement du gouvernement traverse la salle des Quatre Colonnes de l'Assemblée et l'on se bouscule en séance de nuit. Les communistes, leur secrétaire général Georges Marchais en tête, décident de voter la censure avec la droite pour s'opposer à la création de

1. Décédé en 2013.

la contribution sociale généralisée, la fameuse CSG. Il faut 289 voix pour faire tomber le gouvernement. La motion de censure en recueille 284. Michel Rocard est sauvé par les ultramarins de droite et du centre.

L'article 49-3, considéré depuis Manuel Valls et la loi El Khomri comme un outil quasi dictatorial bien que parfaitement constitutionnel, est utilisé vingt-huit fois par Michel Rocard, huit fois par Édith Cresson et trois fois par Pierre Bérégovoy. Le 49-3 a été donné au prince, pourquoi le prince s'en priverait-il ?

« Mon » Premier ministre

> « Ce n'est pas une chose de peu d'importance que de choisir ses ministres. Car c'est par les gens que le prince tient auprès de sa personne que l'on juge de son esprit et de sa prudence. »
>
> MACHIAVEL

C'est l'une des rares prérogatives pour lesquelles le chef de l'État n'a pas besoin de contreseing, ni même de l'avis de qui que ce soit. L'article 8 de la Constitution stipule que le président de la République « nomme le Premier ministre ». Il installe donc à Matignon qui il veut. Ou presque. C'est son choix.

Ce Premier ministre doit tout de même avoir la compétence du poste (notion toute subjective, comme l'histoire nous l'apprend). Il doit surtout avoir la confiance du Président et une majorité pour lui permettre de gouverner. Il doit être, explique le constitutionnaliste

Didier Maus[1], « en adéquation » avec la majorité issue des législatives. Certes, mais la Constitution ne le suggère pas. Bref, le prince est libre de son choix. Il sait, cependant, qu'à cet instant il remet entre les mains du chef du gouvernement désigné une partie de son destin.

Nommer un Premier ministre qui succomberait à la première motion de censure venue n'aurait pas grand sens. En réalité, le Président est cerné par les contraintes politiques. Un certain nombre de nominations s'imposent à lui car elles correspondent à la tonalité de sa campagne ou interviennent en guise de remerciements pour services (électoraux) rendus : ainsi de Michel Debré en 1959, de Jacques Chaban-Delmas en 1969, de Jacques Chirac en 1974, de Pierre Mauroy en 1981 ou de Jean-Marc Ayrault en 2012, que Ségolène Royal aurait également désigné si elle avait été élue face à Nicolas Sarkozy cinq ans plus tôt.

D'autres nominations, qu'on pourrait qualifier « de confort », sont destinées à apaiser le Président, qui choisit alors en toute confiance une sorte de super-directeur de cabinet : c'est Maurice Couve de Murville succédant à Pompidou en juillet 1968, Pierre Messmer après Chaban en 1972, Laurent Fabius en 1984 après Mauroy, Jean-Pierre Raffarin et Dominique de Villepin pendant le second mandat de Jacques Chirac.

1. Entretien cité.

Parfois, le Président ne suit pas la logique de sa campagne : en 1995, le discours sur la « fracture sociale » aurait dû amener Jacques Chirac à nommer Philippe Séguin. Mais Chirac craint la grosse voix, le caractère et les emportements de Séguin. Avec Alain Juppé, il croit choisir la sécurité. L'opposition de l'époque soupire : « Chirac est imprévisible mais Juppé saura tenir la maison. » Patatras, dès la fin de l'année, c'est Alain Juppé qui est encalminé par des réformes mal expliquées, qui mettent une partie de la France dans la rue.

En période de cohabitation, en revanche, le Président perd toute liberté. Il peut toujours faire semblant de tirer encore les fameuses ficelles, comme François Mitterrand jouant en 1986 avec Valéry Giscard d'Estaing ou faisant miroiter Matignon à Jacques Chaban-Delmas, pour se donner l'illusion qu'il peut encore décider tout seul.

Le 18 mars 1986, toute l'opposition (les gaullistes du RPR et les centristes de l'UDF) est réunie dans un grand hôtel parisien. Elle a gagné les élections législatives, malgré la proportionnelle intégrale destinée à la faire perdre et l'arrivée de 35 députés du Front national derrière Jean-Marie Le Pen. Les téléphones portables n'existent pas encore. Tout à coup, Jacques Chaban-Delmas sort en trombe de la salle de réunion, s'arrête un moment à l'accueil puis se précipite dans un ascenseur, une clé à la main. Il s'isole dans une chambre pour prendre le président de la République au téléphone.

Belle mise en scène. Chaban redescend, l'air mystérieux. « Nous jouons *Reine d'un jour* », lance un de ses collaborateurs. Si Twitter avait existé, les très nombreux journalistes présents auraient annoncé qu'il devenait le favori pour Matignon. Mais c'est Jacques Chirac qui a gagné les élections législatives et c'est lui qui va, tout naturellement, être nommé Premier ministre par François Mitterrand, qui ne peut pas faire joujou avec l'article 8.

Enfin, en 1997, Lionel Jospin annonce lui-même sa nomination dans la cour de l'Élysée, sans attendre le secrétaire général de l'Élysée, pour bien montrer que le Président ne peut que « nommer » un Premier ministre que le contexte politique et électoral lui impose. Sûr de lui, Lionel Jospin montre qu'il est le patron, à défaut d'être le Président qu'il ne deviendra jamais.

On a aussi assisté à des « coups » politiques décidés par le seul président et plus ou moins probants : le général de Gaulle peut se permettre, en 1962, de nommer son ancien directeur de cabinet, Georges Pompidou, un homme qui n'a jamais été élu (il ne sera député qu'en 1968) et qu'il avait recruté quelques années plus tôt en cherchant pour directeur de cabinet « un agrégé sachant écrire ».

François Mitterrand, en 1991, tente un autre « coup » politique pour se relancer lui-même après trois années de vraie-fausse cohabitation avec Michel Rocard, en nommant à Matignon pour la première fois une femme, Édith Cresson. Dans son propre camp, c'est la panique. Roland Dumas et Pierre Joxe, raconte Jean-Paul Huchon[1], le directeur de cabinet de Rocard, se concertent et disent : « Il faut empêcher ça. » Le ministre de l'Économie, Pierre Bérégovoy, qui croyait son heure enfin venue, fulmine dans son bureau à Bercy.

Nommée par le seul fait du prince, méprisée par la gauche, lamentablement moquée par la droite (« C'est la Pompadour ! », s'exclame le député François d'Aubert), Édith Cresson va effectuer un chemin de croix de dix mois et dix-huit jours.

Mais pour nommer Édith Cresson, il a d'abord fallu se débarrasser de Michel Rocard. Michel Charasse, alors conseiller à l'Élysée en même temps que ministre du Budget, raconte l'épisode avec sa verve habituelle[2] : « Pour François Mitterrand, "Michel Rocard ne faisait rien". Il a attendu 1991 pour le remplacer parce qu'il lui fallait un vrai motif. Vous ne pouvez renvoyer quelqu'un que si l'accumulation de détails finit par constituer une raison valable. Le dimanche avant de "virer" Rocard, il y a comme chaque semaine un dîner rue de Bièvre, chez François Mitterrand, auquel assistent le ban et l'arrière-ban de la fine fleur intellectuelle et bien-pensante du Tout-Paris : Jack Lang, Michel Piccoli entre autres !

1. Entretien avec l'auteur, 21 décembre 2016.
2. Entretien cité.

François Mitterrand dit qu'il pense à changer de Premier ministre et lance des noms : Joxe, Bérégovoy, Cresson et mon nom. Je ne l'ai su qu'après, par Jacques Pilhan, mais il paraît que ça a été un tollé autour de la table. Tous ces intellos parisiens ont dit : "C'est un rustre, un péquenot, il va nous faire perdre, il va nous fâcher avec la France qui pense, la France qui crée, la France cultivée." »

Finalement, François Mitterrand choisit donc Édith Cresson, « autoritaire et volontaire, un peu pète-sec, un peu Folcoche pour certains... Mais après Rocard, il fallait une personne à poigne », ajoute Michel Charasse.

Dans cet hôtel Matignon où tout converge, Édith Cresson est « désemparée », décrit Renaud Denoix de Saint Marc, alors secrétaire général du gouvernement[1], ajoutant que « Mitterrand était très gentil avec elle ». Moins d'un an plus tard, le président de la République cède à ses ministres, à l'opinion et au « Bébête show » qui traîne Édith Cresson (Amabotte) dans la boue en la décrivant en tigresse amoureuse de Kermitterrand. Il se résout à nommer Pierre Bérégovoy, qui en rêvait depuis si longtemps. Mais Bérégovoy a été « nommé trop tard », juge Renaud Denoix de Saint Marc, qui observe alors avec une certaine tendresse ce Premier ministre « touchant de vanité récompensée[2] », qui remettait deux

1. Entretien cité.
2. *Ibid.*

fois sa cravate en se regardant dans la glace, comme pour se persuader qu'il était bien le chef du gouvernement, et qui « lévitait » avant d'entrer dans le bureau présidentiel. « Il croyait que les juristes pouvaient lui donner des certitudes, il avait besoin d'être rassuré… », ajoute Renaud Denoix de Saint Marc.

Entre sa sortie de Matignon, après la débâcle des socialistes aux élections législatives de mars 1993 (seulement 57 députés, mieux quand même qu'en 2017), et son suicide le 1er mai suivant, l'ancien « PM » appela souvent son ancien « SGG » pour s'assurer que ses anciens collaborateurs étaient recasés et que ses secrétaires avaient gardé du travail. Tout le monde n'a pas ces délicatesses.

Les changements de Premier ministre donnent aussi aux présidents de la République l'occasion de manifester non seulement leur pouvoir, mais leur éventuelle perversité. C'est Mitterrand invitant à déjeuner, le 22 mars 1983, Laurent Fabius, Jacques Delors et Pierre Bérégovoy (déjà !) pour faire croire qu'il pourrait nommer l'un d'entre eux et finalement attendre plus d'un an avant de choisir Laurent Fabius, non sans avoir longuement hésité à sacrifier Pierre Mauroy.

De la même manière, Nicolas Sarkozy fait croire pendant des semaines, en 2010, que Jean-Louis Borloo pourrait être installé à Matignon, et conserve François Fillon… en n'ayant peut-être jamais imaginé le remplacer.

Myriam Lévy, ancienne journaliste, devenue en 2010 chargée de la communication de François Fillon à Matignon, a gardé un souvenir précis de cette période. « Borloo s'agite, raconte-t-elle[1]. Nicolas Sarkozy laisse faire, il joue. Il peut déstabiliser Fillon. Mais il ne mesure pas que Borloo n'est pas acceptable pour la majorité. » Plus tard, François Fillon confiera à Bruno Le Maire[2] : « La vérité, c'est qu'il m'a toujours dit qu'il me garderait. Toujours. Je n'arrive pas à savoir si tout cela est de l'extrême habileté de sa part, ou de l'extrême maladresse. Peut-être un peu des deux. »

Ce n'est pas la seule fois que Nicolas Sarkozy jouera avec son Premier ministre, traité de « collaborateur » pour bien montrer que le pouvoir est à l'Élysée, et seulement à l'Élysée. « Il poussait le bouchon et revenait chercher Fillon, comme pour dire *ce n'est pas encore pour cette fois* », poursuit Myriam Lévy[3]. Ce jeu du chat et de la souris dura cinq ans !

Emmanuel Macron, lui, n'aura pas attendu bien longtemps pour faire de son Premier ministre, Édouard Philippe, un simple maire du Palais. À peine le chef du gouvernement a-t-il annoncé dans son discours de politique générale, le 4 juillet 2017, le report des baisses ou

1. Entretien avec l'auteur, 7 juin 2017.
2. *Jours de pouvoir*, Gallimard, 2013.
3. Entretien cité.

suppressions d'impôts (l'ISF et la taxe d'habitation) promises pendant la campagne présidentielle, que le jeune prince de l'Élysée change d'avis et lui donne l'ordre de mettre en œuvre sur-le-champ ces réformes. Un contrepied magistral en moins d'une semaine, provoqué par la girouette des sondages et l'inquiétude soudaine du chef de l'État de voir sa popularité partir en vrille.

OÙ L'ON VOIT JACQUES CHIRAC PRIVER FRANÇOIS MITTERRAND DES TÉLÉGRAMMES DIPLOMATIQUES

Entre François Mitterrand et Jacques Chirac, à partir du premier Conseil des ministres de cohabitation, le 22 mars 1986, c'est la guerre des nerfs. Voire la guerre tout court. « Il y a eu des frictions, raconte Michel Charasse[1]. Jacques Chirac a voulu empêcher le Président de jouer son rôle en politique extérieure en le privant des télégrammes diplomatiques, qui permettent son information quotidienne sur les sujets internationaux. "Il me le paiera", a dit François Mitterrand. À mon avis, c'est l'un des éléments qui a le plus pesé dans sa décision de se représenter en 1988, alors qu'il n'était pas forcément décidé à y retourner. Certes,

1. Entretien cité.

il s'est informé par d'autres canaux, mais il a très mal pris cet affront. Il disait : "On a manqué au président de la République." Pendant la deuxième cohabitation, Édouard Balladur a écrit des articles sur la politique extérieure sans prendre la précaution de demander l'accord préalable du Président. Faute majeure. Mitterrand n'a pas aimé non plus. Dans les deux cas, il a considéré que c'était la fonction présidentielle qui était agressée et ne l'a pas supporté. Il s'était complètement moulé dans la Ve République, en ce qu'elle établissait un pouvoir avec quelqu'un qui est responsable du sort du pays en dernier ressort. » Michel Charasse s'appuie sur le livre de Guy Gauthier, *François Mitterrand – Le dernier des Capétiens*[1] : « Mitterrand était un Capétien : le territoire, le pré carré, l'État, la fonction régalienne, tout ça… »

Nostalgique, Michel Charasse ajoute : « J'ai servi François Mitterrand pendant quatorze ans. Partout où il allait en France et dans le monde, il bénéficiait du respect de tous, mélange de crainte et d'admiration. Il était le Président, il était la France. Quand il arrivait quelque part, tout le monde se levait et faisait silence. Ça n'a plus été le cas avec ses successeurs et j'en ressentais parfois, lorsque j'étais témoin de ce manque de respect, une humiliation pour la France. »

---

1. France-Empire, 2005.

« Envoyez-moi votre démission »

> « Il faut amadouer les hommes ou s'en défaire, parce qu'ils se vengent des offenses légères et qu'ils ne sauraient se venger des grandes. »
>
> MACHIAVEL

Valéry Giscard d'Estaing n'eut pas à congédier Jacques Chirac. Il lui suffisait de l'écœurer, peut-être même de le mépriser. La mésentente remontait à loin. Déjà, quand Giscard était ministre des Finances et Chirac secrétaire d'État au Budget, au début de la présidence de Georges Pompidou, le premier se faisait servir le thé pendant ses entretiens avec le second, sans lui proposer une tasse. C'est du moins ce qu'a souvent raconté Jacques Chirac. Nommé en 1974 pour avoir donné à Giscard, avec « l'appel des 43[1] », le coup de pouce nécessaire à

1. Le 13 avril 1974, à l'initiative de Jacques Chirac, ministre de l'Intérieur, 39 députés et 4 ministres gaullistes appellent à voter

la victoire face à François Mitterrand, Jacques Chirac ne se sent pas moins corseté dès son arrivée à l'hôtel Matignon. Fidèle à sa légende, il s'agite beaucoup et se préoccupe surtout de mettre la main sur le parti gaulliste de l'époque, l'UDR. Il ne pense plus qu'à la présidentielle suivante tant il est vrai, comme l'avait un jour confié Georges Pompidou, qu'on pense à l'Élysée dès qu'on franchit le seuil de Matignon, rue de Varenne.

Jacques Chirac, poussé en coulisses par Pierre Juillet et Marie-France Garaud, qui lui souffleront un an plus tard l'idée de conquérir la mairie de Paris, piaffe et pense à partir. Lors du week-end de Pentecôte 1976, pour faire taire les rumeurs de mauvaise entente au sommet du pouvoir, Valéry Giscard d'Estaing invite son Premier ministre au fort de Brégançon, la résidence présidentielle.

L'histoire a souvent été racontée, avec deux versions différentes. Selon Jacques Chirac, Valéry Giscard d'Estaing et son épouse Anne-Aymone sont assis sur des fauteuils, quand lui-même et Bernadette Chirac doivent se contenter de chaises. Giscard a toujours démenti cette version des faits, encore tout récemment dans des entretiens télévisés avec Patrice Duhamel[1]. Mais il n'a jamais

---

pour Valéry Giscard d'Estaing contre le candidat de leur parti, Jacques Chaban-Delmas.

1. *Giscard, de vous à moi*, 2017.

nié avoir aussi invité ce soir-là son moniteur de ski (ou de ski nautique, on n'a jamais bien su). Ce qui n'était sûrement pas fait pour détendre Jacques Chirac. Au retour du week-end, celui-ci décide de démissionner. Mais Giscard veut rester « le maître des horloges », comme dirait Emmanuel Macron, qui n'était pas encore né. Jacques Chirac patiente, sa lettre est prête, jusqu'au 25 août où, en pleine canicule, et pour la première fois, un Premier ministre part de son plein gré. Mâchoire tendue, œil noir de jais, avec son ton saccadé de cette époque lointaine où *Le Canard enchaîné* le surnommait « Facho Chirac », il assène devant les caméras : « Je ne dispose pas des moyens que j'estime nécessaires pour assumer efficacement les fonctions de Premier ministre et, dans ces conditions, j'ai décidé d'y mettre fin. »

Jacques Chirac n'eut donc pas à remettre au président la lettre de démission dont une légende a longtemps fait croire que les chefs de gouvernement la signaient en prenant leurs fonctions, en laissant simplement la date en blanc.

LA LETTRE SECRÈTE DE PIERRE MESSMER

Ce mercredi 17 mai 1972, Jacques Chaban-Delmas souhaite que le Conseil des ministres l'autorise à demander à l'Assemblée nationale un vote de confiance.

Entre lui et le président de la République, les relations ne font que se dégrader depuis sa nomination, en 1969. « Il y a eu dès le départ entre Georges Pompidou et Jacques Chaban-Delmas un malentendu, explique Édouard Balladur[1], alors secrétaire général de l'Élysée, qui tenait à leurs interprétations respectives des institutions : par exemple, Chaban-Delmas n'avait pas envoyé son discours sur la nouvelle société, un discours d'ailleurs moins novateur qu'on ne l'a dit, et qui reprenait bien des propositions mises en œuvre depuis plusieurs années. Pompidou était ouvert à bien des évolutions, mais il se méfiait des formules creuses. Chaban était animé du désir de marquer une certaine rupture, comme pour certaines nominations à la télévision d'État.

– Vous avez eu tort d'y procéder sans m'en parler, lui dit Pompidou.

– Mais ce sont mes attributions, répond Chaban.

– Nous ne devons pas faire les choses séparément, mais ensemble. »

Sous-entendu : et c'est la volonté du Président qui l'emporte. En mauvais termes avec l'écrasant groupe gaulliste (294 députés sur 485, élus comme un point final à Mai 68), marqué par la campagne de diffamation autour de sa feuille d'impôts, révélée dès 1971 par *Le Canard enchaîné*, Chaban veut marquer son territoire

1. Entretien avec l'auteur, 14 mars 2017.

et demander un vote de confiance. Il a la faiblesse d'en parler à des journalistes. « Attention, lui dit Georges Pompidou, vous mettez en cause mes propres attributions, puisque le vote de confiance se décide en Conseil des ministres. Vous n'avez à préjuger ni de l'ordre du jour du Conseil des ministres, ni de ma propre position », rapporte Édouard Balladur[1].

Le Président accepte d'inscrire l'affaire à l'ordre du jour du Conseil mais aussi, chose rare, de procéder à un tour de table. Presque tous les ministres sont persuadés que l'avis de Georges Pompidou sera défavorable. Le tour de table commence. « Croyant sans doute faire plaisir à Pompidou, raconte Édouard Balladur, la quasi-unanimité des ministres formule des arguments hostiles à un vote de confiance. Chaban a parlé le premier. Pompidou conclut les débats : "J'ai bien écouté les uns et les autres, je décide qu'il y a lieu de poser la question de confiance." »

Contre le Conseil des ministres et contre l'avis de ses propres collaborateurs, le chef de l'État laisse Jacques Chaban-Delmas aller au feu. « C'était une démonstration multidirectionnelle, explique Édouard Balladur, une manifestation de prépotence présidentielle vis-à-vis 1/ de son propre entourage ; 2/ de l'ensemble des forces politiques du Parlement ; 3/ du Conseil des ministres ;

1. *Ibid.*

4/ de son propre Premier ministre. C'est la démonstration la plus parfaite de la toute-puissance monarchique du président de la République. » Le communiqué de presse indique d'ailleurs que le Premier ministre est autorisé à demander un vote de confiance « s'il le juge utile ».

Le 23 mai 1972, le gouvernement demande à l'Assemblée un vote de confiance en vertu de l'article 49-1.

Chaban-Delmas, tout à la fois sûr de lui et prudent : « Le gouvernement procède du président de la République et de lui seul. Mais notre Constitution rend le gouvernement responsable devant le Parlement [...]. Dois-je rappeler [...] que le président de la République, de qui seul il dépend de choisir et de nommer le Premier ministre, peut à tout moment mettre fin à ses fonctions ? Il y a deux ans déjà, je vous avais dit qu'à mes yeux un Premier ministre digne de ce nom ne saurait un seul instant chercher à rester ni même imaginer rester en place contre le sentiment du président de la République qui l'a désigné. Je le redis clairement à tous : contester ce principe, si peu que ce soit et en quoi que ce soit, serait s'en prendre directement à nos institutions elles-mêmes. »

Parmi les nombreux orateurs de l'opposition, François Mitterrand résume les vrais enjeux de cette procédure parlementaire : « Ce débat est-il un simulacre ? S'agit-il d'une épreuve de force entre le gouvernement et sa majorité ou d'une épreuve d'endurance entre le Premier ministre et le chef de l'État ? Et l'Assemblée nationale, les représentants du peuple sont-ils les pions d'un jeu qui se joue ailleurs ou les otages de la petite guerre ? » Le futur président de la République a déjà tout compris.

Jacques Chaban-Delmas gagne la première manche : la confiance lui est sans surprise accordée par 368 voix contre 96. Mais, le 5 juillet suivant, Georges Pompidou lui demande sa démission. La « prépotence présidentielle » évoquée par Édouard Balladur a frappé. L'échange de lettres donne une idée de l'état de glaciation des relations entre les deux hommes. « Je vous demeurerai reconnaissant de votre confiance, qui m'a permis, pendant trois ans, à la tête de mes collègues, de me consacrer entièrement au service de la France et au bonheur des Français », écrit Jacques Chaban-Delmas.

Dans une réponse dont le manuscrit, conservé aux Archives nationales, est barré de nombreuses ratures, Georges Pompidou répond notamment que son Premier ministre démissionnaire a pu mener son action « avec [son] plein appui mais avec le style et le talent qui [lui] sont propres, permis par le développement d'une politique contractuelle, d'importants progrès dans le domaine social et des relations humaines ». Sur la version manuscrite, le Président avait d'abord écrit « accord », pour le remplacer par « appui » dans la version définitive. Le communiqué de l'Élysée indique simplement que le président de la République « a remercié M. Chaban-Delmas de l'œuvre accomplie durant trois ans ».

L'épisode en dit long sur le caractère bancal des institutions de la Ve République : le Premier ministre avait, certes, la confiance du Parlement. Mais il y a longtemps qu'il n'avait plus celle du chef de l'État. Georges Pompidou ne se laissera plus prendre. Le général de Gaulle lui avait demandé une lettre de démission à son entrée à l'hôtel Matignon. Lui-même n'avait rien exigé de tel de Jacques Chaban-Delmas. Alors, quand Pierre Messmer succède à celui-ci le 5 juillet, Georges Pompidou lui impose cette lettre, non pas une lettre de démission mais un message d'allégeance : « Dans l'esprit de notre Constitution, écrit le nouveau Premier ministre, je dirigerai le gouvernement conformément à vos directives et, dès aujourd'hui, je tiens à vous dire que je remettrai mon poste à votre disposition aussitôt que vous jugerez bon de me donner un successeur. »

Pierre Messmer n'eut jamais à envoyer sa lettre à Georges Pompidou. Le président mourut dans l'exercice de ses fonctions, le 2 avril 1974. La lettre de Pierre Messmer a été déposée aux Archives nationales. Pour l'Histoire.

OÙ L'ON VOIT FRANÇOIS MITTERRAND PLEURER POUR MAUROY, PAS POUR ROCARD

Le mardi 22 mars 1983, le président Mitterrand reçoit à déjeuner Pierre Bérégovoy, alors secrétaire général de l'Élysée, le ministre du Budget, Laurent Fabius, et celui de l'Économie, Jacques Delors. Comme autrefois Jacques Chirac avec Valéry Giscard d'Estaing, le ministre du Budget surveille de près son supérieur hiérarchique de l'Économie et des Finances. Pour le premier budget du gouvernement Mauroy, à l'automne 1981, François Mitterrand a même décidé que c'est Laurent Fabius, et non Jacques Delors, qui défendrait le projet de loi de finances devant le Parlement. Jacques Delors n'a pas apprécié cette mauvaise manière.

François Mitterrand fait croire à ses trois invités qu'il veut changer de Premier ministre. Et manie avec délectation son privilège de tortionnaire en chef : « Écoutez, dit-il, j'hésite. Chacun de vous a ses mérites… » Imaginons le plaisir intérieur de chacun des trois. Pierre Bérégovoy l'autodidacte, ancien cheminot monté par la force du PS et du poignet. Laurent Fabius, le fils préféré. Jacques Delors, persuadé que la politique qu'on lui demande de mener est de moins en moins la bonne. La scène est d'autant plus cruelle que François Mitterrand garde Pierre Mauroy. Il aura toutes les peines du monde à se séparer de lui. Il faudra la crise de l'école privée, les manifestations monstres du printemps 1984, pour que les deux hommes arrivent à la conclusion que le départ du Premier ministre s'impose.

Après trois ans de réformes, François Mitterrand vit avec le maire de Lille des adieux douloureux, avec même quelques larmes communes. « Nous avions beaucoup de choses à nous dire, mais nous n'avons pas pu, tellement nous étions émus », confia Pierre Mauroy[1]. Sept ans plus tard, au moment de renvoyer Michel Rocard, le président de la République en revanche ne cacha pas son plaisir.

Entre François Mitterrand le littéraire et Michel Rocard l'économiste, le Président esthète et son Premier ministre qu'il considérait, lui et ses hommes, comme des « barbares », il n'y eut jamais de mariage d'amour. Ni en 1974, lorsque Rocard quitta le PSU[2] pour rejoindre le Parti socialiste, ni au moment de le nommer après sa réélection, en 1988. Mariage de raison. « Je vais le nommer, puisque les Français semblent en vouloir. Mais vous verrez, au bout de dix-huit mois, on

1. *La Malédiction Matignon*, de Bruno Dive et Françoise Fressoz, Plon, 2006.

2. Parti socialiste unifié, qui lui permit de recueillir 3,61 % à l'élection présidentielle de 1969.

verra au travers », confie François Mitterrand au chef d'entreprise Ambroise Roux. Michel Charasse est plus sévère encore, confiant que Mitterrand, après lui avoir annoncé la prochaine nomination de Rocard, avait simplement haussé les épaules.

Quand François Mitterrand, dans le courant de 1990, décide de changer de Premier ministre, il commence à préparer le terrain. « Toutes les semaines, raconte Jean-Paul Huchon[1], il disait : le gouvernement est fatigué. Il n'a pas démérité, mais... »

Coup de théâtre : le 2 août, l'Irak envahit le Koweït (le « kovèt », comme disait François Mitterrand). Michel Rocard est provisoirement sauvé par Saddam Hussein ! Au moment d'entrer en guerre, il est urgent de faire l'économie d'une crise gouvernementale, d'autant que le ministre de la Défense, Jean-Pierre Chevènement, regarde déjà vers la sortie.

« Mitterrand méprisait Rocard, Rocard détestait Mitterrand, raconte Jean-Paul Huchon. Entre eux, c'était l'expression la plus achevée de la haine au sommet de l'État. Comme Rocard n'avait pas réussi à le tuer, Mitterrand le considérait comme quantité négligeable. Pendant six mois, Mitterrand va user Rocard, semaine après semaine, sur la sécurité sociale et les retraites, sujet sur lequel Mitterrand pense que Rocard retarde les

1. Entretien cité.

décisions pour préserver ses chances à la présidentielle. Rocard a souffert. Les derniers mois ont été un enfer. Il revenait du Conseil dans un état de rage insupportable[1]. »

La première guerre du Golfe s'achève. Mitterrand peut être heureux : comme tout grand président, il a eu « sa » guerre, convoquant des conférences de presse à répétition, commentant les opérations militaires, organisant chaque soir à 18 heures une réunion d'état-major à l'Élysée, heureux comme Louis XIV sur le terrain des opérations. Il va pouvoir recommencer à penser à nommer un nouveau Premier ministre.

Pour « virer » Michel Rocard, François Mitterrand va user de toute sa palette. Il lui refuse, le 24 avril 1991, un remaniement ministériel en laissant entendre qu'il changerait tout le monde ou personne. « Je crois que je ne vais pas passer l'été », murmure Michel Rocard à son conseiller Guy Carcassonne[2]. Puis le chef de l'État, qui cherche un prétexte, presse son Premier ministre d'avancer sur la réforme de la sécurité sociale, en réalité d'augmenter les cotisations.

Le 10 mai 1991, Michel Rocard se fend pourtant d'un beau geste : pour l'anniversaire de l'élection du

1. *Ibid.*

2. *La Décennie Mitterrand*, tome IV, *Les Défis (1988-1991)*, de Pierre Favier et Michel Martin-Roland, Seuil, 1996.

Président, il lui offre deux livres de ses auteurs préférés : l'un de Drieu la Rochelle (allusion perfide aux origines droitières de l'homme de la Charente ?), l'autre de Paul Nizan. Pas très reconnaissant, François Mitterrand glisse à Rocard que son gouvernement « n'est pas éternel » et que, peut-être, il va falloir « accélérer » le calendrier de son départ[1]. La rumeur enfle de plus en plus. Le 11 mai, l'hebdomadaire *Le Point* annonce que le gouvernement Rocard est condamné.

La suite est saugrenue. En écoutant Europe 1, le 13 mai au matin, Michel Rocard comprend qu'il va vraiment devoir laisser la place. C'est le publicitaire Jacques Séguéla, dont on ne savait pas qu'il avait une fonction officielle, qui l'annonce. L'homme de la « force tranquille » de 1981 a été envoyé au charbon. « La fin de Rocard, c'est pour bientôt », confie-t-il à Jean-Pierre Elkabbach. Vingt-cinq ans après, Jean-Paul Huchon n'en est toujours pas revenu : Elkabbach est proche de Jacques Pilhan, qui lui-même conseille à la fois… Mitterrand et Rocard.

Le 15 mai, juste avant le Conseil des ministres, Mitterrand annonce à Rocard que l'aventure est terminée. Avec un argument extraordinaire et assez peu institutionnel : « Il faut que vous partiez, car la presse en parle… » Rocard se débat, insiste, demande, sinon la

1. *La Haine tranquille*, de Robert Schneider, Seuil, 1992.

grâce, au moins un sursis. Le lendemain, il veut aller lui-même devant le Conseil d'État défendre son projet de loi sur les écoutes téléphoniques. « Laissez-moi au moins présenter ma loi », dit-il en substance au président de la République. Il est comme la chèvre de M. Seguin qui se débat pour repousser l'heure d'être dévorée par le loup. Réponse de Mitterrand : « Présentez-moi votre démission. » Jean-Paul Huchon, qui a vu pendant des semaines son Premier ministre revenir chaque mercredi plus marqué et abattu des réunions du Conseil des ministres, conclut : « Mitterrand était extraordinairement cruel. » Il n'a pas osé dire « tordu » mais il l'a pensé. Tout en précisant que, malgré tout cela, « pendant trois ans, on a gouverné. C'était donc possible, et d'abord parce que Rocard était populaire ».

Vingt-trois ans plus tard, un autre socialiste, Jean-Marc Ayrault, est remercié à son tour après l'échec des socialistes aux élections municipales de 2014. Mais avec un scénario inédit : jamais François Hollande ne lui a dit clairement qu'il souhaitait le remplacer. Les deux hommes sont face à face dans le bureau du Président. « Il me dit qu'il faut tout changer. Je comprends qu'il faut aussi changer de Premier ministre », raconte Jean-Marc Ayrault[1]. Le chef du gouvernement

1. *Mon père, ce Ayrault*, documentaire d'Élise Ayrault, diffusé sur France 3 en 2015.

plaide sa cause, il a encore des projets dans sa musette, il n'a pas démérité. Il suggère un gouvernement resserré (air connu), un engagement de responsabilité sur un nouveau programme de réformes, notamment fiscales. La discussion s'achève. « Tu veux que j'envoie ma démission ? » interroge Jean-Marc Ayrault. « Non, tu attends, tu n'en parles à personne, pas même à ton cabinet », répond François Hollande. « On s'est quittés d'une façon assez froide... », conclut le Premier ministre, qui annonce ensuite lui-même son départ.

À Gérard Davet et Fabrice Lhomme[1], François Hollande avait confié en mai 2013 : « Ayrault est fidèle et loyal, tellement loyal qu'il est inaudible [...] Il est fort, il a de la constance, même du courage [...]. Il lui manque la part de rondeur, de légèreté, au sens de la capacité à faire un compliment, à entraîner l'autre. Mais s'il avait tout ça, il serait président, il ne serait pas Premier ministre ! Si un Premier ministre est meilleur que le président, c'est un problème ! »

---

1. *« Un président ne devrait pas dire ça... »*, Stock, 2016.

Chef de guerre

> « La guerre, les institutions et les règles qui la concernent sont le seul objet auquel un prince doive donner ses pensées et son application, et dont il lui convienne de faire son métier : c'est là la vraie profession de quiconque gouverne. »
>
> MACHIAVEL

Tous ceux qui ont approché le pouvoir en témoignent et le général Jean-Louis Georgelin le résume en une phrase[1] : « Le baptême d'un Président, c'est le baptême du feu. On devient véritablement chef de l'État quand on a eu le courage de déclencher une opération militaire, qu'on a pris des risques en réalité toujours très mesurés, qu'on assume devant l'opinion publique la perspective de la mort de ses soldats, et des gens qu'on tue », dit l'ancien chef d'état-major des armées, qui

1. Entretien avec l'auteur, 21 juin 2017.

fut aussi chef du cabinet militaire du président de la République Jacques Chirac jusqu'en 2006.

Peu de temps après sa prise de fonctions, le président de la République, chef des armées, se retrouve en tête-à-tête avec le chef d'état-major des armées, qui lui explique la procédure nucléaire. Non en lui remettant un code de type loto, comme le prétend parfois la légende, mais en lui expliquant, dans les sous-sols de l'aile est de l'Élysée, la planification nucléaire.

Là, au « QG Jupiter » (rien à voir avec le surnom parfois donné à Emmanuel Macron !), le chef d'état-major donne au chef de l'État un état de la situation militaire au moment où il parle. Il lui explique que tel sous-marin nucléaire patrouille quelque part dans l'océan, avec ses seize missiles armés, lui dit quelles sont leurs cibles potentielles, quels pays ils pourraient éventuellement frapper et, dans ce cas, combien de morts ils pourraient provoquer et combien de villes et de centres de décisions seraient détruits.

« Nos cibles sont des pays avec lesquels nous avons des relations normales », explique ainsi en 2007 le général Georgelin à Nicolas Sarkozy[1]. Face au chef d'état-major, alors qu'une responsabilité qu'il n'avait peut-être pas totalement mesurée s'abat sur ses épaules, le nouveau président de la République, quel qu'il soit,

1. *Ibid.*

reste souvent silencieux. Peur de poser des questions déplacées ou trop naïves, peut-être. Sentiment de sa responsabilité, sûrement. « Il comprend que ce n'est pas du pipeau et ça change tout pour lui, poursuit Jean-Louis Georgelin. Ça ne veut pas dire qu'on fera une guerre nucléaire le lendemain matin, mais qu'on a les moyens nécessaires pour la faire. La dissuasion, c'est ça. » Et il livre la phrase-clé au chef de l'État : « Maintenant, c'est vous. »

Après son briefing, en 2007, Nicolas Sarkozy alla retrouver les donateurs de sa campagne à l'hôtel Bristol, voisin de l'Élysée, en roulant quelque peu les mécaniques sur le thème de « Je suis le chef, je sors d'une réunion "Confidentiel défense" ». Le général Georgelin, à qui la scène fut contée, en tira la conclusion que le nouveau président avait bien compris le message. Il n'était plus le même, il venait d'entrer dans le club très fermé des chefs d'État qui peuvent déclarer la guerre. Dès ce moment, il ne fait plus partie du commun des mortels, ni même du commun de la classe politique.

Pour le général de Gaulle, la responsabilité militaire était une évidence : c'était son métier et c'est à la guerre, en 1940, qu'il avait commencé de graver sa propre médaille pour la postérité. Ses successeurs étaient moins familiers de la chose militaire. Lieutenant au 141e régiment d'infanterie alpine, Georges Pompidou fut démobilisé après la bataille de France en juin 1940, alors que le sergent-chef François Mitterrand, blessé le 14 mai 1940 sur la ligne Maginot, était fait prisonnier. Valéry Giscard d'Estaing s'engagea en 1945 dans la 1re armée française, sous les ordres du général de Lattre de Tassigny, et en garda un profond attachement pour l'armée. Jacques Chirac fut volontaire pour servir en Algérie. Nicolas Sarkozy et François Hollande ont fait leur service militaire. Le premier cirait les parquets à Balard et le second eut une singulière prémonition : réformé pour cause de myopie, François Hollande insista pour être tout de même incorporé comme tous ses condisciples de l'ENA, songeant, semble-t-il, d'après son biographe Serge Raffy[1], que cela ferait désordre dans son CV s'il devait un jour devenir ministre. Il finit par rejoindre l'École des officiers de Coëtquidan, où il retrouve notamment son futur ministre Michel Sapin. Quant à Emmanuel Macron, né en 1977, il aurait pu faire son service militaire s'il avait vraiment insisté, mais il faisait partie de la dernière « classe » avant la mise en place de l'armée de métier, décidée dès 1995 par Jacques Chirac. Et il n'insista pas pour porter l'uniforme.

1. *François Hollande, itinéraire secret*, Fayard, 2011.

LA JOURNÉE LA PLUS IMPORTANTE DE LA VIE DE FRANÇOIS HOLLANDE

Le 2 février 2013, trois semaines après le déclenchement de l'opération « Serval » destinée à stopper l'avancée de groupes djihadistes au Mali, François Hollande se rend à Tombouctou, où il est acclamé comme un libérateur : « Je viens sans doute de vivre la journée la plus importante de ma vie politique », déclare-t-il alors, surjouant peut-être un peu son rôle.

Le 13 janvier 2017, pour l'une de ses dernières sorties à l'étranger avant la fin de son mandat, il retournera au Mali, cette fois à Gao, saluer les troupes françaises. « Obsédé par la trace qu'il laissera dans l'Histoire, écrit la journaliste Solenn de Royer dans *Le Monde*[1], M. Hollande s'est lancé dans une tournée des adieux, notamment aux armes. Après un passage éclair le 9 décembre sur le *Charles-de-Gaulle*, il s'était rendu le 2 janvier en Irak, à Erbil, à 15 kilomètres de Mossoul. Dans un poste avancé des combattants kurdes, au-dessus de la plaine de Ninive, il avait longuement étudié une carte d'état-major et scruté l'horizon, la “poussière de la guerre”, à la jumelle [...]. À Gao, même topo. Le désert, le soleil, les uniformes de militaires et des chefs

1. 14 février 2017.

touaregs, l'ocre de la terre et le bleu du ciel : les images seront belles. Un moyen pour l'Élysée de "vendre" le bilan du président, convaincu que les deux opérations militaires extérieures de la France, "Barkhane" au Sahel et "Chammal" au Proche-Orient, sont des succès. "C'est le même combat, le même enjeu", a lancé M. Hollande. » Avec peut-être aussi un petit sentiment de nostalgie car trois mois plus tard, il va redevenir un citoyen presque comme les autres.

Pour avoir observé de très près François Hollande au moment de cette opération militaire, Gaspard Gantzer, responsable de la communication à l'Élysée, raconte[1] combien « la concentration du pouvoir sur les affaires diplomatiques et militaires est immense, le président de la République a tous les pouvoirs, même si François Hollande a été soucieux de toujours réintroduire de la collégialité. Il peut décider seul et, à partir du moment où le président a décidé, il faut une seconde pour tout mettre en place. C'est un avantage comparatif de la France dans le monde ».

Quand, ce 11 janvier 2013, François Hollande donne son feu vert pour l'intervention « Serval », c'est selon lui « l'existence même du Mali » qui est en cause. Dès les premières heures de l'opération, un officier français est tué lors d'un raid d'hélicoptères contre une colonne

1. Entretien avec l'auteur, 21 février 2017.

terroriste. Puis, très vite, le chef de l'État doit prendre une autre décision : celle d'envoyer la DGSE libérer un otage en Somalie, Denis Allex. Les deux opérations n'ont rien à voir l'une avec l'autre, c'est une coïncidence de calendrier. L'opération en Somalie échouera, l'otage et deux militaires français seront tués à leur tour.

Dans *La guerre de Troie n'aura pas lieu*, Jean Giraudoux fait dire à Ulysse que « le privilège des grands, c'est de voir les catastrophes d'une terrasse ». Ou d'un bureau de l'Élysée. Certes. La responsabilité des « grands » n'en est pas moins écrasante. Cette mission semble transcender ceux qui l'exercent. La preuve : pour les présidents, faire la guerre semble être devenu un passage obligé. Pas seulement en France : aux États-Unis, dès les attentats du 11 septembre 2001, George W. Bush avait hâte d'en découdre. Entre août 1990 et février 1991, François Mitterrand est comme un poisson dans l'eau dans la première guerre du Golfe, centralisant tous les pouvoirs à l'Élysée, ne laissant que des miettes à un Michel Rocard en sursis[1]. C'est la victoire totale du fameux « domaine réservé ».

Bien sûr, il faut demander son avis au Parlement, comme le prévoit l'article 35 de la Constitution[2].

1. Voir *supra*.

2. « La déclaration de guerre est autorisée par le Parlement. Le Gouvernement informe le Parlement de sa décision de faire

Mais, note Jean-Pierre Chevènement, plusieurs fois ministre, notamment de la Défense : « Les institutions sont exceptionnelles, elles sont faites pour déclarer la guerre et mettre en œuvre la dissuasion nucléaire[1]. »

LES LARMES DE GISCARD

Le 19 mai 1978, le 2e régiment étranger de parachutistes intervient à Kolwezi au Zaïre, actuelle République démocratique du Congo, dans une opération aéroportée décidée par Valéry Giscard d'Estaing pour tenter de libérer des otages européens retenus par des rebelles katangais. L'opération doit rester secrète jusqu'à son accomplissement, pour ne pas risquer d'envenimer la situation sur place. Dans *Le Pouvoir et la Vie*[2], d'un stylo transformé en scalpel, Valéry

---

intervenir les forces armées à l'étranger, au plus tard trois jours après le début de l'intervention. Il précise les objectifs poursuivis. Cette information peut donner lieu à un débat qui n'est suivi d'aucun vote. Lorsque la durée de l'intervention excède quatre mois, le Gouvernement soumet sa prolongation à l'autorisation du Parlement. Il peut demander à l'Assemblée nationale de décider en dernier ressort. »

1. Entretien avec l'auteur, 23 mai 2017.
2. Tome I, *op. cit.*

Giscard d'Estaing raconte que la journée passe et qu'il n'a aucune nouvelle des légionnaires partis de France. Le soir, il se rend (« en smoking », précise-t-il) à l'hôtel de Marigny, à deux pas de l'Élysée, où le président sénégalais, Léopold Sédar Senghor, offre un dîner lors de sa visite officielle en France. Au retour du dîner, raconte Giscard, alors qu'il « commence à déboutonner le col de [sa] chemise », la sonnerie du téléphone retentit. Message : « Premier largage effectué, opération réussie. » Commentaire de Valéry Giscard d'Estaing : « Ainsi tout s'est passé comme nous le voulions, comme nous l'espérions ! Maintenant, connaissant la qualité des hommes, je ne doute pas qu'ils vont réussir. Je prends ma tête entre les deux mains. Je ferme les yeux pour mieux respirer. Est-ce que je pleure ? Je n'en sais rien. Mais cela y ressemble. »

Surnommé « Valy l'Africain » par *Le Canard enchaîné*, Valéry Giscard d'Estaing racontera qu'il avait gardé des photos des frappes françaises réussies au Tchad, « pour les contempler de temps en temps ». Commentaire de Pierre Servent, dans *Les Présidents et la guerre*[1] : « Le président revit sous la bure du chef des armées. La guerre peut être source de jouvence, malgré sa violence et les affres de la décision. C'est dans ces moments-là que le président [...] mesure combien il est différent, vraiment

1. Perrin, 2017.

en charge, capable de sauver des vies humaines tout en devant assumer les pertes dans ses propres rangs. Seul, in fine, il est comptable devant l'Histoire. »

OÙ L'ON VOIT JACQUES CHIRAC S'INQUIÉTER DE LA RÉACTION DES MILITAIRES

Le fait du prince, ce peut aussi être la décision de ne pas faire la guerre. François Hollande, décidé à intervenir en Syrie en août 2013 pour punir Bachar Al-Assad d'avoir utilisé des armes chimiques, renonce quand il comprend que le président américain Barack Obama fait lui-même machine arrière, alors que les parlementaires britanniques ont donné un avis défavorable à David Cameron pour une telle intervention. « Techniquement, la France pouvait y aller seule », estime le général Jean-Louis Georgelin[1]. Mais, explique-t-il, « il fallait accepter des risques sans commune mesure avec ceux qu'on aurait pris si les Américains étaient intervenus ». Or, les présidents n'engagent généralement les forces françaises qu'en prenant « des risques très mesurés », explique Jean-Louis Georgelin. Au Mali en 2013, comme en Libye en 2011, « les risques potentiels étaient calibrés ». Si la guerre peut rendre les présidents

1. Entretien cité du 19 juillet 2017.

de la République populaires au début des interventions, lorsque le pays fait corps avec son chef, elle pourrait les condamner à l'impopularité, voire à l'opprobre, si les choses tournaient mal. Revenant sur l'épisode de l'intervention avortée en Syrie, François Hollande confiera à Gérard Davet et Fabrice Lhomme[1] : « Je ne sais pas ce que cela aurait donné si on avait frappé. Peut-être qu'on se reverrait et que vous me diriez : "Vous avez frappé, mais il y a Daech qui est là, c'est de votre faute." Ce que je peux dire, c'est qu'on n'a pas frappé… et il y a Daech. »

Jacques Chirac avait inauguré son premier G7, en juin 1995, en contraignant le président américain Bill Clinton, mais aussi le Britannique John Major et l'Allemand Helmut Kohl, à faire voter par le Conseil de sécurité de l'ONU la création d'une force de réaction rapide franco-britannique pour intervenir en Bosnie. Il domine alors et impressionne ses homologues, un mois seulement après son entrée en fonctions, en leur disant par exemple : « Mes missiles me disent… »

Jacques Chirac doit aussi une grande part de sa popularité à son refus d'intervenir en Irak aux côtés du président américain George W. Bush mais aussi des Britanniques, des Espagnols et des Polonais, au début de son second mandat. Sa décision est prise très vite et

1. *« Un président ne devrait pas dire ça… », op. cit.*

très tôt. Lorsque le général Georgelin prend ses fonctions de chef d'état-major particulier du président de la République, en octobre 2002, il entend dès le premier jour Jacques Chirac affirmer : « Il est hors de question qu'on fasse cette guerre », alors que l'ancien chef d'état-major avait préparé le dispositif d'intervention, pour le cas où.

Le président de la République n'a ensuite jamais varié, jamais hésité. Dans *Avec Chirac*[1], Philippe Bas, alors secrétaire général de l'Élysée, explique que « la menace américaine de mesures de rétorsion était prise très au sérieux par les milieux économiques. Ernest-Antoine Seillière, président du Medef, n'hésita pas à se prononcer publiquement contre les positions françaises avant le déclenchement du conflit [...]. Des ministres puissants, parmi lesquels Nicolas Sarkozy, des parlementaires influents aussi, ne faisaient pas mystère de leur opposition ou de leurs craintes [...]. La morgue de certains donneurs de leçons contre "Chirac l'irresponsable" frisait parfois la condescendance ».

Le chef de l'État ne change rien. Mais il nourrit tout de même, lui le « fana mili » depuis la guerre d'Algérie, une petite inquiétude, dont il entretient régulièrement son chef d'état-major particulier, assis à sa gauche dans le Salon vert de l'Élysée : « Les militaires ne vont pas

1. Éditions de l'Archipel, 2012.

être contents... », glisse-t-il, l'air préoccupé, au général Georgelin. Les militaires ne lui transmirent que trois demandes : que le survol du territoire soit autorisé pour les avions américains (en 1986, la France l'avait refusé aux États-Unis de Ronald Reagan, qui allaient bombarder Tripoli et Benghazi en Libye) ; que des bases militaires soient prêtes pour d'éventuels atterrissages des Américains (ce sera chose faite à Istres) ; enfin, que des hôpitaux puissent également être prêts à accueillir des blessés. Jacques Chirac accepta les trois demandes et restera celui qui a « dit non à George W. Bush ». À un visiteur partisan de l'intervention américaine en Irak, qui lui objecte alors qu'il « ne faut jamais laisser les États-Unis seuls dans une guerre » et lui fait miroiter le poids qu'il aurait eu dans le conflit s'il avait su rassembler tous les Européens derrière lui, Jacques Chirac répond : « Être à leurs côtés, de toute façon, ça ne sert à rien. J'ai l'expérience de la guerre en Bosnie. Nous avions décidé avec les Américains qu'aucune frappe n'aurait lieu sans concertation préalable. En fait, ils frappaient et nous informaient ensuite. Ils ne nous écouteraient pas en Irak ! »

LA GUERRE FACE AU TERRORISME

« La France est en guerre » : le 16 novembre 2015, devant les parlementaires réunis à Versailles, François Hollande prononce à quinze reprises les mots « guerre » et « actes de guerre », quatre jours après les attentats de Paris et de Saint-Denis, du Stade de France au Bataclan en passant par les rues de la capitale. Le soir même, il décide de fermer les frontières et de décréter l'état d'urgence. Après l'attentat de Nice, le 14 juillet 2016, le président socialiste innovera en institutionnalisant un conseil de sécurité et de défense, chaque semaine à l'Élysée. « Cela change la pratique des institutions, juge avec le recul Gaspard Gantzer[1]. Chaque mercredi, avant le Conseil des ministres, il y avait un conseil restreint avec les ministres régaliens et les responsables des services de police et du renseignement. François Hollande a créé des dispositifs pour réintroduire de la collégialité dans les décisions. Dans sa pratique du pouvoir, on comprendra qu'il y a des décisions d'une grande signification d'un point de vue institutionnel. Il a voulu rassembler autour de ses décisions, ce à quoi rien juridiquement ne l'obligeait. »

1. Entretien cité.

La guerre contre les djihadistes, qui a marqué le quinquennat de François Hollande, a commencé le 7 janvier 2015 avec l'attaque contre *Charlie Hebdo*. Le 8 janvier, une réunion est en cours en milieu d'après-midi à l'Élysée autour de François Hollande. Il y a là le Premier ministre Manuel Valls, la garde des Sceaux Christiane Taubira, le ministre de l'Intérieur Bernard Cazeneuve, ainsi que Jean-Pierre Jouyet, secrétaire général de l'Élysée, Thierry Lataste, directeur de cabinet du président, et Gaspard Gantzer, le patron du pôle communication. Deux prises d'otages sont en cours, l'une à l'Hyper Cacher de la porte de Vincennes, l'autre à Dammartin-en-Goële, où se trouvent les deux auteurs de la tuerie de *Charlie Hebdo*, les frères Kouachi. On informe les participants à la réunion, raconte Gaspard Gantzer[1], que l'avocate d'Amedy Coulibaly, l'auteur de la prise d'otages de l'Hyper Cacher, envisage de se rendre sur place pour négocier. À ce moment-là, personne ne sait combien il y a d'otages, ni s'il y a des morts.

Les services de police posent la question au président de la République : faut-il donner sa chance à cette négociation, ou lancer au plus vite deux interventions, qui doivent impérativement être simultanées pour réussir ? François Hollande décide d'organiser un tour de table.

1. *Ibid.*

Tout le monde ne donne pas la même réponse, il n'y a pas d'unanimité. Manuel Valls se tourne alors vers François Hollande : « Peu importent nos avis. C'est toi qui prends la décision », déclare gravement le Premier ministre, renvoyant François Hollande à la solitude présidentielle. Une solitude qui ne semble pas l'effrayer. Dans *« Un président ne devrait pas dire ça… »*[1], François Hollande confie : « Le fait d'être au pouvoir, c'est à un moment décider de la vie des autres, de la mort des autres. Oui, je crois que c'est ça qui est le plus fort : décider de la vie d'autrui. » Il ajoute que cette responsabilité écrasante ne trouble guère son sommeil (« Moi, quand je dors, je dors »). Il n'hésite pas non plus à revendiquer ce fait du prince à nul autre pareil, sur lequel ses prédécesseurs sont toujours demeurés silencieux : les opérations « Homo », soit l'autorisation donnée aux services spéciaux d'exécuter des ennemis jugés trop dangereux. « J'en ai même décidé quatre au moins », confie-t-il à Gérard Davet et Fabrice Lhomme. « *Licence to kill* », comme dirait 007. Mais pense-t-on spontanément à James Bond en regardant François Hollande ?

1. *Op. cit.*

« Mes » réformes

> « Tout n'est pas politique, mais la politique s'intéresse à tout. »
>
> MACHIAVEL

Toute ressemblance avec une période politique récente ne serait pas fortuite. Le 19 mai 1974, les Français élisent chef de l'État un homme jeune : Valéry Giscard d'Estaing a quarante-huit ans. C'est alors le plus jeune président depuis Jean Casimir-Perier en 1894. Il a une démarche de félin, un œil d'aigle, une intelligence comme rarement on en croisa. Après le général de Gaulle, qui était entré de son vivant dans l'Histoire mais ne comprenait plus la société française ; après Georges Pompidou, que la maladie a vaincu le 2 avril, la France prend un coup de jeune. « Le changement dans la continuité », a dit le jeune président, surtout connu par le passé comme ministre des Finances, ce qui aide rarement à devenir populaire.

Il a été élu de justesse : 50,8 % et seulement 425 000 voix de plus que son rival socialiste, François Mitterrand, qui était venu avec le programme commun et les communistes sur son porte-bagages. Giscard l'emporte sur le fil, et les Français ne sont pas au bout de leurs surprises.

Personne ne peut alors imaginer à quel point le jeune président, nouveau héros de la droite orléaniste, issu d'un milieu conservateur et chouchou des lecteurs du *Figaro* dirigé par l'académicien Jean d'Ormesson, va secouer la société française.

Avant-gardiste en matière d'art, visionnaire en économie, Georges Pompidou était resté très conservateur en matière de mœurs. Six ans après les soubresauts de mai 1968, son successeur comprend qu'il faut faire bouger les choses. La première année de Giscard est un fait du prince permanent. Il arrive à l'Élysée à pied, habillé en costume de ville et non plus en habit, refuse que le grand chancelier de la Légion d'honneur passe autour de son cou le grand collier, attribut de sa toute nouvelle puissance. Sur les Champs-Élysées, qu'il a descendus jadis avec l'École polytechnique, il impose une marche à pied du carrefour de l'avenue George-V à l'Étoile aux présidents des deux assemblées, Edgar Faure et Alain Poher (également président de la République par intérim), et au Premier ministre sortant, Pierre Messmer. Une idée tout droit venue des cérémonies d'intronisation des présidents américains.

L'homme qui veut « regarder la France au fond des yeux » a surtout l'intention de passer un coup de plumeau général. Raymond Aron a dit de lui qu'« il ne sait pas que l'Histoire est tragique » ? Il ne veut pas non plus que la politique soit une guerre, lui qui a su si bien mener et surtout gagner celle qui l'opposait au premier tour de l'élection présidentielle à Jacques Chaban-Delmas. Il veut que « la décrispation » préside à la vie politique française.

Une année durant, le président Giscard d'Estaing va faire alterner grandes réformes et petits gadgets, au point que les derniers feront parfois oublier les premières. Selon lui, il ne s'agissait pas de gadgets mais de « symboles », comme il l'a longuement expliqué dans ses mémoires[1].

En exigeant que *La Marseillaise* soit jouée plus lentement dans les cérémonies officielles, il ne commence pas par l'essentiel, d'autant que, s'il aime l'hymne national, il lui adjoint *Le Chant du départ*, qu'il avait appris à chanter dans son régiment, en 1944, et dont il apprécie « l'assurance triomphante et cuivrée ». De cette période, il gardera pour toujours une considération pour l'armée qui le fera aimer et (aujourd'hui encore) regretter par les militaires. De ce point de vue, « c'est le dernier grand président », dit de lui le général Jean-Louis Georgelin.

1. *Le Pouvoir et la Vie*, tome I, *op. cit.*

On joue *La Marseillaise*, écrit-il dans ses mémoires[1], « à un rythme endiablé, allègre, comme s'il s'agissait d'une danse joyeuse. Or la musique de l'époque où elle a été composée est une musique grave et lente, comme celle de toutes les marches militaires de l'Ancien Régime et de l'épopée impériale, qui encadrent sa naissance. Pourquoi donc, et depuis quand, la joue-t-on si vite ? [...] Je suis retourné aux sources ». Il ajoute cette phrase typiquement giscardienne : « C'était évidemment une question mineure, et j'aurais pu m'abstenir de la traiter ! Mais ma fonction faisait de moi l'auditeur le plus assidu de *La Marseillaise* et, à force de l'entendre, je souhaitais en améliorer l'exécution. »

Dès 1974 également, VGE modifie en un temps record le tracé du défilé du 14-Juillet. Ce ne sera pas sur les Champs-Élysées mais de Bastille à République. Même *L'Humanité*, le quotidien communiste, applaudit et veut voir dans ce changement « une preuve de l'influence grandissante de la gauche » et un signe que « Valéry Giscard d'Estaing a l'intelligence de s'adapter, de prendre l'air du temps »...

Étourdi, peut-être, par sa propre audace, Valéry Giscard eut d'ailleurs le 14 juillet 1974, place de la Bastille, une sorte de malaise qu'il décrit par le menu

1. *Ibid.*

dans *Le Pouvoir et la Vie* et qui ressemble fort à une crise d'angoisse.

En 1975, le défilé prendra le chemin du cours de Vincennes avant de retrouver les Champs-Élysées en 1976. Puis ce sera l'École militaire en 1977 et République-Bastille en 1979. Il s'agit, dit-il, de renouer avec l'esprit révolutionnaire et d'aller vers les quartiers populaires de la capitale.

Pour les Champs-Élysées, Valéry Giscard reprend au vol une idée du journaliste Yves Mourousi qui évoque devant lui la possibilité d'accueillir le Tour de France sur « la plus belle avenue du monde ». Il en parle au ministre de l'Intérieur, Michel Poniatowski, et l'affaire est rondement menée avec les organisateurs. Le directeur du Tour, Jacques Goddet, avait déjà caressé ce projet, que la préfecture de Police avait jugé fou. Mais si le Président le veut, bien sûr, ça change tout. En juillet 1975, Valéry Giscard d'Estaing viendra lui-même remettre le maillot jaune au vainqueur. En plus, c'est un Français, Bernard Thévenet. L'Élysée a émis une seule exigence : il ne doit pas y avoir de publicité sur le maillot jaune. Bernard Thévenet raconte volontiers comment il a enfilé, avec l'aide du président de la République venu en voisin, un maillot jaune sans logo mais tellement transparent qu'on voyait nettement la marque Peugeot à travers.

OÙ L'ON VOIT MICHEL PONIATOWSKI ÉVOQUER L'AVORTEMENT DEVANT SIMONE VEIL

Dans le tract de campagne de Valéry Giscard d'Estaing, dans ses interventions télévisées, dans son débat du 10 mai 1974 face à François Mitterrand, celui du « monopole du cœur », il n'y a pas trace vraiment explicite de la majorité à dix-huit ans, ni de la dépénalisation de l'avortement, ni du divorce par consentement mutuel. Pendant que François Mitterrand cherchait à recueillir les voix ouvrières de Billancourt, Giscard ne voulait surtout pas désespérer les habitants du 16e arrondissement de Paris et les lecteurs du *Figaro*, qui sont d'ailleurs souvent les mêmes.

Quelques années plus tôt, en 1967, le général de Gaulle avait, lui aussi, bousculé son milieu social, ses électeurs et sans doute ses propres convictions en donnant son feu vert au député gaulliste Lucien Neuwirth, grand résistant, pour faire adopter sa proposition de loi légalisant la contraception. « C'est vrai, lui avait dit le Général, transmettre la vie, c'est important. Il faut que ce soit un acte lucide[1] ! » avant d'émettre en Conseil des

1. Raconté par Lucien Neuwirth dans *Une histoire abracadabrantesque*, de Jean-Yves Lhomeau et Marie-France Lavarini, Calmann-Lévy, 2009.

ministres, le 7 juin 1967, une seule réserve en refusant la prise en charge de la pilule par la Sécurité sociale : « Les Français veulent une plus grande liberté de mœurs, mais on ne va quand même pas leur rembourser la bagatelle ! » aurait-il lancé, selon les récits d'Alain Peyrefitte[1].

Pendant sa campagne présidentielle, Valéry Giscard d'Estaing a souvent parlé d'une société à « décrisper », évoquant l'importance de la jeunesse et la nécessaire place des femmes dans la société française (on parlait alors de la « promotion de la femme »). Mais le futur président de la République était resté dans le vague sur les moyens à mettre en œuvre. Il parlait de « changement sans risque », de « changement profond » et de « volonté d'ouverture », déclarant lors d'une de ses dernières interventions télévisées : « Si vous m'élisez président de la République, ce que j'essaierai de faire, ce que nous ferons ensemble, ce sera mieux qu'avant [...]. Vous serez surpris par l'ampleur, par l'audace, par la rapidité du changement que je veux introduire dans la politique de notre pays. »

En quelque deux cents jours, le jeune président réussit donc l'exploit de réaliser des promesses... qu'il n'avait pas faites. C'est par une multiplication de faits du prince, et souvent contre l'avis de ses

1. *C'était de Gaulle*, tome I, Fayard, 1994.

proches amis politiques, que Giscard commence son septennat.

Dès l'été (la loi est publiée le 7 juillet au *Journal officiel*), la loi sur la majorité à dix-huit ans entre dans les faits. La majorité civile, a voulu le Parlement, au-delà du droit de vote. Pourtant, des caciques de la droite expliquaient à Valéry Giscard d'Estaing que tous ces jeunes n'auraient aucune reconnaissance et voteraient évidemment contre lui (ce qu'ils ne manqueront pas de faire en effet sept ans plus tard). Puis il décide de ne plus célébrer le 8 Mai, dont François Mitterrand fera en guise de réponse un jour férié sept ans plus tard, pour le plus grand bonheur des associations d'anciens combattants dont il avait toujours été le fidèle porte-parole.

« De ce jour date une ère nouvelle de la politique française », avait déclaré Valéry Giscard d'Estaing au soir de son élection. Le divorce par consentement mutuel en fait partie. Dans *Le Pouvoir et la Vie*[1], Valéry Giscard d'Estaing écrit : « Le ministre de la Justice, Jean Lecanuet, nous a apporté un projet préparé par ses services avec le concours d'éminents juristes, dont les dispositions générales paraissaient satisfaisantes, mais qui était rédigé dans un vocabulaire [...] totalement inaccessible à un lecteur moderne. »

1. Tome I, *op. cit.*

Le Président se transforme en conseiller du ministre de la Justice et interroge à plusieurs reprises : « Pourquoi cette présentation incompréhensible ? », pourquoi ce « vocabulaire tel qu'on le pratiquait au Parlement d'Auvergne au XVIIe siècle » ? Le directeur des Affaires civiles du ministère lui répond : « Monsieur le président, c'est impossible ! »

« Impossible ! » Variante : « On a toujours fait comme ça ! » Combien de fois ont-ils entendu cette phrase, les présidents, les chefs de gouvernement et les ministres ? Pourquoi changer, puisqu'on a toujours fait comme ça, dans un immobilisme si confortable ? Giscard ne veut pas s'en laisser conter : « Je sens qu'il met dans cette réplique tout son courage, qu'il a le sentiment de jouer le va-tout de sa carrière administrative avec la même dignité que les carmélites de Bernanos montant à l'échafaud. »

Finalement, le texte, en partie écrit par le chef de l'État au grand dam de l'Administration, est publié au *Journal officiel* du 11 juillet 1975 : « Le jour où le texte est paru [...], j'ai pu le lire, imprimé. J'étais heureux : il était compréhensible pour chacun, comme devraient l'être, en principe, toutes les lois. »

Valéry Giscard d'Estaing ne s'arrête pas là. Il lance une série de commissions qui doivent lui remettre des rapports : Raymond Barre, Pierre Sudreau, Alain Peyrefitte, Jacques Soustelle, Jean Bernard, François Jacob, André

Lwoff et Jacques Monod sont mis à contribution pour étudier le logement, l'entreprise, les fléaux sociaux, la violence, l'action contre la nouvelle pauvreté, l'informatique et les libertés, la recherche archéologique. « Les éditions de ces rapports, écrit Giscard dans *Le Pouvoir et la Vie*[1], forment une bibliothèque impressionnante. » Et si certains rapports n'ont pas tout de suite été suivis d'effet, ils ont labouré le terrain pour… la gauche, le rapport Sudreau sur l'entreprise ouvrant par exemple la voie aux lois Auroux, qui feront tant hurler la droite après la victoire de François Mitterrand en 1981.

Et puis, bien sûr, il y a l'avortement. La mort de Simone Veil, le 30 juin 2017, a permis à toutes les femmes de se replonger dans cette période déjà lointaine. Les plus âgées avec nostalgie peut-être, reconnaissance sûrement. Les plus jeunes avec sans doute un peu d'étonnement. Mais si toutes (et tous) mettent la loi sur la dépénalisation de l'avortement au crédit de Simone Veil, ils ont tort d'oublier le rôle prééminent de Valéry Giscard d'Estaing dans l'affaire. Pendant la campagne électorale, il a beaucoup parlé des droits des femmes, et nommé pendant l'été 1974 Françoise Giroud, alors directrice de *L'Express*, ministre de la Condition féminine. Dans *Le Figaro*, saluant la mémoire de Simone

1. *Ibid.*

Veil[1], l'ancien président de la République affirme qu'il avait promis, pendant sa campagne électorale, de légaliser l'interruption volontaire de grossesse : « J'avais été horrifié, écrit-il, par l'image des tribunaux qui imposaient à de jeunes femmes, généralement sans ressources, des peines de six mois de prison. Il fallait un texte. Je voulais qu'il fût clair, à l'image du premier Code civil. Nous l'avons rédigé à l'Élysée, avec le ministre de la Justice, Jean Lecanuet, le ministre de l'Intérieur et le ministre de la Santé, seule femme parmi nous, Simone Veil. Quand la rédaction fut achevée, le ministre de la Justice, Jean Lecanuet, m'a demandé de ne pas défendre le texte devant le Parlement, bien qu'il s'agisse d'une modification du Code civil, en raison de ses convictions personnelles et des réactions négatives de beaucoup de membres de sa famille politique et religieuse. J'ai décidé alors de confier cette responsabilité au ministre de la Santé. »

Giscard réécrit-il l'Histoire ? On cherche en vain, dans ses « professions de foi » de l'époque, une trace de l'avortement. Rien non plus dans ses interventions audiovisuelles de la campagne officielle. Et rien lors du débat avec François Mitterrand, le fameux débat du « monopole du cœur », le 10 mai 1974. Rien, enfin, dans le message aux parlementaires que le président

1. « À Simone disparue », *Le Figaro*, 5 juillet 2017.

de l'Assemblée nationale, Edgar Faure, lit le 30 mai 1974. En revanche, dans ce message, il annonce le droit de vote à dix-huit ans, l'élargissement de la saisine du Conseil constitutionnel, et lance aux députés une invite qui ressemble à un ordre : organiser, une fois par semaine, une heure de questions d'actualité. Il leur en indique même le jour : ce sera « le mercredi, en début d'après-midi »[1].

Sur les sujets de société, il en reste aux généralités. Pendant la courte campagne électorale, il avait fait une déclaration qui pouvait être comprise de différentes manières : « Respecter la vie ; secourir, dans le refus de la clandestinité, les femmes menacées physiquement ; permettre à toute femme de garder son enfant dans les meilleures conditions ; laisser libre la conscience de chacune et des médecins. » Le Premier ministre Jacques Chirac, le 5 juin suivant, est plus précis lors de son discours de politique générale : « Le sujet de l'interruption de grossesse est le plus actuel ; il devra, je l'indique au Parlement, être tranché dès cette année. » Dans l'hémicycle, une voix lance : « Très bien ! » C'est celle de Lucien Neuwirth. Enfin, dans sa conférence de presse du 23 juillet, Valéry Giscard d'Estaing confirme : « Je souhaite que le Parlement tranche dans un sens qui soit

1. De 1974 à 1993, il y eut une séance hebdomadaire de deux heures. Puis deux séances d'une heure, les mardis et mercredis.

libéral et non répressif. J'ai donné comme instruction au gouvernement de ne plus entreprendre de poursuites, dans l'attente du vote du Parlement, à l'encontre des femmes qui se verraient appliquer la loi de 1920. »

« On ne s'attendait pas du tout à ce que Giscard fasse cela », confirme Yves Cannac, alors secrétaire général adjoint de l'Élysée[1], qui analyse ainsi cette décision surprenante : « Ce qui distinguait Valéry Giscard d'Estaing de la plupart des autres présidents, c'est qu'il avait une vraie réflexion sur la société, dont il sentait les évolutions. Avec l'avortement, il prenait son propre électorat à rebours. » Françoise Giroud l'a raconté dans *La Comédie du pouvoir*[2] : « Plusieurs ministres y sont hostiles et ont essayé de persuader le Président de le remettre, puis de modifier le contenu du projet de loi. En vain. C'est le secrétaire général de l'Élysée[3] qui a repris de sa plume la rédaction de l'exposé des motifs. »

Simone Veil, qui a courageusement mené à bien la réforme, n'en était pas l'initiatrice. C'est elle-même qui le dit à Annick Cojean dans un livre[4], quand la journaliste lui demande si sa nomination au ministère de la Santé « sous-entendait la gestion du dossier avor-

1. Entretien avec l'auteur, 19 décembre 2016.
2. Fayard, 1977.
3. Claude Pierre-Brossolette.
4. *Les hommes aussi s'en souviennent*, Stock, 2004.

tement » : « Non, pas du tout, répond Simone Veil. C'était le garde des Sceaux qui avait préparé le précédent projet de loi. Je n'avais donc aucune raison de penser que cela incomberait au ministre de la Santé. C'est Michel Poniatowski, mon prédécesseur, qui m'en a parlé, lors de la passation des pouvoirs. Il savait que je m'intéressais particulièrement à la question. "Il est urgent de légiférer, m'a-t-il dit, sinon vous risquez un beau matin de surprendre un avortement sauvage pratiqué sous votre propre bureau." »

C'est Michel Poniatowski, surtout connu pour sa dureté comme ministre de l'Intérieur, qui transmet à Simone Veil cette mission à accomplir. Un an plus tôt, le 13 décembre 1973, il avait lui-même défendu devant l'Assemblée nationale un projet de loi autorisant l'avortement « en cas de risque pour la santé physique, mentale ou psychique de la femme, d'un risque élevé de malformation congénitale ou d'une grossesse consécutive à un acte de violence ». Le texte avait été repoussé par 225 voix contre 212.

Comme Michel Poniatowski était l'ami et souvent le messager du prince, c'est bien du prince que venait la consigne transmise à Simone Veil. À droite, certains ne le pardonneront jamais à Giscard, qui regretta pourtant de ne pouvoir aller plus loin en organisant un référendum. A-t-il payé au prix fort, en 1981, cette loi que vota la gauche ? « Une partie de l'opinion m'a tenu rancune de cette mesure, en oubliant les circonstances où elle était intervenue, et en déformant vicieusement sa nature comme si elle manifestait de ma part une "préférence" pour l'avortement », écrira-t-il dans ses mémoires.

Quant à Yves Cannac, tout en saluant le « formidable bilan » de Giscard, il y met un bémol : « Il pouvait imposer des décisions spécifiques, mais il ne pouvait pas imposer une politique[1]. » Comme le démontrèrent ses relations de plus en plus difficiles avec son Premier ministre, Jacques Chirac.

OÙ L'ON VOIT JACQUES CHIRAC ÉPARGNER DES MILLIERS DE VIES SUR LES ROUTES FRANÇAISES

Le 5 mai 2002, Jacques Chirac est réélu président de la République avec plus de 82 % des suffrages. La France est encore sonnée par les 16,86 % et la qualification pour le second tour de Jean-Marie Le Pen le 21 avril. Un Jean-Marie Le Pen dont Jacques Chirac s'était toujours méfié. « Avez-vous des relations avec le Front national ? » demande-t-il à Renaud Denoix de Saint Marc en mars 1986, avant de le choisir comme secrétaire général du gouvernement[2]. Quelque temps

1. Entretien cité.
2. Entretien cité.

plus tard, recevant à l'Élysée les responsables des partis politiques représentés au Parlement (Le Front national a alors 35 députés), Jacques Chirac demandera expressément que le plan de table soit fait de telle sorte qu'il n'apparaisse pas avec Jean-Marie Le Pen sur les photos.

Mais, ce 5 mai, un grand « ouf » de soulagement traverse le pays. On peut donc passer à autre chose. Le 14 juillet, alors qu'un dénommé Maxime Brunerie a tenté de tirer sur lui pendant le défilé sur les Champs-Élysées et qu'il ne s'en est guère ému (« Ah bon ? » a-t-il répondu à son ministre de l'Intérieur, Nicolas Sarkozy, qui venait de l'en informer), Jacques Chirac veut parler de ses chantiers. Pas pour annoncer, lors du traditionnel entretien de ce jour de fête nationale, la construction d'un musée, d'une bibliothèque ou d'un opéra, comme son prédécesseur. Non. Lui parle de « chantiers qui ne sont pas de pierre » et en énumère trois : la lutte contre le cancer, l'intégration des handicapés dans la société et la lutte contre l'insécurité routière. « Je suis absolument horrifié, dit Jacques Chirac, par le fait que les routes françaises sont les plus dangereuses d'Europe. » De fait, on compte alors en France plus de 8 000 morts par an sur les routes. Plus de 20 morts par jour. Un bilan quotidien que l'opinion publique ne supporterait pas s'il s'agissait d'accidents d'avion ou d'actes terroristes. La mortalité routière, au fil des années, s'est installée dans le paysage. La presse quotidienne régionale la relate jour après jour, surtout le dimanche et le lundi matin, mais elle semble n'émouvoir personne.

Jacques Chirac est-il sensible au sujet parce qu'il a, lui-même, été victime en 1978 d'un grave accident sur les routes verglacées de Corrèze ? Déjà, le 11 mai 1995, il avait abordé le sujet dans un entretien au *Figaro*, juste après sa première élection, parlant de « priorité » et affirmant : « Je souhaite que le prochain gouvernement engage un plan de lutte contre l'insécurité routière. » Rien ne s'était passé. L'opinion n'avait pas réagi, le gouvernement d'Alain Juppé n'avait pas donné suite. Parfois, le président de la République, même tout juste élu par les Français, parle dans le vide. Aussi puissant soit-il...

Jacques Chirac, cependant, reste mobilisé sur le sujet. Ainsi, pendant la campagne de 2002, il est le seul des seize candidats à rencontrer les associations de victimes, qu'il reçoit pendant plus de deux heures, le 8 octobre 2001, alors que tous leurs responsables s'attendaient à une annulation ou à un court passage du Président, moins d'un mois après les attentats du 11-Septembre aux États-Unis.

Le 13 juillet, le Président avait lu dans l'hebdomadaire *Le Point* un reportage sur « les chasseurs de chauffards dans les Yvelines ». Un récit brutal et cru de la mortalité routière quotidienne. À quoi tiennent les décisions présidentielles ! Jacques Chirac décide d'en parler. Son ministre de l'Équipement et des Transports, Gilles de Robien, n'est pas consulté. Il apprend qu'il est en charge d'un des « chantiers » du Président en regardant la télévision, comme tout le monde ! Lui-même très conscient de la gravité du sujet (il a combattu dans le passé le principe de l'amnistie présidentielle pour les délits routiers), il se dit simplement : « Chouette[1] ! »

Cette fois, ça marche, et ce cas sera sans doute étudié longtemps dans les cours de sciences politiques, au chapitre des marges de manœuvre des élus. Gilles de Robien prend le problème à bras-le-corps, Nicolas Sarkozy au ministère de l'Intérieur fait de même (les deux ministres se livreront même à une course de vitesse chaque mois pour annoncer les bons chiffres), les journaux télévisés de 20 heures se remplissent de récits d'accidents. Dès septembre, alors que les fameux radars ne sont pas encore en service, la courbe de la mortalité routière est à la baisse. Elle le restera pendant dix ans.

Puis les présidents ne diront plus rien sur le sujet. Le 14 juillet 2003, Jacques Chirac ne sera d'ailleurs pas interrogé sur les trois chantiers annoncés l'année précédente. Le suivi des dossiers n'étant pas la qualité première du journalisme, il devra insister pour en glisser un mot en fin d'entretien et évoquer sa volonté de poursuivre, notamment en matière de sécurité routière.

1. Entretien avec l'auteur, le 27 mai 2003.

Preuve que les obsessions présidentielles, heureusement, se focalisent parfois sur des sujets qui peuvent se transformer en politiques efficaces et utiles. Jacques Chirac n'a pas transformé la France et on lui reproche encore l'immobilisme de son quinquennat. Mais il aura sauvé des milliers de vies, donnant raison à Nicolas Machiavel : « Il n'y a rien qui fasse tant estimer un prince que d'accomplir de hardies et magnanimes entreprises et donner de soi des exemples dignes de mémoire. » Quel dommage que Jacques Chirac n'ait pas mis la même énergie pour faire aboutir d'autres réformes !

« Le président de la République a le droit de faire grâce »

« La clémence des princes n'est souvent qu'une politique pour gagner l'affection des peuples. »

LA ROCHEFOUCAULD

« J'allume la radio. J'écoute le bulletin de 6 heures. Le journaliste lit un communiqué qui a été affiché sur la porte de la prison : le condamné à mort a été exécuté ce matin un peu après 4 heures. Je reste étendu. Je suis fatigué. En moi, rien ne bouge » : ainsi Valéry Giscard d'Estaing raconte-t-il[1] ce petit matin du 28 juillet 1976 où fut guillotiné Christian Ranucci, jugé coupable d'avoir enlevé et tué une petite fille, Marie-Dolorès Rambla, le 3 juin 1974. Les zones d'ombre de l'affaire laisseront toujours planer un doute sur la culpabilité de Christian Ranucci. C'est la fameuse histoire du

1. *Le Pouvoir et la Vie*, tome I, *op. cit.*

« pull-over rouge », qui donnera lieu à un livre de Gilles Perrault et à un film de Michel Drach.

C'est la première fois que Valéry Giscard d'Estaing refuse une grâce. Il le fera deux autres fois jusqu'en 1981. Puis la peine de mort disparaîtra. Avant ce glacial « En moi, rien ne bouge », l'ancien président raconte comment il a préféré, cette nuit-là, dormir seul à l'Élysée plutôt qu'au domicile familial de la rue de Bénouville, dans le 16e arrondissement de Paris ; comment il a envisagé de se rendre à la première messe à l'église Saint-Germain-l'Auxerrois, en face du Louvre, afin de « penser plus intensément au déroulement de cet événement et assumer la part qui [lui] en revenait » ; comment, éveillé à 4 heures du matin, il a regardé par la fenêtre et entendu « le glissement huileux des balayeuses municipales » ; comment, enfin, à 6 heures, il a « fait un signe de croix ».

Toujours spectateur de lui-même et racontant de manière quasi chirurgicale cette nuit d'exécution capitale, Valéry Giscard d'Estaing n'en décrit pas moins le poids qui repose à ce moment-là sur les épaules du président de la République. Qui reposait, puisque la peine de mort a été abolie en 1981.

Vécue de l'autre camp, cette prérogative présidentielle a été analysée par Robert Badinter dans *L'Exécution*[1].

1. Grasset, 1973.

Le futur garde des Sceaux de François Mitterrand est alors l'avocat de Roger Bontems dans la célèbre affaire Buffet-Bontems, condamné comme Claude Buffet en 1972 comme auteur et complice du double meurtre d'une infirmière et d'un gardien dans l'enceinte de la prison de Clairvaux. La cour d'assises a reconnu Roger Bontems non coupable, mais la peine sera la même pour les deux hommes. Alors que le pourvoi en cassation a été rejeté, Robert Badinter se rend à l'Élysée avec ses collègues avocats. Ils sont quatre face au président Georges Pompidou. Après une demi-heure d'entretien et quelques questions, « le président fait part de son intérêt », raconte l'avocat. « Quand mon tour fut venu, écrit-il, je sentis en moi une passion de convaincre, telle que je ne me souvenais pas en avoir jamais éprouvé de pareille. Chaque mot, chaque phrase devait atteindre cet homme dont tout dépendait. » Ils ne l'atteignirent pas. Quelques jours plus tard, maître Badinter reçoit le coup de téléphone redouté : « Maître, ici le parquet général, l'exécution est fixée à cette nuit. »

L'abolition de la peine de mort, défendue par le même Robert Badinter, a été votée le 18 septembre 1981. Mais la grâce présidentielle, directement héritée de la monarchie, existe toujours, même si elle n'équivaut plus à un droit de vie ou de mort. L'article 17 de la Constitution stipule : « Le président de la République a le droit de faire grâce à titre individuel. » La mention « à titre individuel » a été ajoutée par la réforme constitutionnelle de 2008, mettant un terme aux grâces collectives. Entre 1958 et 1981, dix-neuf condamnés ont été exécutés sous le règne du général de Gaulle, trois pendant le mandat de Georges Pompidou, trois pendant le septennat de Valéry Giscard d'Estaing.

Le jour de son arrivée à l'Élysée, François Mitterrand ne trouve qu'un seul dossier sur son bureau : dans une chemise en carton vert, Valéry Giscard d'Estaing a laissé à son successeur la demande de grâce de Philippe Maurice, condamné à mort pour le meurtre d'un policier. Quatre jours plus tard, le 25 mai 1981, François Mitterrand va le gracier. C'est alors la peine de mort qui est condamnée. Ce fait du prince était prévisible. Quand le candidat Mitterrand confirme, en pleine campagne électorale, qu'il abolira la peine de mort, plus de 60 % des Français y sont hostiles, selon les sondages. Mais Mitterrand ne tremble pas face à l'opinion et passe outre, faisant de ce choix la marque de son début de règne. Il efface ainsi, en une loi, les quarante-cinq nationalistes algériens qu'il a laissé guillotiner sans dire un mot en 1956-1957, alors qu'il était garde des Sceaux dans le gouvernement de Guy Mollet.

OÙ L'ON VOIT LE PUTSCHISTE JOUHAUD DIVISER DE GAULLE ET POMPIDOU

Contrairement à ce qu'on imagine souvent, la grâce est soumise à contreseing. Formalité ? Pas du tout. En une occasion, sous la Ve République, on a assisté à un début de crise entre le chef de l'État d'un côté, le Premier ministre et le ministre de la Justice de l'autre, à propos d'une grâce. Et, surprise, le Président n'a pas eu le dernier mot.

Le 9 avril 1962, le Haut Tribunal militaire condamne à mort le général Edmond Jouhaud, auteur avec Raoul Salan, Maurice Challe et André Zeller d'une tentative de putsch connu sous le nom de « putsch des généraux » le 21 avril 1962 à Alger. Le meneur, Salan, n'a pas été condamné à mort. De Gaulle commence par réagir en demandant la suppression du Haut Tribunal militaire. Mais il ne veut surtout pas gracier Jouhaud, contre l'avis de son Premier ministre et de son garde des Sceaux, Jean Foyer. Georges Pompidou se confie à Alain Peyrefitte[1] : « Le Général estime qu'il fallait faire un exemple, pour rendre manifeste aux yeux de tous la gravité impardonnable d'un putsch militaire. L'exécution capitale du grand chef aurait fourni cet exemple. À défaut de Salan,

1. *C'était de Gaulle*, tome I, *op. cit.*

ne reste plus que la tête de son second. Il a donc décidé hier soir de rejeter le recours en grâce présenté par Jouhaud. Il est intraitable. Il veut répondre par l'exécution de Jouhaud au défi que lui lance la sentence pour Salan. »

Or, note Georges Pompidou, « le droit de grâce relève de la seule conscience du Général. Aucun président de la République, et lui moins que tout autre, ne saurait admettre une pression, ou même un conseil. Et pourtant, j'estime ne pas avoir le droit de lui laisser commettre cette erreur, ou de rester au gouvernement s'il la commet ».

Georges Pompidou raconte avoir prédit au général de Gaulle qu'on lui reprocherait cette exécution « comme on reproche encore à Napoléon l'exécution du duc d'Enghien ». Le Premier ministre met sa démission dans la balance et croit même deviner le nom de son successeur : Christian Fouchet, alors ministre de l'Information. Tandis que le garde des Sceaux Jean Foyer tente une manœuvre de procédure (« arguties juridiques », écrira de Gaulle dans ses *Mémoires d'espoir*) et que Jouhaud, depuis sa prison, appelle l'Organisation de l'armée secrète (OAS) à cesser le combat contre la France, de Gaulle pèse le pour et le contre.

Georges Pompidou, parlant de cet épisode comme de « la crise la plus sérieuse » qu'il ait vécue avec le

Général, raconte l'épilogue dans ses *Lettres, notes et portraits (1928-1974)*[1] : « Sa proie lui échappait. Il lui fallait une victime de substitution. Le garde des Sceaux s'époumonait à inventer des arguments juridiques que je ne discutais pas et même qui m'aidaient, mais qui ne pesaient pas lourd. Finalement, le Général me garda seul et me dit :

– Je vais faire exécuter Jouhaud.

– Mon Général, je ne puis m'y associer et je ne signerai pas le décret.

– Dans ce cas, il faudra me remettre votre démission.

– Bien, mon Général.

Notre dialogue s'arrêta là. Mais, à la stupeur du Général devant ma réponse, je compris que j'avais gagné. Il devait me dire plus tard : "Entre deux inconvénients, votre démission et la grâce de Jouhaud, j'ai choisi le moindre." »

Le général Jouhaud ne sera pas exécuté. Sa peine sera commuée en prison à perpétuité, il sera libéré en 1967 puis amnistié. En 1982, sa réintégration dans l'armée par François Mitterrand provoquera une crise entre le président de la République et le groupe socialiste à l'Assemblée nationale. Le président du groupe, Pierre Joxe, ne voulait pas entendre parler de ce qu'on appela « l'amnistie des généraux ». C'est son père, Louis Joxe, qui

1. Robert Laffont, 2012.

avait négocié les accords d'Évian mettant fin à la guerre d'Algérie et sa tête avait été mise à prix par l'OAS. Six généraux (dont Raoul Salan et Edmond Jouhaud) sont encore vivants en 1982 et François Mitterrand estime alors qu'« il appartient à la nation, au bout de vingt ans, de pardonner ».

La plupart des députés socialistes soutiennent leur président de groupe. L'amnistie des généraux est quand même votée. Mais c'est l'article 49-3, qui permet l'adoption d'un texte sans vote, qui est venu cette fois au secours du fait du prince. Pierre Joxe ne démissionnera pas pour autant.

JACQUES CHIRAC GRACIE MAXIME GREMETZ ET JOSÉ BOVÉ

La peine de mort a été abolie, mais le droit de grâce existe toujours. Selon le magistrat Philippe Bilger[1], qui présida souvent les cours d'assises, les grâces singulières « sont octroyées quand elles peuvent pallier les dysfonctionnements d'une institution et les conséquences sur le destin d'une personne. Elles ne sont pas destinées à mettre à mal le fonctionnement d'une institution qui a parfaitement œuvré ».

1. Entretien avec l'auteur, 5 janvier 2017.

Le magistrat sait que tel n'est pas toujours le cas. Y aurait-il aussi du copinage dans le droit de grâce ? Non, lorsque François Hollande décide en 2014 de gracier Philippe El Shennawy, qui est alors en prison depuis trente-huit ans, un record, pour des attaques à main armée. Non, lorsque Jacques Chirac réduit en 1996 la peine d'Omar Raddad, le jardinier condamné pour le meurtre de sa patronne (« Omar m'a tuer »), et qui a toujours clamé son innocence.

Mais copinage, oui, lorsque Nicolas Sarkozy gracie le préfet Jean-Charles Marchiani, condamné dans des faits de corruption alors qu'il faisait partie du cabinet de Charles Pasqua, ministre de l'Intérieur.

Copinage et clin d'œil politique aussi, lorsque Jacques Chirac (qui a naguère vendu *L'Humanité* à la criée) gracie le député communiste Maxime Gremetz, condamné à deux ans d'inéligibilité pour avoir foncé en voiture sur un groupe d'élus de Picardie. Ou quand il gracie José Bové, condamné pour avoir détruit des plants de maïs.

LA GRÂCE À DOUBLE DÉTENTE DE JACQUELINE SAUVAGE

François Hollande a innové dans ce domaine. Par deux fois, il a accordé sa grâce à Jacqueline Sauvage, cette femme qui fut par deux fois condamnée à dix ans de prison en cour d'assises pour avoir en 2012, d'un coup de fusil, abattu son mari qui la battait depuis plus de quarante ans. Le 31 janvier 2016, il lui accorde une grâce partielle, lui permettant de demander sa remise en liberté plus vite que prévu. Mais les magistrats refusent la libération conditionnelle. Le 28 décembre 2016, en guise d'étrennes, le président de la République offre une grâce totale à Jacqueline Sauvage.

Dans cette affaire, le président de la République a écouté davantage les « people » mobilisés en faveur de la condamnée que les spécialistes du droit, quitte à en faire une héroïne. Au fil des pétitions et des manifestations de soutien où la gauche, la droite et même le Front national mêlaient leurs mêmes voix indignées qui allaient toutes dans le sens du vent, Jacqueline Sauvage était devenue le symbole, presque l'icône de toutes les femmes battues. Philippe Bilger[1] ne s'en est toujours pas remis : « François Hollande a manifesté l'ignorance de nos élites du fonctionnement judiciaire. En cédant à des influences médiatico-mondaines délétères, il a rendu le pire service qui soit au fait du prince », dit-il. Pour Philippe Bilger, « tout ce qui est de nature à faire que le pouvoir politique s'immisce sans légitimité dans le fonctionnement judiciaire est grave. Le contrôle, la

1. *Ibid.*

vigilance, oui. Mais quand il faudrait sanctionner professionnellement, les politiques n'osent pas le faire »…

L'avocat Daniel Soulez-Larivière sera tout aussi sévère avec la grâce à double détente de François Hollande : « Au lieu de s'obstiner dans une justification du crime tonitruante, provocante et contre-productive, une défense humaine, intime, discrète, soulevant des circonstances atténuantes aurait peut-être été plus efficace et convaincante. » Une autre manière de dire que si Jacqueline Sauvage avait eu de bons avocats, elle n'aurait peut-être pas eu besoin de François Hollande et de cette justice rendue sur la place publique, ce que les jurés de deux cours d'assises n'ont probablement pas apprécié.

Mon musée, ma bibliothèque, mon opéra

> « Les princes doivent mettre sur le dos des autres les besognes désagréables, et se réserver à eux-mêmes les agréables. »
>
> MACHIAVEL

« Dans toute ville, je me sens empereur ou architecte, ce qui revient au même. Je tranche, je décide, j'arbitre, je condamne et ressemble en cela à mes concitoyens. Chacun fait, de son goût, la règle. » Ces mots de François Mitterrand ne datent pas de 1981 et du lancement des premiers « grands travaux » qui courront tout au long de ses deux septennats. Ils ont été écrits en 1975 dans *La Paille et le Grain*[1].

Autant dire que le futur prince voyait loin. Au premier rang des thuriféraires, Jack Lang confirme[2] :

1. Flammarion, 1975.
2. Entretien avec l'auteur, 9 janvier 2017.

« Mitterrand était un prince avant d'être président, un prince dont on grave les médailles. » Dans son *Dictionnaire amoureux de François Mitterrand*[1], l'ancien ministre de la Culture raconte : « En matière de grands travaux, Mitterrand est soucieux d'aller vite, de frapper fort pour rendre le projet irréversible. Pour la Pyramide, il est plus volontariste que jamais. Il scrute la maquette sous tous les angles, suit chaque phase de chantier, bottes aux pieds et casque sur la tête [...]. Bien sûr, il aurait aimé être l'unique décideur. Il se serait volontiers délié les mains des entraves procédurales. »

On connaît la liste des travaux mitterrandiens : le Grand Louvre avec la pyramide de Pei (« Seul un acte de souveraineté peut donner corps au dessein ambitieux du Grand Louvre », écrit Jack Lang au président de la République dès le 27 juillet 1981), l'Opéra-Bastille (voulu par un président qui n'écoutait pas de musique), la Grande Arche de la Défense, la Très Grande Bibliothèque, aujourd'hui bibliothèque François-Mitterrand. On peut y ajouter trois projets lancés pendant le septennat de Valéry Giscard d'Estaing : la Cité des sciences de la Villette, le musée d'Orsay et l'Institut du monde arabe, que le ministre du Budget, Laurent Fabius, aurait volontiers rognés mais

1. Plon, 2015.

que Mitterrand décida de poursuivre. Il existe ainsi des solidarités entre les princes.

Contrairement à beaucoup de réformes politiques, ces chantiers de pierre durent et dureront. Ils font dire au constitutionnaliste Didier Maus[1] que « les grands travaux, c'est plus important que les nationalisations ». Jacques Chirac et Édouard Balladur ont privatisé l'économie (et interrompu un temps les travaux du Grand Louvre), mais la Pyramide est toujours là, même si Édouard Balladur continue de juger qu'elle est une incongruité au cœur de la capitale.

L'histoire a été cent fois racontée : Mitterrand veillait à tout. Y compris, dit-on, au choix du bois (il avait un faible pour le poirier, les courtisans lui proposaient donc du poirier) ou au revêtement des sièges de l'Opéra-Bastille, où il ne vint que deux fois : pour les quatre-vingts ans de Charles Trenet en 1993, et surtout pour l'inauguration. Et quelle inauguration ! Le 13 juillet 1989, les 2700 places de l'Opéra ne sont pas occupées par les habitants du Paris populaire mais par 33 chefs d'État et de gouvernement avec leurs délégations. Ainsi débutent les fastes du bicentenaire de la Révolution française. Il était clair que le président de la République souhaitait en mettre « plein la vue » à ses hôtes. George Bush (père), Margaret Thatcher et Helmut Kohl, entre

1. Entretien cité.

autres, accueillirent donc sous les applaudissements François et Danielle Mitterrand, juste avant que ne résonne *La Marseillaise*. Le lendemain, ils auront droit au défilé du 14-Juillet, puis à la découverte de l'Arche de la Fraternité, à la Défense.

L'Opéra-Bastille avait pourtant démarré sous de mauvais auspices : parmi les 750 projets soumis au jury, certains avaient cru repérer la patte du grand Richard Meier. Croyant choisir Meier, le jury jeta son dévolu sur le projet de Carlos Ott. La réalisation finale laissa à désirer et il fallut faire travaux sur travaux pour rendre le tout acceptable. La réalisation extérieure continue de donner des signes de faiblesse. La façade, composée de 3 600 pierres de Bourgogne, a très vite laissé se détacher des plaques de calcaire, au point qu'il fallut installer des filets pour protéger à la fois le bâtiment et les Parisiens qui passent.

Soufflée à Jack Lang puis à François Mitterrand par Maurice Fleuret, directeur de la musique au ministère de la Culture qui eut aussi l'idée de la fête de la Musique popularisée par Jack Lang, l'idée était de faire un opéra « moderne et populaire ». Il est toujours hasardeux d'associer les mots « opéra » et « populaire », tant le premier coûte cher aux mélomanes et aux contribuables. Près de trente ans plus tard, le succès de « Bastille », comme on dit désormais, est total : taux de remplissage, réputation mondiale, fréquentation par les plus grands noms de cet art, de Jonas Kaufmann à Anna Netrebko, diversification de l'audience... Quand la salle entière (comme d'ailleurs à Garnier) est pleine de jeunes de moins de vingt-huit ans pour les avant-premières, on sait que le pari est gagné.

L'Opéra-Bastille aurait pu être victime de la cohabitation. Par souci d'économie, en 1986, le nouveau Premier ministre Jacques Chirac aurait bien tout abandonné. Chirac avait joué un rôle moteur dans un autre des grands travaux, celui du Grand Louvre : « Pour la Pyramide, raconte Jack Lang, j'avais convaincu Pierre Boulez et Mme Pompidou. Et Chirac a plébiscité l'idée. » Maire de Paris, Jacques Chirac appréciait moins le projet de grande bibliothèque dans le 13e arrondissement. Michel Rocard lui-même n'était pas très chaud pour le projet. Il avait envoyé à François Mitterrand une longue lettre manuscrite (dont il a omis de garder un double), pour expliquer au chef de l'État qu'il s'agissait là d'une « catastrophe absolue », qui ne fonctionnerait pas et surtout coûterait beaucoup trop cher. François Mitterrand n'en avait cure.

Furieux qu'on lui impose, en prime, des logements sociaux, le maire de Paris finit par débarquer à Matignon, dans le bureau du Premier ministre. Il connaît bien Michel Rocard depuis Sciences-Po. Les deux hommes s'apprécient et se tutoient. Mais là, raconte Jean-Paul

Huchon[1], pas question de formules de politesse : « Monsieur le Premier ministre, s'exclame le maire de Paris, si votre président veut imposer sa bibliothèque, il pourra se la carrer dans l'oignon ! » Du pur Chirac dans le texte. La bibliothèque, bien sûr, verra le jour.

OÙ L'ON VOIT FRANÇOIS MITTERRAND CHOISIR LE MARBRE DE LA GRANDE ARCHE

Dans *La Grande Arche*[2], Laurence Cossé raconte d'autres bras de fer aussi politiques qu'architecturaux. Car l'Arche de la Défense est l'aboutissement de quinze ans de projets acceptés puis annulés, d'alternance en alternance. Il s'agissait de « fermer » l'axe historique qui part du Louvre, passe par les Tuileries, la Concorde, les Champs-Élysées, l'Arc de triomphe et file vers les buildings du quartier d'affaires et de la « Tête Défense ». Cet axe historique, appelé aussi « voie royale », existe depuis les Capétiens, désireux de créer une route qui aille du Louvre à la forêt de Saint-Germain-en-Laye pour se rendre à la chasse.

Là encore, c'est dès l'été 1981 que François Mitterrand s'empare du projet, aussi important à ses yeux que le

1. Entretien cité.
2. Gallimard, 2015.

niveau du franc sur les places financières ou l'abaissement de la retraite à soixante ans. Avant lui, le moderniste Georges Pompidou avait donné son aval à des tours de 70 mètres de haut, représentant deux miroirs paraboliques, imaginées par Émile Aillaud. Mais on voyait les tours depuis Paris. Tollé de la part des puristes de l'esthétique parisienne. Aillaud diminue un peu la hauteur de son œuvre, où il est déjà question d'installer le ministère de l'Équipement et de l'Aménagement du territoire. Mais Giscard le classique succède à Pompidou l'avant-gardiste. Émile Aillaud est prié de réduire ses tours à 35 mètres. Puis on ne parle plus de rien. En réalité, Giscard ne veut pas de tours du tout. Mitterrand relance le projet et l'Arche imaginée par le Danois Johan Otto von Spreckelsen (dit « Spreck ») est choisie en mai 1983.

Tout se passe mal. « Spreck » ne comprend rien à ces batailles qui n'ont rien à voir avec son art. Il juge que son projet est dénaturé. Il finit par démissionner en 1986 et ne veut plus entendre parler du projet. Il meurt six mois plus tard.

La droite gagne les élections de 1986 et le président de la République n'a plus le pouvoir. La nouvelle équipe « s'ingénie à torpiller le projet préféré de François Mitterrand ». En clair : « L'État coupe le financement public » sous le prétexte que personne ne comprend très bien ce qu'est exactement ce « centre international de communication ».

« Spreck » aura tout de même assisté à cette scène incroyable et cocasse, racontée par Laurence Cossé, de François Mitterrand à genoux devant la maquette de l'Arche (et devant toute la Cour réunie). Il s'agit de savoir s'il faut, comme le recommandent les experts, faire subir un traitement au marbre pour qu'il ne se corrode pas sous le poids du temps et de la pollution. François Mitterrand est contre, l'architecte aussi. Les experts insistent. Mais le prince a le dernier mot, il se moque de la corrosion et veut « de la patine ». Morale de l'histoire, écrit Laurence Cossé[1] : « On verra comment, moins de trente ans plus tard, le marbre aura souffert au point qu'il sera décidé d'en dépouiller entièrement l'Arche sans que personne ne rappelle la confondante légèreté du processus de décision au Château ni n'esquisse un coup de chapeau pour "les experts" oubliés depuis longtemps, eux et leur sérieux de cassandres. »

EN RENTRANT DE LA RUE LAFFITTE

Pour Georges Pompidou aussi, le centre qui portera son nom venait de loin. Dès la fin des années 50,

1. *Ibid.*

raconte son fils, le docteur Alain Pompidou[1], Claude et Georges Pompidou avaient remarqué le plateau Beaubourg en allant en voiture de la rue Laffitte, où se trouvait la banque Rothschild, à leur domicile du quai de Béthune, dans l'île Saint-Louis. « Très vite, dit Alain Pompidou, l'idée lui vient : "C'est là qu'il faut faire un grand centre multiculturel, multidisciplinaire. Il faut qu'il soit au cœur de Paris, pour être accessible aux Parisiens dans leur vie quotidienne." » Mais, ajoute-t-il, « il n'était rien à l'époque », seulement l'ancien directeur de cabinet du général de Gaulle, que celui-ci avait aussi nommé en 1959 au Conseil constitutionnel, une volonté du prince qui fait de lui le seul président qui siégera chez les « Sages »[2] avant d'être à l'Élysée.

En 1962, Georges Pompidou devient Premier ministre et évoque son projet. À l'époque, poursuit Alain Pompidou, « ni le général de Gaulle ni le ministre de la Culture, André Malraux, ne se laissèrent convaincre par ce Premier ministre trop avant-gardiste à leurs yeux. Malraux était surtout passionné par la rénovation des façades des monuments parisiens et par l'art sacré, davantage que par l'art contemporain. Le

1. Entretien avec l'auteur, 23 mars 2017.

2. L'article 56 de la Constitution prévoit que les anciens présidents siègent au Conseil constitutionnel, disposition en passe de tomber en désuétude et, sans doute, d'être supprimée.

ministre de la Culture se dit que si une telle réalisation se fait à l'initiative du Premier ministre, il n'aura pas la main dessus ». Georges Pompidou doit donc attendre d'être lui-même à l'Élysée.

Dès le 11 décembre 1969, six mois après son élection, il convoque un conseil restreint qui confie la réalisation d'un document programmatique à Sébastien Loste, membre du cabinet du ministre des Affaires culturelles, Edmond Michelet. « Avec ce projet, confie Alain Pompidou[1], le président avait aussi en tête de ramener en France de nombreux artistes partis aux États-Unis. Il voulait faire en sorte que les artistes se sentent accueillis. » Mais l'unanimité ne préside pas à la création d'un tel centre culturel. Les parlementaires jugent que ça coûte trop cher. Dans *La Comédie du pouvoir*[2], Françoise Giroud affirmera même plus tard que le budget du Centre relevait quasiment du secret d'État.

« On assiste à une bronca générale de la création académique, raconte Alain Pompidou. Plus tard, devenu à son tour ministre des Affaires culturelles, Maurice Druon affronte la menace d'une commission d'enquête parlementaire. Et ce n'est qu'après la mort de Georges Pompidou que le Centre national d'art et de culture acquerra son statut définitif, jusqu'à son inauguration

1. Entretien cité.

2. *Op. cit.*

le 31 janvier 1977. » La morale de l'histoire, selon le docteur Pompidou : « Il aura fallu la détermination de Georges, l'habileté et la capacité de persuasion de Claude, puis le soutien déterminant de Jacques Chirac, alors que Giscard n'en voyait pas l'intérêt, pour mener à bien cette entreprise. »

CHIRAC, DU LOUVRE-LENS AUX ARTS PREMIERS

Jacques Chirac, qui voulait surtout « des chantiers qui ne soient pas de pierre », lança tout de même un projet qui lui tenait à cœur : le musée des arts premiers, devenu de son vivant le musée du quai Branly-Jacques Chirac par la volonté de François Hollande, après avoir pris son envol quand un autre socialiste, Lionel Jospin, était Premier ministre. Le jour de l'inauguration, le 20 juin 2006, Jacques Chirac déclara d'ailleurs que la décision de créer ce musée avait été prise « en accord avec M. Lionel Jospin », qui ne fit rien pour empêcher l'œuvre du Président : « On mettait les crédits qu'il fallait, sans problème », confirme le ministre des Finances de l'époque, Michel Sapin[1].

C'est aussi à Jacques Chirac, réputé pour n'aimer que la musique militaire, que l'on doit la Philharmonie

1. Entretien cité.

de Paris. Au départ, c'est une idée de Pierre Boulez, compositeur et chef d'orchestre influent auprès de tous les princes depuis Georges Pompidou. Pour la Philharmonie, raconte Renaud Donnedieu de Vabres[1], alors ministre de la Culture, « c'est une décision que j'avais obtenue de Jacques Chirac, appuyée ensuite par Nicolas Sarkozy, contre l'avis de François Fillon », qui regardait surtout les budgets. En fait, explique Renaud Donnedieu de Vabres, « la Philharmonie a failli capoter. À la mairie de Paris, Bertrand Delanoë était pour mais pas Anne Hidalgo, sa première adjointe. Comme Delanoë travaillait davantage avec ses conseillers qu'avec ses adjoints, il arrive que les adjoints se vengent. Un jour, l'adjoint à la Culture, Christophe Girard, fait part de ses réserves. Delanoë m'appelle : on avait dit qu'on n'en parlait pas et qu'on réglait ça entre nous… ». La Philharmonie se fait et est couronnée de succès.

Jacques Chirac, enfin, saisit immédiatement l'idée du Louvre-Lens, que lui souffle son ministre de la Culture, Jean-Jacques Aillagon. Le successeur de celui-ci, Renaud Donnedieu de Vabres, part pour une mission de prospection : « J'ai visité cinq ou six lieux, raconte-t-il[2]. Je voulais Lens, c'était le meilleur lieu pour ce

1. Entretien cité.
2. *Ibid.*

projet. » Il informe le président de la République de son choix, alors que les socialistes Martine Aubry et Jack Lang plaident aussi pour Lens auprès de l'Élysée, et s'entend répondre : « Je te signale que deux de tes collègues ministres sont candidats pour leurs villes, Gilles de Robien pour Amiens et Jean-Louis Borloo pour Valenciennes. » Le ministre de la Culture fait valoir qu'il serait malvenu de privilégier la ville dirigée par un membre du gouvernement. « Je crois que tu es fait pour faire de la politique, lui glisse Chirac. Trouve des compensations pour les deux autres villes et on en reparle. » Dans son livre de mémoires, Jacques Chirac écrit[1] : « J'ai eu à cœur de faire profiter l'ancien bassin minier de Lens et de Liévin de cette chance de reconversion inespérée qui donnait ainsi tout son sens à mon ambition de faire de la culture, ici comme ailleurs, une véritable leçon d'humanité. »

AU MUSÉE D'ORSAY, GISCARD, MITTERRAND... ET ANNE PINGEOT

Un musée pour Georges Pompidou, une succession de grands travaux pour François Mitterrand, un musée pour Jacques Chirac et un musée pour Valéry Giscard

1. *Le Temps présidentiel*, Nil Éditions, 2011.

d'Estaing, celui de la gare d'Orsay, consacré à son cher XIXe siècle, celui de Flaubert et de Maupassant qu'il rêvait d'égaler dans l'écriture s'il n'était devenu président de la République.

Le musée d'Orsay, enfant de Valéry Giscard d'Estaing ? La réalité est légèrement différente. Petit retour en arrière : en 1971, Jacques Duhamel, alors ministre des Affaires culturelles dans le gouvernement de Jacques Chaban-Delmas, fait opposition au projet de démolition de la gare d'Orsay, où il était question de réaliser un hôtel en verre, de forme parallélépipédique. « De mon vivant, on ne verra jamais ça ! » s'exclame Jacques Duhamel.

La gare avait été construite par l'architecte Victor Laloux et servait de terminus à la Compagnie du chemin de fer de Paris à Orléans afin d'accueillir les visiteurs de l'Exposition universelle de 1900. Parmi les auteurs du plan de la gare se trouve Charles Lemaresquier, grand-père maternel des frères Bernard et Jean-Louis Debré. Au fil des années, elle a servi d'entrepôt pour les colis adressés aux prisonniers de guerre, puis de salle d'accueil pour les prisonniers revenant d'Allemagne en 1945, enfin de vide-greniers pour l'abbé Pierre sous le nom de « gare de l'espoir ». Une partie de l'hôtel Drouot s'y installa et Orson Welles y tourna des scènes du *Procès*.

Un peu plus tard, le directeur des Musées nationaux, Jean Chatelain, suggère de présenter à Orsay les collections de l'Orangerie et du musée du Jeu de Paume, les deux établissements de la place de la Concorde. Duhamel est séduit par le projet. Son directeur de cabinet de l'époque, Jacques Rigaud (futur patron de RTL), racontait ainsi l'histoire en 1986, à l'heure de l'inauguration du nouveau musée : « Mon seul mérite historique, c'est d'avoir convaincu Georges Pompidou lors d'une conversation privée, début 1973. "C'est pas idiot, votre truc !" m'avait-il dit[1] . »

La gare est alors classée à l'inventaire supplémentaire des monuments historiques. La compagnie de théâtre Renaud-Barrault s'y installe après avoir été délogée du Théâtre Récamier. Une façon habile de « bloquer » les lieux. Sous le septennat suivant, le 10 mars 1978, la décision est prise par décret que signent Valéry Giscard d'Estaing, Raymond Barre (Premier ministre) et Michel d'Ornano (ministre de la Culture). Le musée du XIXe siècle est lancé.

« En 1981, racontait encore Jacques Rigaud[2], François Mitterrand aurait pu dire "on arrête". On le lui conseille dans son entourage car c'est un "projet giscardien". Un jour, François Mitterrand vient tout seul sur le chantier et ne dit mot en rentrant à l'Élysée. Puis il décide de continuer. »

---

1. Interview parue dans *La Nouvelle République du Centre-Ouest.*

2. *Ibid.*

L'histoire ne dit pas s'il demande à Anne Pingeot ce qu'elle en pense en regagnant le soir son domicile privé du quai Branly, où vit sa famille clandestine. Anne Pingeot, qui deviendra l'une des conservatrices du musée quelques années plus tard.

Mais on n'en est pas encore là. Les sénateurs sont réticents : tous ces grands travaux, voulus par l'actuel président ou par son prédécesseur, ça commence à faire cher. Jacques Rigaud, président de l'établissement public du musée d'Orsay depuis août 1981, leur dit : « Voici un président qui poursuit l'œuvre de ses prédécesseurs et vous voudriez compromettre le projet ? » Pour une majorité de droite alors en pleine guerre de tranchées avec le président socialiste, l'argument ne peut que faire mouche.

Au sein même du gouvernement, il y a des réticences. Diable, n'est-on pas passé le 10 mai 1981, aux dires de Jack Lang, de l'ombre à la lumière ? Ne faut-il pas du passé faire table rase, comme dans *L'Internationale*, et oublier les projets forcément « réacs » ou mauvais des princes d'hier et d'avant-hier ? Jack Lang le reconnaît lui-même[1] : « J'aurais bien renoncé au musée d'Orsay lancé par Giscard, qui accueille les œuvres du XIXe siècle et fait concurrence au Louvre. Mitterrand me fait valoir que mieux vaut améliorer le projet que de tout détruire. »

1. *Dictionnaire amoureux de François Mitterrand*, *op. cit.*

Le jour de l'inauguration, le 1er décembre 1986, en présence du maire de Paris Jacques Chirac, les deux présidents sont là, Giscard et Mitterrand, écoutant la conservatrice des sculptures, Anne Pingeot, leur faire l'honneur de ses commentaires sur ce musée que l'un a voulu par passion d'une époque et que l'autre a achevé par goût des monuments, les deux présidents sachant que les cathédrales culturelles marquent plus l'histoire que les réformes. « Giscard a été très malheureux de ce fait du prince détourné », affirme l'écrivain Georges-Marc Benamou[1], compagnon de route des derniers mois de François Mitterrand. Peut-être. Nul doute en tout cas que Valéry Giscard d'Estaing s'amusa quand même de la scène du Président écoutant sa maîtresse, spectacle dont il était alors l'un des seuls à pouvoir goûter tout le piquant.

1. Entretien avec l'auteur, 19 décembre 2016.

Mes femmes et mes enfants d'abord

> « Alexandre VI, voulant agrandir le duc son fils, y trouva pour le présent et pour l'avenir beaucoup de difficultés. »
>
> MACHIAVEL

En novembre 1980, Danièle Gilbert débarque pour une semaine dans le Loir-et-Cher. Elle anime l'émission « Midi Première », qui plaît aux retraités, à ceux qui déjeunent chez eux le midi (c'est encore le cas de beaucoup de Français, dans cette époque où les Tickets-Restaurant font une timide apparition et où on dispose encore souvent de deux heures pour le repas de midi) et surtout aux « ménagères de moins de cinquante ans » que la future privatisation de TF1 n'a pas encore élevées au rang de prescriptrices numéro un de la télévision française.

Dans cette époque du giscardisme finissant, Danièle Gilbert est une star. Aussi est-ce un événement quand l'équipe de l'émission vient poser ses bagages pour visiter successivement Chambord, Talcy, Vendôme, Romorantin et Cheverny. Parmi les invités, au milieu de quelques chanteurs : le préfet du département, Charles-Noël Hardy (un préfet invité dans une émission de divertissement, inimaginable aujourd'hui !) ; le sous-préfet de Vendôme, un certain Philippe de Villiers ; une triplette d'élus UDF proches d'Henri Giscard d'Estaing, le fils aîné du président de la République, qui est devenu en mars 1979 le plus jeune conseiller général de France (trente ans avant Jean Sarkozy) dans le canton de Marchenoir.

Dans cette épopée télévisuelle, seul le chef-lieu du département, Blois, est oublié. Pourtant, cette ville a elle aussi un château très télégénique et son maire, Pierre Sudreau, est plutôt giscardien. Mais Henri Giscard d'Estaing, dont on dit qu'il voudrait devenir député du côté de Vendôme, a peut-être aussi des visées sur la ville de Blois. À chaque étape et chaque émission, les élus giscardiens viennent vendre le département. Ô surprise, le dernier jour, Danièle Gilbert accueille Giscard junior qui lui présente le journal qu'il vient de créer, *Loir-et-Cher Hebdo*, dont l'ambition est clairement de concurrencer le quotidien régional en situation de quasi-monopole à Blois, *La Nouvelle République du Centre-Ouest*.

Aujourd'hui, le préfet Hardy, retiré dans le Var après une belle carrière, dit ne pas se souvenir de l'émission. On peine à le croire. Car sur le reste, sa mémoire est intacte et précise. Peu de temps après l'élection d'Henri Giscard d'Estaing, raconte-t-il[1], « je retrouve Giscard à la chasse à Chambord. Je lui explique que le Loir-et-Cher est, pour un préfet, un poste de début de carrière, et que j'aimerais évoluer, donc avoir de l'avancement. Mais Giscard me dit : "Henri est conseiller général, il veut être député, il est jeune et inexpérimenté, vous allez rester encore un certain temps, je compte sur vous pour le mettre en orbite." » Comme le préfet se montre, de son propre aveu, « un peu dépité », Giscard se veut bon prince : ensuite, lui promet-il, il deviendra directement préfet de région. On connaît la suite : Giscard est battu par François Mitterrand en 1981 et Charles-Noël Hardy conclut : « J'ai été cocu. » D'autant plus cocu qu'il sera, dès juin 1981, le premier préfet viré par la gauche, avec ordre de quitter la préfecture dans les vingt-quatre heures. Son épouse et sa fille, légèrement souffrante, eurent tout juste l'autorisation de passer une nuit de plus sur place avant de laisser les lieux à la première femme préfet de la République, Yvette Chassagne. Le sous-préfet Philippe de Villiers, lui, avait pris les devants : après avoir fait mettre en berne le dra-

1. Entretien cité.

peau de la sous-préfecture de Vendôme le 10 mai au soir, jour de l'élection de François Mitterrand, il avait démissionné le 11 pour aller s'occuper du Puy-du-Fou et commencer sa propre carrière politique.

Pour le socialisme époque chasse aux sorcières, Charles-Noël Hardy était beaucoup trop giscardien et si la décision lui a été signifiée par Gaston Defferre, ministre de l'Intérieur, son dossier était sur le bureau du président de la République. « J'ai été limogé pour raisons politiques », soupire-t-il aujourd'hui sans regret, car après quelques mois de purgatoire, il fit une belle carrière dans la préfectorale, avec la droite et avec la gauche au pouvoir. Mais tous les préfets ne sont pas limogés pour des raisons politiques : en août 2009, le préfet du Var, Jacques Laisné, fut brutalement remercié pour avoir manqué de zèle dans l'affaire du tout-à-l'égout de la résidence de la famille de Carla Bruni au cap Nègre. Affaire de la plus haute importance dans laquelle Nicolas Sarkozy s'était personnellement impliqué au cours de l'été précédent, avant de se rendre en Géorgie et à Moscou pour épargner une guerre à l'Europe. Quel métier !

OÙ L'ON VOIT NICOLAS SARKOZY S'ASSEOIR SUR L'ÂGE DE PATRICK DEVEDJIAN

Un autre fils de président devient, en 2008, le plus jeune conseiller général de France. Jean Sarkozy, vingt-deux ans, est élu dans les Hauts-de-Seine, dans l'un des deux cantons de Neuilly, dont son père fut le premier édile. Il est sympathique, solide, plus pondéré que son père au même âge. Isabelle et Patrick Balkany, les maîtres de la commune voisine de Levallois, lui prédisent un bel avenir. Du coup, le jeune homme se sent pousser des ailes : déjà président du groupe des élus de la majorité, il fait part en 2009 de son intention de briguer la présidence de l'EPAD (Établissement public pour l'aménagement de la région de la Défense). Le président en exercice de l'EPAD est alors Patrick Devedjian, qui va fêter ses soixante-cinq ans le 26 août 2009. Normalement, limite d'âge oblige, il doit partir. Mais il existe, pour ce type de poste, une tolérance permettant d'exercer la présidence jusqu'à la fin du mandat électif, voire jusqu'à soixante-dix ans.

Or, Patrick Devedjian est formel[1] : à l'issue d'une réunion ministérielle, un « bleu » de Matignon, signé du Premier ministre, a validé le fait qu'il pourrait siéger

1. Entretien cité.

jusqu'à la fin de son mandat, en 2011. François Fillon a donné sa bénédiction mais « Sarkozy s'est assis sur le bleu et a demandé que je sois déchu quand même », affirme Patrick Devedjian. Quand un nouveau préfet arrivait dans les Hauts-de-Seine, Nicolas Sarkozy avait d'ailleurs coutume de faire savoir que c'était « son » territoire.

La nomination de Jean Sarkozy n'était pas acquise pour autant. Pour devenir président du conseil d'administration de l'EPAD, il fallait faire partie dudit conseil. Ce n'était pas le cas. Qu'à cela ne tienne : Hervé Marseille, élu centriste, se dévoue et démissionne. Il sera récompensé un an plus tard d'un fauteuil au Conseil économique, social et environnemental[1].

On connaît la suite : le tollé est tel devant la perspective de voir un jeune homme, encore étudiant, propulsé parce que fils du chef de l'État, que Jean Sarkozy finit par renoncer. En réalité, explique Patrick Devedjian[2], « c'est le directeur général de l'EPAD qui a le vrai pouvoir. Le président du conseil d'administration dispose d'un pouvoir d'interpellation et d'un pouvoir politique, mais pas d'un pouvoir de gestion. Mais, symboliquement, les gens pensent le contraire ». Et en politique, c'est souvent le symbole qui compte. Ce que Nicolas

1. Voir *supra*.
2. Entretien cité.

Sarkozy, en soutenant son fils, n'avait pas compris. Depuis, Jean Sarkozy, comme avant lui Henri Giscard d'Estaing, a renoncé à la politique.

POUR GARDER SA FEMME

Emmanuel Macron a relancé la question : quel peut bien être, en France, le statut de celle qu'on appelle « la première dame », alors que le personnel de l'Élysée, assure l'entourage du nouveau président, est ravi qu'il y ait de nouveau une vraie première dame au Palais ? Jusqu'alors, chacune a fait selon son tempérament : Yvonne de Gaulle était l'épouse à l'ancienne, restant dans l'ombre de son grand homme. Claude Pompidou, terrorisée par l'Élysée qu'elle détestait (« c'est la maison du malheur », disait-elle), a exercé un rôle officieux dans le domaine culturel. Anne-Aymone Giscard d'Estaing n'a jamais été mise en avant par son mari, sauf pour présenter ses vœux aux Français le 31 décembre 1975, mais l'expérience, peu concluante, ne fut pas renouvelée. Bien plus à gauche que son mari, Danielle Mitterrand avait sa propre vie et ses propres engagements politiques, mais obtenait ce qu'elle voulait pour sa Fondation. Bernadette Chirac, la première à vivre vraiment à l'Élysée depuis Yvonne de Gaulle, faisait régner la terreur dans les couloirs. « La monarchie était tenue par Mme Chirac, qui ne cédait rien du statut du Président et donc du sien », analyse Roselyne Bachelot[1].

Avec Nicolas Sarkozy l'innovateur, les Français eurent droit à deux premières dames. Et pour garder la première, Cécilia, qui l'avait déjà quitté pendant la campagne présidentielle avant de revenir *in extremis* en n'ayant même pas voté au second tour, il lui confia la délicate mission d'aller aider à la libération d'infirmières bulgares retenues en otages en Libye. Elle avait déjà imprimé sa marque sur la nomination des ministres du premier gouvernement de François Fillon, choisissant Rachida Dati, insistant pour que David Martinon soit le porte-parole de l'Élysée, écartant au contraire Patrick Devedjian, Pierre Charon, Jean-Michel Goudard et Laurent Solly. L'arrivée de Carla Bruni entraîne ensuite une recomposition des équipes, avec notamment Frédéric Mitterrand au ministère de la Culture.

François Hollande bouleverse plus encore le protocole, quitte à choquer les Français les plus conservateurs, en imposant ses « premières compagnes ». Même si son rôle a été peu visible, Julie Gayet a eu une influence certaine. « Elle s'entendait mal avec Fleur Pellerin[2] et a été décisive dans la nomination d'Audrey Azoulay à sa

1. Entretien cité.
2. Ministre de la Culture d'août 2014 à février 2016.

place », raconte Georges-Marc Benamou[1]. Aujourd'hui producteur de cinéma après avoir failli diriger la Villa Médicis à Rome (un fait du prince avorté de Nicolas Sarkozy), il ne lui a pas échappé que « quand la femme du roi présente un projet de film ou de chanson, on est attentif »...

Après la fin du mandat de leur président de mari, les premières dames continuent parfois de jouer de leur pouvoir. Claude Pompidou, après la mort de Georges Pompidou, n'a jamais cessé de veiller sur Beaubourg, allant un jour jusqu'à transmettre à François Mitterrand, par l'entremise de Jack Lang, une lettre pour signaler des coupes budgétaires au détriment de l'établissement. Que croit-on qu'il arriva ? François Mitterrand doubla le budget du Centre Pompidou en 1982.

« Vous me devez 20 millions ! » lança un jour de 2007 Bernadette Chirac à Roselyne Bachelot, devenue ministre de la Santé de Nicolas Sarkozy. Son prédécesseur, Xavier Bertrand, avait (imprudemment ?) promis cette somme pour l'Institut des maladies génétiques. La ministre explique que ça ne va pas être possible. « J'irai à l'Élysée, je les aurai ! » répond l'ex-première dame. Et que croit-on qu'il arriva ? Bernadette Chirac obtint – en partie – satisfaction. Fait des princesses.

1. Entretien cité.

LES DÉBOIRES DE « PAPAMADIT »

Si Claude Chirac fut à l'Élysée une conseillère à la fois omniprésente et discrète auprès de son père, Jacques Chirac, qui cherchait toujours dans son regard les signes d'assentiment, Jean-Christophe Mitterrand termina son expérience politique à la rubrique « justice ».

Fils aîné de François Mitterrand, Jean-Christophe passe en 1983 du journalisme – il travaille alors à l'AFP – à l'Élysée, en devenant adjoint de Guy Penne, conseiller aux affaires africaines du président de la République. En 1986 et jusqu'en 1992, il devient le conseiller attitré et se voit affublé par *Le Canard enchaîné* du surnom de « Papamadit », allusion à la manière dont il traitait les relations avec les pays africains.

Mais, alors que son père est toujours à l'Élysée, Jean-Christophe Mitterrand est mêlé à l'affaire des ventes d'armes à l'Angola : l'Angolagate. Il est mis en examen à plusieurs reprises, passant même fin 2000 les fêtes de Noël et du Nouvel An en prison. Il sera finalement condamné à deux ans de prison avec sursis et 375 000 euros d'amende pour « recel d'abus de biens sociaux » lors du procès de l'Angolagate, en octobre 2009.

« Ici, c'est chez moi ! »

« Gouverner, c'est mettre vos sujets hors d'état de vous nuire, et même d'y penser. »

MACHIAVEL

Face à son ministre de l'Information, Alain Peyrefitte, le général de Gaulle est clair et net : « La presse est contre moi. La télévision est à moi[1]. » Avec une chaîne unique, trois chaînes ou une multitude de canaux dont quatre chaînes d'information, le mal frappe tous les présidents, qu'ils soient de gauche ou de droite, et qu'importe s'ils proclament leur amour pour la liberté de l'information et portent, depuis l'attentat de janvier 2015, le slogan « Je suis Charlie » en bandoulière : quand ils allument la télévision, ils veulent n'y entendre que des bonnes nouvelles et que le petit écran renvoie leur image en majesté. La presse étant définitivement

1. *C'était de Gaulle*, tome I, *op. cit.*

un repaire d'opposants, la « télé », c'est leur bien, leur chose, leur domaine. Non pas qu'ils regardent beaucoup les programmes, à l'exception du général de Gaulle et de Nicolas Sarkozy. Mais de l'info, rien ne leur échappe.

L'histoire est connue : aux débuts de la Ve République, c'est le « ministre de l'Information », Alain Peyrefitte, qui vient lui-même à 20 heures, sur la seule et unique chaîne de l'époque, présenter aux téléspectateurs les changements apportés à la formule du journal télévisé. De Gaulle s'intéresse à tout. En 1963, précurseur, il se demande s'il ne serait pas utile de faire financer les programmes par la publicité. C'est un *casus belli* avec la presse écrite, il doit renoncer. La « pub » n'arrivera qu'en 1968. Il critique aussi le générique du journal télévisé, qui représente une rotative : « Qu'on montre des caméras, si vous voulez, mais pas des rotatives ! C'est absurde », dit-il à Peyrefitte[1]. Des trois journaux quotidiens, c'est celui de 23 heures qu'il préfère, car il n'y a pas de présentateur (et peut-être pas beaucoup de monde qui regarde...). Il suggère, raconte encore Peyrefitte, des reportages sur les grandes écoles, sur « la France en marche » (tiens, tiens) et la France qui marche, éternel sujet de crispation sur la place donnée aux trains qui arrivent en retard plutôt qu'aux trains qui arrivent à l'heure.

1. *Ibid.*

De Gaulle juge aussi que la télévision accorde trop de place aux défilés de mode de luxe alors que « la télévision s'adresse au peuple » ; trop de sujets sur les régates ou l'hippisme, ces « vacances de riches ». « Que le JT transforme en une obsession quotidienne le défilé des robes à 3 000 francs, c'est une provocation pour les ouvriers qui gagnent 500 francs par mois », dit-il. À l'époque, il faut débourser pas loin de 1 000 francs pour faire entrer une machine à laver dans la maison.

Bien avant Nicolas Sarkozy, de Gaulle, qui aime « Jeux sans frontières »[1] (surtout quand la France gagne), suggère des noms d'animateurs d'émissions, comme Pierre Dac, résistant à Londres, André Frossard, le chroniqueur catholique du *Figaro*, ou des chansonniers « qui se moqueraient autant de l'opposition que du gouvernement, de Guy Mollet que de Pompidou », tout en surveillant de près les humoristes de « La Boîte à sel » (Jacques Grello, Robert Rocca et Pierre Tchernia) qui, las de devoir transmettre leurs textes à la censure pendant la guerre d'Algérie, se sabordent le 2 février 1960. Conclusion d'Alain Peyrefitte, en connaisseur : « Il aurait fait un excellent directeur des programmes. »

Tel n'est pas, quarante ans plus tard, le jugement porté par Patrick de Carolis, P.-D.G. de France

1. Dans les années 60, émission de jeux entre des équipes d'une dizaine de pays européens.

Télévisions, sur Nicolas Sarkozy. Le Président ferait au contraire, déclare-t-il, « un très mauvais directeur des programmes ». Et pourtant, Sarkozy s'y serait bien vu. Lui aussi aime la télévision et connaît ses programmes, même si ses références lui font régulièrement citer *Thierry la Fronde* et *Belphégor*, qui lui rappellent ses dix ans, quand il n'y avait pas d'école le jeudi, ainsi que les retransmissions des 20 derniers kilomètres des étapes du Tour de France qui, avec Haendel et l'Eurovision, ont meublé ses après-midi de juillet d'enfant solitaire.

Patrice Duhamel, qui a croisé tous les présidents et tous les ministres depuis les années 70, n'en revient toujours pas[1] : « Nicolas Sarkozy est sans doute l'un des rares hommes politiques à disposer d'une vraie culture télévisuelle, dit-il. Mais il aime davantage les journalistes sportifs que les philosophes des émissions de début de nuit… » Au moins, lui ne prétendra pas n'avoir jamais raté Bernard Pivot dans « Apostrophes », ni être un habitué des soirées « Thema » d'ARTE. Bon public, amateur de spectacle populaire, le futur président de la République avait depuis longtemps théorisé ses goûts, que sa rencontre avec Carla Bruni a ensuite fait passer de Louis de Funès à Carl Dreyer : « Je veux être élu par le peuple, je dois donc lire, regarder, aller voir au cinéma ou au théâtre ce que le peuple regarde et aime. »

1. Entretien avec l'auteur, 20 janvier 2017.

Ce qui pourrait être un intérêt sympathique vire parfois à l'obsession. « Il téléphonait deux fois par semaine, raconte Patrice Duhamel, directeur général de France Télévisions. Il voulait avoir les audiences et surtout nous dire : "Il faut que tu voies Truc, ou Machin." » Il voulait ainsi caser les frères Bogdanov, qui avaient travaillé avec son fils Pierre, et Patrick Sabatier, qui a fini par remplacer un temps Nagui. Mais surtout, il voulait que le service public offrît une émission à David Hallyday. Pendant deux ou trois mois, il appelle donc deux fois par semaine (voire plus) Patrice Duhamel pour revenir à la charge. En vain. Un jour qu'ils sont en visite à l'Élysée, les deux patrons de la télévision publique croisent le secrétaire général, Claude Guéant, qui sort du bureau du Président. « Faites quelque chose, leur glisse Claude Guéant. Il ne me parle que de ça, car Johnny ne le prend plus au téléphone. »

Il voulait bien sûr faire plaisir à ses amis et tenter de faire débarquer un vieux chiraquien comme Patrick Sébastien, mais aussi Franz-Olivier Giesbert, Laurent Ruquier ou Arlette Chabot, et aussi tenter de tirer un bénéfice personnel de la télévision, un œil sur les programmes, un autre sur les sondages de popularité. Ainsi, ce 31 juillet 2007, Carolis et Duhamel sont une fois de plus dans le bureau du Président. Ils lui parlent de la retransmission en direct des Chorégies d'Orange, le lendemain, de l'opéra *Le Trouvère*. Nicolas Sarkozy, du tac au tac : « J'y vais ! »

Il appelle le brave « Claude » dans le bureau voisin et que tout le monde se débrouille, services de sécurité et chiens renifleurs en tête, pour rendre possible la venue du président de la République dans le théâtre antique d'Orange !

Le lendemain, à l'heure dite, le président est là. Pendant le premier acte, il s'ennuie. Donc il envoie des textos. À l'entracte, il manifeste son formidable enthousiasme lors d'une intervention en direct à l'antenne. Actes suivants, re-ennui, re-textos jusqu'à ce que le chanteur qui interprète Manrico chante « ma mère, sois bénie » avant de mourir. Nicolas Sarkozy préfère Didier Barbelivien à Giuseppe Verdi. Qu'importe, la culture à la télé valait bien ce petit sacrifice d'un soir. À l'entracte, Patrick de Carolis a eu le temps de lui glisser à l'oreille : « Aidez-nous à faire plus de culture ! Du fait de la faible audience, ce prime time nous coûte cher en pertes publicitaires : 500 000 euros ! »

Pour récupérer les DVD d'émissions qu'il avait ratées, Nicolas Sarkozy pouvait aussi téléphoner directement à Patrice Duhamel pour se les faire livrer, séance tenante... Dame, il y avait urgence : il voulait absolument les visionner le soir même avec Carla. Chez le prince, le caprice n'est pas toujours loin de la volonté. « Il se comportait vraiment en enfant gâté, il n'y a que lui qui comptait », confirme Dominique Bussereau[1].

1. Entretien cité.

En pleine crise financière et alors que des manifestations ont éclaté aux Antilles, Nicolas Sarkozy convoque Patrice Duhamel à propos d'un programme de l'après-midi (Duhamel, bon camarade, ne veut pas dire lequel) : le chef de l'État, chef des armées toujours désireux de sauver le monde, a aussi pris le temps de regarder l'audience dudit programme. Il suggère de changer son horaire pour mieux mettre l'émission en valeur. Le directeur général de France Télévisions n'en croit pas ses oreilles et confie : « Début 2008, c'est devenu infernal. Il voulait tout savoir, être au courant de tout ce qu'on préparait. » C'est aussi devenu fou pour une autre raison : le 8 janvier 2008, entre une vacherie au détriment de Laurent Joffrin, alors patron du *Nouvel Observateur*, l'aveu que « les caisses sont vides » et la confidence qu'« avec Carla, c'est du sérieux », Nicolas Sarkozy parachève son feu d'artifice en annonçant la fin de la publicité après 20 heures sur les chaînes de service public.

La ministre de la Culture, Christine Albanel, manque tomber de sa chaise. « On nous a planté notre modèle économique en trente secondes », commente dix ans plus tard Patrice Duhamel. Le Premier ministre François Fillon n'était pas davantage dans la confidence.

Où trouver les 800 millions d'euros ainsi perdus par la fin de la publicité ? « On trouvera », répondent les conseillers de l'Élysée dont l'un affirme quelque temps plus tard que la fin de la pub après 20 heures sera, avec la fin (présumée) des régimes spéciaux de retraite, l'une des « réformes majeures » d'un quinquennat dont ils pensent alors qu'il ne sera pas unique. Tant pis si cette mesure, destinée aussi à permettre aux programmes de commencer plus tôt, a eu pour effet de faire éclore une multitude de petits programmes, des « pastilles » qui ont, une nouvelle fois, renvoyé à près de 21 heures le démarrage du « prime time ».

Les deux premières années du quinquennat sont marquées par d'incessantes vexations, remises en cause du duo qui dirige l'audiovisuel français. Avec pour sommet la soirée du 30 juin 2008, que racontent en détail les deux frères Patrice et Alain Duhamel dans leur livre[1]. Dès l'arrivée, tout va mal. Nicolas Sarkozy est accueilli par des syndicalistes CGT dont l'un porte un tee-shirt « Plus belle la vie sans Sarkozy », allusion détournée à la série vedette de France 3. Marchant à grandes enjambées vers la salle de maquillage, le Président répète : « Cette maison n'est pas tenue, cette maison n'est pas tenue… » Au maquillage, devant Patrice Duhamel, Patrick de Carolis, Franck Louvrier et Claude Guéant, il explose : « C'est tout de même incroyable, ces syndicalistes ! Le président de la République est tout de même chez lui dans le service public, ici ! Et on me traite de la sorte ? Qu'est-ce que c'est que cette maison ? »

1. *Cartes sur table*, Plon, 2010.

Le ton monte, Nicolas Sarkozy menace de partir alors que l'interview doit bientôt commencer. Il se rend finalement sur le plateau de France 3, croise un technicien dont il assurera ensuite qu'il a refusé de lui serrer la main.

Après l'émission, la séance de pugilat recommence. « Mais pourquoi veux-tu toujours nous juger, intervenir, t'occuper de nos programmes ? » interroge Patrice Duhamel. Et là, superbe, Nicolas Sarkozy répond en majesté : « Mais je suis le président de la République, quand même ! »

Quelques mois plus tard, quand, au micro de RTL, Patrick de Carolis juge « stupides » les critiques du Président sur la chaîne qu'il préside, son sort est scellé. Crime de lèse-prince. Nicolas Sarkozy demande « des excuses dans l'heure », raconte Patrice Duhamel. Les explications seront données le lendemain dans *Le Parisien* pour atténuer le propos. Patrick de Carolis ne sera pas reconduit. Mais comme Nicolas Sarkozy ne parvient jamais à être tout à fait un vrai méchant, Patrick de Carolis n'a pas fait cent mètres en sortant de l'Élysée que Claude Guéant l'appelle sur son portable : « Le Président vous propose la présidence d'ARTE ! » La réponse est négative. « Si la proposition m'avait été faite quelques heures plus tard, écrit Patrick de Carolis[1],

1. *Ibid.*

l'émotion dissipée, sans doute l'aurais-je acceptée. Moi aussi, comme le Président quelques minutes auparavant, je venais de réagir avec mes tripes. »

Choisi le 5 juillet 2010 par le président de la République pour succéder à Patrick de Carolis, Rémy Pflimlin fut nommé président de France Télévisions et offrit à Nicolas Sarkozy ce que Nicolas Sarkozy attendait : la tête d'Arlette Chabot. Tout seul, comme un grand, Nicolas Sarkozy avait aussi décidé, en février 2008, de nommer Christine Ockrent directrice générale de la holding chapeautant l'audiovisuel extérieur français. Petit problème : son mari, Bernard Kouchner, est le ministre des Affaires étrangères. Pour Georges-Marc Benamou, ancien conseiller de Nicolas Sarkozy pour les affaires culturelles à l'Élysée, « tout le monde était contre, c'était déontologiquement aberrant ».

À l'occasion, François Mitterrand s'occupait, lui aussi, des programmes. C'est parce qu'il avait envie de voir une série sur le métier d'enseignant qu'est née *L'Instit*, créée par Pierre Grimblat. Et il ne manqua pas de faire savoir que son beau-frère, Roger Hanin, était disponible pour des rôles. *Navarro* fit très bien l'affaire.

LA CHARRETTE DE MAI 68

Si les programmes de la télévision rendent fou, que dire de l'information ? Après les événements de Mai 68, la télévision a ainsi connu la plus belle charrette de son histoire. L'Élysée est à la manœuvre. Alors que la crise de Mai 68 est loin d'être réglée, le général de Gaulle convoque son ministre de l'Information, Georges Gorse : « Pour l'ORTF[1], vous reprenez les choses en main. Vous mettez les trublions à la porte, et puis voilà. » Yves Guéna, qui lui succède à ce poste, a même parlé d'« épuration », donnant cette précision significative : « C'est le seul service de l'État où il y en a eu une. L'Université a été épargnée, les droits syndicaux ont été reconnus dans l'entreprise. Mais le général de Gaulle ne pouvait admettre que la télévision ne fût pas au service de sa politique. La télévision l'avait trahi en mai et il fallait sanctionner les journalistes[2]. »

Partent ainsi, en rangs serrés, des noms aussi populaires à l'époque que Roger Couderc (l'homme du rugby), Robert Chapatte (l'homme du cyclisme), Maurice Séveno, qui présentait le journal de 20 heures, Emmanuel de La

---

1. Office de radiodiffusion-télévision française, appellation du service public de 1964 à 1974.

2. *Mai 68 à l'ORTF*, La Documentation française, 1987.

Taille, François de Closets et même Michel Drucker, peu suspect de maoïsme effréné. Au total, ce sont 58 journalistes de l'ORTF qui sont « virés » avant la fin de l'été, alors que 29 sont mutés et 2 poussés vers la retraite.

Un an plus tard, « l'épuration » va connaître un second épisode : devenu à son tour président de la République en juin 1969, Georges Pompidou fait en sorte que les journalistes de radio qui avaient fait vivre les nuits d'émeute de mai en direct aux Français scotchés près de leur transistor soient à leur tour limogés. Car si la télévision restait quasi muette sur les émeutes, Europe 1 et RTL rendaient compte des manifestations, quitte à fraterniser quelque peu avec les manifestants.

Dès son arrivée à l'Élysée, raconte Robert Namias[1], Georges Pompidou convoque Maurice Siegel, le patron d'Europe 1, et lui demande la tête de tous les journalistes ayant couvert les barricades. Le nouveau prince fait payer Mai 68 un an après. Neuf journalistes sont licenciés. D'autres partent d'eux-mêmes. Étienne Mougeotte, par exemple, rejoint la télévision publique dans l'équipe de Pierre Desgraupes, auquel le nouveau Premier ministre, Jacques Chaban-Delmas, a donné pour mission de se lancer dans une télévision plus libre, au moment où Pompidou cherche à purger définitivement Mai 68.

1. Entretien avec l'auteur, 1er décembre 2016.

« Le fait du prince se retourne parfois contre le prince », conclut Robert Namias[1].

Mais l'histoire, décidément, bégaie. En 1972, Jacques Chaban-Delmas est remplacé à Matignon. La mésentente avec Georges Pompidou est totale. L'équipe d'« Information Première » est décimée et Hervé Chabalier est liquidé sur ordre de Pompidou à cause d'un reportage sur un voyage présidentiel en Lorraine : le journaliste avait eu l'audace de mentionner que le président de la République avait été sifflé. Philippe Gildas et Étienne Mougeotte, virés également, rejoignent RTL.

Après l'élection de Valéry Giscard d'Estaing en 1974, la main du Premier ministre Jacques Chirac, posée sur un micro d'Europe 1, signifie à Maurice Siegel, le patron de la radio, qu'il est exécuté à son tour. Motif : « Persiflage ». Giscard reproche à Europe 1 d'avoir fait campagne pour Chaban-Delmas. Il veut placer ses hommes : c'est ainsi qu'Alain Duhamel et… Étienne Mougeotte arrivent à Europe 1 tandis que Maurice Siegel et son adjoint Jean Gorini s'en vont créer l'hebdomadaire *VSD*. « Les demandes étaient directes, sans fioritures, souligne Robert Namias. Aujourd'hui, on enveloppe. À l'époque, on n'enveloppait pas. »

1. *Ibid.*

MITTERRAND ET « LA LISTE JUQUIN »

Après le 10 mai 1981, les têtes vont tomber les unes après les autres dans l'audiovisuel. François Mitterrand, raconte Jacques Attali[1], veut « prendre son temps » et précise que « ne doivent partir que ceux qui sabotent ». Les démissions des présidents de chaînes n'en sont pas moins vivement encouragées et elles vont toutes intervenir avant la fin de l'été. François Mitterrand voit du « sabotage » et du « complot » partout. Depuis le 10 mai, deux hommes focalisent sur eux la hargne du « peuple de gauche » : Étienne Mougeotte et surtout Jean-Pierre Elkabbach. C'est lui qui a annoncé la victoire du président socialiste et il a été accusé de l'avoir fait avec un visage sinistre. Le 14 juin, se produit une scène hallucinante : le ministre de l'Intérieur, Gaston Defferre, est l'invité d'Antenne 2. Dans un couloir, il croise Jean-Pierre Elkabbach et s'exclame, assez fort pour que tout le monde l'entende, même si le maire de Marseille avait une forte propension à manger les mots : « Tiens, il est encore là, celui-là ! Il en a de la chance... » Le secrétaire d'État à la Communication, Georges Fillioud, ancien journaliste lui-même, demande sur Europe 1 aux journalistes de faire pression pour que les dirigeants

1. *Verbatim I*, *op. cit.*

de l'audiovisuel s'en aillent… et laissent la place à des « copains ». Michel Jobert, ministre du Commerce extérieur (quelques années plus tôt collaborateur puis ministre de Georges Pompidou), obtient de François Mitterrand la nomination de Guy Thomas à la présidence de FR3. Serge Moati, qui a mis en scène le 21 mai la multiplication des roses de François Mitterrand au Panthéon, en devient le directeur général. Mais il n'y a pas que les patrons. « Les éditorialistes des radios obsèdent littéralement le Président, écrit Jacques Attali le 22 juin 1981. Il considère Michel Droit et Henri Amouroux comme "des adversaires politiques, des hommes de combat". »

La purge a beau ne pas cesser, les communistes en veulent davantage, comme si quatre ministres au gouvernement ne suffisaient pas au bonheur du secrétaire général du PCF, Georges Marchais. Chargé des questions de communication au Parti, Pierre Juquin s'épanche sur l'épaule de Jacques Attali : « La coupe est pleine, je subis une très forte pression du Comité central. Il faut nommer des communistes dans l'audiovisuel. Si on ne le fait pas, je serai remplacé et le PC deviendra très agressif[1]. » Avec la bénédiction de François Mitterrand, des journalistes communistes arrivent ès qualités dans les chaînes, dont l'excellent Marcel Trillat.

1. *Ibid.*

Après avoir écrit avec son épouse Nicole Avril *Taisez-vous, Elkabbach !*[1], Jean-Pierre Elkabbach, journaliste sans emploi, est reçu à l'Élysée par François Mitterrand. « Comment ça va, la disgrâce ? » lui demande le président de la République, qui ne veut pas croire que Jean-Pierre Elkabbach ne retrouve pas de travail. Qu'à cela ne tienne : « Trois mois plus tard, racontera l'intéressé[2], j'obtiens grâce à lui et à André Rousselet, son directeur de cabinet, un contrat de trois mois à Europe 1. » Décidément peu rancunier, François Mitterrand accordera même à Jean-Pierre Elkabbach les interviews confessions de la fin de sa vie.

Mais il n'y a pas que les communistes. Pour remplacer sur Europe 1 le trop giscardien Alain Duhamel, la direction de la station accueille Frédéric Grendel. « À part Mitterrand, personne ne le connaissait », raconte Robert Namias[3]. Gaulliste de gauche devenu royaliste, proche de François Mitterrand depuis l'élection présidentielle de 1965, Frédéric Grendel égrène chaque matin des chroniques sinistres, puis repart comme il était venu. À sa mort, en décembre 2001, le royaliste Bertrand Renouvin, candidat à la présidentielle de 1981, donna la clé de cette nomination : « C'est lui qui se fit,

1. Flammarion, 1982.
2. Dans *Le Journal du Dimanche*, 7 mai 2011.
3. Entretien cité.

sur Europe 1, l'ardent propagandiste de la Nouvelle Action royaliste, en vue de sa participation, au sein de la majorité présidentielle, aux élections législatives de 1986. L'arrogance et le sectarisme de la direction socialiste firent échouer ce projet… » Exit Frédéric Grendel.

LE COUP DE POUCE DE MITTERRAND À JEAN-MARIE LE PEN

Des communistes, un royaliste… et même un coup de pouce au Front national. Le 8 mai 1982, alors qu'il ne représente pas grand-chose (0,74 % à la présidentielle de 1974, impossibilité de recueillir les 500 parrainages en 1981), Jean-Marie Le Pen écrit à François Mitterrand : « Monsieur le président, notre mouvement vient de tenir à Paris son sixième congrès. Si vous ne disposiez, comme moyen d'information, que de la télévision d'État, vous n'en auriez rien su […]. En effet, cette situation faite aux formations politiques non représentées à l'Assemblée nationale, déjà très injuste avant vous, s'est encore aggravée. » Il demande donc au président de la République de faire un geste.

Pour faire passer son message, racontent Emmanuel Faux et Thomas Legrand dans *La Main droite de Dieu*[1],

1. Seuil, 1994.

Jean-Marie Le Pen trouve un messager en la personne de Guy Penne, chargé des Affaires africaines à l'Élysée. Les deux hommes se sont connus à l'UNEF dans les années 50. Le 29 mai, le président du Front national est reçu par Guy Penne à l'Élysée. Il lui remet sa lettre non cachetée pour le Président.

Il ne sera pas déçu. Le 22 juin, Jean-Marie Le Pen reçoit la réponse de François Mitterrand. « Il est regrettable que le congrès d'un parti soit ignoré par la Radio-Télévision », écrit le président de la République. Celle-ci « ne saurait méconnaître l'obligation de pluralisme qui lui incombe » et « l'incident que vous décrivez ne devrait plus se reproduire ». Surtout, François Mitterrand conclut : « Je demande à monsieur le ministre de la Communication d'appeler l'attention des responsables des sociétés Radio-Télévision sur le manquement dont vous m'avez saisi. » L'épisode n'est pas anodin. Car si le Front national ne pèse alors électoralement rien, c'est en 1983-1984 qu'il s'envole vers les 10 %. Pour commencer !

L'ordre du président de la République est immédiatement transmis par le ministre de la Communication, Georges Fillioud. Jean-Marie Le Pen est très vite invité, plutôt à 23 heures pour ne pas être trop visible. Mais le président du FN n'est pas du genre à passer inaperçu et, à l'antenne, il proteste : « Plutôt qu'à 23 heures, je voudrais parler aux Français à midi, ou à 20 heures. Bref, pas quand ils dorment. » Puis il fait allusion à la lettre de François Mitterrand : « Je vois que cette lettre porte ses fruits. François Mitterrand réussit à se faire obéir. J'espère que je serai réinvité en septembre pour notre grande fête des Bleu-Blanc-Rouge. » Jean-Marie Le Pen ne cessera plus d'être convié, avec en point d'orgue sa première prestation à « L'Heure de vérité », sur France 2, le 13 février 1984. Les photographes se bousculent, des manifestants se sont réunis devant le studio, Marine Le Pen alors âgée de 16 ans, ses sœurs et sa mère sont au premier rang. Jean-Marie Le Pen va être d'autant plus invité que c'est un bon client, qui ne va pas tarder à faire de l'audience. Et des scores électoraux : 11 % aux élections européennes de 1984. Enfin, François Mitterrand ouvrira (malgré lui ?), avec le mode de scrutin proportionnel, les portes de l'Assemblée nationale à 35 députés FN en 1986. Quelques années plus tard, l'Élysée tentera de démentir l'existence de la lettre du président de la République à Jean-Marie Le Pen. En vain.

LES BOUDERIES DE FRANÇOIS HOLLANDE

Tout n'est pas négatif dans le bilan de François Hollande. La preuve : cinq années durant, le président socialiste aura été le moins interventionniste de tous. « Pas un coup de fil, rien ! » confirme Olivier Siou, rédacteur en chef du JT de 20 heures de France 2[1]. François Hollande, en réalité, fonctionnait à l'Élysée comme il l'avait fait depuis la rue de Solferino quand il était le premier secrétaire du Parti socialiste : il appelait directement les journalistes, pas pour faire pression mais pour papoter, échanger et, bien sûr, donner la tonalité de ce que pensait le Président. Dans les commentaires ou les journaux, quand on lisait « dans l'entourage du président de la République », il s'agissait parfois du chef de l'État lui-même. « Le summum de l'interventionnisme hollandais, poursuit Olivier Siou, c'était une demi-journée de bouderie... » Ce qui n'empêche pas François Hollande de s'inquiéter quand il est question de supprimer le décrochage corrézien de France Bleu Limousin, réalisé depuis Tulle, en juin 2015. Il sera supprimé quand même. Mais il y avait des priorités pour ce Président qui, même pendant les sommets européens, racontent les témoins, ne perdait jamais le fil avec la politique intérieure, et surtout pas celle de son département de cœur et d'élection, la Corrèze.

1. Entretien avec l'auteur, 16 juin 2017.

Dessinez-moi une carte de France

> « Comprendriez-vous, Monsieur d'Artagnan, de servir un roi qui aurait cent autres rois, ses égaux, dans le royaume ? Pourrais-je, dites-le-moi, faire avec cette faiblesse les grandes choses que je médite ? »
>
> Alexandre DUMAS,
> *Le Vicomte de Bragelonne*

Survolant la région parisienne en hélicoptère dans les premières années de la Ve République, le général de Gaulle, selon la légende, se serait exclamé : « Delouvrier[1], mettez-moi un peu d'ordre dans ce bordel ! » Les temps n'ont pas beaucoup changé. Quand, en 2007, Nicolas Sarkozy devient président de la République, il lance le Grand Paris et veille, semaine après semaine, à l'avancement du dossier. En réalité, explique Didier

1. Paul Delouvrier, inspecteur des Finances, fut délégué général au district de la région de Paris de 1961 à 1969.

Maus[1], « aucune décision importante d'aménagement du territoire n'est prise sans le président ». Avec, malgré la décentralisation, le souci de ne jamais faire émerger de trop importants rivaux loin de Paris.

LE COUP DES « XXX RÉGIONS »

Depuis que de Gaulle a échoué à faire aboutir son projet de régionalisation, repoussé par référendum le 27 avril 1969, tout le monde veut s'occuper des territoires. François Mitterrand a voulu la décentralisation, menée à bien par son ministre de l'Intérieur Gaston Defferre. Mais pas tout à fait comme l'aurait souhaité le Premier ministre Pierre Mauroy. Celui-ci entendait profiter de cette occasion historique pour supprimer l'échelon des départements et donner de vrais pouvoirs aux régions. Mais Mitterrand, départementaliste dans l'âme, amoureux de sa Charente de naissance et de sa Nièvre d'élection, ne veut pas en entendre parler. À chaque fois que le sujet de « l'échelon de trop » reviendra plus tard dans les débats, notamment dans la commission dont le Premier ministre Lionel Jospin lui confiera la présidence en 1997, Pierre Mauroy fera part de ses regrets.

1. Entretien cité.

Supprimer les départements ? Il n'est pas le seul à en avoir rêvé. Premier ministre à son tour, Manuel Valls avait même annoncé la disparition, sinon du département (ce qui nécessiterait une réforme constitutionnelle), du moins des conseils généraux à l'horizon 2021. Cet engagement, pris à la tribune de l'Assemblée nationale le 2 avril 2014, est très vite remisé aux oubliettes. D'autant plus vite que le président de la République François Hollande annonce le 26 mai 2014 que le nombre de régions va être divisé par deux. Le Parti socialiste vient d'être sévèrement sanctionné aux élections européennes, il est donc urgent de prendre quelques initiatives pour montrer que le président et le gouvernement réforment, quitte à faire un peu n'importe quoi.

Alors ministre de la Décentralisation et de la Fonction publique, Marylise Lebranchu n'est pas dans la confidence. Un grand classique. « Je savais que c'était une hypothèse, raconte-t-elle[1], mais sans qu'il y ait eu d'arbitrage et sans que moi-même je l'aie défendue. » Et pour cause : si les régions grossissent, il ne peut plus être question de supprimer le département, échelon de proximité. C'est l'un ou l'autre. L'improvisation est totale.

Au ministère de la Décentralisation, il y a déjà quelque temps qu'on a commencé à redessiner les contours de la carte de France. François Hollande, au départ, manifeste

1. Entretien avec l'auteur, 13 juillet 2017.

deux exigences : on ne touche pas à l'Île-de-France et on ne redécoupe pas à l'intérieur des régions existantes. Au début, tout le monde cafouille un peu sur le périmètre de la grande région du nord de la France. Que faire de la Picardie ? L'amarrer au Nord-Pas-de-Calais ou la laisser dériver vers Champagne-Ardenne ? Les deux hypothèses circulent, c'est la première qui l'emportera, mais, affirme aujourd'hui Marylise Lebranchu, « je n'ai jamais très bien compris si le président de la République était d'accord ou non avec cette proposition[1] ».

Le vrai point de friction, c'est le mariage ou le non-mariage entre la Bretagne et les Pays de la Loire. Nantes peut-elle abandonner son statut de capitale à sa voisine, Rennes ? La Sarthe, la Mayenne, le Maine-et-Loire et la Vendée peuvent-ils devenir bretons ? Les maires de Rennes, Brest et Nantes sont favorables à la fusion. Dans un premier temps, les Pays de la Loire rejoignent donc la Bretagne, tandis que la région Centre se retrouve accolée au Poitou-Charentes et à l'Aquitaine.

Au soir du 2 juin 2014, selon l'ancien Premier ministre Jean-Pierre Raffarin, la carte de France a été dessinée « sur un coin de table à l'Élysée ». Carte qui doit être adressée à la presse régionale avec une tribune du chef de l'État, pour publication le lendemain. Mais il y a du retard. Car si tout le monde est d'accord pour la fusion, un homme

1. *Ibid.*

y est hostile : Jean-Yves Le Drian, ministre de la Défense et… président de la région Bretagne. François Hollande arbitre donc en faveur de Jean-Yves Le Drian. La carte est redessinée à la va-vite avant d'être envoyée aux journalistes. La Picardie est alors avec la Franche-Comté, le Centre avec le Poitou-Charentes (Ségolène Royal, élue des Deux-Sèvres, ne veut pas aller avec l'Aquitaine) et le Limousin. Dans la tribune adressée à la presse régionale, il est indiqué que le nombre de régions passe « de 22 à XXX », preuve que l'indécision a prévalu jusqu'au bout… Finalement, il y en a 13 en métropole et, après bien des imbroglios liés à l'indécision de François Hollande, le Poitou-Charentes comme le Limousin appartiennent désormais à la Nouvelle-Aquitaine.

C'est aussi François Hollande qui, avec Jean-Marc Ayrault, va décider de la création de métropoles. Mais là où Marylise Lebranchu souhaite des métropoles à l'allemande, en petit nombre, le président de la République veut comme d'habitude faire plaisir à tout le monde. Après Paris, Lyon, Marseille, puis Lille, Nice, Bordeaux et Strasbourg, la liste s'était arrêtée à 15 métropoles. Il pourrait finalement y en avoir 22. S'il y a Nancy, il doit y avoir Metz. Et Tours ne supporterait pas qu'Orléans soit seule à profiter du titre. Sans oublier, Brest, Dijon, Saint-Étienne…

OÙ L'ON VOIT JACQUES CHIRAC CONTRAINT D'ARBITRER ENTRE MARTINE AUBRY ET JEAN-LOUIS BORLOO

Si un prince règne à l'Élysée, beaucoup de barons locaux, départementaux ou régionaux imaginent aussi être petits princes en leurs royaumes. Parfois, leur ego, leur orgueil, leur sens étriqué des intérêts de leur ville ou de leur région risquent de nuire au pays tout entier.

Ainsi, cet épisode que raconte Jean-Pierre Audoux, délégué général de la Fédération des industries ferroviaires (FIF)[1] et qui se déroule en 2003. Les acteurs, par ordre d'entrée en scène, en sont Jean-Louis Borloo, ministre de la Cohésion sociale et premier adjoint au maire de Valenciennes ; Martine Aubry, maire de Lille ; Dominique Bussereau, ministre des Transports de Jean-Pierre Raffarin ; Pierre Sudreau, ancien ministre du général de Gaulle et ancien président de la FIF. En *guest star*, le président de la République, Jacques Chirac.

L'Union européenne a décidé de créer des agences de sécurité de différents secteurs et lance un appel à candidatures vers les grandes villes ou agglomérations de l'Union. Dans un premier temps, François Fillon, président de la région Pays de la Loire, et Jean-Marc

1. Entretien avec l'auteur, 14 juin 2017.

Ayrault, maire de Nantes, postulent pour que Nantes accueille l'Agence de la sécurité maritime. Mais il est vite acquis que ce sera pour Lisbonne. À Lille, Martine Aubry est intéressée par l'Agence de sécurité alimentaire, que va finalement obtenir Parme. La possibilité d'une candidature française reste entière. Lille se rabat sur l'Agence de sécurité ferroviaire. Valenciennes est candidate aussi, et Jean-Louis Borloo dispose d'un bel atout, puisqu'il est ministre délégué à la Cohésion sociale.

Entre les deux édiles (Borloo n'est que premier adjoint à cause du non-cumul, mais de fait c'est lui le patron à Valenciennes), c'est la guerre. Aucun des deux ne veut céder. À juste titre, Martine Aubry argue du fait que Lille (230 000 habitants, sans compter l'agglomération) est plus importante que Valenciennes et ses 43 000 habitants pour rivaliser avec, par exemple, Cologne, qui va être choisie pour la sécurité aérienne.

La France reçoit un feu vert de l'Union européenne : l'agence de sécurité ferroviaire, vous l'avez… si vous vous mettez d'accord sur le nom de la ville candidate. Les deux élus ne veulent toujours pas transiger. « Sa Majesté Jean-Louis, raconte Jean-Pierre Audoux, répète que si l'agence doit aller quelque part, c'est à Valenciennes » et nulle part ailleurs. On explique à l'ex-maire que sa ville a de grands atouts sur le plan ferroviaire et industriel, mais qu'elle n'est pas une métropole comme Lille. Fureur de Sa Majesté.

Une réunion a finalement lieu entre les représentants des deux villes, qui parviennent à un accord pour que Lille et Valenciennes se partagent la future agence, les réunions se faisant dans l'une et les bureaux s'installant dans l'autre, par exemple. Le dossier est préparé à la hâte, car le temps presse.

Dominique Bussereau profite, le lendemain, de la réunion du Conseil des ministres pour en parler à son collègue Borloo afin que la France dépose officiellement la candidature des deux villes. Fou furieux, Jean-Louis Borloo appelle Jean-Pierre Audoux, le menaçant de venir faire un scandale devant le conseil d'administration de la FIF, et peut-être même de venir lui casser la gueule (il y a prescription). Il assure qu'il n'y a pas d'accord et maintient que « Valenciennes se suffit à elle-même[1] ».

Jean-Pierre Audoux est découragé, car il sent que le dossier va échapper à la France. Hasard du calendrier, l'ancien président de la FIF, Pierre Sudreau, passe par là. Audoux lui raconte toute l'histoire. Réponse immédiate de Pierre Sudreau, ancien ministre mais aussi ancien élu local et ancien haut fonctionnaire, qui connaît les méandres des décisions politiques : « J'écris à Chirac, et vous allez voir ! » « Aussitôt dit, aussitôt fait, raconte Jean-Pierre Audoux[2]. Le lendemain, la réponse

1. *Ibid.*
2. *Ibid.*

du président de la République arrive par porteur spécial. Jacques Chirac y écrit qu'il ne voit "que des avantages" à présenter la candidature de Lille et de Valenciennes... » Borloo est coincé.

En avril 2004, l'Agence ferroviaire européenne est officiellement créée afin de rendre le rail plus compétitif que la route. La première pierre est posée à Valenciennes le 15 juin 2005. À terme, une centaine d'emplois y sera créée, la moitié des salariés travaillant à Valenciennes, les autres se partageant entre Lille et Bruxelles. Mais il aura fallu provoquer un fait du prince pour y parvenir.

Dans le domaine ferroviaire, les présidents ont toujours les travaux à l'œil. Ils les surveillent, les inaugurent (de François Mitterrand avec le TGV-Lyon à Emmanuel Macron avec la ligne Paris-Bordeaux le 1er juillet 2017). Mais ils donnent aussi leur avis. Quitte à en changer en cours de route.

Ainsi Valéry Giscard d'Estaing, ministre des Finances lorsque le projet de lignes TGV vit le jour, commença-t-il par y être hostile, alors que le président Georges Pompidou, amoureux de vitesse, était pour. Giscard jugeait surtout que c'était trop cher et que c'était « un truc de technocrates », se souvient Jean-Pierre Audoux[1]. Il avait aussi fait arrêter les travaux de l'aérotrain, entre Paris et Orléans.

1. *Ibid.*

Premiers ministres, ministres et élus locaux sont tout aussi attentifs aux projets ferroviaires, comme aux projets routiers. Pierre Mauroy insista beaucoup pour avoir le TGV Paris-Lille. Son successeur, Laurent Fabius, eut moins de chance avec la Normandie puisque le TGV vers Rouen et Le Havre ne se fit pas. Alain Juppé a bataillé pour la ligne à grande vitesse qui met désormais Bordeaux à deux heures de Paris. Si Jacques Chirac était peu décisif sur les projets ferroviaires, il avait tout de même glissé un jour à Dominique Bussereau, son ministre des Transports[1] : « N'oubliez pas la ligne grande vitesse Poitiers-Limoges, c'est pour Bernadette… », l'épouse du chef de l'État étant alors conseillère départementale en Corrèze. Une LGV dont Ségolène Royal ne voudra ensuite pas entendre parler, tout en signant avec le Premier ministre Manuel Valls (« par solidarité gouvernementale », dira-t-elle) le décret déclarant les travaux « d'utilité publique et urgents », décret annulé par le Conseil d'État. En 2016, François Hollande a bien vaguement parlé de « relancer » la ligne pour faire un signe à ses partisans. Mais celle-ci ne verra pas le jour. Coût pour le Limousin : 25 millions d'euros, dont la région ne reverra jamais la couleur.

Étrangement, le Limousin et l'Auvergne, qui ont donné à la France quatre présidents de la République

1. Entretien cité.

(Pompidou, Giscard, Chirac et Hollande), sont restés les régions les plus enclavées du pays, malgré ce qu'on a appelé « l'autoroute des présidents », l'A89, qui a mis trente ans pour relier Bordeaux à Lyon, avec l'implication active des deux Corréziens, Jacques Chirac et François Hollande. Mais aucun des quatre princes d'Auvergne et du Limousin n'a lancé de grands chantiers pour y aller plus rapidement en train (ne serait-ce que pour aller voter...), sans doute parce que les populations locales n'ont jamais, constate Jean-Pierre Audoux, mené un grand lobbying pour se désenclaver.

Ministres et maires sont tout aussi vigilants quand il est question de trains et de gares. Chargée de l'Environnement de 1997 à 2002, l'écologiste Dominique Voynet était hostile au projet Rhin-Rhône, sauf si en échange le TGV marquait l'arrêt chez elle, à Dôle, dans le Jura. Si le TGV Paris-Strasbourg s'arrête dans la « gare de Lorraine TGV », située entre Metz et Nancy, c'est parce que aucun des maires des deux grandes villes de l'époque, Jean-Marie Rausch et André Rossinot, n'a voulu laisser à l'autre le privilège d'accueillir le TGV. Enfin, si le TGV marque trois fois par jour (dans chaque sens) l'arrêt à Sablé-sur-Sarthe, c'est pour faire plaisir à François Fillon qui, lorsqu'il était Premier ministre, préférait pourtant emprunter un Falcon pour rentrer dans la Sarthe. Et tant pis pour les factures.

NICOLAS SARKOZY ET SON « DADA » DU GRAND PARIS

S'il n'a pas laissé de « grands travaux » similaires à ceux de ses prédécesseurs, Nicolas Sarkozy a le mérite d'avoir lancé un dossier qui, sans lui, affirment ceux qui y ont travaillé, n'aurait jamais abouti : celui du Grand Paris. Quand il devient ministre de la Ville fin 2010, en charge notamment de ce dossier, Maurice Leroy comprend très vite que tout va se jouer à l'Élysée, et nulle part ailleurs. À l'époque, raconte-t-il[1], c'est « la baston » entre le président socialiste de la région Île-de-France, Jean-Paul Huchon, et le préfet de région, Daniel Canepa. Tout le monde a son projet, sa carte pour les transports, son idée sur l'aspect architectural. À charge pour le nouveau ministre, qui a été dans le passé communiste, puis centriste avec François Bayrou avant de rallier Nicolas Sarkozy, de mettre tout le monde d'accord. Il y parviendra, toutes les collectivités signeront l'accord sur le Grand Paris dans les délais et Jean-Paul Huchon ne manque jamais de saluer l'exploit.

Mais, assure Maurice Leroy, « si le Grand Paris n'avait pas été un projet de Nicolas Sarkozy, ça n'aurait sans doute pas fonctionné ». Une fois par semaine, de

1. Entretien avec l'auteur, 31 juillet 2017.

fin 2010 à mai 2012, le ministre voit le président de la République ou le secrétaire général de l'Élysée. Et, chaque semaine, Nicolas Sarkozy lui parle de son obsession, ce que Maurice Leroy appelle « son dada » : mettre les trois aéroports du Bourget, d'Orly et de Roissy à trente minutes du centre de Paris. « Vous vous démerderez comme vous voudrez ! » lance le chef de l'État en guise de lettre de mission à son ministre. Avec le coup de pouce essentiel des jeux Olympiques, le Grand Paris, entre autres ambitions, devrait permettre d'offrir enfin une liaison de transport digne de ce nom entre l'aéroport Charles-de-Gaulle et le centre de la capitale, au lieu de la ligne B du RER, qui ne constitue pas la meilleure image que l'on puisse offrir aux visiteurs étrangers arrivant en France.

« C'est moi qui nomme ! »

« L'art de mettre les hommes à leur place est le premier, peut-être, dans la science du gouvernement. »

TALLEYRAND

Parmi les nombreuses jouissances du pouvoir, celle de nommer provoque peut-être les sensations les plus fortes. En des temps où les marges de manœuvre des gouvernants se sont rétrécies, notamment en raison du poids de l'Union européenne, et où il semble si difficile de recueillir de bons résultats en matière économique, le pouvoir de nomination reste une valeur sûre. Il permet de récompenser et de promouvoir, mais aussi d'éloigner, de contraindre au silence et de se faire des obligés. Ça peut toujours servir. Prérogative type de l'Ancien Régime, le pouvoir de nomination a traversé les républiques sans rien perdre de ses attraits.

Le président de la République, stipule l'article 13 de la Constitution de 1958, « nomme aux emplois civils et militaires de l'État », avec contreseing du Premier ministre. La Constitution énumère la liste : conseillers d'État, grand chancelier de la Légion d'honneur, ambassadeurs et envoyés extraordinaires, conseillers maîtres à la Cour des comptes, préfets, officiers généraux, recteurs, directeurs des administrations centrales. Plus un nombre important de postes prévus par une loi organique, dont un tiers des membres du Conseil constitutionnel et du Conseil supérieur de l'audiovisuel. Plus les près de 200 présidents ou directeurs d'établissements publics, liste élargie par François Mitterrand par un décret du 6 août 1985 afin de prendre ses précautions dans la perspective d'une cohabitation avec la droite, qui ne manqua pas de survenir avec les élections législatives du 16 mars 1986. En réalité, le Président a bien plus de pouvoir que le roi, qui ne désignait que les ministres, les ambassadeurs et le personnel militaire.

Parfois, le futur nommé est pris de sueurs froides, s'il y a encore une petite incertitude sur sa nomination ou qu'un grain de sable inattendu risque de tout faire rater juste avant le Conseil des ministres. Le 14 juillet 2004, le président Jacques Chirac renvoie ainsi sèchement dans les cordes son ministre de l'Économie, Nicolas Sarkozy, d'une phrase devenue célèbre : « Je décide, il exécute. » Coup de tonnerre dans le microcosme : Chirac va-t-il pousser Sarkozy vers la sortie ? Sarkozy va-t-il claquer la porte pour préparer dès maintenant l'élection présidentielle ? Suspense. Dans son bureau d'ancien président de l'Assemblée nationale, Philippe Séguin est pris de vertige : au prochain Conseil des ministres, le 21 juillet, Nicolas Sarkozy doit proposer sa nomination comme premier président de la Cour des comptes. Le postulant, originaire de la Cour, s'impose pour le poste. Mais, toujours rongé par le doute et suspendu au bon vouloir du prince, Philippe Séguin pense que « c'est fichu[1] » et que, sans Nicolas Sarkozy, Jacques Chirac ne le nommera peut-être pas. Le colosse est redevenu un petit garçon. Épilogue : le ministre de l'Économie reste en poste et Philippe Séguin est nommé comme prévu premier président de la Cour…

Le Président nomme et entend bien manifester ainsi l'essence même de son pouvoir : les autres dépendent de lui, il tient dans sa main les carrières. Conseiller à la culture et à la communication à l'Élysée au début du quinquennat de Nicolas Sarkozy, Georges-Marc Benamou a encore en tête les cris du chef de l'État alors qu'il se dirige vers son bureau en passant par le Salon vert : « L'huissier n'a pas le temps de m'annoncer. Au moment de franchir le seuil de ce bureau familier, je

1. Conversation avec l'auteur.

suis happé. La pièce est dans la pénombre et, dans ce contre-jour, je vois fondre sur moi une masse qui fonce en hurlant : “C’est moi qui nomme... C’est moi qui nomme... C’est moi qui nomme[1] !” »

À FRANÇOIS HOLLANDE, LA PROMOTION VOLTAIRE RECONNAISSANTE

Elle en aura fait couler, de l’encre, la promotion Voltaire ! Celle d’où sortirent de l’ENA, en 1980, un président (François Hollande), un Premier ministre (Dominique de Villepin), des ministres de gauche et de droite (Ségolène Royal, Frédérique Bredin, Michel Sapin, Renaud Donnedieu de Vabres), et toute une génération de brillants hauts fonctionnaires.

Tout au long de son quinquennat, François Hollande a allègrement pioché dans le vivier offert par ses anciens condisciples pour pourvoir tous les emplois. À commencer par son ami de toujours, Michel Sapin, qui a passé cinq ans à Bercy. Mais aussi Pierre-René Lemas au secrétariat général de l’Élysée puis à la tête de la Caisse des dépôts et consignations. Pour remplacer celui-ci à l’Élysée, François Hollande choisit Jean-Pierre Jouyet,

1. *Comédie française*, de Georges-Marc Benamou, Fayard, 2014.

issu de la même promotion. Comme la directrice de cabinet du Président, puis présidente de la Réunion des musées nationaux et du Grand Palais, Sylvie Hubac, remplacée à l'Élysée par Jean-Pierre Hugues, lui aussi « voltairien ».

Également anciens de la fameuse promotion, les trois préfets de police du quinquennat (Bernard Boucault, Michel Cadot, Michel Delpuech), Frédérique Bredin à la tête du Centre national du cinéma (CNC), Claire Bazy-Malaurie nommée au Conseil constitutionnel, Jean-Maurice Ripert ambassadeur à Moscou, Jean-Marie Cambacérès au Conseil économique et social et Jean-Ludovic Silicani, président de l'Autorité de régulation des communications électroniques et des postes (Arcep). Sans oublier bien sûr Ségolène Royal, redevenue ministre en 2014.

Les 167 anciens élèves de la promotion Voltaire n'ont évidemment pas été nommés ou promus par François Hollande, mais ils ont été nombreux dans les allées du pouvoir de 2012 à 2017. Par souci de faire régner le copinage ? Peut-être, mais pas seulement. Tous âgés d'environ soixante ans, comme François Hollande (cinquante-huit ans l'année de son élection), les condisciples de la promotion Voltaire arrivent en fin de carrière et il est donc naturel qu'ils soient parvenus au plus haut niveau. « Patience, nous serons bientôt tous à la retraite ! » a un jour plaisanté Pierre-René

Lemas. Un haut fonctionnaire de l'État, pour avoir observé de près le quinquennat de François Hollande, est parvenu à une autre conclusion : « La sélection se fait dans un petit milieu de gens qui se connaissent. On ne va pas chercher plus loin. Par paresse, par peur. Beaucoup par paresse. Souvent, il s'agit d'un prêté pour un rendu. Nommer des gens qu'il a connus dans une école comme l'ENA, pour le "prince", ça fait peut-être moins peur. »

Déjà, tout le monde ausculte la promotion Senghor, celle d'Emmanuel Macron, et la promotion Marc-Bloch, celle du Premier ministre Édouard Philippe, dont le major, Benoît Ribadeau-Dumas, est devenu le directeur de cabinet.

LES MIRACLES DU TOUR EXTÉRIEUR

Comment récompenser un proche battu aux élections ou un ancien fidèle que l'on préférerait voir s'éloigner ? En les nommant « au tour extérieur », par exemple au Conseil d'État, à la Cour des comptes, ou en les bombardant préfets, quitte à ne jamais leur offrir de préfecture. François Mitterrand avait ainsi fait préfets ses collaborateurs Michel Vauzelle et Michel Delebarre. Plus tard, François Hollande agira de même avec ses chefs de cabinet, Dominique Ceaux puis Isabelle Sima.

Brice Hortefeux, lui, a été nommé préfet dès 1995, une nomination qui avait suscité, fait rarissime, une protestation de l'Association du corps préfectoral en raison de l'âge du bénéficiaire : le plus proche ami de Nicolas Sarkozy n'avait que trente-sept ans. Le cas de Laurent Solly est plus compliqué : entré dans le corps préfectoral après l'ENA, il a bénéficié d'une accélération de carrière en étant promu préfet hors cadre avant ses quarante ans ans, quand Nicolas Sarkozy était ministre de l'Intérieur… avant d'être mis sur la touche car il figurait sur la liste noire de Cécilia Sarkozy. « La tête de Solly est une offrande à Cécilia », juge Georges-Marc Benamou[1]. Pendant le quinquennat de François Hollande, on a vu devenir préfets hors cadre Sébastien Gros, Christian Gravel, Yves Colmou, tous proches de Manuel Valls. Malgré l'avertissement de la Cour des comptes qui note en 2014 que, sur 250 préfets, plus de 120 sont des préfets sans territoire, la litanie ne va sans doute pas s'arrêter là.

Préfets hors cadre, sans affectation, parfois sans mission, c'est l'une des meilleures assurances-vie de la République. Nommé préfet un jour, on reste préfet pour toujours. Avec deux exceptions, relevées dans *Les*

1. Entretien cité.

Jobs en or de la République, le documentaire de Stéphane Girard[1] : deux préfets hors cadre nommés par Nicolas Sarkozy, Daniel Matalon et Olivier Buquin, ont été relevés de leurs fonctions par François Hollande un an, onze mois et quelques jours après leur nomination. Celle-ci ne devient en effet irrévocable qu'au bout de deux ans. Sinon, explique l'ancien ministre de l'Intérieur Claude Guéant dans le même documentaire, on trouve aux intéressés, à défaut de territoire, « une mission plus ou moins satisfaisante, plus ou moins valorisante, plus ou moins utile ». Quel aveu !

Pour recaser des amis, le Conseil d'État est aussi très prisé. S'y sont retrouvés, au fil des années, Arno Klarsfeld, nommé par Nicolas Sarkozy après avoir été battu aux élections législatives de 2012, de même que Jeannette Bougrab ; Camille Pascal et Jean-Baptiste de Froment, conseillers à l'Élysée, à la toute fin du quinquennat. Puis, pendant le quinquennat de François Hollande, l'ancienne ministre Dominique Bertinotti. À la fin de ses deux mandats, Jacques Chirac y avait nommé sa chef de cabinet, Annie Lhéritier, tandis qu'une autre conseillère, Marie-Claire Carrère-Gée, atterrissait à la Cour des comptes.

Plus étonnante, la nomination au Conseil d'État d'Henri Loyrette, ancien directeur du musée d'Orsay

1. Réalisé en 2016.

puis brillant président-directeur du musée du Louvre. Désireux de quitter le Louvre mais soucieux de continuer à servir l'État, il est nommé au Conseil d'État au tour extérieur le 5 avril 2013. Pour lui rendre hommage, François Hollande prononce alors un discours hallucinant, que l'on peut revoir dans *Les Jobs en or de la République*[1] : « Vous allez vous consacrer au contentieux administratif », commence le président de la République. Rires dans la salle. Il poursuit : « Ayant moi-même signé le décret de nomination, j'ai cherché à comprendre. L'amour du droit peut expliquer bien des folies. Peut-être y a-t-il cette même volonté de déchiffrer le code administratif comme les hiéroglyphes égyptiens. » Re-rires dans la salle. Henri Loyrette semble un peu gêné. Conclusion présidentielle : « Il y a une autre explication. Vous ne vouliez pas vous éloigner du Louvre. Alors, où aller ? En face, sur la place du Palais-Royal. » Bien sûr, il s'agit là du fameux humour « hollandais ».

À peine plus éloignée du Louvre, la Cour des comptes a dû accueillir l'ancienne ministre chiraquienne Brigitte Girardin et les anciens conseillers de François Hollande Vincent Feltesse et Alice Rufo. Malgré l'avis défavorable du premier président de la Cour des comptes, Didier Migaud, le directeur de cabinet de Marisol Touraine,

1. Documentaire cité.

ministre des Affaires sociales, Étienne Champion, y est lui aussi devenu conseiller maître.

Quand le président sortant ne se représente pas, c'est une question d'urgence. Et de calendrier : François Mitterrand et Jacques Chirac eurent à nommer, en toute fin de mandat, le nouveau président du Conseil constitutionnel. Mitterrand, qui avait déjà choisi son ancien garde des Sceaux Robert Badinter en 1986, nomme son vieux complice Roland Dumas. Chirac, lui, désigne Jean-Louis Debré, fidèle entre les fidèles. Perfidement, Bernard Debré, dont les relations avec son frère jumeau Jean-Louis sont notoirement mauvaises, rappelle que le président sortant du Conseil constitutionnel, Pierre Mazeaud, est hostile à cette promotion. Mais Jacques Chirac a passé outre et, commente Bernard Debré, « personne n'a moufté[1] ».

Quand le Président se représente, c'est surtout une question de précaution : les six derniers mois du quinquennat, la liste des nominations s'allonge, chaque semaine, dans le compte rendu du Conseil des ministres. Au milieu des promotions normales des membres de la Cour des comptes et du Conseil d'État, des évolutions de carrière des magistrats et des militaires, de nombreuses personnalités deviennent « inspecteur général de l'Éducation nationale », « inspecteur général de l'administration »

1. Entretien cité.

ou « inspecteur général des affaires sociales ». Il y a toujours quelques élus à recaser, quelques proches à récompenser avant fermeture (ou défaite). Le 26 octobre 2011, Patrick Karam, proche de Nicolas Sarkozy, est nommé inspecteur général de la jeunesse et des sports au « tour extérieur ». Le 7 novembre, l'écrivain Daniel Rondeau est nommé ambassadeur, délégué permanent de la France auprès de l'ONU pour l'éducation, la science et la culture. Le 15 février 2012, Alain Gest, ancien député de la Somme, atterrit à la présidence du conseil d'administration de Voies navigables de France. Auparavant, il s'était surtout distingué dans la lutte contre les sectes. Entre les deux tours de l'élection présidentielle de 2012, le 3 mai, le Conseil des ministres adopte la nomination de Camille Pascal, l'une des « plumes » de Nicolas Sarkozy, au Conseil d'État en service ordinaire, évidemment « au tour extérieur ». Et juste après l'élection, le 9 mai, celle de Guillaume Lambert, sous-préfet hors classe, au niveau de préfet hors cadre, « chargé d'une mission de service public relevant du gouvernement », formulation aussi floue que la mission qui va avec. Déjà sous-préfet, l'intéressé était au niveau du poste. Mais il était aussi le directeur de campagne de Nicolas Sarkozy. Ça aide.

Dans la seconde partie du mandat de François Hollande, même phénomène : l'ancienne ministre Marie-Arlette Carlotti se retrouve à la tête du Haut Comité pour le logement des personnes défavorisées ; le député socialiste François Brottes, parlementaire très actif, est nommé à la tête de RTE, Réseau de transport d'électricité ; son collègue Pascal Terrasse devient inspecteur général de l'administration du développement durable ; l'ancien ministre Philippe Martin est nommé président du conseil d'administration de l'Agence française pour la biodiversité.

Pour les autres amis à recaser, on a toujours le choix entre les ambassades thématiques, créées par Jacques Chirac en 1998, l'Inspection générale des affaires sociales, l'Inspection générale de l'éducation nationale et les ambassades (le même Jacques Chirac, dit-on, en proposait régulièrement aux victimes du suffrage universel). On peut aussi créer, comme l'a fait François Hollande pour nommer l'ancien secrétaire général de la CGT, Thierry Lepaon, une « délégation interministérielle à la langue française pour la cohésion sociale », dont l'utilité reste un mystère.

ÇA NE MARCHE PAS TOUJOURS

Parfois (c'est très rare), les nominations sont annulées par le Conseil d'État. Collaborateur du ministre François Sauvadet, Frank Cecconi est nommé le 18 avril 2012, quelques jours avant le premier tour de l'élection présidentielle, contrôleur général économique et financier de 1re classe, l'un des corps d'inspection du ministère de l'Économie. Mais un recours est déposé et, un an plus tard, le Conseil d'État annule la nomination, jugeant qu'« une erreur manifeste d'appréciation » a été commise et que, malgré ses qualités, « l'impétrant n'est pas apte » à exercer cette fonction. La même mésaventure était arrivée à Dominique Tiberi, fils de l'ancien maire de Paris, qui avait été nommé à cette même fonction le 20 janvier 2011 et qui en fut également relevé. Dominique Tiberi, nota le Conseil d'État, « n'a exercé ni des responsabilités d'encadrement ou de direction, ni des fonctions d'analyse et d'expertise approfondies à caractère économique et financier ». Il avait été nommé pour libérer la 2e circonscription de Paris, où son père ne souhaitait pas se représenter en 2012, mais que lorgnait (et où fut élu en 2012) François Fillon, en difficulté dans la Sarthe…

QUAND MONTEBOURG EN APPELLE AUX CHASSEURS DE TÊTES

« Le président décide de tout » : de son passage au gouvernement, de mai 2012 à août 2014, Arnaud Montebourg garde le souvenir de la toute-puissance présidentielle et de l'impéritie à peu près totale des membres du gouvernement. « Il nomme vos directeurs, il n'y a pas de décision collégiale, le Premier ministre regarde passer les trains. Le Président peut aussi nommer n'importe qui dans un théâtre minable. C'est la prime à la courtisanerie, pas à la compétence », juge l'ancien ministre du Redressement productif[1] qui assure avoir parfois « fait la grève du contreseing » et « refusé de signer un décret que je ne comprenais pas ». Il cite en (mauvais) exemple la nomination de Pierre Blayau à la présidence du conseil de surveillance d'Areva sans que les ministres aient eu leur mot à dire, et qu'il a lui-même découverte le matin du Conseil des ministres. Ce que confirme malgré lui Claude Guéant dans *Les Jobs en or de la République*[2] : quand il était secrétaire général de l'Élysée, raconte-t-il, la liste des nominations était décidée le lundi soir précédant le Conseil des ministres, avec les directeurs de cabinets du Président et du Premier ministre. « Et je n'ai jamais entendu la moindre remarque d'un membre du gouvernement… », confie-t-il.

Pendant sa campagne présidentielle, en 2012, François Hollande avait annoncé son intention de remplacer deux proches de Nicolas Sarkozy : Bernard Squarcini à la tête des services de renseignement et Henri Proglio à EDF. Dès l'automne 2012, Delphine Batho, ministre de l'Écologie,

1. Entretien avec l'auteur, 29 juin 2017.
2. Documentaire cité.

demande donc le remplacement d'Henri Proglio et auditionne même, raconte-t-elle dans *Insoumise*[1], un candidat dont elle ne donne pas le nom mais qui lui avait été « chaudement recommandé par Emmanuel Macron », alors secrétaire général adjoint de l'Élysée. En janvier, on lui annonce que le Président a décidé de maintenir Henri Proglio, « arguant que le Premier ministre avait plaidé en ce sens ». Point final.

Une fois, pourtant, Arnaud Montebourg a pu nommer qui il voulait en ayant recours à une procédure inhabituelle. Pour choisir le nouveau président-directeur général du groupe La Poste, entreprise fragilisée par son changement de statut et de nombreux suicides de personnels, Arnaud Montebourg fait appel dans le plus grand secret à un cabinet de chasseurs de têtes, qui met en avant les critères du monde de l'entreprise. Dans le même temps, il reçoit les souhaits de l'Élysée pour le même mandat. Il garde trois propositions du cabinet de chasseurs de têtes, parmi lesquelles celle de Philippe Wahl que choisit François Hollande. Mais, à son grand regret, il ne put recommencer l'expérience de cette mise en concurrence venue du privé. Ce n'est pas dans les habitudes, « on n'a jamais fait comme ça… ».

1. Grasset, 2014.

DE PRINCE À PRINCE

À chaque passation de pouvoirs, le prince sortant confie au nouveau prince le sort de quelques-uns de ses proches. À charge pour lui de ne pas les oublier. En général, le nouveau président accepte et tient parole. En 1981, battu le 10 mai, Valéry Giscard d'Estaing demande à François Mitterrand de « veiller sur la carrière » de certains de ses collaborateurs. « Ce sera fait », répond Mitterrand[1]. Le secrétaire général de l'Élysée, Jacques Wahl, sera nommé à la BNP et le chef de cabinet du président sortant, Michel Mosser, deviendra préfet du Gers.

Dans son livre *La France pour la vie*[2], Nicolas Sarkozy raconte sa passation de pouvoirs avec François Hollande : « Notre entretien est amical, écrit-il. Il me tutoie et me demande même de lui téléphoner au cas où j'aurais quelque problème que ce soit [...]. Il me promet de trouver une sortie digne pour deux ou trois de mes anciens collaborateurs au premier rang desquels j'avais mis Xavier Musca. Naturellement, il n'en

1. Raconté par Pierre Favier et Michel Martin-Roland dans *La Décennie Mitterrand*, tome I, *Les Ruptures (1981-1984)*, Seuil, 1990.

2. Plon, 2016.

fera rien… » L'ancien secrétaire général de l'Élysée deviendra finalement directeur général délégué du Crédit Agricole.

On ne sait pas ce que se sont dit le 13 mai 2017 François Hollande et Emmanuel Macron. Mais la nomination de Jean-Pierre Jouyet dès le 7 juin comme ambassadeur de France à Londres, puis celle le 26 juillet de Ségolène Royal comme ambassadrice pour les pôles arctique et antarctique fournissent peut-être un indice. Emmanuel Macron a également été généreux avec l'ancienne ministre de la Culture, Audrey Azoulay, promue candidate de la France au poste de directeur général des Nations unies pour l'éducation ; et surtout avec Harlem Désir, ancien et transparent secrétaire d'État aux Affaires européennes, devenu en juillet 2017 représentant pour la liberté des médias au sein de l'Organisation pour la sécurité et la coopération en Europe (OSCE), poste dont *L'Opinion*[1] révéla qu'il était rémunéré plus de 122 000 euros par an, nets d'impôts. Les princes ont décidément bien veillé sur le sort de l'ancien patron de SOS Racisme.

La requête la plus inattendue et la plus cocasse de ces passations de pouvoirs reste celle confiée en 1995 par François Mitterrand à Jacques Chirac : prendre soin du couple de colverts qui vit dans le parc du palais de

1. 27 et 28 juillet 2017.

l'Élysée. Dans ses mémoires[1], Jacques Chirac livre même les propos de son prédécesseur : « Je sais que vous avez un labrador, me dit-il, inquiet de leur devenir. Essayez de faire en sorte qu'ils ne soient pas dévorés en deux jours. » À plusieurs reprises, le nouveau président appelle l'ancien pour prendre de ses nouvelles et lui dire que les colverts vont bien. « Dans les semaines qui suivirent la fin de son mandat, écrit Jacques Chirac[2], j'eus le plaisir de lui annoncer la naissance d'une vingtaine de colverts dans le parc du palais. Il me remercia d'en avoir pris soin, comme je m'y étais engagé. » Hélas, quelques mois plus tard, la présidence de la République dut avouer, dans un communiqué officiel, que le couple de colverts de François Mitterrand avait disparu, tout en innocentant les chiens de la famille Chirac…

RECASAGE AU CESE

Le Conseil économique, social et environnemental devra être « la Chambre du futur », affirme Emmanuel Macron lors de son adresse au Congrès, le 3 juillet 2017. Le nouveau président de la République aura bien du mal à convaincre, tant le CESE semble surtout

1. *Chaque pas doit être un but*, Nil Éditions, 2009.
2. *Ibid.*

être une étrange synthèse entre le lobby des partenaires sociaux et, à travers les « personnalités qualifiées », un repaire pour copains en difficultés plus ou moins provisoires, pour des travaux à l'intérêt très discutable.

L'ancien président du CESE, Jean-Paul Delevoye, affirme qu'il y a moins de dérives que dans le passé et qu'il a « secoué » l'institution pour « mettre fin aux complaisances »[1]. Peut-être. Dans le passé, on a beaucoup glosé sur la nomination de la chanteuse Georgette Lemaire, alors en grande difficulté financière, nommée par François Mitterrand.

Si des sportifs comme l'athlète Muriel Hurtis, la navigatrice Isabelle Autissier, l'escrimeuse Laura Flessel (devenue ministre en 2017), des artistes comme la chef d'orchestre Claire Gibault ou le cinéaste Régis Wargnier peuvent sans doute apporter un regard riche sur les dossiers de la France, les promotions de « personnalités qualifiées » du CESE sentent quand même très fort le copinage. Ange Santini, nommé par Nicolas Sarkozy en 2010 ? Il avait été battu aux sénatoriales et aux élections territoriales de Corse, avant de devenir maire de Calvi. Yves Urieta ? Socialiste, il avait eu le bon goût d'empêcher l'élection de François Bayrou à la mairie de Pau en 2008. Le syndicaliste Jacky Bontems ? Il était dans l'équipe de campagne de François Hollande.

1. Entretien avec l'auteur, 11 octobre 2016.

Le rappeur Rost ? Il avait composé la musique de la chanson des meetings du même Hollande, *L'avenir, c'est nous*. Hugues Martin, nommé en 2010 ? Il avait, quatre ans plus tôt, démissionné de son mandat de maire de Bordeaux pour qu'Alain Juppé, de retour du Québec et à nouveau éligible, puisse le reconquérir en majesté. Danièle Dussaussois, élue de Levallois ? Un cadeau de remerciement : elle allait accepter de laisser son canton des Hauts-de-Seine à Isabelle Balkany, épouse de Patrick Balkany, le maire de la ville. En prime, elle a même eu la Légion d'honneur. Pierre Charon, nommé par Nicolas Sarkozy ? Cécilia Sarkozy ne voulait pas le voir à l'Élysée, il lui fallait patienter au CESE avant de rejoindre le Palais, puis le Sénat en 2011. Déjà, en 1981, François Mitterrand avait nommé au Conseil économique et social l'un de ses plus proches amis, Georges Beauchamp.

UN DOUBLE FAIT DU PRINCE POUR CATHERINE PÉGARD

Parfois, promouvoir rime avec éloigner. C'est ce qui est arrivé, et elle ne s'en plaindra pas, avec la nomination de Catherine Pégard, le 14 septembre 2011, à la présidence de l'Établissement public du château, du musée et du domaine national de Versailles, sans que son cursus universitaire ou professionnel ne la prédispose à ce poste.

Journaliste respectée, d'abord au *Quotidien de Paris* puis au *Point*, Catherine Pégard rejoint l'Élysée en 2007. François Fillon l'aurait volontiers recrutée pour Matignon, mais Nicolas Sarkozy a été le plus rapide. Ayant assisté à toutes les réunions politiques importantes dans le Salon vert, elle connaît tous les secrets de la présidence. Mais la disgrâce guette. Le signe avant-coureur en a été son changement de bureau : on a prié la conseillère de s'éloigner du bureau présidentiel. Pour les habitués de l'Élysée, elle est condamnée à court terme. L'hypothèse de Versailles lui convient. Mais sa nomination ne se fait pas si facilement. Conseiller de François Fillon à Matignon, Jean de Boishue en soupire encore[1] : « J'avais Séguin au téléphone qui "poussait" et ne cessait de me demander : "Alors ?" » Depuis son bureau de premier président de la Cour des comptes, Philippe Séguin, proche de Catherine Pégard, n'est pas pour rien dans cette nomination dont Jean de Boishue dit qu'elle a finalement été « un beau consensus ».

Mais il faut d'abord que la place soit libre. Or Jean-Jacques Aillagon, nommé pour trois ans en 2007, a été renouvelé en 2010. Un renouvellement obtenu de haute lutte : Nicolas Sarkozy voulait remplacer l'ancien

1. Entretien avec l'auteur, 17 mars 2017.

ministre de la Culture de Jacques Chirac par son ancien ministre de l'Éducation, Xavier Darcos, battu aux élections régionales et donc débarqué du gouvernement. Jean-Jacques Aillagon raconte[1] : « Au téléphone, alors que je lui ai envoyé un message de sympathie, Xavier Darcos me dit : "Le Président m'a proposé de te succéder." » Aillagon : « Si quelqu'un doit m'annoncer qu'on me dégage, ça ne peut être que le ministre ou le Premier ministre. » Il téléphone donc au ministre de la Culture, Frédéric Mitterrand, qui lui confirme que, oui, « désolé, mais la volonté du Président est extrêmement forte ». Jugeant cette décision « blessante et injuste », Jean-Jacques Aillagon rameute ses réseaux. L'information fuite et Nicolas Sarkozy renonce à passer en force.

Un an plus tard, en 2011, le patron de Versailles va fêter ses soixante-cinq ans. Une jurisprudence permet aux intéressés de finir quand même leur mandat, à l'image de Jean-Paul Cluzel au Grand Palais ou Jérôme Deschamps à l'Opéra-Comique. Mais, raconte Jean-Jacques Aillagon[2], « Sarkozy n'avait pas digéré que je m'oppose à lui et avait très envie que Catherine Pégard quitte l'Élysée ».

Ainsi Catherine Pégard est-elle nommée par Nicolas Sarkozy, avant de bénéficier d'un double fait du prince,

1. Entretien avec l'auteur, 16 juillet 2017.
2. *Ibid.*

puisque son mandat a été renouvelé par François Hollande le 28 septembre 2016. Le porte-parole du gouvernement, Stéphane Le Foll, fait alors le commentaire suivant : « Elle a plutôt un bon bilan. Cela prouve, pour certains qui peuvent toujours en douter, que dans ce domaine des nominations, il y a de la part du gouvernement et du président de la République un respect de l'ensemble des sensibilités. On ne fait pas des choix qui pourraient être orientés. » Il aurait pu ajouter qu'on peut aussi éviter de se mettre à dos une journaliste qui connaît aussi bien la gauche que la droite.

Le prince n'est jamais malade, et pourtant il meurt

> « Dans les rédactions, les articles nécrologiques étaient composés, les photos plus ou moins historiques déjà clichées, et l'on n'attendait plus que le signal pour mettre en pages. »
>
> Georges SIMENON, *Le Président*

« J'aurais tellement aimé être enterré au Panthéon. C'est là que ma présidence a commencé. Il serait normal qu'elle se finisse là. Mais les socialistes feront tout pour empêcher cela… » La confidence, murmurée par François Mitterrand à Franz-Olivier Giesbert[1], en dit long : pour Mitterrand, qui aimait aller arpenter les allées somptueuses et glacées de la basilique de Saint-Denis, qui impressionnait ses interlocuteurs en citant dans l'ordre tous les monarques de France et les dates

1. *Le Vieil Homme et la Mort*, Gallimard, 1996.

de leurs règnes, un cimetière ordinaire ne pouvait suffire.

Le général de Gaulle, lui, avait choisi l'intimité du petit cimetière de Colombey-les-Deux-Églises, où reposait déjà sa fille Anne et où le rejoindrait son épouse Yvonne. Intimité souvent perturbée par ses héritiers réels ou autoproclamés, qui viendraient plus tard, autour du 9 novembre et du 18 juin, se recueillir et surtout se montrer, une gerbe à la main, la main sur le cœur. « Tout le monde est, a été ou sera gaulliste… », avait prévenu André Malraux. Georges Pompidou avait adopté la même modestie en étant simplement inhumé dans le cimetière d'Orvilliers, la commune des Yvelines où il avait acquis une maison.

François Mitterrand voulait mieux. Il jette un jour son dévolu sur le mont Beuvray, massif de son cher Morvan, qui culmine à 821 mètres. C'est là, à Bibracte, que Jules César aurait écrit les sept premiers livres de ses commentaires sur *La Guerre des Gaules*, cet ouvrage qui dit tant et tant sur les divisions françaises. C'est là aussi que Vercingétorix fut proclamé chef de l'armée coalisée sous le soulèvement gaulois. Chef des armées : le rôle préféré des présidents de la République.

« Ici s'est faite l'union des chefs gaulois autour de Vercingétorix », dit la plaque commémorative inaugurée par François Mitterrand le 18 septembre 1985, faisant du mont Beuvray un « site national ». Il rêve alors d'y installer un « centre archéologique européen », un musée de la civilisation celtique, qui sera inauguré le 4 avril 1995. Le site du Beuvray reçoit alors de 3 à 3,5 millions de francs par an, mais les chercheurs ne trouveront jamais rien de concluant. Coût total des travaux : autour de 200 millions de francs (30 millions d'euros !).

La suite est sidérante, symptomatique d'une véritable mégalomanie : le 5 mai 1995, entre les deux tours de l'élection qui va voir la victoire de Jacques Chirac sur Lionel Jospin, François Mitterrand et son épouse Danielle acquièrent pour un franc symbolique une parcelle de 10 mètres sur 10, un are, au sommet du mont Beuvray. Le préfet de la Nièvre avait donné son feu vert la veille. « Depuis plusieurs mois, avait raconté François Camé dans *Libération*[1], un géomètre expert de Nevers avait travaillé à borner ladite parcelle, à la séparer légalement du reste des terres environnantes, à la faire enregistrer au cadastre. Un archéologue avait vérifié que cette enclave prélevée sur un site de fouilles ne gênerait pas les travaux de recherche menés sur le site. Des études soigneuses ont permis de vérifier que ce terrain se trouvait bien géographiquement inclus dans l'ancienne circonscription de la Nièvre dont François Mitterrand fut longtemps député. Tout ceci dans le plus parfait

1. *Libération*, 9 septembre 1995.

secret. » Il ne manquait plus qu'une dérogation préfectorale pour pouvoir se faire enterrer en majesté.

Le 28 septembre, Danielle Mitterrand explique dans *Paris Match* pourquoi elle et son mari ont choisi de reposer là : à cause de la tranquillité du lieu, de la proximité avec les terres d'élection de Mitterrand. Mais les choses ne sont pas si simples. La polémique enfle, le président RPR de la région, Jean-François Bazin, s'insurge, et il n'est pas le seul. Une pétition circule avec appel de fonds pour acheter une autre parcelle d'un are. Mitterrand raconte à Georges-Marc Benamou[1] que la tombe de Louis XI, à la basilique Notre-Dame de Cléry, fut profanée à plusieurs reprises. « Je veux dormir tranquille », dit-il alors. Devant le tollé, Mitterrand renonce. C'est son dernier échec. « C'était une idée géniale, confiera Jack Lang à Christophe Barbier[2]. Il est dommage et stupide que la polémique l'ait empêché. »

François Mitterrand aurait aussi pensé, dit-on, à reposer auprès de la petite église de Nabinaud, dans sa Charente natale, où il faisait parfois une visite éclair en se faisant déposer en hélicoptère ; ou sur le chemin de Compostelle, à Aubeterre, où la forme d'un reliquaire est inspirée de celle du Saint-Sépulcre. Une méchante histoire circulait même, disant que l'ancien président

---

1. *Le Dernier Mitterrand*, Plon, 2005.
2. *Les Derniers Jours de François Mitterrand*, Grasset, 1998.

voulait justement être enterré à Jérusalem, pour tenter de ressusciter trois jours plus tard. Ou, dans un ultime clin d'œil à ses grands travaux, dans les jardins de la Grande Bibliothèque. Finalement, ce sera le cimetière familial de Jarnac après des obsèques doublement familiales en présence de Danielle, Anne, Jean-Christophe, Gilbert et Mazarine, scrutée par tous les photographes. Ultime clin d'œil. « Une messe est possible… », avait écrit l'ambigu Mitterrand. En décembre 1996, presque un an après la mort de son époux, Danielle Mitterrand signa l'acte de rétrocession de la parcelle de terre des Gaulois.

Toujours bien vivant, Valéry Giscard d'Estaing a lui aussi anticipé sa disparition. Il veut être enterré à Authon, la petite commune de 650 habitants, proche de Vendôme, berceau de la famille de son épouse Anne-Aymone, où il vote depuis le printemps 2017. Pourquoi dans le Loir-et-Cher et pas en Auvergne, sa terre natale ? « Parce qu'en Auvergne personne ne viendra… », a-t-il confié à un proche. Par le TGV, où l'on peut souvent croiser l'ancien président de la République, Authon est à moins d'une heure de Paris.

Giscard, d'ailleurs, ne veut pas être enterré à Authon avec le commun des mortels. En 2012, la presse locale relate[1] que Mme Giscard d'Estaing a déposé une demande de permis de construire pour une chapelle

1. *La Nouvelle République du Centre-Ouest*, 11 janvier 2012.

funéraire. Non dans le cimetière, mais dans une parcelle de 1 000 mètres carrés qui lui appartient et qui jouxte le cimetière. Problème : le terrain n'est pas constructible, selon le plan local d'urbanisme. Aux dernières nouvelles, il n'en est plus question.

OÙ L'ON VOIT ROSELYNE BACHELOT FAIRE PREUVE D'UNE FRANCHISE FATALE

Les princes meurent, comme tout le monde. Pourtant, si l'on en croit les versions officielles, ils ne sont jamais malades. Parfois même, un communiqué annonce une crise d'hémorroïdes quelques heures avant leur mort (Georges Pompidou). S'ils ont un AVC, le communiqué de l'hôpital parle d'« accident vasculaire » mais omet le mot « cérébral » (Jacques Chirac). S'ils font un malaise pendant leur jogging en plein soleil ou doivent être opérés d'un phlegmon (Nicolas Sarkozy), la communication est minimale. S'ils développent un cancer en début de mandat (François Mitterrand), on publiera pendant près de dix ans des communiqués médicaux incomplets pour faire taire la rumeur.

Évoquant la maladie de son père, Alain Pompidou avance des circonstances atténuantes[1] : « À l'époque

1. Entretien cité.

où la maladie a été diagnostiquée, on n'en connaissait ni l'origine, ni le traitement, ni l'évolution. Le professeur Jean Bernard m'avait demandé de ne rien lui dire, en parlant simplement d'une insuffisance de la moelle osseuse. Mon père faisait totalement confiance à ses médecins. Il envisageait de réduire le mandat présidentiel à cinq ans en organisant un référendum, puis de se représenter. Le cas de François Mitterrand est différent, car dès 1981 il savait qu'il souffrait d'un cancer. Les communiqués médicaux de François Mitterrand étaient complets mais faux. Ceux de Georges Pompidou étaient incomplets mais justes. »

Mais la réalité est encore pire que cela. Le prince ne peut même pas avoir, comme le commun des mortels, une petite faiblesse, puisqu'il ne vit justement plus dans le monde des mortels. Roselyne Bachelot a payé pour le savoir. Le 19 novembre 2003, invitée matinale de RTL, elle répond à une question du journaliste Jean-Michel Aphatie sur une autre rumeur : « Le président de la République porte-t-il un appareil auditif ? » Question a priori subalterne, voire sans intérêt. Jacques Chirac est alors âgé de soixante et onze ans. Beaucoup de femmes et d'hommes sont « appareillés », même plus jeunes : l'ancien Premier ministre britannique Tony Blair, par exemple. « Il me semble que oui ! » répond Roselyne Bachelot d'une voix malicieuse et chantante. La malheureuse, que n'a-t-elle pas fait là ! Deux heures plus tard, au Conseil des ministres, Jacques Chirac prend sa ministre à part : « Tu sais, ce n'est pas un appareil que je porte mais j'ai simplement un pansement dans l'oreille », raconte la ministre de l'Écologie[1]. « Vous en avez fait de belles ! » lui dira aussi Bernadette Chirac, toujours aimable.

Au soir du 19 novembre, Roselyne Bachelot écrit à Jacques Chirac « une longue lettre pour lui demander pardon de la blessure narcissique involontaire que je lui avais infligée ». Elle n'a jamais reçu de réponse. Le 31 mars 2004, elle n'est plus ministre mais, bien sûr, cela n'a rien à voir. « J'étais entrée par effraction dans le temple maudit, écrit encore Roselyne Bachelot[2], et, pour Chirac, c'est impardonnable, et il ne me l'a pas pardonné. »

Il est loin, le temps où le compositeur Lully, en 1686, composait *Dieu sauve le roi* pour célébrer l'opération réussie d'une fistule anale de Louis XIV. L'histoire veut que Haendel ait repris la musique de l'autre côté de la Manche pour en faire le *God Save The King* (ou *Queen*). Pour une fois, les princes qui nous gouvernent auraient pu utilement s'inspirer de cet exemple monarchique médical un rien saugrenu.

1. *Le combat est une fête*, Robert Laffont, 2006.
2. *Ibid.*

Messieurs, la Cour !

« Le zèle effleure la duperie. »

Honoré DE BALZAC

Pour que le président de la République se prenne pour un roi, il lui suffit parfois de le lire dans le regard des autres. Maxime Tandonnet, qui fut l'un des conseillers de Nicolas Sarkozy à l'Élysée de 2007 à 2012, n'a rien d'un mondain ni d'un carriériste. Pourtant, il avoue avoir lui aussi succombé au phénomène de Cour. Dans son livre *Au cœur du volcan*[1], il le confesse, alors que le prince vient de le féliciter pour un discours qu'il lui a écrit : « Je suis comme tous les autres, ni plus ni moins intelligent. Ce genre de petit geste dérisoire me procure toujours une grande satisfaction que je n'ai jamais réussi à définir, liée à la personnalité de Sarkozy d'où émanerait un charisme mystérieux ou bien à son

1. Flammarion, 2014.

statut de chef de l'État. Je ne sais pas quelle est la source de cet envoûtement mystérieux, abêtissement lié à la proximité du prince, dont j'ai tellement conscience. Il faut avoir fréquenté les allées du pouvoir pour comprendre cette sensation étrange, une douce et stupide euphorie qui peut devenir dangereuse. »

La Cour, ce sont ces conseillers qui trouvent toujours exceptionnel le Président, quels que soient ses décisions et ses discours. Qui lui font croire que la terre entière a les yeux fixés sur lui : « Votre parole est très attendue à Davos ! » entend dire au chef de l'État, en 2005, un conseiller de Jacques Chirac, qui allait là-bas débiter un discours convenu. Personne n'ose émettre une critique. Le prince a toujours raison. « Regarde-moi à la télévision, dis-moi ce que tu en penses. Les autres me mentent. Tous », fait dire Françoise Giroud au président de la République dans *Le Bon Plaisir*[1]. Le moindre souhait du prince est interprété comme un ordre et la moindre déconvenue est anticipée, jusqu'au ridicule. À Jack Lang, qui évoquait ses nombreux concours de plus gros mangeur d'huîtres avec François Mitterrand, on demande un jour qui gagnait. La stupéfaction se lit dans les yeux de l'ancien ministre de la Culture : « Le

1. Éditions Mazarine, 1983. Adapté au cinéma en 1984 par Francis Girod, avec Jean-Louis Trintignant, Catherine Deneuve et Michel Serrault.

président Mitterrand, bien sûr ! » Comment avait-on pu poser une question aussi stupide ? Tous tremblent devant le président de la République, attendant pour les uns une plate-bande, un ruban à la boutonnière ou tout simplement que le roi pose son regard sur leur humble personne à l'Élysée, comme jadis Louis XIV ou Louis XV dans la galerie des Glaces.

On en est toujours là. Pour Roselyne Bachelot, ministre de Jacques Chirac puis de Nicolas Sarkozy, rien n'a changé depuis Versailles. « Quand le Président vous cite dans un discours, raconte-t-elle, c'est comme le roi qui jadis s'arrêtait devant tel courtisan ou telle femme. Tous les mots, tous les signes ont un sens, dit-elle. Le code monarchique est toujours en place[1]. » Ancienne ministre de l'Environnement, puis de la Santé, elle raconte par exemple les angoisses des uns et des autres lors des voyages officiels. Ceux qui n'ont pas été admis dans l'avion du Président ravalent leur rancœur et s'interrogent : le temps de la disgrâce serait-il venu ? Ceux qui y ont pris place luttent contre le sommeil et passent le voyage à attendre le moment où on viendra leur dire « le Président veut vous parler... » avant de rejoindre, tremblant (ou tremblante), le carré présidentiel où s'échangent davantage de banalités que de secrets d'État.

1. Entretien cité.

Peer de Jong, qui fut l'aide de camp de François Mitterrand entre 1994 et 1997, raconte dans son livre, *« Vous n'oublierez rien, Colonel »*[1], comment le chef de l'État demandait parfois à voir la liste protocolaire qui « détermine la place dans les avions, l'accès aux invitations, en un mot l'aire de pouvoir de chacun » ; et comment certains « ont connu les vicissitudes de la solitude et de la mise à l'écart » par un Mitterrand qui pouvait « exclure de son vocabulaire jusqu'au nom du malchanceux ». Pendant le déplacement à l'étranger ou en province, il faut donc tenter d'être au plus près du prince pour être dans l'angle de la caméra ou sur la photo. Ce petit manège très humain n'est d'ailleurs pas l'apanage de l'entourage présidentiel. Les maires, y compris dans les plus petites des communes, les présidents de conseils départementaux ou régionaux font l'objet des mêmes attentions, de la même ferveur parfois hypocrite, du même empressement zélé.

Qui dit Cour dit roi, mais aussi reine. « Jacques Chirac était simple et bonhomme, témoigne Roselyne Bachelot. La monarchie était tenue par Mme Chirac, qui ne cédait rien du statut du Président, et donc du sien. Quand on la voyait avec le personnel de l'Élysée, ou quand elle attendait les invités pour la garden-party

1. Tallandier, 2017.

de l'Élysée, on pouvait sans peine imaginer Marie-Antoinette. » Alors que Jacques Chirac n'était pas chasseur, Bernadette Chirac le remplace un jour pour le repas de fin de chasse au château de Chambord. Parmi les invités, le député RPR du lieu, Patrice Martin-Lalande, explique à Mme Chirac qu'il doit partir en raison d'autres obligations. Bernadette Chirac le fusille du regard et du verbe : « Vous estimez donc, Monsieur, que vous avez quelque chose de plus important à faire que d'accompagner l'épouse du président de la République ? » En d'autres temps, c'eût été la Bastille…

Côté Cour, les journalistes ne sont pas en reste. Les applaudissements qui concluaient les conférences de presse du général de Gaulle se sont reproduits, en plus mesurés, à la fin de celle de Nicolas Sarkozy, le 8 janvier 2008. Lorsque François Mitterrand présentait ses vœux à la presse, il avait introduit une tradition : d'abord, l'échange de discours avec le président de l'Association de la presse présidentielle dans la Salle des fêtes ; puis un échange de propos « off » dans un salon voisin, le prince s'asseyant sur un canapé, les journalistes sur des chaises pour les plus chanceux, la plupart restant debout ou préférant se sustenter au buffet. Mais les deux ou trois plus rapides avaient l'insigne privilège de prendre place sur le canapé, à côté du roi, pour boire deux ou trois déclarations rarement inoubliables. Une vraie course contre la montre pour cet éphémère couronnement dans une carrière… Un sort que François Mitterrand pouvait aussi réserver à ses plus proches collaborateurs. Ainsi, lors d'une interview accordée à 23 heures 30, après avoir pris le temps d'aller déguster des huîtres chez Lipp, il pria ses interlocuteurs de s'asseoir en face de lui et laissa le secrétaire général de l'Élysée, Jean-Louis Bianco, et ses deux conseillers pour la communication, Jacques Pilhan et Gérard Colé, assister à la rencontre debout, à la fois muets et souriants…

Quel chef de l'État n'aura pas été sensible à cette courtisanerie, que Patrick Devedjian[1] qualifie d'« effrayante veulerie » ? Selon le général Jean-Louis Georgelin[2], militaire observant les civils, « les présidents guettent dans le regard de leurs interlocuteurs le respect et l'approbation ». Et s'ils ne sont pas dupes du spectacle, le spectacle qui se déroule autour d'eux et en fonction d'eux constitue une puissante drogue, à moins qu'il ne s'agisse d'une manière de se rassurer, ou d'une forme d'assurance-vie.

1. Entretien cité.
2. Entretien cité du 21 juin 2017.

Épilogue

« Il n'y aura plus de grand président. Je suis le dernier. Parce que après, ce sera l'Europe », avait confié François Mitterrand à Jean-Pierre Chevènement[1]. Grand ou moins grand, chacun est juge. Mais le président est toujours là, au centre du jeu, des attentions, des ambitions. « Le président de la République sort dans la rue, c'est un événement politique, juge Gaspard Gantzer, conseiller de François Hollande[2]. Il pleut, c'est aussi un événement politique. » Une phrase qui ne manque pas d'humour, quand on a en mémoire le nombre d'averses reçues par François Hollande entre 2012 et 2017.

Gaspard Gantzer ajoute : « Mitterrand choisissait les informations qui étaient connues. Pas nous. On peut encore conserver des secrets d'État. Pour l'anecdotique, c'est plus difficile. » Et même lorsque le président de la

1. Entretien cité.
2. Entretien cité.

République est faible, il demeure au centre du jeu politique : pendant le quinquennat de François Hollande, les équipes de communication de l'Élysée surveillaient attentivement les « unités de bruit médiatique » publiées par *Le Figaro.* Quoi qu'on en pense, « Hollande a toujours été numéro un », constate Gaspard Gantzer.

Auteur de *Napoléon et de Gaulle, deux héros français*[1], l'historien Patrice Gueniffey constate : « Les Français ont décapité le roi, mais ils n'ont jamais fait le deuil de la monarchie. Rompre avec l'apparat monarchique est très difficile, en dépit des rêves de transparence. Si le président de la République devient la reine des Pays-Bas ou circule à vélo, cela ne plaira pas aux Français. Trois présidents ont été plus ou moins méprisés, à tort ou à raison : Giscard, qui prenait le café avec les éboueurs et jouait de l'accordéon chez les gens, Nicolas Sarkozy, son "Avec Carla, c'est du sérieux" ou le fameux "Casse-toi, pauvre con[2]", et Hollande dans l'affaire Leonarda[3] et

1. Perrin, 2017.

2. Phrase lancée le 27 février 2016 par Nicolas Sarkozy, lors du Salon de l'agriculture, à un visiteur qui n'avait pas voulu le saluer, et popularisée en vidéo par *Le Parisien.*

3. L'expulsion en octobre 2013 de Leonarda Dibrani, quinze ans, immigrée rom, avait suscité une grande émotion. François Hollande était intervenu spécialement à la télévision pour l'autoriser à revenir suivre ses études en France, mais sans sa famille. Le chef de l'État n'avait fait qu'envenimer la polémique.

avec son scooter. C'est le défaut d'incarnation qui leur a été reproché. Il y a un attachement à la dignité de la fonction qui est contradictoire avec la volonté de normalisation et de transparence[1]. »

N'y aura-t-il plus de grand président, pour donner raison à François Mitterrand ? Peut-être. N'y aura-t-il plus de fait du prince ? C'est beaucoup moins sûr. Le regard des citoyens sur le pouvoir, le besoin parfois malsain ou excessif de transparence, la surveillance permanente, voire dictatoriale, infligée par les réseaux sociaux avec leur lot de vraies et de fausses nouvelles ont, certes, changé la manière d'exercer le pouvoir. Il n'est pas certain qu'un président de la République pourrait aujourd'hui faire entretenir une seconde famille par la République pendant des années, se promener seul au volant de sa voiture ou envoyer chercher des fromages en province sans qu'une photo volée ou qu'un tweet ravageur ne vienne rapidement à bout de ses caprices.

Paradoxalement, avec l'instauration de la question prioritaire de constitutionnalité, qui permet la saisine du Conseil constitutionnel par un citoyen, Nicolas Sarkozy a augmenté quelque peu le pouvoir de contrôle populaire. En faisant viser par la Cour des comptes le budget de l'Élysée, il a aussi donné de faibles gages à la transparence. Mais les institutions restent les mêmes. Elles ont

1. *Le Figaro*, 22 juin 2017.

été faites pour qu'il y ait un chef. La France continue donc de vouloir en même temps la démocratie toute-puissante et un roi pour la faire appliquer. À observer le fonctionnement de l'Élysée sous Emmanuel Macron, à constater le peu de cas fait du Parlement, à lire comment la photo officielle du président de la République a été préparée jusque dans le plus petit détail, à écouter un membre du cabinet présidentiel évoquer, des étoiles dans les yeux et la voix énamourée, « cette manière qu'a Emmanuel de plonger son regard dans le regard des autres », on se dit que les princes, en France, ont encore de beaux jours devant eux.

Bibliographie

Marie-Bénédicte ALLAIRE et Philippe GOULLIAUD, *L'Incroyable Septennat. Jacques Chirac à l'Élysée*, Fayard, 2002.

Jacques ATTALI, *Verbatim I – première partie 1981-1983*, Fayard, 1993.

—, *Verbatim I – deuxième partie 1983-1986*, Fayard, 1993.

—, *Verbatim III – première partie 1988-1989*, Fayard, 1995.

Roselyne BACHELOT-NARQUIN, *Le combat est une fête*, Robert Laffont, 2006.

Robert BADINTER, *L'Exécution*, Grasset, 1973.

Christophe BARBIER, *Les Derniers Jours de François Mitterrand*, Grasset, 1998.

Delphine BATHO, *Insoumise*, Grasset, 2014.

François BAZIN, *Rien ne s'est passé comme prévu – Les cinq années qui ont fait Macron*, Robert Laffont, 2017.

Jean-Pierre BÉDÉÏ, *Sur proposition du Premier ministre – Dans les coulisses des remaniements*, L'Archipel, 2015.

Georges-Marc BENAMOU, *Comédie française – Choses vues au cœur du pouvoir*, Fayard, 2014.

Serge BERSTEIN et Jean-François SIRINELLI (dir.), *Les Années Giscard – Les réformes de société 1974-1981*, Armand Colin, 2007.

Yves BERTRAND, *Je ne sais rien, mais je dirai (presque) tout – Conversations avec Éric Branca*, Plon, 2007.

Philippe BESSON, *Un personnage de roman*, Julliard, 2017.

Bérengère BONTE, *Dans le secret du Conseil des ministres*, Éditions du Moment, 2013.

Jacques CHIRAC, *Chaque pas doit être un but* et *Le Temps présidentiel*, Nil Éditions, 2009 et 2011.

Gérard DAVET et Fabrice LHOMME, *« Un président ne devrait pas dire ça... » – Les secrets d'un quinquennat*, Stock, 2016.

Bruno DIVE et Françoise FRESSOZ, *La Malédiction Matignon*, Plon, 2006.

Alain et Patrice DUHAMEL, *Cartes sur table*, Plon, 2010.

Patrice DUHAMEL, Jacques SANTAMARIA, *L'Élysée, histoire, secrets, mystères*, Plon, 2017.

Emmanuel FAUX, Thomas LEGRAND et Gilles PEREZ, *La Main droite de Dieu – Enquête sur François Mitterrand et l'extrême droite*, Seuil, 1994.

Pierre FAVIER et Michel MARTIN-ROLAND, *La Décennie Mitterrand*, tome I, *Les Ruptures (1981-1984)*, Seuil, 1990.

—, *La Décennie Mitterrand*, tome II, *Les Épreuves (1984-1988)*, Seuil, 1991.

—, *La Décennie Mitterrand*, tome III, *Les Défis (1988-1991)*, Seuil, 1996.

—, *La Décennie Mitterrand*, tome IV, *Les Déchirements (1992-1995)*, Seuil, 1999.

Anne Fulda, *Emmanuel Macron, un jeune homme si parfait*, Plon, 2017.
Charles de Gaulle, *Mémoires d'espoir*, Plon, 1970.
Franz-Olivier Giesbert, *Le Vieil Homme et la Mort*, Gallimard, 1996.
Françoise Giroud, *La Comédie du pouvoir*, Fayard, 1977.
Valéry Giscard d'Estaing, *Le Pouvoir et la Vie*, tome I, Cie 12, 1988.
—, *Le Pouvoir et la Vie*, tome II, *L'Affrontement*, Cie 12, 1991.
—, *Le Pouvoir et la Vie*, tome III, *Choisir*, Cie 12, 2006.
Patrice Gueniffey, *Napoléon et de Gaulle, deux héros français*, Perrin, 2017.
Jean-Paul Huchon, *Jours tranquilles à Matignon*, Grasset, 1993.
—, *C'était Rocard*, L'Archipel, 2017.
Peer de Jong, *« Vous n'oublierez rien, Colonel » – Aide de camp du président de la République*, Tallandier, 2017.
Émilie Lanez, *La Garçonnière de la République*, Grasset, 2017.
Jack Lang, *Dictionnaire amoureux de François Mitterrand*, Plon, 2015.
Emmanuel Macron, *Macron par Macron*, Éditions de L'Aube, 2017.
Jean-Dominique Merchet, *Macron Bonaparte*, Stock, 2017.
François Mitterrand, *L'Abeille et l'Architecte*, Flammarion, 1978.
—, *Le Coup d'État permanent*, Plon, 1964.
—, *La Paille et le Grain*, Flammarion, 1975.
Aquilino Morelle, *L'Abdication*, Grasset, 2017.

Alain PEYREFITTE, *C'était de Gaulle*, tome I, Fayard/De Fallois, 1994.
Alain POMPIDOU, *Claude – C'était ma mère*, Flammarion, 2016.
Robert SCHNEIDER, *La Haine tranquille*, Seuil, 1992.
Olivier SCHRAMECK, *Matignon rive gauche, 1997-2001*, Seuil, 2001.
Philippe SÉGUIN, *Itinéraire dans la France d'en bas, d'en haut et d'ailleurs*, Seuil, 2003.
Pierre SERVENT, *Les Présidents et la guerre, 1958-2017*, Perrin, 2017.
Maxime TANDONNET, *Au cœur du volcan – Carnets de l'Élysée, 2007-2012*, Flammarion, 2014.
Simone VEIL, *Les hommes aussi s'en souviennent – Une loi pour l'Histoire*, Stock, 2004.

Remerciements

Merci à Denis Jeambar pour sa confiance, sa culture, son soutien et sa relecture rigoureuse.

Merci à Nicolas Beytout, Rémi Godeau et Olivier Auguste pour la liberté offerte par *L'Opinion*.

Merci à Jean-Dominique Merchet pour son expertise militaire.

Merci à Patricia Gillet pour ses recherches aux Archives nationales.

Merci à Jacques pour son infinie patience.

Merci à Claire et Bénédicte, attentives et curieuses, d'avoir été mes premières lectrices.

Table des matières

Photocomposition PCA
Achevé d'imprimer en janvier 2018
par CPI
pour le compte des éditions Calmann-Lévy
21, rue du Montparnasse 75006 Paris

PAPIER À BASE DE
FIBRES CERTIFIÉES

CALMANN LÉVY s'engage
pour l'environnement en réduisant
l'empreinte carbone de ses livres.
Celle de cet exemplaire est de :
350 g éq. CO_2
Rendez-vous sur
www.calmann-levy-durable.fr

N° d'éditeur : 3082107/06
N° d'imprimeur : 2034880
Dépôt légal : janvier 2018
Imprimé en France